김약국의 딸들

박경리
장편소설

다섯
책방

차례

제1장

통영 ◇ 9

비명 ◇ 17

지석원 ◇ 24

송씨의 심정 ◇ 37

도깨비 집 ◇ 44

혼례 ◇ 51

봉제 영감의 죽음 ◇ 57

오던 길을 ◇ 64

꽃상여 ◇ 73

송씨 ◇ 79

제4장

영아 살해 사건 ◇ 247

서울서 온 사람들 ◇ 256

결별 ◇ 263

절망 ◇ 269

오욕의 밑바닥에서 ◇ 274

떠나는 사람들 ◇ 281

거절 ◇ 288

일금백원야 ◇ 295

까마우야 까마우야 ◇ 302

흐느낌 ◇ 312

제2장

귀향 ◇ 91

뱃놈이 왔고나 ◇ 98

파초 ◇ 105

명장 ◇ 116

정사 ◇ 127

애인 ◇ 136

혼처 ◇ 145

바람이 세게 불었다 ◇ 151

어장막 ◇ 157

제3장

불구자 ◇ 169

주판질 ◇ 178

비밀 ◇ 185

풍신 대접 ◇ 193

요조숙녀 ◇ 201

취중 ◇ 207

낙성식 ◇ 213

출범 ◇ 220

나라 없는 백성 ◇ 226

실종 ◇ 232

형제 ◇ 237

제5장

봉사 개천 나무라겠다 ◇ 323

나타난 한돌이 ◇ 331

점괘 ◇ 339

가장례식 ◇ 347

소문 ◇ 356

보고 싶었다 ◇ 364

꾀어낸 사내 ◇ 373

미친놈 ◇ 381

번개 치는 밤의 흉사 ◇ 388

타인들 ◇ 395

제6장

차중에서 ◇ 405

광녀 ◇ 414

감이 소담스럽게 ◇ 422

선고 ◇ 433

늙은 짐승 ◇ 441

부산행 윤선 ◇ 450

침몰 ◇ 462

두 번째 대면 ◇ 472

안녕히 주무세요 ◇ 480

출발 ◇ 486

어휘 풀이 ◇ 492

등장인물 소개 ◇ 494

일러두기

- 의성어, 의태어, 방언 등은 작가의 의도에 따라 원문을 따랐다.
- 방언, 일본어에서 유래된 단어 등은 본문 뒤에 따로 정리해 찾아볼 수 있게 했다.

제 1 장

통영 統營

통영은 다도해 부근에 있는 조촐한 어항漁港이다. 부산과 여수 사이를 내왕하는 항로의 중간지점으로서 그 고장의 젊은이들은 '조선의 나폴리'라 한다. 그러니만큼 바다 빛은 맑고 푸르다. 남해안 일대에 있어서 남해도와 쌍벽인 큰 섬 거제도가 앞을 가로막고 있기 때문에 현해탄의 거센 파도가 우회하므로 항만은 잔잔하고 사철은 온난하여 매우 살기 좋은 곳이다. 통영 주변에는 무수한 섬들이 위성처럼 산재하고 있다. 북쪽에 두루미 목만큼 좁은 육로를 빼면 통영 역시 섬과 별다름이 없이 사면이 바다이다. 벼랑가에 얼마쯤 포전浦田이 있고 언덕배기에 대부분의 집들이 송이버섯처럼 들앉은 지세는 빈약하다. 그래서 대부분의 주민들은 자연 어업에, 혹은 어업과 관련된 사업에 종사하고 있었다. 일면 통영은 해산물의 집산지이기도 했다. 통영 근처에서 포획하는 해산물이 그 수에 있어 많기도 하거니와 고래로 그 맛이 각별하다 하여 외지 시장에서도 비싸게 호가되고 있으니 일찍부터 항구는 번영하였고, 주민들의 기질도 진취적이며 모험심이 강하였다.

이와 같은 형편은 조상 전래의 문벌과 토지를 가진 지주층들—대개는 하동河東, 사천泗川 등지에 땅을 갖고 있었다—보다 어장漁場을 경영하여 수천 금을 잡은 어장 아비들의 진출이 활발하였고, 어느 정도 원시적이기는 하나 자본주의가 일찍부터 형성되었다. 그 결과 투기적인 일확천금의 꿈이 횡행하여 경제적 지배계급은 부단한 변동을 보였다. 실로 바다는 그곳 사람들의 미지의 보고寶庫이며, 흥망성쇠의 근원이기도 하였다. 전해지는 말에 의하면 타관의 영락한 양반들이 이 고장을 찾을 때 통영 어구에 있는 죽림고개에서 갓을 벗어 나무에다 걸어놓고 들어온다고 한다. 그것은 통영에 와서 양반 행세를 해봤자 별 실속이 없다는 비유에서 온 말일 게다. 어쨌든 다른 산골지방보다 봉건제도가 일찍 무너지고 활동의 자유, 배금사상이 보급된 것만은 사실이다.

어업 외에 규모가 작지만 특수한 수공업도 이곳의 오랜 전통의 하나다. 근래에 와서는 두메산골로 들어가도 좀처럼 갓 쓴 사람은 볼 수 없게 되었지만, 조선 왕실이 쓰러지기 전까지는 최상품의 갓이라면 으레 통영갓이었고, 그 유명한 통영갓은 제주도의 말총으로 만들어졌던 것이다. 지금도 흔히 여염집에 들르는 뜨내기 소반장수가 싸구려 소반을 통영소반이라 사칭하고 거래하는 풍경이 있는데 통영갓, 통영소반은 그 세공이 정묘하여 매우 값진 상품이었다. 이 밖에도 소라 껍데기로 만든 나전 기물이 이름 높다. 원료를 바다에서 채집하는 관계상 그랬는지 알 수 없으나 진줏빛보다 미려하고 표질이 조밀한 소라 껍데기, 혹은 전복 껍데기를 갖가지 의장意匠으로 목재에 박아서 만든 장롱, 교잣상, 경대, 문갑, 자尺에 이르기까지 화려 찬란한 가구 제작은 일찍부터 발달되었다. 대부분의 남자들이 바다에 나가서 생선 배나 찔러 먹고 사는 이 고장의 조야하고 거친 풍토 속에서 그처럼 섬세하고 탐미적인 수공업이 발달되었다는 것은 좀 이상한 일이다. 바다 빛이 고운 탓이었는지도 모른다. 노오란 유자가 무르익고 타는 듯 붉은 동백꽃이 피는 청명한 기후 탓이었는지도 모른다.

1864년, 고종이 왕위에 오름으로써 그의 아버지 대원군은 집권하였다. 그러나 병인양요丙寅洋擾를 겪고 극도에 달한 경제적 파탄으로 드디어 대원군은 그 패권을 민비에게 빼앗겼다. 정권이 민씨 일파로 넘어간 후에도 여전히 나라 안은 소연하였다. 청·일 두 세력의 대립, 민씨파와 대원군파의 암투, 개화파와 보수파의 갈등, 개화파 중에서도 일본식을 따르자는 친일파, 청국식을 따르자는 사대파, 이러한 파벌의 발호跋扈는 날이 갈

수록 심해지고 국운은 차츰 기울어만 갔다.

이 무렵의 통영 항구를 점묘點描해 보면, 고성반도에서 한층 허리가 잘리어져 부챗살처럼 퍼진 통영은 북장대 줄기를 타고 뻗은 안뒤산이 시가를 안은 채 고깃배가 무수히 드나드는 바다를 내려다보고 있었다. 안뒤산 기슭에는 동헌東軒과 세병관洗兵館 두 건물이 문무文武를 상징하듯 나란히 자리 잡고 있었다. 시가는 동서남북 네 개의 문과 동문, 남문 중간에 있는 수구문을 합하여 모두 다섯 개의 문으로 형성되어 있었다.

동헌에서 남문을 지나면 고깃배, 장배가 밀려오는 갯문가, 둥그스름한 항만이다. 항만 입구 오른편이 동충이며 왼편이 남방산이다. 이 두 끄트머리가 슬며시 다가서서 항만을 감싸주며 드나드는 배를 지켜보고 있었다. 동충과 남방산(남망산) 사이에는 나룻배가 수시로 내왕한다. 항구에 서면, 어떻게 솔씨가 떨어졌는지 소나무 한두 그루가 우뚝 서 있는 장난감 같은 공지섬이 보이고 그 너머 한산섬이 있다. 여기서 거제도는 아득하다.

동헌에서 서쪽을 나가면 안뒤산 기슭으로부터 그 아래 일대는 간창골이란 마을이다. 간창골 건너편에는 한량들이 노는 활터가 있고, 이월 풍신제風神祭를 올리는 뚝지가 있다. 그러니까 안뒤산과 뚝지 사이의 계곡이 간창골인 셈이다. 간창골에서 얼마를 가파롭게 올라가면 서문이 있다. 그곳을 일컬어 서문고개라 한다. 서문 밖에는 안뒤산의 한 줄기인 뒷당산이 있는데, 그

뒷당산 우거진 대숲 앞에 충무공을 모신 사당 충렬사가 자리 잡고 있다. 이 일대는 이곳의 성지라 할 만한 지역이다. 충렬사에 이르는 길 양켠에는 아름드리 동백나무가 줄을 지어 서 있고, 아지랑이가 감도는 봄날 핏빛 같은 꽃을 피운다.

그 길 연변에 명정골 우물이 부부처럼 두 개가 나란히 있었다. 음력 이월 풍신제를 올릴 무렵이면 고을 안의 젊은 각시, 처녀들이 정화수를 길어내느라고 밤이 지새도록 지분 내음을 풍기며 득실거린다. 뒷당산과 마주 보는 곳이 안산이다. 안산을 넘어가면 작은개, 큰개, 우룩개가 있어 봄이면 멸치 떼가 시뻘겋게 몰려든다.

명정골 우물에서 서문고개로 가는 길을 되돌아서면 대밭골이다. 이 대밭골에서 서문고개 가는 길과 갈라진 길을 접어들어 줄곧 나가면 판데로 가게 된다. 판데는 임진왜란 때 우리 수군水軍에 쫓긴 왜병들이 그 판데목에 몰려서 엉겁결에 그곳을 파헤치고 한산섬으로 도주하였으나, 결국 전멸당하고 말았다는 곳이다. 그래서 판데라고 부른다. 판데에서 마주 보이는 미륵도는 본시 통영과 연결된 육로였는데 그러한 경위로 섬이 되었다. 미륵도에는 봉화를 올리는 고봉 용화산이 있고 그 아래에 봉수골, 더 내려오면 통영 항구가 바라보이는 해명나루가 있다. 바다에 가서 죽은 남편을 뒤따라 순사한 여인의 전설이 있는 곳이다. 용화산을 넘어서면 첫개와 그 밖에 소소한 어촌이 있고, 넓은 바다를 한눈으로 굽어보는데, 대충 큰 섬만 추려도 사랑섬, 추도, 두미도, 욕지섬, 연화도 등 많은 섬들이 있다.

되돌아와서, 통영 육지도 막바지인 한실이라는 마을에서 보는 판데는 좁다란 수로다. 현재는 여수로 가는 윤선輪船의 항로가 되어 있고 해저 터널이 가설되어 있다. 왜정 시에는 해저 터널을 다이코보리*라 불렀다. 역사상 풍신수길이 조선까지 출진한 일이 없었는데 일본인들까지 해저 터널을 다이코보리라 불렀으니 우습다.

동헌에서 비스듬히 동쪽으로 길을 건너 솟은 것은 당산이다. 당산은 동헌과 건너다보이는 곳이어서 백성들이 억울한 일이 있으면 당산에 올라 사또에게 그 억울한 사연을 외치며 호소했던 것이다. 당산 옆을 빠져서 돌아가면 동문이다. 동문에서 얼마간 떨어진 곳에 수구문이 있고 수구문 주변은 장터였다. 이 두 문 밖에도 막바지는 바다였다. 그 바닷가에 멘데라는 가난한 어촌이 있어 밤낮 파도 소리를 들으며 어부들은 손바닥만 한 통구멩이*를 손질하고 어망을 깁는다. 아낙들은 생선과 해초를 모래밭에 널면서 구름을 보고 바람 소리를 들으며 가슴죄는 하루살이 살림을 하고 있었다. 거기서 보이는 바다에 지도라는 섬이 있었다.

마지막으로 동헌 뒤켠으로 빠지는 북문, 이것만이 유일한 육로다. 섬의 신세를 면한 길목이다. 토성골을 지나 붉은 황톳길인 장대고개를 넘어서 가을이면 통영의 지주들이 당나귀를 타고 고성으로, 사천으로 추수를 거두어 가고, 봄이면 춘궁春窮을 모면키 위하여 어촌의 아낙들이 마른 생선과 해초를 포대에다 꾸려서 이고 곡식 도붓길을 떠나는 슬픈 고개다. 장대고개에는 묘지가 있었다. 그리고 문둥이들이 떼거리를 지어 살고 있었다. 문둥이들은 봄가을에 합동결혼식을 한다. 그들이 짝을 짓는 방법은 각자의 바가지를 엎어놓고 바가지를 집는 처녀문둥이가 바가지 임자인 총각문둥이에게 시집을 가게 된다. 이 합동결혼식 때 일수 사나운 나그네가 지나가다가 걸려들면, 문둥이들이 잔칫술을 마시고 가라면서 잡아끄는 바람에 나그네는 진땀을 빼곤 한다. 문둥이들은 장대 근방의 황토 지역을 일궈 고구마, 감자를 심고, 호박, 배추도 심어 장사치들에게 몰래 넘겨주는데, 황토에서 나는 고구마, 호박이 어떻게나 컸던지 사람들은 묘지에서 송장 썩은 물이 흘러서 그러느니, 문둥이의 거름이 걸어서 그러느니 하며 장터에서도 유별나게 큰 고구마, 호박 같은 것은 사기를 꺼려하였다.

이 고을에 김봉제金奉濟 형제가 살고 있었다. 형인 봉제는 조상 때부터 살던 간창골 묵은 기와집에 있었고, 동생인 봉룡奉龍도 간창골에 살고 있었지만 형네 집과 뚝 떨어진 안뒤산 기슭의 청기와집에 살고 있었다. 그 집은 부모 생존시부터 봉룡의 몫으로 신축한 것으로 형네 집보다 산뜻하고 운치 있는 집이었다.

봉제는 마흔에 가까운 장년으로 관약국官藥局의 의원이었다.

15

비록, 현재의 신분은 중인으로서 하급관리에 지나지 못하였으나, 왕시의 그의 조상은 이 지방의 호족이었고 가산도 유족하여 하급 국록國祿을 먹지 않아도 좋았다. 그러나 그는 일개 의생醫生으로서 별다른 야망 없이 세월을 조용히 보내고 있었다.

동생 봉룡은 스물세 살, 형과는 부자지간처럼 연령의 차이가 있다. 그들 사이에 봉희라는 누이가 한 사람 있지만, 다른 형제들은 모두 요절하였다. 봉룡은 점잖은 선비 같은 성품의 형과는 달리, 몸이 건강하고 눈에는 광기가 번득이는 혈기왕성한 젊은이였다. 그는 선조에 대한 자부심에서 몹시 오만불손하였고 막내아들로서 귀엽게 자란 탓인지 누구든 자기의 의사를 거역하는 것을 광적으로 싫어하였다. 그러한 성격상의 결함은 그를 난폭자로 만들었다. 얼굴은 잘생긴 편이다. 외모로 봐서는 능히 한 두령頭領 감이었다. 그러나 머리털이 노란 것이 큰 흠이었다. 한번은 어느 친구가 그의 노란 머리털을 보고 양놈의 피가 섞이지 않았느냐고 농을 걸었다가 반죽음이 될 만큼 얻어맞은 일이 있었다.

봉룡에게는 지난가을에 첫아들을 낳은 아름다운 아내가 있었다. 그 아내는 재취였다. 전처는 시집온 지 이태 만에 죽었는데, 소문에 의하면 맞아서 골병이 들어 죽었을 거라 한다.

비명 非命

섬돌 아래 삽살개 한 마리가 다리를 쭉 뻗고 누워 있다. 졸고 있는 모양이다. 싸아! 솔바람 소리가 안뒤산에서 들려온다. 마을과 외따로 떨어져 있는 봉룡의 집은 괴괴하다. 봉룡은 하인 지석원池石元을 데리고 뚝지 활터에 가고 없었다.

봉룡의 집 문전의 늙은 느티나무 밑에 젊은 나그네 한 사람이 몸을 숨기고 서 있었다. 포류蒲柳의 체질인 듯 몸매는 허약하고 얼굴이 창백한 사나이다. 소맷자락으로 이마에 솟은 땀을 씻으며 무슨 말을 하는지 혼자서 입을 달싹거리고 있었다.

푸른 하늘에는 구름 한 점 없고, 소리개 한 마리가 유장하게 쭉 뻗은 날개로 원을 그리고 있었다. 돌담을 휘감은 담쟁이덩굴이 이따금 사각사각 소리를 낸다. 뱀이 지나가는 모양이다.

나그네는 지척지척 대문 앞으로 발을 옮긴다. 기웃이 집 안을 들여다본다. 삽살개는 섬돌 아래서 여전히 졸고 있었다. 그는 또 입을 달싹거렸다. 슬그머니 돌아서서 돌담을 따라 휘청휘청 걷는다. 느티나무 그늘과 담쟁이의 푸르름 때문인지 얼굴은 한층 창백해 보인다. 언덕의 잡풀 위에 그는 하염없이 신발을 내려다본다. 새로 지어 신은 신발에 붉은 진흙이 질퍽하게 묻어 있다. 버선등이 터져서 발이 내비친다.

'그냥 함양으로 갈까?'

목구멍 속에서 구걸구걸 웃음을 굴린다. 울음 같기도 했다. 함양에서 첫날밤 신부를 내버려두고 뛰쳐나온 사나이다.

'귀신이 씌었지. 내가 여길 왜 왔어?'

통영 땅에 떨어진 후부터 줄곧 혼자 뇐 말이다. 신발 끝만 내려보고 앉았던 나그네는 슬며시 얼굴을 들었다. 세운 무릎에 팔을 돌려 깍지낀다. 멀리 갯문가에 어장 배가 들어왔는지 많은 사람들이 우왕좌왕하고 있다. 왼편 아래에 보이는 세병관 넓은 마당에서도 많은 병정들이 조련을 받고 있었다. 그는 시선을 봉룡의 집으로 옮긴다. 연분홍 누비천에 아이를 감싸 업은 하녀가 마침 나온다. 하녀는 호젓한 오솔길을 따라 이내 아랫마을로 사라진다. 그러나 봉룡의 집 안에서 다듬이 소리가 맑게 울려 나왔다.

나그네는 우뚝 일어섰다. 그는 미끄러지듯 언덕에서 쫓아내려 간다. 다리를 핥고 있던 삽살개가 짖는다. 다듬이 소리가 멎는다. 대청마루에서 여자가 기웃이 밖을 내다본다. 사나이는 전신을 떨면서 대문 안으로 발을 들여놓았다.

"숙정아!"

크게 뜬 여자의 눈은 일순간 굳어진다. 개가 네 발을 뻗치며 요란스럽게 짖는다.

"유모!"

날카로운 목청이다. 여자는 다듬잇방망이를 놓고 훌쩍 일어섰다.

"유모!"

이번에는 찢어지는 소리다. 여자는 남색 관사 치맛자락을 버선발로 휙 차면서 방 안으로 급히 들어간다.

"숙정아!"

한 팔을 내젓고 비틀거리며 울부짖는다. 대답은 없고 닫혀진 방문은 차갑다.

"누구요."

뒤꼍에서 돌아 나온 늙은 유모가 행주치마에 손을 닦으며 기우뚱하고 사나이를 올려다본다. 말뚝처럼 사나이는 서 있었다.

"아, 아니! 이분이 가매골의 도련님이 아니시오?"

유모는 잡아먹을 듯 짖어대는 개를 쫓아버리고 사나이 옆에 바짝 다가선다.

"이거 큰 변이 나갔습니다. 이 집 서방님이 곧 돌아오실 긴데 어서 가시이소. 정말 큰 변이 나갔습네다."

유모는 소름이 끼친 듯 으스스 떨었다.

봉룡의 아내 숙정淑貞의 친정은 함양이다. 갓 나면서부터 어머니를 잃은 숙정을 길러낸 유모는 함양에 있을 때 가매골 송씨 아들 욱郁이 숙정을 연모하여 병까지 얻고 혼사가 될 뻔하였으나 처녀의 사주가 세다 하여 혼인이 삐그러진 일을 잘 알고 있었다. 처녀의 사주가 센 것을 박씨 집에서도 시인하였는지 결국 후취로 숙정을 통영에다 여의고 욱은 서울 외갓집에 보내었던 것이다.

"어서 돌아가이소. 정말 환장했십네까? 이 집 서방님이 돌아와 보소, 단박에, 자, 어서."

유모는 욱의 등을 떠밀다시피 한다. 횡포하기 짝이 없고 의처증이 심한 봉룡을 생각하니 유모의 등골에는 식은땀이 흘렀다.

"유모, 나도 이자 장가들었네."

욱은 잠꼬대처럼 말한다.

"첫날밤에 그, 그만 뛰쳐나왔다. 보고 싶었다. 한 번이라도 하, 한이 없게 한 번만……."

눈에서 굵은 눈물이 뚝뚝 떨어진다.

"철부지한 짓을 했구마. 그래 서울서 언제 왔습네까."

우는 꼴을 보니 어이가 없기도 하고 가엾은 생각도 들어 혀를 끌끌 찬다. 욱은 그 말 대답은 안 하고,

"한 번만 숙정이를 보게 해주게. 다시는, 죽는 날까지 나타나지 않겠네. 쓸개 빠진 놈이라 웃을란가? 그래도 좋네."

유모의 앙상한 손을 덥석 잡는다.

"못난 소리, 그기이 될 말입네까. 서로가 다 인연이 아닙네다. 잊어버리고 사시소. 아씨는 이자 김씨 가문의 사람이 아닙네까. 도련님도 앞으로 구만리 같은 인생인데 잊어버리고 사이소. 그게 약입네다."

타이르고 달랜다.

"아, 덥다. 후우……."

별안간 대문을 밀어붙이며 봉룡이 들이닥쳤다. 유모 얼굴이 확 변한다.

"거 누구요!"

봉룡이 버럭 소리를 질렀다. 성큼성큼 욱이 옆으로 다가온다. 욱의 눈에서 불이 튀긴다. 다음 순간 그는 몸을 사리더니 휙 비호처럼 달아난다.

"저놈 잡아라!"

활집을 들고 엉거주춤 서 있던 석원은 활집을 든 채 허겁지겁 쫓아 나간다.

"누구냐! 저놈이 누구냐!"

벌겋게 핏발이 선 눈이 유모를 윽박는다. 유모는 오그라들 듯 몸을 움츠린다. 유모의 이마에는 기름땀이 주룩주룩 흘렀다.

"누구냐! 어떤 놈이냐!"

"저, 저 가매골 도, 도련님……."

거짓말을 꾸밀 겨를이 없었다.

"가매골 도련님?"

봉룡의 눈이 번쩍 빛났다.

"에킷!"

신발을 신은 채 대청으로 뛰어 올라간다. 마루청이 우지직 흔들린다.

"이년아! 그 간부 놈을 어디서 알았느냐!"

방문을 걷어찬 봉룡은 노한 짐승처럼 머리를 곤두세우고 포효한다. 숙정이 얼굴을 번쩍 쳐들었다. 다듬은 옥같이 반반한 이마 위에 쏟아지는 봉룡의 붉은 시선, 어쩌면 그건 쾌감을 맛보는 그런 것이기도 하다.

"말씀이 지나칩니다."

얼굴 한 번 붉히지 않고 숙정은 냉랭하게 책망한다.

"으하하핫…… 이년아, 내 눈으로 똑똑히 보았는데 날 장님을 만들라 카나아?"

봉룡은 몸을 흔들며 호걸웃음을 웃다가 눈에 다시 붉은 액체를 모은다.

"당장에 목을 벨 테다. 말하라! 바른대로 말하랏!"

"목숨은 아깝지 않습니다. 누명만은 씌우지 마시오."

마치 평행선을 가듯 억양 없는 목소리에 변함없는 몸가짐이다. 싸늘한 냉 바람이 돈다. 봉룡은 숙정을 덥석 잡았다. 옥비녀가 굴러 떨어진다. 봉룡의 발길에서 비녀는 동강이가 났다. 무서운 매질을 당하면서도 숙정은 신음 소리 한 번 내지 않는다.

"아이고, 이 일을 어쩔꼬!"

밖에서 벌벌 떨고 있던 유모는 쫓아오면서 봉룡의 팔을 잡았다. 그러나 발길질에 뒤로 나자빠진다. 욱을 놓치고 헐레벌떡 달려오는 석원은 여전히 활집을 꼭 잡은 채 얼굴이 푸르락누르락한다.

"서, 서방님, 저, 저……."

다 죽어가는 소리를 낸다. 피가 솟구쳐 자줏빛이 된 봉룡이 방에서 쫓아 나온다.

"이놈! 석원아! 그놈을 잡았느냐!"

"네, 네, 저, 그, 그만 숲속으로 다, 달아나버렸심더."

"이 개상놈이!"

주먹이 날랐다.

"아이구우!"

석원은 허리뼈라도 부러진 듯 땅바닥에 납작 엎드려 엄살을 피운다.

"에킷! 내가 잡아올 테다, 새 다리 같은 그놈의 다리가 갔음 몇백 리를 갔을꼬. 그놈을 당장에, 당장에 잡아다가 연놈을 한 칼에 베서 피를 봐야 잠이 오겠다!"

외치며 칼을 들고 쫓아나간다.

"아씨! 으ㅎㅎㅎ, 아씨! 이 일을 어짜믄 좋소."

기절한 듯 쓰러진 숙정을 안아 일으키며 유모는 운다. 봉룡이 칼을 들고 미친개처럼 안뒤산 숲속을 헤매고 다닐 때 숙정은 비상砒霜을 먹었다. 아랫마을 관약국 봉제가 왔을 땐 독은 이미 전신을 돌아 살릴 도리가 없었다.

"집안 망할 놈 같으니……."

봉제는 쓰디쓰게 입맛을 다신다.

"어르신네, 살려주이소. 불쌍한 우리 아씨를 살려주이소."

유모가 통곡하며 애걸하였으나 봉제는 말이 없다.

피를 들이마신 듯 씨근덕거리며 봉룡은 새벽에 돌아왔다. 피 묻은 칼을 헛간에 내던지고 사랑으로 들어가더니 이내 코를 골았다. 집안이 발칵 뒤집어졌으나 아랑곳없다.

아침이 희뿌옇게 창문을 비쳤을 때 숙정은 숨을 거두었다. 비명에 죽은 숙정의 장사는 삼 일 후 남의 이목을 두려워하여 친정에도 알리지 않고 치렀다. 그러나 소문은 날았다. 함양에서 숙정의 오라버니들이 하인들을 거느리고 달려왔다. 봉룡은 형세의 불리를 깨닫고 안뒤산에 숨어버렸다. 숙정의 오라버니들은 시체를 파내어 둘러메고 와서 봉룡을 내놓으라고 봉제에게 소리를 질렀다.

봉룡은 그날 밤 봉제가 준 노자를 가지고 고향을 빠져나갔다.

지석원

비가 부슬부슬 내린다.

"도련님, 게서 뭐합니꺼."

우장雨裝을 둘러쓰고 도깨비 집 앞을 지나치려던 지석원이 움칫하고 발을 멈추었다. 소년은 긴 목을 뽑고 우두커니 서 있었다.

"찬비 맞고 감기라도 들믄 어짤라고 그럽니꺼, 자."

석원은 소년을 우장 속으로 끌어당긴다.

"뭐할라꼬 에기 왔습니꺼."

소년은 여전히 대답이 없다. 석원은 우장 한끝을 걸친 채 터벅터벅 걷기만 한다. 숙정의 모습을 그대로 뽑아낸 듯 아름다운 얼굴이다. 고향을 등지고 나간 지 어느덧 십육 년, 아무 소식도 없는 김봉룡의 아들 성수成洙였다.

석원은 우장 밖으로 밀려나가는 성수를 다가세우며,

"도련님, 에기 오믄 안 됩니더. 안 된단 말입니더. 피가 말라 버립니더. 거 보이소, 얼굴이, 바늘로 쑤셔도 피 한 방울 안 나겠소."

석원은 귓속말로 소곤거린다.

"와 오믄 안되노, 그건 우리 집 앙이가."

처음으로 퉁명스럽게 쏘아붙인다.

"허 참, 딱한 소리를 하네. 안 된다 카이. 약국 마님이 알아보이소, 벼락이 납니더. 알지요?"

성수는 고집이 세게 입을 딱 닫아버린다.

마을 사람들은 봉룡의 집을 '도깨비 집'이라 부른다. 비가 부슬부슬 내리는 밤이면 비상을 먹고 죽은 숙정과 숲속에서 봉룡의 칼에 맞아 죽은 나그네의 혼령이 나타난다는 것이다. 해가 미처 지기도 전에 마을 사람들은 도깨비 집 앞의 길을 피한다.

봉룡의 집은 완전히 폐가廢家가 되어버렸다. 잡풀이 우거진 뜰은 쑥대밭이 되었고, 담은 허물어져 뱀과 두꺼비가 드나들 뿐이다. 지난날의 피비린내 나는 사건이 없었다 하더라도 그 집은 마을과 외떨어져 있었고, 문전에 백 년을 묵은 느티나무가 있는 데다, 솔바람 소리가 그치지 않는 안뒤산의 짙은 숲이 있다. 으스스 떨리는 곳이다. 구름이라도 끼는 날이면 더욱 그렇다.

마을 사람들의 말로는, 밝은 대낮에도 도깨비 집 대청에 곱게 단장한 숙정이 다듬이질을 하고 있더라는 것이며, 칼 맞아 죽은 나그네와 함께 뜰 안을 쏘다니더라는 것이다. 아낙들은 아이가 보채기만 해도 도깨비 집으로 가자고 으르대었다. 그러나 사람이 살지 않는 도깨비 집에도 철따라 살구꽃이 피고, 앵두꽃이 피었다. 봄, 여름에는 앵두, 살구, 석류가 열렸다. 아이들은 도깨비 집에 대한 무서움보다 그 소담스러운 과실에 더 많은 매력을 느낀다. 무너진 돌담 사이를 두꺼비처럼 엉금엉금 기어들어 가서 그윽한 향기를 뿜는 과실을 따내는 것이다. 어른들은 숙정이와 나그네의 혼령이 나와서 그 과실을 따 먹는다고 했다.

아랫마을 김약국집에까지 온 석원은 뒷문으로 들어간다.

"자, 어서 들어가이소."

성수를 밀어 넣는다.

"정말입니더. 이자부터는 거기 가믄 안 됩니더. 피가 말라서, 그래서 주, 죽심더."

석원은 심각한 표정을 지었다. 그러나 이내 벌쭉 웃었다. 수염 사이에서 누런 이빨이 드러났다. 성수는 빗방울을 얼굴에 받으면서 웃고 있는 석원의 얼굴을 빤히 쳐다본다. 석원은 갯문가 선술집으로 향하였다. 석원은 유쾌하고 낙천적인 사나이다. 봉룡이 통영에서 자취를 감춘 뒤 석원은 이 집 저 집으로 떠돌아다니며 하인살이를 하였다. 그는 문서에 있는 종이 아니었으므로 어느 특정된 상전을 섬겨야 할 신세는 아니었다. 말하자면 천민의 신분이기는 해도 일종의 자유민自由民이었다. 어디서 출생하였는지 부모가 누구인지 지석원은 모른다. 어릴 때부터 어장막에 굴러다니며 심부름꾼으로 자랐다. 스무 살 때 통영으로 흘러들어 와서 봉룡의 하인이 된 것이다.

십육 년 동안 세상도 많이 변하였다. 임오군란壬午軍亂에다 갑신정변甲申政變이 일어났고, 일본, 청국, 러시아, 영국까지 각기 도마 위에 놓인 고깃덩이처럼 조선을 서로 먹겠다고 으르렁거렸다. 이런 외환外患에다 거듭되는 악정惡政에 항거하여 일어난 민란이, 즉 동학란이다. 이 서슬에 지석원은 한몫 끼어들어 병정이 되었다. 어느 편이 옳고 그르고 헤아릴 석원은 아니었다. 나라에서는 무슨 일이 있건 말건, 정권이 골백번 바뀌어도 석원은 알 바 없다. 다만 묵직한 총을 메고 거리를 휩쓸고 다니는 병정의 신분만을 다시없는 영광으로 여겼다.

남이사 인정을 하거나 말거나 '지석원이 예 있노라'는 식으로 술집, 투전 자리를 휩쓸고 다닌다. 술만 들어가면 온통 세상이 돈짝만큼 보이는 것이다. 악기惡氣 없는 사나인데 장난이 심하고 술이 과한 것이 탈이다. 그의 술주정은 가끔 풍파를 일으킨다. 화를 당하는 사람은 주로 술집의 주모들이다. 그러나 당하는 사람들도 마음속 깊이 석원을 미워하지는 않는다. 할 수 없는 녀석이라 웃고 넘기기 일쑤였다. 나이 서른다섯, 총각의 신세를 면치 못하면서도 술이 있는 한 그지없이 그에게는 살기 좋은 곳인 모양이다.

"석원아, 이 천치야. 그래 니는 처니처녀 하낫도 업고 올 재주가 없나?"

주모들이 놀리면 그냥 헤헤 웃는다.

"제모 젓는* 붙들이는 멘데서 처니를 업고 오고, 쭈석방* 기연이는 폰데서 처니를 업고 왔는데 니는 뭐하노. 술만 처묵고 오줌만 쌀래? 죽으면 몽다리귀신 될 기다."

"힝! 그래서 뒤를 보니 절색이요 앞을 보니 박색이라, 업고 왔으니 할 수 없제. 속절없이 데꼬 살아야제, 하하핫……."

누런 이빨을 드러내고 껄껄 웃어젖힌다. 쭈석방 날일꾼 기연이가 어느 날 밤 판데에서 물동이를 들고 가는 처녀의 뒷모습을 보고 단박에 반했다. 그는 처녀를 뒤집어 업고 다리야 날 살리라고 집으로 왔는데, 아침에 보니 곰보였다는 것이다. 석원은 그것을 비웃었던 것이다. 돈이 없어서 장가들 형편이 못 되는 노총각들은 가끔 처녀를 둘러업고 와서 같이 산다. 물론 양갓집의 처녀는 아니다. 이 시절에는 하층계급에 있어서 그와 같은 풍습이 하나의 불문율로 되어 있었다.

"뭐어! 꼴에 꼴방망이 차고 남해 노량 간다더니 니 주제에 곰보믄 어떻고 새보*믄 어떻노?"

주모의 핀잔인데 석원은 조금도 달뜨지 않았다. 여자를 무척 좋아하면서도 한 번 걷어채이면 깨끗이 단념하는 석원이다. 번번이 당하는 일이라 그만큼 체념이 빨랐는지도 모른다. 술에 있어서는 그렇지가 않다. 외상술을 거절하면 행패를 부린다. 남의 술상을 뒤집어엎는다. 그러나 이튿날이면 내가 언제 그랬느냐는 듯 헤헤 웃고 나타나서 어떻게 구변을 했는지 엽전을 술상에 던져주었다. 주모들은 좀 혼을 내주어야겠다고 군뢰軍牢에게 일러바친다. 그래서 석원의 엉덩이에 매 자국 가실 날이 없다.

"석원아! 이놈 너 또 술 처묵고 지랄했지. 엉덩이 까라!"

곤장을 들고 군뢰가 눈을 부라리면, 석원은 부실부실 엉덩이를 까고 납작하니 엎드린다. 눈을 꿈벅꿈벅한다. 곤장이 바람을 일으키며 올라가기가 바쁘게 군뢰보다 먼저,

"하나아!"

석원의 입에서 나온다. 두 번째 곤장이 올라가면 역시 석원이 앞질러,

"두울!"

세 번째 역시,

"세엣!"

군뢰는 하도 어이가 없어 쓴웃음을 머금고 네 번째 곤장을 쳐든다. 그러나 석원은 발딱 일어나서 바짓말을 치켜올리면서,

"제엔장! 어제는 곤장 두 개밖에 죄 안 짔심더. 그런데 질미[菑子] 찌어서 곤장 세 개 맞았음 됐지 뭐요."

하고 벌쭉 웃는다.

"자아식이……."

군뢰는 그만 곤장을 던져버린다. 매가 이런 식이다.

간창골에서 남문을 지나 선창가에 나왔다. 비는 멎었고 사방은 어둑어둑하였다. 석원은 옥화玉花가 있는 선술집에 들어섰다.

"아이구, 저 원수가 또 왔구나!"

동백기름을 발라서 번들거리는 머리를 들어보이며 옥화가 웃는다.

"사람 괄시하지 말어라, 오늘 밤은 맞돈[現金]이다. 맞돈……."

석원은 우장을 벗어던지고 술꾼들 사이를 비비고 들어간다. 장 배를 부리는 천 서방이 싱둥겅둥 웃으며,

"가만 보자. 원이가 옥화한테 반하기는 단단히 반한 모양이라, 문턱이 닳겠구마. 흐흐흐……."

쩍 벌리고 웃는 천 서방 입 안에는 고추장이 범벅된 뱅어회가 들어 있었다. 흡사 쓰레기통 같다.

"형님, 와 놀리시오? 될 일도 안 되겠소, 헤헤."

"그러지 말고 우리 앞에서 옥화 입이나 한분 맞추보지, 귀를

꼭 잡고. 그라믄 오늘 밤 술값은 내 차지다."

게슴츠레한 눈은 초승달이 된다.

"실없는 소리도 해쌓는다. 돈을 섬으로 가지고 와도 내사 석원인 싫구마."

옥화는 천 서방에게 추파를 보낸다.

"너무 그러지 마라. 옥화야, 야박하게 무슨 말고. 이래 봬도 총만 메믄 뭇 가시나들이 힐끔힐끔 치다보드래이."

"으하하핫……."

"호호호……."

방 안은 웃음이 들어차는데, 석원은 막걸리 한 잔을 들이켜고 혀를 길게 뽑아, 안주를 집어 먹는다. 우물우물 씹어 먹으며 슬그머니 손을 뻗어 옥화의 손목을 잡는다.

"와 이 카노? 놔라! 미쳤는가 배. 그래 가시나들이 니가 이뻐서 본 줄 아나?"

"하모, 이뻐서 봤지."

"호호호, 그 가시나들 눈에 명태 껍데기 붙였던갑다. 호호호……."

술꾼들은 또 와아 하고 웃는다.

"제에기랄, 계집들은 소견이 좁아. 개 훑은 죽사발 같은 상판이믄 오금을 못 쓰거든. 실상은 매꼼한 그놈들보다 나 같은 텁석부리가 인정도 많고 마음도 대 천지 한바다처럼 넓은 기라. 그걸 모른다 카이. 이래 봬도 병정 나오리다."

석원은 코를 벌름한다. 옥화는 까드라지게 웃는다. 연초 연기가 자욱한 술방에는 갖가지 냄새가 뭉뭉하다. 제 흥에 겨운 술꾼들이 소리치고 춤을 춘다.

"야, 석원아, 발가락이 웃겠다. 군가도 못 부르는 주제에 병정 나으리? 잔소리 말고 밀린 외상값이나 내놔. 볼기짝에 멍이 들기 전에."

"온, 변덕스럽기는, 좋다고 히히거릴 때는 언제고 외상값 내라는 심보는 또 뭐고."

"사람 잡네. 내가 언제 닐 좋다고 했노."

"간밤에 그랬지, 날 이렇게 얼싸안고 지 서방 나하고 살재이, 텁석부리 지 서방이 나는 좋다, 안 했나."

팔을 벌리며 옥화의 시늉과 목소리까지 흉내 낸다. '와!' 하고 또 웃는다. 옥화에게 눈독 들이고 다니는 사내들도 석원이 말을 곧이듣지는 않았다. 그러나 석원을 놀려먹을 양으로, '그래서, 그래서' 하며 젓가락으로 판을 치며 재미나 한다. 옥화 역시 석원의 거짓말을 해명하려 하지도 않고 개글개글 웃기만 한다.

"날 좀 보오소, 날 좀 보오소, 날 좀 보오소, 동지섣달 꽃 본 듯이……."

닭의 볏처럼 벌게진 목줄기를 흔들며 소리를 뽑는다.

"아아, 치아라 치아, 돼지 불 따는 소리. 그보다 니는 병정 나으리 군가나 한분 불러봐라."

천 서방이 또 집적거린다.

"그거 틀리묵었다야. 차라리 염불이나 외믄 극락이나 가제."

옥화나 천 서방이 군가 이야기를 하는 데는 그만한 곡절이 있었다. 석원이 제일 신나는 것은 총을 메고 행진하는 일이다. 코를 벌름벌름하며 병정들의 행진을 구경하는 여자에게 눈짓을 하기도 하고, 누런 이빨을 드러내기도 한다. 그것도 상관에게 들키면 맷감이다. 따라서 요령껏 앞뒤를 살피며 장난을 하는데 요령껏 할 수 없는 것은 군가다. 가르치는 쪽이 결국 지쳐서 이제는 석원이 무슨 말을 주워섬기거나 내버려둔다. 마음대로 지껄이는 지석원의 군가라는 것이 걸작이다.

지석원의 군가다!
니 뭐라 카는고
내 모르겠다!
흠 흠 흠

고갯짓까지 하고 걸으며 부르는 데는 더 말할 나위가 없다.

술꾼들은 다 돌아갔다. 마지막까지 뭉개고 앉았던 천 서방도 바람이 거실거실 부는 것을 보자 배를 단속하기 위하여 자리에서 떴다.

옥화가 슬며시 석원이 팔을 꼬집는다.

"아야얏!"

눈꺼풀을 덮은 긴 눈썹을 곤두세우고 석원은 꼬집힌 팔을 들고 본다.

"석원아."

살짝 웃는다. 박하분이 밀린 얼굴은 희뜩희뜩하였다.

"니 그러지 마라. 무섭구마. 내일 아침에 해가 서쪽에서 돋을라. 정이 설설 넘치는구마."

정말 두렵기라도 한 듯 벌건 눈으로 사방을 두리번거린다. 아무도 없었다. 옥화는 웃던 웃음을 거두었다. 그 대신 땅이 꺼지게 한숨을 쉰다.

"자, 술이나 실컷 묵어라."

옥화는 술잔에 술을 따랐다.

"와 이 카노? 돈, 돈 없구마."

외상술 안 준다고 술상을 때려엎던 석원은 격에 맞지 않게 술을 사양한다. 평생 당해본 일이 없는 여자의 교태를 보자 얼떨떨하기도 하고 가슴이 울렁거리기도 했던 것이다.

"아무 말 말고 묵으라. 니가 주정뱅이기는 해도 심정이야 곱지."

옥화는 초지에 엽초를 둘둘 말아서 침을 바르더니 성냥을 그어댄다.

"헤헤, 이거 호박이 굴렀구마. 간밤에 용꿈도 안 꿨는데, 헤헤……."

군침까지 삼킨다.

"니 팔자나 내 팔자나 다 한恨이 많제. 한이 많은 인생이라,

헤헤…….”

놀랍게도 석원은 수줍어한다. 수줍음을 감추느라고 연방 헤헤거리며 멋쩍은 웃음이다.

“으으흠, 그래 한이 많다. 한이 많아서 내가 어찌 죽을꼬. 기영머리 마주 풀고 옳은 가장家長 만나서 남과 같이 못 사는 내 팔자…….”

옥화 눈에 눈물이 글썽 돈다.

“어, 어, 와 그라노? 울긴, 쯧쯧!”

혀를 차면서 당황하기도 하고, 의젓해지려고 애를 쓰기도 한다.

“말을 해라, 속이 씨원하게. 내가 이래 봬도…….”

옥화는 담배 연기를 석원의 얼굴에 뿜는다. 먼 곳을 바라보는 듯 실눈이 된다.

“김약국댁 연순이 시집간다믄?”

석원이 눈을 껌벅거린다. 뜻밖의 말이었던 것이다.

“와 그건 묻노?”

“정말이가 앙이가?”

“정말이제.”

“그런 뇌점병*쟁이가 어찌 시집을 갈까?”

“벼락 맞을 소리 하지도 마라. 입도 도꾸날같이 방정맞다.”

석원은 펄쩍 뛴다.

“옛날 상전댁이라고 아홉 폭 치마로 감싸주는 것가? 충신이

다, 충신. 누가 충신비 세워줄까 봐 흥!"

입을 비죽거린다.

"연순 아씨가 신병身病만 없다믄야 그런 놈팽이한테 시집갈 기든가 배? 어림도 없어, 집안이 나빠, 허 참 남의 일이라도 억울하제. 무남독녀 외딸이 하필이믄 그런 놈팽이한테, 기가 맥히서……."

처음에는 펄쩍 뛰었으나 신병만은 부인할 수 없었던지 자기 일처럼 원통해한다.

"니도 그라믄 그 혼사 합당찮게 생각하구마."

석원이 마음을 떠보듯 살핀다.

"합당하고 뭐고 있나. 내가 남인데 감 놔라, 배 놔라 할 수 없제."

"그라믄 니 가서 말 한분 해보겠나?"

"무슨 말?"

"연순이 보고 시집가지 말라꼬."

별안간 옥화의 눈이 이글이글 탄다.

"내가 무슨 골리로?"

옥화는 한참 동안 말이 없다가,

"택진이는 내 서방이다. 우리 얼라애비다. 니가 가서 연순이 보고 말해봐라."

"뭐! 뭐?"

석원은 정신이 번쩍 드는 모양이다.

"연순이 보고 살짝 귀띔해주란 말이다. 내가 그러더라 카지 말고."

옥화는 석원을 노려본다. 닭 쫓던 개처럼 날카로워진 옥화의 얼굴을 석원은 멀뚱멀뚱 바라본다.

송씨의 심정

해가 질 무렵이면 김봉제 영감의 외동딸 연순燕順의 얼굴은 불그레하게 물든다. 맑은 눈에 눈물이 고이는 듯하였다. 신열이 나기 때문이다. 뽀오얀 살결에 노랑머리의 이 아가씨는 열아홉의 노처녀였다. 봉제 영감은 '우리 집의 노랭이'라 부르며 사랑하였다.

"허약해서 그런 거다."

봉제 영감은 딸의 신열을 두고 그렇게 간단히 말한다. 그러나 마음속으론 다른 집 자식 같았으면 벌써 죽었을지도 모른다고 생각하였다. 그만큼 남 몰래 좋다는 약은 다 써봤고 보補도 많이 하였다. 백일 된 강아지, 염소, 돼지를 구하여 소주를 내어 먹이기도 하였고, 심지어 능구렁이도 여러 마리 잡아 먹었다. 병은 낫지 않았다. 그러나 몸져 자리에 눕지는 않았다. 약효가 있었다면 그것은 현재를 유지하는 것뿐이다.

"출가하면 나을는지……."

신병 때문에 혼기를 놓친 연순을 강택진姜澤辰에게 보내기로 결정한 그날 밤, 봉제 영감은 혼자 되뇌었다. 입맛이 쓴 일이었다. 강택진의 행장은 결코 좋지 못하다. 얼굴만은 희멀쑥해서 양반의 종자를 느낄 수 있다. 이미 부모도 가산도 없는 표령飄零의 신세가 되었지만. 그래서 천한 계집들의 두호를 받아가며 나날을 보낸다. 허나 봉제 영감은 그것을 탓하는 것이 아니다. 인물만 쓸 만하면 외딸의 사위, 얼마든지 사람을 만들 수 있다. 젊은 날에 흔히 있는 사내들의 방탕이요, 더군다나 강택진의 처지는 그런 처신에 빠질 수밖에 없다. 그러나 그 인물이 문제였다. 아무리 뜯어봐도 소인이요, 무식꾼이다. 글을 배우기는 했어도, 거기다가 잔재주가 있어 뵈니 탈이라는 것이다. 그러나 할 수 없었다. 울며 겨자 먹기가 아닌가.

"처를 두면 그래도…… 할 수 없지, 할 수 없어."

병으로 버린 자식, 아예 내던져버리는 심정이다.

연순의 혼인날은 다가왔다. 무더기로 피던 황매黃梅가 차츰 하얗게 빛이 바래어갔다. 봄은 무르익고 날씨는 청명하였다.

널찍한 방에는 연순의 어머니인 송씨와 함께 봉제 영감의 누이동생 봉희가 마주 앉아 혼인 의상을 짓고 있었다. 봉희는 몸매가 가늘고 송씨는 몸집이 좋다. 흰 감댕기를 감은 쪽에 바늘을 꽂은 봉희는 화로에서 인두를 든다. 그는 재작년 가을에 과부가 되었다. 아들이 하나 있었다. 남편은 선비로서 유산을 남기지 않았다.

저고리 도련을 인두로 누르면서 봉희는,

"형님, 이자 두 다리 쭉 뻗겠소. 연순이만 출가시키믄……."

그저 지나가는 말이다.

"다리를 뻗고 잘란가 어쩔란가……."

시원치 않은 대답이다. 봉희는 이미 다 된 저고리의 깃을 들어본다.

"아아, 심덕이 고운데 와 깃이 이 모양일꼬? 형님, 깃이 잘못 앉았지요?"

"그만하면 됐지, 뭐."

송씨는 기웃이 들여다본다.

"심술 사나운 사람은 깃이 잘 안 된답니다."

"우리 연순이가 거울 같은 아인데. 내 자식 자랑이 아니라……."

한숨을 푹 쉰다. 자랄 때는 금지옥엽 같은 내 딸을 어디다 여월까, 희망도 컸고 욕심도 많았던 송씨였다.

"우리 연순이 같은 아이가…… 그도 다 지 팔자요. ……명땜이나 해서 오래나 살믄 좋겠소."

"그러게……."

하다가 송씨는,

"처니로 늙힐 수 있나. 이러나 저러나 경사 아니오? 심란해하면 쓰겠소?"

체념한 듯 덧붙인다.

"누가 압네까. 지 복이 많으면 큰 자식을 두어서……."

말을 맺지 못한다. 큰 자식을 두어 말년의 영화를 누릴 만큼 연순이 오래 살리라 믿어지지 않았던 것이다.

"연순이는 커갈수록 봉룡이를 닮아가는구마요. 머리털이 노린 것까지……."

봉희는 화제를 슬쩍 돌린다.

"그렇기, 가아는 지 삼촌을 많이 닮았지, 인물이사 오죽 좋았던가요."

"외양값을 하느라고 지 명대로 못 살고……."

"우리 가문에 누가 있다고 하나밖에 없는 삼촌이 조카딸 혼인에도 참여 못하는구. 살았음 와 못 올꼬…… 큰일 치를라 키에 생각이 나누만……."

"지 자식이 다 커서 성례할 때가 다 되어도 못 오는데 어디 살았겠소, 죽었지. 성미가 그래서야 명 보존하기 어려울 기요."

봉희는 눈을 좁히며 바늘에 실을 꿴다.

풍문에 의하면 봉룡은 도둑의 손에 죽었다고도 하고 박씨 문중 사람들이 때려 죽였다고도 했다. 그밖에도 객사客舍에서 열병을 앓아 죽었다고 했다. 별의별 말이 떠돌았으나 누구 한 사람 봉룡을 보았다는 사람은 없었다.

"애비 어미 없는 성수만 불쌍하지요."

성수의 말이 시누이 입에서 나오자 송씨는 완연히 불쾌한 빛을 띤다. 불쌍하다는 말은 그의 비위에 더욱 거슬렸다.

"뭐가 불쌍할까? 옷이 없나, 밥이 없나. 큰아부지가 일월같이 떠받드는데, 얼음이라 녹을까 벌벌 떠는데."

감정을 나타낸다.

"그래도 자식한테는 지 애비 지 어미가 있어야 합네다."

봉희는 냉정하다. 은연중에 힐난이 있다. 그러자 마침 밖에서 송씨를 부르는 소리가 났다. 송씨는 방문을 열어보지도 않고 일을 계속하면서,

"와 그러노."

"저 도련님이 또 그 집에 앉아 있심더."

"뭐?"

송씨는 방문을 확 밀어붙인다. 계집아이 덕이는 힐끗 쳐다보는 봉희의 눈을 느끼자 주춤한다.

"또 그 집에 성수가 가 있더란 말이지?"

송씨는 악을 쓴다.

"네……."

날카로워지는 봉희의 눈을 극히 피하며 덕이는 어리더듬하게 대답한다.

"집안을 망쳐묵을라구 그기에 와 자꾸 간단 말고!"

송씨는 한 손으로 문지방을 친다.

"덕이 니는 할 일이 없어 거기 갔더나?"

인두를 거칠게 잡으며 봉희는 쏘아준다. 일부러 와서 고자질하는 것이 미웠던 것이다.

"솔잎 딸라꼬 산에 올라가면서 봤심더."

"그래, 알았다. 가서 니는 니 할 일이나 해라."

시누이가 가로채서 하는 말에 송씨는 가슴이 부글부글 괸다. 그러나 큰일을 치르는 마당에 있어서 집안을 시끄럽게 할 수는 없다. 억지로 참는다. 참는데도 말이 불쑥 나왔다.

"비상 묵은 자손은 지리지 않는다는데 성수도 사람 구실 못할까 봐. 남이 가라 캐도 피할 긴데, 와 자꾸 그 집에 가는지."

"아따 형님도 별소리 다 하시오. 명이란 타고난 건데 어미가 비상 묵고 죽었다고 명대로 못 살겠소."

봉희는 볼멘소리로 타박을 준다.

송씨는 돌도 안 된 성수를 길러냈다. 그런데도 영 정이 들지 않았다. 자기가 낳은 자식이 아니라 그렇다면 그만이겠으나 송씨에게는 복잡한 여러 가지 이유가 있었다. 송씨는 성수를 무서워하고 있는 것이다. 숙정의 무참한 임종 시의 얼굴을 잊을 수 없다. 그 어미를 그대로 뽑아놓은 듯한 성수에게서 늘 동서의 망령을 보는 듯 기분이 나쁜 것이다. 그 이상야릇한 무서움은 또한 이상한, 그리고 잔인한 방법으로 발산된다. 성수를 괴롭혀주는 일이다. 괴롭혀주는 일이라면 도깨비 집의 역사를 들려주면 된다. 되도록 무시무시하게 생모 숙정을 그려내는 것이다. 죽기 전부터 사람이 아닌 여우라도 둔갑해서 있었던 것처럼.

"얼매나 계집이 영독하믄 새물 묵듯 한 어린 자식을 두고 지목숨을 지 손으로 끊는단 말고. 그래서 환생도 못하고 득천도 못하고 잡귀가 돼서 그 집에 살지."

하기도 했다. 그러나 이러한 방법은 성수와의 넓은 거리를 만드는 동시, 성수를 이상한 요물로 만들었고, 따라서 송씨의 공포는 한층 더해갈 뿐이었다. 공포가 더해갈수록 그의 말은 잔인하게 강조되어 갔다.

이 밖에도 송씨에겐 여러 가지 감정이 있다. 지난날 숙정의 미모에 대한 열등의식, 싸늘한 성격에서 자기를 손윗사람으로 대접해주지 않았던 일, 그리고 또 중대한 것은 영감이 성수에 대해 병적인 연민의 정을 갖고 있으며 김씨 문중의 유일한 후계자로서 절대시하고 있는 일이다. 딸자식일망정 내 자식을 제쳐놓고 조카자식에게는 모든 것이 물려진다는 것은 견딜 수 없는 일이었다. 그러나 무엇보다도 성수에 대한 공포심이 지배적인 것만은 확실하다. 무슨 흉사가 날 것만 같았고 성수가 있음으로써 숙정의 방황하는 혼백이 늘 자기 집안을 감돌고 있는 것만 같았다. 무당을 불러들여 몇 번이나 굿을 한 것도 그 때문이었다.

초롱초롱한 성수의 눈을 생각한다. 그 눈이 연순을 바라볼 때 송씨는 몸을 떤다.

'저놈이 우리 연순이를 잡아묵일 기다.'

"에크! 형님 와 그걸 비시오?"

"아차! 내가 정신이 나갔구마."

"섶이 여기 있는데 옷고름을 두 동강이로 냈으니, 쯧쯧……."

봉희는 싹둑 짤려진 옷고름 두 동강을 맞춰본다. 속저고리이
긴 하지만 기분이 좋을 리 없다.

"워이! 저리 가라, 가!"

머슴이 꺽꺽 울어대는 거위를 쫓는 소리가 들려온다.

도깨비 집

어머니와 고모가 주고받는 말을 옆방에서 들은 연순은 살며
시 집을 빠져나갔다. 도깨비 집까지 가는 오솔길 양편의 풀이
봄이라서 그런지 부드럽게 발에 감긴다. 안뒤산 솔이 잣나무처
럼 서릿빛을 띠고 있었다. 광선이 엷어진 때문이다. 멀리 선자
방扇子房 우물에서 물을 길어 오는 여인의 모습이 보인다.

연순은 무너진 돌담 사이로 뜰 안을 들여다보았다. 덕이의
말대로 성수가 앉아 있었다. 몇 해 전 바람에 쓰러진 채 그대로
내버려둔 버드나무—마을 사람들은 공연히 벼락 맞은 나무라
했다—위에 성수는 오도카니 앉아서 턱을 양손으로 괴고 있었
다. 하염없이 하늘을 바라보고 있었다. 연순은 어깨에 걸쳐진
머리를 뒤로 넘기고 살금살금 뜰 안으로 들어간다. 장난스러운
미소를 띠면서. 그러나 성수는 움직이지도 않고 그냥 하늘만
바라보고 있었다.

"성수야."

가는 목뼈가 부러질 만큼 고개를 휙 돌린다. 투명한 피부에 피가 몰려들었다. 소스라치게 놀란 것이다. 연순을 의식하자 성수의 눈은 심하게 흔들렸다. 그리고 빙긋이 웃는다.

"나 여기 있는 줄 어떻게 알았소?"

연순은 잠자코 치맛자락을 걷으며 성수 옆에 나란히 앉는다.

"니 많이 여빘구나."

온통 눈만인 듯싶으리만큼 여윈 성수의 얼굴을 들여다본다.

"구신이 붙어서 살이 자꾸 빠지는가 배요."

성수는 슬며시 외면을 한다.

"미친 소리 하지 말어."

연순의 눈이 멍해진다.

"누부는 여기 와 오요? 야단맞을라고……."

"니는 와 오노?"

"나하고 누부는 다르지요."

"그라믄 니는 사람 앙이가?"

"나? 나는 구신이 붙었십니더. 동네 사람들도 그라고 큰어무이도 안 그랍니꺼."

"그런 말 함부로 안 하는 기다."

까치가 푸드득 날아간다. 울 밖의 느티나무에 가 앉더니 날카롭게 운다. 앵두꽃도 살구꽃도 지는 판이다.

"성수야."

성수는 어금니를 지그시 깨문다. 볼이 실룩거렸다.

"여기 뭐하러 오지?"

"비상 묵고 죽은 사람을 한번 만나볼라고요."

도전하듯 말한다.

"만나서 뭐할래."

부드럽게 속삭이는 듯하다. 성수는 얼굴을 돌렸다. 서로 한참 동안 마주 본다.

"누부, 나 그만 타관에, 타관에 가고 싶다."

별안간 어린 시절의 말투로 돌아간다.

"타관에?"

연순의 얼굴이 상기한다.

"아부지를 찾고 싶다. 돌아가셨다면 그 흔적이라도 알고 싶다."

연순은 침묵한다. 멀리 항구를 떠나는 배가 보인다. 성수는 도깨비 집에 비상 먹고 죽은 사람을 만나러 오는 것은 아니다. 실상은 저 배를 바라보러 오는 것이다. 연순은 그렇게 생각하였다.

'갑자기 아부지 말은 왜 할까?'

태양을 받은 바다는 눈이 부시게 반짝거린다. 흰 돛배를 바라본 채 한참 만에 물었다.

"아부지는 연순 누부를 닮았다며?"

연순은 놀란다. 의심스러운 듯 성수의 옆얼굴을 쳐다본다. 목덜미에서부터 턱 위로 가는 혈관이 뻗친다.

"삼촌이 날 닮았는지 내가 아나? 남들이 그러니……."

"아부지도 누부처럼 머리칼이 노리다면? 아부지 머리칼도 명주실 같았을까?"

혼잣말처럼 중얼거린다. 연순의 안색이 완연히 변한다.

"살아 계실 리가 있겠나. 니가 타관에 가믄 거렁뱅이가 될 기다. 칼 든 도둑들도 많다는데 그런 소리 당초에 하지 마라. 심란하다."

연순은 딴전을 피웠다.

"누부는 와 시집을 가아?"

"시집 안 가고 죽으믄 처니구신이 돼서 집안을 망친단다."

"가지 마라!"

성수는 큰 소리로 외쳤다. 연순은 허리를 굽혔다. 썩은 나무에 돋아난 곰팡이 같은 것을 잡아 뜯는다. 그리고 허리를 구부린 채 얼굴만 성수를 올려다본다.

"한평생을 성수하고 같이 살 수 있나. 성수도 장가가고, 이쁜 각시하고 살 기 앙이가."

"나는 안 간다!"

성수는 또 외쳤다.

연순은 몸을 일으켰다. 순간 그의 머리에서 동백기름 냄새가 성수의 코를 스쳤다.

"정말?"

성수는 고개를 끄덕인다. 연순은 머리를 살래살래 저으며 멍한 눈이다. 이때 세병관에서 돌아오던 지석원이 허물어진 돌담 사이에서 그들을 발견하고 깜짝 놀란다.

"애개개, 이거 야단났구마. 아씨까지 와 있네? 정말 구신이 붙었나?"

석원은 목을 쭉 뽑아서 안을 들여다본다.

"아씨!"

연순이 벌떡 일어섰다.

"어서 나오이소, 도련님 데꼬. 뭐합니꺼?"

둘은 얼굴이 질려서 나왔다.

"와 여기 옵니꺼. 마나님이 아시면 큰 벼락이 날 깁니더."

석원은 눈을 부릅뜨다가 엄지손가락으로 콧구멍 하나를 누르더니 코를 탱! 푼다.

"어서 갑시더."

갈림길에서 그들과 헤어진 석원은,

'옥화한테는 적악이지만 아씨는 시집을 가야 해. 머리나 얹어보고 죽어야제. 하늘하늘한 저 몸 맵시, 살면 얼마나 살겠노. 자고로 총각이 죽으면 몽다리구신이 되는 법이요, 처니가 죽으면 사귀구신이 되는 법이라. 하, 내사 뭐 오래 살 기니…….'

석원은 한 백 년이나 살 듯 자기 신세를 비관하지 않는다.

'옥화만 몸이 달았제. 지 아무리 택진이를 생각한들 노방초의 신세라 별수 없제. 허, 가서 공술이나 얻어묵고, 내사 어진 백성 무슨 죄가 있노. 그래도 그년이 양반이라고 아이 애비 이름

을 숨겨왔으니 기특하구마.'

석원은 옥화에게 반해서 우쭐거리던 생각은 벌써 잊어버리고 공술 얻어먹는 재미에 신명이 난다. 싱글벙글 웃으며 옥화의 주막으로 쑥 들어갔다. 장날이라 그런지 장꾼들이 한방 둘러앉아서 시끄럽다. 옥화는 잽싸게 석원을 쳐다보며 눈짓을 한다. 석원은 공술 생각에 신이 나기도 했으나 어쩐지 켕기는 점도 있어 죄 없는 입만 벌쭉하고 벌렸다.

옥화는 싹싹하게 술상을 닦으면서 술과 안주를 내놓는다.

"석원이 개복 만났구나."

누가 또 놀리기 시작한다.

"옥화가 웬일인고? 푸지게 인심 쓰누만. 석원이가 한 무디기 집어주던가?"

"외상값 다 갚아준 기이 하 고마워서 안 그래요."

"그 말씨에 정이 뚝뚝 떨어지는구마. 보래? 석원아, 니 오늘 밤 잠 못 잘라. 하하핫……."

소목 일을 하는 박 서방이 너털웃음을 웃고 옥화는 헤실헤실 따라 웃는다. 석원은 술잔부터 들어 숨이 차게 연거푸 마신다.

"이 자식아, 사례들겠다. 천천히 마시라."

석원은 들은 체 만 체다. 어지간히 술기가 돌았을 때 슬그머니 일어섰다. 술꾼들이 다 돌아가고 옥화가 어찌 됐느냐고 무릎을 꼬집으며 다가앉을 생각을 하니 일찌감치 주자를 놓는 게 상수라 생각한 것이다.

"와 가노."

옥화의 목소리가 덜미를 잡는다.

"나 나중에 또 올게."

적당히 둘러대고 밖으로 나왔다.

찝찔한 바닷바람이 불어왔다. 공지섬 뒤켠에서 고깃불이 아찔아찔한다. 파도는 방천을 쿵쿵! 치고 있었다.

"어, 취한다."

비실거린다. 그는 주머니 속에 든 엽전 몇 닢을 만져본다. 다시 다른 술집으로 찾아들었다. 거기에서 또 술을 몇 잔 들이켰다. 주모가 성화를 하는데도 석원은 그대로 가겟방에 고꾸라졌다. 코를 처박고 입을 불 풍구처럼 불면서 세상 모르게 잠이 들었다.

연순과 성수가 도깨비 집에 갔다 온 후 누가 그것을 보았는지 마을에는 이상한 노래가 돌았다.

　　앵두 살구는 언제나 열꼬

　　배고파서 내 못 살겠네

　　연순이는 아침거리

　　성수는 저녁거리나 할까

　　앵두 살구는 언제나 열꼬

나물 캐는 아이들에게 듣고 와서 덕이가 송씨에게 일러바쳤다.

"아이구, 내 못 살 기다!"

송씨는 펄펄 뛰면서 성수를 다글다글 볶았다.

혼례

연순의 혼인날은 화창하였다.

간밤에는 달무리가 서더니 새벽녘에는 빗방울이 떨어졌다. 송씨는 무던히 속을 태웠다. 그러나 아침이 펼쳐지면서 공지섬 뒤에서 붉은 해가 솟기 시작하였다.

"날씨가 참 좋십니더. 혼인날치고 상날이 아닙니꺼."

잠을 못 이루어 눈 언저리가 푹 꺼진 송씨가 부엌을 돌아나오는데 드난살이 하동댁이 암상스럽게 쳐다보며 비위를 맞춘다. 비가 잦은 봄철이라 혼인날치고는 상날임에 틀림없다.

"설마, 하느님인들 요량이 있지. 그렇게 손발이 닳도록 빌었는데 날씨마저 궂을라고."

하곤 그 육중한 몸을 끌고 앞뜰로 나간다.

점심때가 지나서 신랑이 들이닥쳤다. 뜰 안이 왁자지껄해진다. 아이들이 으흐으흐 하고 달려간다. "신부 출!"

걸걸한 목소리가 뜰 안 가득히 울렸다. 대례판에 구경꾼들이 빙 둘러섰다. 신랑과 신부가 마주 섰다.

"노총각 노처니가 썩 잘 어울렸구마."

말 좋은 사람들의 핀잔이다.

"잘 어울린 기 다 뭐요. 구신이 어깨 너머서 연방 늘름거리는데."

신부가 대례판에 나가는 바람에 부엌에 있는 아낙들이 우우 몰려나갔다. 그 틈에 은수저 한 벌을 가슴에 슬쩍 집어넣고 천연스럽게 나온 하동댁의 악담이다. 남의 좋은 일을 보면 심술이 나서 못 견디는 못된 버릇의 여자였다.

"아이구 이거 좀 띠밀지 마소. 아아 깨지겠구마."

아이 업은 아낙이 두 팔을 뻗치며 악을 쓴다. 하동댁은 옆에 선 노파에게 속살거린다.

"뻔한 일 아닌 기요? 강택진의 속심 말입네다. 처니보다 돈에 꿍심이 있는 기지 뭡니꺼? 연순이가 살면 며칠이나 살겠소? 그러나저러나 저 몸매, 바람이 불면 날릴 것 같은데 계집 구실이나 하고 신방이나 차릴란가? 흐흐흐……."

눈 가장자리에 잔주름을 모으며 음탕하게 웃는다.

"아 며칠을 살다니? 사램이 임우로 죽나? 가당찮은 소리. 하기사 하룻밤이면 어떨꼬? 저 좋은 인물 아깝다."

"인물 묵고삽네까?"

하동댁은 입을 비쭉거린다. 그리고 치맛말 사이에서 빠지려는 은수저를 황급히 밀어 올리며 앞가슴을 더듬는다.

"천상의 선녀 같구마."

노파는 여전히 애석해한다.

"견우 직녀는 하루를 만날라고 일 년 동안 논 갈고 베 짠다는데 택진이도 한 일 년 데꼬 살면 됐지. 처니한테 신양만 없다면야 폐포파립 강택진의 차지가 될 기든가."

이 사나이의 말은 노파의 의견과 비슷하다.

"그렇게만 말할 것도 아니네. 그래도 강택진은 의관의 집 자식이라. 아 지체로 본다면야 김약국댁이 당할 긴가."

키가 작은 사내가 응수한다.

"그까짓 양반이 솥에 들어가던가. 그래 그자가 양반이라서 과거를 했단 말가, 부모가 있단 말가. 가산은 풍지박산[風飛雹散], 집 한 칸 없는 거렁뱅이요, 작부 덕분에 입에 풀칠이나 하고 투전판을 기웃거리는 천하에 못난 위인이 그래 족보만 치키들고 댕기면 수가 터지는가. 어쨌든 김약국 사위 된 건 팔자 고친 일이지."

사감이 있는지 강택진을 거의 사갈시한다.

"그래도 사모관대하고 나서니 씨는 속일 수 없는 기라. 훤칠한 선비의 풍모가 역력하네."

몽치미를 베고 읽은 이야기책에서 꺼내온 유식한 문구를 써먹으며 강택진을 두둔한다.

문전에 펴놓은 거적 위에는 거렁뱅이 떼와 문둥이 패들의 패를 가른 싸움이 벌어지고 아이들은 떡을 들고 다람쥐 새끼처럼 사람들 틈바구니를 빠져나간다.

혼례는 끝이 났다. 맥이 풀린 듯 넋 빠진 사람처럼 송씨는 마루에 걸터앉아 있었다. 봉제 영감은 사랑에서 손님들과 술을 나누고 있었고, 봉희는 지쳐버린 신부에게 국수를 먹이면서 옷매무새를 고쳐준다.

성수는 일찍부터 보이지 않았다. 지석원은 거나하게 술을 마시고 나섰다. 문둥이들도 술이 취해서 문둥이 타령을 하며 춤을 추고 간다.

"억울합니다. 아씨, 오래오래 사이소."

지석원은 대문 밖에서 고함을 친다. 그리고 누굴 보고 하는지 삿대질을 하며 갯가로 나갔다. 갯문 앞의 선술집이야말로 그의 고향 같은 곳인가 보다. 눈이 오나 비가 오나 전신이 젖도록 술을 퍼마셨거나, 하루같이 저녁이면 그곳으로 가게 마련이다. 게슴츠레한 눈에 왁자지껄한 사람들의 무리가 보였다.

"또 여기도 잔치가 벌어졌나?"

석원은 소매 끝으로 코를 한 번 훔치고 나서 사람들 속에 끼어들어 갔다.

"웬일이고?"

머리를 쑥 내민다.

"웬일이고 옳은 일이고 눈이 있거든 보라모."

엉덩이가 가볍기로 소문난 소박데기 바우네가 팔꿈치로 석원의 옆구리를 쥐어박는다.

"아프구마! 허 그것 참, 희한하구나. 저거 고래라는 것가?"

눈을 꿈벅거린다.

"야아! 보래, 바우네야, 그것 참 희한하제. 얼렐레, 물씬물씬 나는 저기이 연기 앙이가."

"이 벵신아, 천치야, 아무래도 삼신이 아이는 안 놓고 안태만 낳았는갑다."

"음, 가만히 있자, 막 달리네. 저기이 배 앙이가."

"양놈의 배라 안 카나. 우리나라 쳐들어온다 카이. 여편네들 막 잡아묵을 기란다."

"괜찮다 괜찮다. 가만있거라. 내 총 안 있나. 단박에 이렇게 팡! 팡! 쏘면 맥도 못 쓴다."

빈손을 들어 총을 쏘는 시늉을 한다.

"하하핫하하……."

바우네는 사내처럼 입을 벌리고 웃는다.

"미쳐도 속속들이 미쳤구마. 나이 사십 밑자리 깔았는데 언제 사나아 구실을 할라노."

"이기이 뭐라 카노? 오늘 밤이라도 내 사나아 구실 할게. 너거 집에 갈까? 흐흐흐……."

"듣기 싫다. 똥강아지 같은 놈아! 저리 좀 비키라."

바우네는 엉덩이로 밀어낸다.

검은 배는 연기를 물씬물씬 뿜으며 수평선 밖으로 사라졌다. 갯가에 모여든 사람들이 흩어진다.

"나라 꼴 조옿다. 기가 막히제. 대원군 시절에는 어림이나 있었나. 얼씬이나 해? 아암, 얼씬도 못했고말고."

"중구난방이지. 암탉이 울면 집안이 망하는 법이니라. 조개 황새 싸움 발에 남 좋은 일 시키제, 흥."

작년에 왜놈에게 살해당한 민비에 대한 비난이다.

"또 민란이 날 기다. 물에서는 개기 한 마리 안 나고 보리 농사도 망치고 이리 시수가 분분하니."

"양곡이나 좀 풀어놓지."

"흥, 무슨 수로? 설사 풀어놔도 우리네들한테 쌀 한 톨이 오겠나? 백사장이 돼봐라, 보리 한 섬 풀겠나. 이러나저러나 우리네 살기야 마찬가지제."

흩어지는 사람들 속에서 별안간 새된 여자의 목소리가 울린다.

"석원아! 이 살쾡이 같은 놈아!"

옥화였다.

"이크, 달라빼자!"

석원은 도망친다.

"쓴 것 단것 다 처묵고, 네 이놈아!"

석원의 탓이 아님은 안다. 그러나 옥화는 분풀이할 곳이 없는 것이다. 그날 밤 옥화는 가게 문을 닫아걸고 통곡을 하는 것이었다.

"손발 잦아지게 내 살라꼬 했건만 이년의 팔자 기박하여, 남과 같이 와 못 사노. 뜻만 맞으면 그만이고 얼래고 달래더니 속절없이 내 속았구나. 아이고 아이고, 불쌍한 내 새끼야, 애비 없이 어이할꼬……."

봉제 영감의 죽음

꼬불꼬불한 들판 길을 나귀 두 마리가 간다. 봉제 영감이 탄 나귀의 고삐는 하인이 잡고 있었고, 성수가 탄 나귀는 그냥 뒤따라간다. 온통 벌겋게 놀이 진 하늘 아래다.

"저어기 모두가 우리 땅이다. 눈여겨 두어라. 아무리 가물어도 추수가 줄지 않는 상답이니라."

봉제 영감이 손가락질하는 곳은 이미 추수가 끝난 논이었다. 장기판처럼 반듯반듯한 논이다. 군데군데 자그마한 저수지가 있었다. 성수는 말없이 나귀에 흔들리며 간다. 갈가마귀떼가 가알가알 울며 날아간다.

가을이면 봉제 영감은 고성, 사천으로 추수 거두러 간다.

봉제 영감의 땅에서 백오십 석가량, 둔답屯畓에서 삼십 석, 이것은 관의 경작지로 소위 일종의 연봉으로 봉제 영감에게 지급되는 수량이다.

멀리 농가가 보이기 시작한다. 백여 호, 빈한한 마을인 것이다.

"이제 너도 잘 알아두어야 한다. 누이는 출가외인이요, 택진이는 남이 아니냐. 내년에 성례를 하면 너도 살림 돌아가는 것을 알아야지."

조용히 타이른다. 같은 해에 한 마당에서 혼사를 두 번 치러서는 안 된다는 풍습 때문에 성수는 명년으로 미루고 있는 것이다.

성수는 잠자코 있다.

봉제 영감은 사위 강택진을 경계하고 있는 것이다.

강택진은 장가 든 후부터 뻔질나게 약국으로 드나들며 속이 깊지 못한 장모의 비위를 맞추는 데 전력을 다하고 있었다.

"뭐니 해도 내 사위가 아니오? 의관의 집 자식이라 예의범절이 바르고 자상스럽고……."

송씨는 슬그머니 두둔하기 시작한다. 그러나 봉제 영감은 택진의 속셈을 빤히 들여다보는 듯 냉정하게 대하였고, 필요 이상으로 남의 식구 취급을 하였다. 그리고 무슨 생각에선지 올 따라 가을 추수에 성수를 데리고 나선 것이다.

마을에 당도하자 소작인들이 쫓아 나왔다. 그리고 몹시 당황하며 하인으로부터 말고삐를 받아 나귀를 외양간에 매고 마루에 돗자리를 까는 둥 갈팡질팡이다. 성수는 마당에 들어선 채들깨 단을 안고 뒤란으로 쫓아가는 계집아이의 뒷모습을 멍하니 바라본다. 어딘지 그 모습이 연순을 연상케 하였던 것이다.

"어르신네, 도련님, 어서 올라오시이소. 먼 길에 예까지 오시노라고……."

늙은 농부는 두 손을 비비며 허리를 굽실거린다. 성수는 계집아이가 사라진 곳에서 눈을 돌렸다. 봉제 영감을 따라 돗자리를 깔아놓은 마루로 올라간다. 마을에서는 그래도 제일 나은 집인 모양인데 생활의 정도는 가축과 별다름이 없었다.

농가에서는 닭을 잡고, 선 팥을 넣어 밥을 짓고, 미리부터 담가둔 술을 걸러서 먼 길을 온 귀한 손님에게 대접한다. 들깨 단을 안고 뒤란으로 쫓아가던 계집아이가 숭늉을 가지고 왔다. 감실하게 햇볕에 그을은 얼굴은 옆에서 보니 연순하고는 딴판이다. 성수는 그 얄팍한 눈매가 연순을 닮았다고 생각하였다.

"갑순아이! 닭개기 똥돌네 집에 갖다주어라이."

부엌에서 들려오는 소리다. 손님이 먹고 남은 것을 친지 집에 나누는 모양이다.

'갑순? 연순이……'

희미한 호롱불 쪽으로 성수는 얼굴을 돌린다. 밤이 한결 당겨진 것을 새삼스럽게 느낀다. 뜰 아래 풀섶에서 벌레들이 유난스럽게 울고 있었다.

"찬이 없어서……"

어느새 늙은 농부가 마루에 올라와서 방 안을 바라보며 굽실거린다.

"올해는 어떤가? 보리농사는 글러도 벼농사는 날씨가 좋아서……"

봉제 영감은 담뱃대를 빨면서 넌지시 묻는다.

"날씨가 좋다고 하시지만도 생각 밖으로…… 어르신네께서 요량해주시야겠심더."

"요량을 하다니? 금년 같은 풍년에 농사가 잘못되었단 말인가?"

"자식 놈이 병을 앓고, 논에는 물기가 많아서 형편이 없심더."

늙은 농부는 연방 허리를 굽실거리며 봉제 영감의 눈치를 살핀다.

"해마다 풍년 들었다는 말 들어본 일이 없네. 시절 따라 내야지."

봉제 영감은 더 이상 말할 필요도 없다는 듯 눈살을 찌푸리며 외면한다.

"올가을에는 딸년도 추, 출가시키야 할 기고요……."

봉제 영감은 조금도 마음이 동하지 않는다. 마당에 옹기종기 서 있는 다른 소작인들도 할 말이 있어서 오기는 왔으나 말을 하지 못한다.

소작인들이 다 물러가고 밤도 깊었을 때 성수는 백부(伯父)에게 농사꾼들의 사정도 딱하겠다는 말을 했다.

"언제든지 하는 말이지. 그 말을 곧이듣다간 아무것도 안 된다. 농사꾼들이야 땀 흘리고 뼈가 빠지게 지은 농사니 쌀 한 톨인들 내놓고 싶겠느냐. 인정을 쓰는 데도 한도가 있는 법이다. 감해주면 줄수록 더 바라는 것이 사람의 욕심이지. 너도 후일에 내가 없더라도 마음씀이 헤퍼서는 안 된다."

봉제 영감은 성수의 얼굴을 똑바로 쳐다보면서 타이른다.

봉제 영감은 걱정이 많다. 성수의 몸과 마음이 유약하여 자기 없는 날이 근심되는 것이다. 다른 때 같으면 소작인들의 딱한 사정에 귀도 기울여주고 다소 선심도 베풀 줄 아는 봉제 영감이다. 그러나 성수에 대한 본보기로 일부러 엄격하게 나간 것이다.

사위라도 성실한 사람이라면 후사를 당부하겠는데, 자칫 잘못하면 처가살림을 몽땅 집어먹을 위인이니 봉제 영감의 입맛은 쓰다. 게다가 딸만 태산같이 생각하는 마누라는 달면 삼키고 쓰면 뱉는 단순하기 짝이 없는 여자이니 어느 뉘에게 성수를 당부할 수가 없었다. 딸은 애당초 그 명命을 믿지도 않았다.

'내 나이 쉰일곱…… 저 자식이 만일에 단명한다면 우리 집안은 영영 절손이 된다…….'

봉제 영감은 이 일 저 일 생각이 많아서 잠이 오질 않았다.

이듬해 봄 봉제 영감은 포수들을 데리고 요내 욕지로 사슴 사냥을 나섰다. 이번에도 성수를 동반하였다. 해마다 봄이면 나라에 진상할 사슴을 잡으러 가는 것이다. 잡은 사슴은 마을로 메고 와서 엷게 포를 떠가지고 마을 아낙들의 젖에다 적셔 응달에 말린다. 그래 가지고 서울로 보내는 것이다.

부러질 듯 가는 다리에 커다란 눈, 일꾼은 그 연한 사슴의 뿔을 친다. 성수는 현기를 느꼈다.

"어서 피를 빨아 묵어라!"

봉제 영감은 성수의 등을 밀었다. 성수는 무릎을 꿇고 뿔을 쳐낸 어린 사슴의 피를 빨았다. 더운 피가 목구멍으로 흘러 들어간다. 파아란 하늘이 노을진 것처럼 새빨갛게 느껴졌다. 성수는 일어섰을 때 지난가을 들판을 나귀 타고 가며 본 그 노을진 하늘을 생각하였다.

봉제 영감은 사슴의 피를 먹이기 위하여 성수를 데리고 왔던 것이다.

멀리 푸른 둑에 나물 캐던 아이들이 앉아 있었다.

'차라리 갑순이라는 그 처닐 얻었음…….'

성수는 막연히 생각하였다. 연순의 눈매를 닮았던 그 얄팍한 눈언저리, 얼굴은 보이지 않고 그 눈만이 보인다. 연순의 눈이었는지 갑순의 눈이었는지 알 수가 없다. 가을에는 백부가 정하는 곳에 성수는 장가를 든다.

이튿날도 산으로 들어갔다. 종일 산속을 헤매다가 어느 개울가에 이르러 일행은 잠시 휴식을 취했다. 모두 담배를 피우며 잡담을 하고 있었다. 봉제 영감은 버선이 작아서 그랬든지 많이 걸어서 그랬든지 발이 아팠다. 버선을 벗어보니 발이 홀홀하다. 그는 시원한 개울에 발을 담가놓고 담배를 피워 물었다.

'보소 영감. 그래 내 자식한테 논 한 마지기 없단 말이오? 조카자식만 태산같이 생각하고, 뭐요? 조상 물 떠줄 아아라고요? 내사 물 안 얻어묵을라요. 내 자식은 쪽박 차고 댕기는데 구신인 내가 물 얻어묵어요? 와 쪽박을 차느냐고요? 우리만 눈감아 보소. 병든 자식이 뉘한테 의지하고 산단 말이오. 아이구 불쌍한 내 자식!'

마누라의 들볶는 목소리를 생각한다. 보나마나 사위의 조정이다. '눈이 시퍼런 남편이 있는데 쪽박을 차다니 미친 소리 그만하라'고 버럭 소리를 지르기는 했으나 가슴이 뻐근하였다.

'그것이 우리 내외보다 오래만 산다면야.'

봉제 영감은 후닥닥 일어섰다. 물이 묻은 발이 끈끈하여 버선이 들어갈 것 같지도 않아서 손에 들고 내리막길을 내려섰다.

"도, 독사다!"

봉제 영감이 별안간 고함을 치며 한 팔로 성수를 막았다. 봉제 영감의 발등에는 벌써 피가 흐르고 있었다. 길 언저리에 살모사 한 마리가 대가리를 꼿꼿이 쳐들고 있다. 성수는 옆에 굴러 있는 큰 돌을 번쩍 들고 풀섶에 내던졌다. 돌 한 모서리에서 살모사의 꼬리가 파르르 떤다.

마을에 돌아온 봉제 영감은 급히 해독제를 쓰는 한편 물린 자리를 장도로 잘라 헤치고 피를 빨아내었다.

"벌써 독사가 있던가 배."

농가의 노파가 근심스럽게 기웃거린다.

집으로 돌아온 봉제 영감은 독사의 독이 아닌 파상풍으로 죽었다.

오던 길을

"형님, 세상에 이런 법도 있입네까? 눈이 시퍼런 아들을 두고 사위를 입시 入侍시키다니, 만고에 이런 법이 있입네까."

봉희는 주먹으로 마룻바닥을 친다. 봉제 영감 죽은 뒤, 성수 나이 어리다 하여 송씨는 사위를 성수 대신 관약국의 후계자로 관에 입시시켰던 것이다.

"이 사람이 와 이리 야단이오. 철부지 성수가 어찌 일을 감당할꼬? 나이 차믄……."

송씨는 되도록 봉희의 비위를 거슬리지 않으려고 어물거린다.

"사내 대장부 나이 십팔 센데 그 나이 어리단 말입네까. 그래 백 살이 되믄 어른이 된단 말이오. 강가 놈이 평생 해묵겠다는 심보가 뻔하오. 세상없어도 그건 안 될 기요. 안 되고말고."

흥분한 봉희의 눈이 파아래진다.

"아따, 그라믄 사위자식은 자식이 아니란 말이가?"

송씨는 드디어 오기를 낸다.

"이게 뉘네 가문이오? 김씨네 가문이오, 강씨네 가문이오? 그 말부터 좀 물어봅세다."

"……."

마을 사람들이 쑤군거리며 모여들었다. 그중에는 이런 괘씸한 일이 있을까 보냐고 이를 덜덜 갈고 주먹을 불끈 쥔 지석원이도 섞여 있었다.

"성수 뒤에는 말할 사람이 없을 줄 알고 장모 사위가 짜가지고, 그래 김씨 집을 몽땅 집어묵겠단 말이지요."

"자네가 뭐꼬? 응! 출가외인이 감 놔라 배 놔라 할 건 뭐꼬? 내가 알아서 할 일이지, 구신 들린 그놈한테 맽기놨다 봐라, 집안은 콩가리가 되는 판이지, 응!"

송씨도 이마에 핏대를 세운다.

"좋습네다. 마음대로 해보소. 나는 나대로 마음대로 할 기니. 메리치에도 부레풀이 있다고 계집을 사람으로 안 봤다간 큰코 다칠 기요."

봉희는 치맛자락을 획 걷으며 일어섰다. 사람들을 밀어젖히고 나가면서 봉희는 돌아본다.

"당산에 갈랍네다."

그 말에 송씨는 얼굴이 질린다.

"우리도 갑시다!"

석원이 외친다. 석원의 뒤를 봉희의 외아들 중구가 따른다. 몇몇 사람들도 쫓아간다. 그들은 대장군을 세워놓은 동헌 밑을 빠져서 벅수골을 지나 당산으로 몰려갔다. 뿌연 아침 햇빛이 번져 나오고 있었다. 그들은 마주 보이는 동헌을 향하여,

"관약국 김봉제한테는 성년한 아들이 있사온데 사위 강택진이 입시를 하다니 웬 말입네까!"

이렇게 소리를 합하여 세 번 외쳤다. 그리고 사람들은 뿔뿔

이 흩어져 집으로 돌아갔다.

이튿날, 사또는 사령을 시켜 진상을 알아보게 한 뒤 아들을 다시 입시케 하라는 명이 내렸다. 성수는 성례 전이라 급히 두 근 상관을 하고 입시하였다.

성수가 관약국을 맡은 후에도 강택진은 찰거머리처럼 약국에 붙어서 떨어지지 않았다. 해마다 대구大邱의 약령시장藥令市場에 약재를 사러가는데도 송씨는 성수를 보내지 않고 사위를 보내었다. 그리고 고방의 열쇠는 언제나 송씨의 커다란 주머니와 같이 치마 속에 매달고 다녔다. 그리하여 알게 모르게 봉제 영감의 살림은 강택진 손으로 흘러들어 갔다. 정혼한 곳은 없었지만 가을에 치르려던 성수의 혼인도 봉제 영감의 죽음으로 삼년상을 벗는 후일로 미뤄졌다. 이러한 신변의 커다란 변화 속에서도 성수는 만사에 관심이 없었다. 여전히 도깨비 집에 가서 멍하니 앉아서 바다를 바라보는 일이 많았다.

그럭저럭 일 년이 지나가고 고종사촌 이중구李重九도 장가를 들었다. 색시는 외골 윤씨 집안의 딸이다. 과부의 아들이니, 너무 살림이 없느니 하고 처녀의 아버지와 오라버니는 반대하고 나섰으나, 책보를 끼고 글방에 다니는 총각을 본 처녀 어머니는 사족을 못 썼다.

"그 어마씨 편은 인물 집안 아닌가 배요. 총각이 외가를 닮아서 참 잘도 생겼습디다."

입에 침이 마르게 칭찬을 한다.

"계집이나 사내나 인물이 좋으면 꼴값을 하지."

처녀 아버지는 어디까지나 반대다.

"그라믄 우리 정임이도 꼴값을 하겠구마. 사람이란 가이방*
하게 짝을 지어야지. 우리 임이는 그 사람하고 천생배필이오."

"얼굴 뜯어먹고 사오."

잡음이 많았으나 처녀 어머니가 한사코 결단을 하는 바람에
결국 혼사는 되었다.

앞머리가 보기 좋게 곱슬곱슬하고 입술이 연분홍인 새색시
는 미인이었다. 귀여운 얼굴이었다. 그해 명정골에 새색시가
여러 사람 들어왔지만 중구의 새색시처럼 예쁜 여자는 없었다
는 것이 공론이었다.

사위가 입시한 문제로 서로 등이 진 때문에 송씨는 중구 혼
인 때 가지 않았다. 성수만 참석하였다. 그곳에서 오래간만에
성수는 연순을 만났다. 몸이 불어서 얼핏 보기에는 퍽 건강해
진 것 같았으나 얼굴에는 열이 있었다. 그는 남의 눈을 피하여
때때로 아랫방으로 내려가서 드러눕곤 했다.

혼인식이 끝난 두 달 후 성수는 뜻밖에도 연순을 찾아왔다.

"아이구! 니가, 니가 웬일고."

연순은 기겁을 하며 쫓아 나와서 성수의 팔을 덥석 잡았다.
그도 그럴 것이 연순의 집을 찾은 것은 이번이 처음이기 때문
이다.

성수는 양 볼에 경련 같은 미소를 띠었다. 그리고 대청에 걸

터앉았다. 아무리 연순이 올라오라 하여도 걸터앉은 채 움직이지 않았다. 연순은 부채를 찾아 성수에게 바람을 보내는 한편 계집아이에게 미숫가루를 타 오라고 일렀다. 안동포 치마 적삼에 흰 댕기를 드리고 있는 연순은 여름인데도 살이 내리지 않았다. 눈빛처럼 흰 이마 위에 노르스름한 머리가 땀에 축축이 젖어 있었다. 그리고 그 언젠가처럼 동백기름 냄새가 부채 바람을 따라 성수의 콧가에 스쳐왔다.

"어무이가 생각이 없어서…… 내가 인병이 든다."

조금도 변하지 않은 맑은 눈이 성수를 바라본다. 오뇌와 고독이 가득 찬 슬픈 눈이었다.

"몸은 좀 어떠시오?"

성수는 연순의 눈을 좇으며 나직이 물었다.

"밤낮 아프지, 뭐."

성수는 한참 말이 없다가 고개를 떨어뜨리며,

"누님, 나 타관에 나가겠소."

"뭐? 그기 무슨 말고."

연순의 얼굴은 금시 절망으로 변하였다. 전에 한번 그런 말을 했을 때는 그렇게 심한 절망을 나타내지 않았던 것이다.

"넓은 곳에 가서 혼자 살고 싶소."

"안 된다. 안 될 말이다. 이 세상에 누가 있다고, 내가 살믄 얼마나 살겠노? 가지 마라, 성수야."

연순의 눈에 눈물이 크렁크렁 괸다. 성수의 눈에서도 눈물이 쏟아졌다.

성수는 손수건을 꺼내어 코를 풀고 눈물을 닦는다.

"명년에 삼년상 벗고 나면 장가들어서 니가 살림을 잡아라. 어무이가 속이 없어서. 그러나 니만 대가 차면 뉘 살림이라고 니 맘대로 못하겠노. 생각하면 어무이도 불쌍타. 사위만 태산같이 믿고 내 말을 귀담아듣지 않으니, 내 하나만 없어봐라, 눈 먼 구렁이 갈밭에 들 기다."

"……."

"애시당초 내 죽기를 셈하고 장가든 사람, 나 역시 기영머리나 풀고 처니띠나 면할라고 이 집에 출가한 사람, 말이 내외간이지 무슨 정이 있어 살겠노. 다 전생의 업보로…… 후생에나 가서……."

연순은 말을 맺지 못한다. 세정에 어두운 성수도 강택진이 옥화 집에 드나들고 있으며, 옥화에게 낳은 자식까지 있다는 것쯤은 알고 있었다.

연순은 신병 핑계를 대고 남편을 멀리하였다. 그리고 옥화에게 가기를 은근히 책동하였다. 그러나 택진이가, 옥화 집에 다시 드나들게 된 것은 옥화에게 끊지 못할 애정을 느껴서가 아니요, 옥화의 신세를 진 의리 때문도 아니요, 자식이 있는 때문도 아니다. 그리고 또한 그 여자를 도와주는 것도 아니었다. 오히려 엽전 몇 닢이라도 구슬려내는 그런 더러운 사나이다. 뭐 그렇다고 해서 연순을 생각하는 것도 아니다. 그는 다만 돈에

69

애착을 느꼈을 뿐이다. 처가에서 돈푼이나 긁어내다 보니 어느새 돈맛을 잊을 수 없게 된 것이요, 옥화에게는 생리적 욕구를 채우면 되고, 그 옥화가, 가엾은 그 여자가 한 푼이라도 이를 붙여준다면 더욱 좋은 것이다. 연순은 돈이 굴러오는 밑천이요, 옥화는 배설 장소다.

계집아이가 날라다 준 미숫가루가 그대로 손도 대지 않은 채 있는데 성수는 일어섰다. 대문 밖을 나서면서 성수는 연순을 돌아보았다.

"후생에서 우리는 다시 만날까? 누부야!"

어릴 때부터 누부야라고 불렀다.

"만나고말고. 못 만나믄 그 한을 어쩔꼬……."

연순의 입김은 몹시 뜨거웠다. 숨이 가쁜 모양이다.

성수는 뚜벅뚜벅 걸어간다.

"잘 있거라. 연순이…… 누부야!"

대문 밖에 박힌 듯 서 있는 연순은 그 소리를 듣지 못하였다.

쨍쨍 내리쬐는 한여름 햇볕이 고개를 숙인다. 해가 떨어지려고 했다. 호졸근히 풀이 죽었던 나뭇잎들이 되살아나는 듯했다. 성수는 보따리 하나를 들고 북문고개를 넘어섰다. 북문고개를 넘어서는 순간 성수는 왈칵 쏟아지는 눈물을 느꼈다. 길이 보이지 않았다. 그는 언덕배기로 올라가서 주저앉는다. 서서히 스며들기 시작한 어둠, 안뒤산 뒷모습이 가슴을 찌른다.

'남아 이십 세. 큰 뜻을 품고 이 길을 내가 가는가. 갈 곳이 있

어 내가 이 길을 떠나는가.'

세병관 쪽에서 나팔소리가 어슴푸레 들려온다.

'석원이가 도깨비 집 앞을 지나가겠구나.'

껍적거리는 텁석부리 석원의 모습이 눈앞에 선하다.

'고모님, 중구 형님, 그리고 이쁜 형수씨…… 잘 계시소.'

마음속으로 뇌는데,

'이 세상에 누가 있다고, 내가 살믄 얼매나 살겠노. 가지 마라, 안 된다.'

연순의 말이 윙! 하고 울린다.

순간 성수의 머리는 빠개지는 듯하였다. 두 손으로 머리를 감싸며 휘청거리고 일어서는데 저 멀리 송씨와 강택진이 달려온다. 성수는 멍하니 그들을 바라본다.

언덕 위에 선 성수를 발견한 그들은 더욱 빠른 걸음으로 달려왔다. 송씨는 한 손에 방갓을 들고, 강택진은 모시 두루마기를 휘날리면서. 성수 곁에까지 온 송씨는 땅에 펄썩 주저앉으며 통곡부터 터뜨렸다.

"이놈아! 에미 베리고 어디 갈라 카노!"

성수는 물끄러미 내려다본다.

"내가 이날까지 오랑캐를 키웠구나. 아이구, 분하고 원통하다."

땅을 친다.

"어머니, 저를 데리러 오신 게 아니지요. 이걸 찾으러 오싰지요. 자, 가지가이소."

성수는 보따리를 쑥 내밀었다. 강택진이 얼른 그것을 받는다. 보따리 속에는 장롱을 부수고 꺼내온 녹용과 금덩이가 몇 냥쭝 들어 있었던 것이다.

"병모님, 이자 가십시다. 기왕 떠날라 카는 사람 우리가 붙잡는다고 안 가겠습니꺼?"

강택진은 대단히 만족스러운 표정이다. 물건을 찾았으니 이제 볼일은 다 보았다는 투다.

"이놈아! 이 무상한 놈아! 니가 갈라거든 날 죽이고 가거라. 강보에 싸인 것을 우찌하고 키웠다고 이런 악문*을 한단 말이고? 아이구, 아이구……."

송씨의 감정이 강택진과 같을 수는 없다. 좋으니 궂으니 해도 기른 정이 있다. 그리고 성수가 나가면 김씨 집이 절손된다는 것도 중대한 일이다. 강택진은 물건을 찾으려고 쫓아왔지만 송씨는 사람을 찾으려고 쫓아온 것이다. 성수가 꼼짝도 하지 않고 서 있는 것을 본 송씨는,

"날 죽이고 가거라! 날 죽이고 가, 이놈아!"
하고 허리띠를 끌러 목을 매는 시늉을 한다.

"아, 병모님, 와 이라십니꺼."

강택진이 당황한다. 위협을 하기 위한 가장이지만 성수나 강택진은 다 송씨가 그렇게 나올 줄을 몰랐다.

'내가 살면 얼매나 살겠나…… 어무이도 불쌍하지. 내만 없어

봐라. 눈먼 구렁이 갈밭에 들 기다……'

성수는 말없이 언덕을 내려왔다. 일확천금의 꿈이 깨진 듯 굳어진 강택진의 썩은 생선 같은 눈에 경멸의 일별을 던지며 성수는 오던 길을 터덕터덕 되돌아간다.

꽃상여

봉제 영감의 삼년상을 벗은 성수는 그해 가을에 장가를 들었다. 송씨보다 연순이 더 서둘러 한 혼사였다. 성수를 붙잡아놓는 유일한 방법이었던 것이다.

색시는 한실의 인심 후한 부농富農 탁씨卓氏의 딸로서 이름은 분시粉施였다. 얼굴이 예쁘지는 않지만 마음씨 고운 처녀였다.

혼삿날 지석원은 술에 곤죽이 되었다.

"수륙만리라도 살아만 계신다믄 못 오시리 없건마는, 어이구 불쌍하다, 우리 서방님. 이팔청춘 젊은 몸이 어디로 가서 거리 구신이 되어 오늘 같은 경사에 참여를 못하시는고……."

가락을 튀기며 눈물까지 찔끔거렸다.

"청승은 늘어지고 팔자는 오그라졌고나."

부엌에서 쇠간 전 하나를 집어 먹던 하동댁이 역시 가락을 튀기며 석원을 조롱한다.

"산 사람은 신 술 한잔이라도 얻어묵고 좋은 일 궂은 일 다 보건마는, 어이구, 한도 많고 원도 많은 우리 성수 도련님."

넉살 좋게 푸념하는 소리를 들은 송씨는,

"저놈이, 저놈이 와 청승을 빼고 지랄을 하노. 어서 못 갈까!"

벌써부터 눈 밖에 난 지석원을 하인을 시켜 쫓아내었다.

"허, 조런 빌어묵을 할망구."

석원은 주절주절 입 속으로 중얼거리다가 담벽에 몸을 기대어 후우, 하고 입김을 내뿜는다. 그러더니 대문간으로 도로 가서 고개를 쑥 디밀며,

"괄시 말어라아! 괄시를 말어! 사람우 괄시를."

하인이 쫓아 나오자 그는 도망을 쳤다.

성수가 장가를 든 후, 강택진은 장모 덕으로 한밑천 잡은 참에 동문 밖에 약국을 하나 차렸다. 서당 개 삼 년이면 풍월을 안다는 격으로 처갓집 일을 도맡아 하는 동안 웬만한 경험도 쌓고 요령도 알게 되었으니, 본시 간사스럽고 음흉한 천품이라 병자들의 약점을 노려 돈을 긁어들이는 수완은 대단하였다. 그러나 돌팔이 의원임을 면치 못한다.

동문 밖 약국 뒤에는 살림집이 붙어 있었다. 연순이 거처하는 방 뒤창이 훤하게 열려 있었다. 참새들이 대나무 가지를 휘어잡으며 수선스럽게 떠들고 있었다.

"아가, 이걸 묵고 기운 좀 채리라."

송씨는 밖에서 들여보낸 깨죽을 딸에게 권한다.

"묵으나 마나 아프기는 마찬가진데."

자리에 누운 연순은 도리질을 한다. 요즘에 와서 자주 피를 토했다. 그러나 성한 사람처럼 얼굴은 좋고 몸도 줄지 않았다.

"어무이."

"와."

"성수가 한실댁하고 잘 지내요?"

송씨가 오기만 하면 묻는 말이다.

"잘 지내는지 어쩌는지 내가 아나. 사랑에 들어박혀서 내사 얼굴 구경도 못했다. 아 계집이 그만하믄 됐지, 손끝 야물겠다, 웃사람 위할 줄 알고 아랫사람 부릴 줄 알고, 뭣이 심에 차지 않는지 몰라."

"본래 성질이 그런데요, 뭐……."

"안 그렇다. 니는 모르는 소리. 내 꼴이 베기 싫어서 그럴 기다. 내가 죽으믄 지가 떠주는 물 얻어묵을 줄 아나. 내 죽거들랑 절에나 얹어주라."

송씨의 머리는 반백이었다. 비대했던 몸도 줄어들었다. 연순은 주름이 잡힌 송씨의 얼굴을 쳐다보면서 서글프게 웃는다. 송씨를 먼저 보내고 그의 말대로 절에 위패를 모셔줄 만큼 연순이 자신이 살리라 믿어지지 않았던 것이다.

공연히 오기를 내던 송씨는 어세를 낮추며,

"내 보기 싫어서 칡범같이 엉그리고 있더니 그래도 계집 중한 줄은 알던가, 태기가 있다니까 약을 지어서 들여보내는

구나."

"태기가요?"

"꼴이 그런갑더라."

연순은 그날 밤 뒤창을 열어놓고 밤새껏 멍하니 앉아 있었다. 대숲에 궂은비가 치직치직 내리고 있었다.

연순의 병세는 급격하게 악화되었다. 성수와 분시가 병문안을 왔을 때 연순은 눈을 뜨지 않았다. 송씨는 집 안팎을 드나들며 울부짖었다.

이튿날 성수는 혼자 왔다. 여전히 잠들어 있었다. 성수가 돌아간 뒤 가랑비가 내렸다. 송씨는 며칠을 뜬눈으로 새웠기 때문에 지친 몸을 가누고 잠시 동안 눈을 감았는데, 그사이에 연순은 잠든 그 모습대로 숨을 거두고 말았다. 아무도 모르게 혼자서 외롭게 죽어간 것이다. 송씨는 딸의 시체를 안고 몸부림치다가 기절을 했다. 기별을 받고 달려온 성수는 문설주에 머리를 처박은 채 흐느끼는 것이었다. 봉희도 오고 그의 아들 며느리도 오고 분시도 왔다. 그들은 죽은 연순보다 산 송씨를 위해 울었고, 반미치광이가 된 이 가엾고 어리석은 늙은이를 안정시키려고 무진히 애를 썼다. 그러나 성수의 깊은 슬픔을 아는 사람은 없었다.

강택진은 사랑에 점잖게 앉아서 문상 온 손님을 대접하고 있었다.

"딸 죽을 줄 모르고 사위한테 흠뻑 빠져서, 김약국댁도 작살이 없어서 늘그막에 고생이제."

아이를 안은 이웃 아낙들이 초상집을 기웃거리며 하는 말이다.

"시상에 아들인들 좋아하겠다. 평생 오금 박힐 일 앙인가."

"그러게 말이지. 병든 딸이 살면 얼매나 살 기라고. 하기사 부모 마음치고 자기 살 일 생각하고 딸 생각을 안 하겠나마는……"

연순의 죽음을 애석하게 여기는 것보다 송씨의 사정이 딱하다는 듯 혀를 찬다.

연순의 장사는 오일장이었다. 문상객들이 많았고, 구경꾼들이 모여들어 혼잡을 이루었으나 상주 한 사람 없는 소년 죽음의 출상은 쓸쓸하였다. 앵여 뒤에 가는 흰 꽃상여는 북문을 지나면서 몸부림치듯 한 번 멎었다. 상부 노래는 호상이 아닌 참상慘喪인 만큼 구슬프다.

어하넘 어하넘

어나라 남천 어하넘

멀고 먼 황천길을

인지 가면 언지 오나

부모님도 잘 있이소

형제간도 잘 있이소

이팔청춘 젊은 몸이

인지 가면 언지 오나

　　활장같이 굽은 길을

　　살대같이 내가 가네

　상여를 멘 지석원은 커다란 눈을 껌벅거리며 연방 코를 훌쩍
거린다. 오지 말라고 봉희가 말렸는데도 악을 쓰고 쫓아 나온
송씨는 반죽음이 되어 며느리 분시와 중구 처의 부축을 받으며
상여를 따르고 있었다.

　두건을 쓴 강택진은 고개를 빠뜨리고 걸어간다. 성수는 중구
와 나란히 서서 걷고 있었다. 얼굴을 꼿꼿이 세우고 걷고 있다.

　길 연변에 늘어선 구경꾼들은 구성진 상부가에 눈물을 짓
는다.

　"저 꽃상여는 동생이 했답니더. 강택진이 그 꼬리고 더러운
인사가 장사에 돈 안 딜일라고 발발 떨었다 안 합네까. 시상에
처가살림 타서 사는 놈이."

　"개고리 올챙이 적 모른다고, 온, 그러네라. 시상에 저 할매
가 저래서 살겄나."

　　어하넘 어하넘

　　어나라 남천 어하넘

　　명정공포 우뇌상에

　　요롱 소리 한심허다

이 길을 인지 가면

언지 다시 돌아오리

북망산천 들어가서

띠잔디를 이불 삼고

쉬파리는 벗을 삼고

가랑비 굵은 비는

시우 섞어 오시는데

어느 누가 날 찾으리

어하넘, 어하넘—

흰 꽃상여는 황톳길 장대고개를 넘어간다. 상부가도 멀리서 어슴푸레 들려오고 만장이 바람에 나부낀다.

송씨

여름 해는 길어 저녁을 먹은 뒤에도 한 치나 남아 있었다. 송 씨는 장독가에 앉아서 아이를 잠재운다.

"장독가에 분을 심어 분꽃 같은 울 애기야……."

머리는 파뿌리가 되고 올올이 주름진 얼굴에는 꺼뭇꺼뭇한 저승꽃이 피어 있다. 그러나 노래를 부르는 송씨의 눈에 평화 와 기쁨이 있었다.

"어무님, 고모님이 오셨습니더."

분시는 아이를 받아 안는다.

"아가 젖 좀 물리봐라. 그 자식이 영 안 잘라 칸다."

송씨는 대청으로 돌아왔다. 봉희는 부채질을 하고 있었다.

"형님, 저녁 잡샀습네까."

"저녁 묵었다. 아아 좀 잴라고……."

"아이애비는 어디 갔습네까?"

"밖에 나갔는가 배."

두 안노인은 분시가 깎아다 준 참외를 먹으면서 이런저런 이
야기를 한다.

"강 서방 장가간 뒤 한번 왔습디까?"

봉희는 지나가는 말로 물었다.

"오기는 코끝도 못 봤다."

송씨는 이내 풀이 죽는다.

강택진은 한 달포 전에 돈 있는 어떤 과부의 딸과 혼인을 했
다. 옥화가 울고불고 쫓아다녔으나 욕만 당하고 말았다.

"내 손가락으로 내 눈 찔렀지."

연순이 죽은 후 번번이 하는 말이었다. 강택진이 손바닥을
뒤집듯 그의 본성을 장모 앞에 드러낸 것은 초상 때부터의 일
이다.

"내 눈이 어두워서 한 짓을 뉘보고 원망할꼬마는 시상에 도
꾸 부리 맞아 죽을 인사 같으니라고. 폐포파립의 거렁뱅이를

뉘가 사람 만들었건데, 그 은공을 모르고……."

누구든지 강택진의 말을 꺼내기만 하면 송씨는 흥분하고 미움에 몸 둘 바를 몰라 한다.

"흠! 양반 꼴 좋지. 어디 처녀가 없어서 그런 잡것의 딸하고, 아무리 돈에 퉁때가 났기로서니……."

강택진의 새 장모의 행실이 나빴다는 것을 두고 하는 말이다.

"형님, 그만허소. 남의 일 아니우. 굿을 하든가 벅수를 넘든가."

"남? 그래, 남이지. 그러나 그 살림은 다 뉘 살림인고."

흥분한 바람에 책잡힐 말을 한다.

"사위새끼 괭이새끼라 안 합디까? 딸 없는 사위가 무슨 소용이우? 지는 편만 설지요."

"사위믄 다 사윈가? 유만부동이지, 내가, 내가 어찌했다고."

"그기이 다 형님 잘못이지요. 미우니 고우니 해도 선영을 받들 아들이 있는데, 형님 잘못이오."

오금을 박는다. 아들의 말이 나오자 송씨는 입을 다물었다. 며느리의 마음은 착해서 자기의 위치가 송구스럽지 않았으나 아들과의 사이는 냉 바람이 가셔지지 않았던 것이다. 봉희는 이내 풀이 죽는 올케를 불쌍히 여기며 그가 좋아하는 화제로 돌렸다.

"용환이가 아팠다믄요?"

"하모, 그 자석이 아파서 혼겁을 했지. 이자 괜찮은가 배."

송씨의 얼굴은 한결 부드러워진다. 그는 손자 말만 나오면 즐겁다.

"자손 귀한 집에 와서 떡판 같은 아들을 낳았으니 한실댁은 복이 많소. 우리 집은 영 기별이 없어 걱정이구만."

친정이 한실이라 하여 분시를 한실댁이라 부른다.

"아따, 아직 나이 있는데 걱정인가."

송씨가 손자 용환이를 사랑하는 것은 특히 유별났다. 마음 둘 곳이 없는 그의 외로움이 그렇게 했는지도 모른다.

어느덧 용환이 여섯 살이 되었다. 초저녁에 한참 자다가 일어나서,

"할머니, 앵앵 하러 가자아."

손자가 말하면,

"운냐, 운냐, 가자. 울 애기야."

하고 일어선다. 그리고 손자 얼굴에 명주 수건을 씌워주고 얼레와 연을 들고 나서는 송씨였다. 비가 오는 날이면 미꾸라지 잡으러 가자고 아이는 졸랐다. 그러면 송씨는 운냐, 운냐, 울 애기야 하며 우죽우죽 나선다.

여름 밤에는 개똥벌레를 쫓아 숲속을 헤매는 아이를 따라 송씨도 같이 헤맨다. 손자는 송씨와 성수 사이의 오랫동안의 감정을 풀어주는 존재가 되었다. 그렇던 손자는 돌림병 마마에 죽었다. 송씨는 문지방에 머리를 마구 받으며 스스로 죽으려고

했다. 아이를 갖다 버린 후 송씨는 넋 빠진 사람처럼 앞뒤뜰을 왔다 갔다 하면서 시부렁거렸다. 아이를 재우던 노래를 부르는 것이다.

"서른두 짝 골패짝에 줄역 같은 울 애기야, 이백 미라 쌀 한 섬에 앵도 같은 울 애기야."

그러고는 운다.

"어무님, 와 이러십니꺼. 자식은 낳으면 또 자식 아닙니꺼. 어무님이 이러시다가……."

마음 착한 며느리는 시어머니를 달랬다.

그러나 두 달 후 송씨는 죽었다. 죽을 무렵,

"비상 묵은 자, 자손은 지르지 않는다 카던데……."

하고 숨을 거뒀다.

성수가 서른둘 되는 해, 그러니까 1910년 8월 29일에 치욕적인 한일합병 조약이 발표되었다. 대한제국은 그 파란 많았던 운명의 종말을 드디어 고한 것이다.

김약국성수은 이러한 크나큰 변동 속에서도 아무런 감정을 나타내지 않았다. 그의 고종 형인 중구가 벌겋게 핏발 선 눈으로 쫓아와서 통곡하고 울부짖었으나 김약국은 무거운 침묵으로 대하는 것이었다.

이 지경 속에 의병義兵으로 몰려 다니던 지석원이 뜻밖에 김약국집에 찾아왔다. 가을이었다. 감이 익은 가장이가 축 휘어진 저녁때,

"지 서방이 웬일이오?"

방문을 열어보며 한실댁이 일어서려고 했다. 석원은 안고 있던 포대기를 거북하게 추스른다.

"어머! 애기 아니오."

석원은 부끄러운 듯 코를 훌쩍거렸다.

"자, 여기 앉으시오. 그 애기는 웬 아이요?"

한실댁은 마루로 나와 앉기를 권하였다. 석원은 한참 동안 엉거주춤하다가 포대기에 싼 아이를 마루에 눕힌다. 한실댁은 아이를 들여다본다.

"갓난애기 아니우? 어찌 된 일이오."

석원은 우물쭈물하다가,

"어쩌다가 하나 생깄십니더."

목구멍으로 기어드는 목소리다.

"아아, 아니, 그라믄 지 서방 아이란 말이오?"

"늘그막에 삼신이 노망을 했나 배요. 이런 데 태이다니 개 복만도 못 타고 난 놈입니더."

한실댁은 어이가 없었다. 얼굴을 찌푸리고 혀를 내두르는 아이의 얼굴과 지석원의 얼굴을 번갈아 볼 뿐이다.

"인생이 하 불쌍해서…… 어디 안고 갈 만한 곳이 있어야지요."

"애기 어매는?"

"그건 알아 뭐하실랍니꺼."

한숨을 푹 내쉰다. 오십 년의 허무한 인생이 때 묻은 옷소매에 흐르고 있었다.

"죽었심더. 죽었지요."

"저런……."

한실댁은 저도 모르게 혀를 끌끌 찬다.

"차라리 어느 부잣집에 개로나 태어가지 마알라꼬 생깄겠습니꺼."

"어디 인력으로 되는 일이오. 아들이오?"

"머시마 꼭진갑습니더. 머시마나 가시나나 태일 곳에 태이야지요."

아이는 주먹을 빨다가 늙은이처럼 온통 주름을 모으며 힘없이 운다.

"배가 고픈가 배."

"어짓밤부터 꿀물 몇 숟가락 묵고 굶었심더."

석원의 눈에 눈물이 글썽 돌았다.

"아이구 어짜끼나! 불쌍해라."

한실댁이 아이를 덥석 안는다. 석원은 무릎 위에 굵은 눈물을 뚝뚝 떨어뜨린다.

"지 서방, 내 젖 좀 먹일 기니 거기 있으소."

"고, 고맙습니다. 아씨……."

흐느낀다. 한실댁은 방으로 들어가서 아이에게 젖을 물렸다. 첫아이를 잃은 후 한실댁은 계집아이를 둘 낳았다.

"아, 아씨!"

석원이 마루에서 한실댁을 부른다.

"야, 말하소, 지 서방."

"……."

"무슨 말이오? 하소."

"사, 사람우 탈을 쓰고 차, 차마 인생이 부, 불쌍해서 제발, 제, 제발 젖이나 떨어질 때까지, 아씨! 그 안이라도 어, 어찌 변통을 해서라도 데, 데리고 가겠심더."

"지 서방이 말 안 해도 대강 나도 짐작은 했소. 내 마음 같아서는…… 그러나 어른이 계시니 의논을 해봐야지. 그렇지 않소, 지 서방."

"아아, 그, 그야……."

아이는 미친 듯 젖을 빨았다. 아이를 내려다보는 한실댁의 마음은 그저 측은하고 불쌍하다. 아이는 배부르게 젖을 먹었는지 젖꼭지를 놓았다. 한실댁이 아이를 안고 밖으로 나갔을 때 지석원은 온데간데없었다.

"이 사람이 어딜 갔을까?"

한실댁은 변소라도 갔겠거니 생각했다. 그러나 석원은 영 돌아오지 않았다.

"은연아."

"예에ㅡ."

계집아이가 쫓아 나온다.

"지 서방 못 봤나."

"아까 나갔심더."

"나가아?"

"예, 아까 나갔심더."

그리되고 보니 속절없이 아이를 맡을 수밖에 없다.

"딱하게 됐다."

"지 서방 애깁니꺼? 호호호……."

계집아이는 신기하다는 듯 까르르 까르르 웃는다.

그로부터 석 달 후 종적을 감추었던 지석원의 소식이 들려왔다. 욕지섬[欲知島] 어장막에서 죽었다는 것이다. 어장막 부근에 있는 마을에서 개 두 마리가 씹어놓은 노루 한 마리를 뱃사람들이 끌고와서 갈라 먹었는데, 그날 밤 지석원은 밤새껏 해변가를 헤매고 다녔다는 것이다. 아침에 보니 지석원은 바위틈에 쓰러져 죽어 있더라는 것이다.

"지 서방의 팔자도, 응…… 쯧쯧……."

한실댁은 언짢아하면서도 뜻하지 않은 짐을 맡아 걱정이 되기도 했다. 그러던 참에 마침 중구 어머니가 지팡일 짚고 찾아왔다.

"고모님 웬일이십니꺼? 올라오시이소."

한실댁이 쫓아가서 방으로 모셔들인다.

"아, 석원이가 죽었다든……."

이가 빠져서 말소리가 분명치 않았다.

"죽었답니더."

"음…… 그런데 아이는 어쩔라노?"

"할 수 있습니꺼."

"알고 보니 무당 새끼라 안 하나."

"무당예?"

"하모. 미우재 사는 무당이 낳은 아이라 카더라. 그 무당은
죽고 석원이가 아이를 안고 갔다 안 하나."

한실댁은 눈살을 찌푸린다.

"불쌍한 석원이를 생각허믄 그까짓 자식 하나 길러줄 만도
하다마는 그러나 무당 자식이 집에 들어와서……."

늙은이는 근심스러운 표정이다.

"어떨라고요, 설마……."

"애비는 머라 카더노."

"아무 말도 안 합디더."

"할 수 없지. 석원이 한세상도 애달프고나. 그놈 죽을라꼬 자
식을 만들었는갑다."

제 2 장

귀향

한일합병 후 이십 년의 세월이 흘러갔다.

등대섬의 등불이 깜박거리는 밤마다 윤선은 '뚜우―' 하고 고동을 울리며 통영 항구에 입항하고 출항한다. 뱃고동 소리는 여인旅人들의 가슴에다 향수를 불러일으켰다.

며칠 전, 가랑비가 내리는 밤이었다. 부둣가 노점에는 푸른 가스등이 포장 밑에서 흔들리고 있었다. 해진 지카타비*를 신고 역시 낡아빠진 낫파후쿠*를 입은 사나이가 항구에 내려선 일이 있었다. 삼십오륙 세가 되었을까? 그 사나이는 어젯밤에 경찰서로 찾아와서 자기는 살인을 하였노라 하며 두 손을 내밀었다. 사나이는 미늘고개에서 장바구니를 이고 가는 계집의 목을 졸라 죽인 것이다. 그 사나이는 오 년 전에 일을 찾아 일본으로 건너간 옥화의 아들이었다.

그가 떠난 후 한 해 동안은 그럭저럭 돈푼이나 집에 부쳐주었고, 서신 내왕도 있었다. 그러나 근 삼 년 동안 소식은 끊어지고 행방조차 알 수 없었던 것이다. 일본에 갔다온 어느 품팔이꾼이 오사카[大阪]에서 넝마주이를 하고 있는 그를 한번 보았노라고 소식을 전해준 일이 있었다. 옥화 할매가 알고 있는 아들에 관한 것은 그것이 전부였다.

소식이 끊어지고부터 그의 처는 미늘고개 너머 꼭개라는 곳에서 주막을 차렸다. 그리고 어느 놈팡이 하나를 끌어들이면서 여섯 살 난 아들과 옥화 할매를 거리에 내쫓고 말았다. 이 집 저 집으로 손자를 데리고 붙어살다가 옥화 할매는 비렁뱅이가 되었다. 지팡이를 짚고 손자를 앞세우고 통영 거리를 헤매어다니는 것이 옥화 할매의 신세였다.

"옛적에는 소개기를 씹어 뱉고, 소주로 얼굴 세수하던 내 몸이 이렇게 거렁뱅이가 되었네라."

요릿집 부엌 바닥에 쭈그리고 앉아서 국 찌꺼기를 훌쩍훌쩍 마시며 옥화 할매는 푸념을 한다.

"아나, 인자 니 묵어라."

빤히 쳐다보는 손자에게 국사발을 넘겨주고 옥화 할매는 길바닥에서 주운 담배꽁초에 불을 붙인다.

주정뱅이를 피해서 부엌으로 나온 작부 한 사람이 멍하니 옥화 할매를 바라본다. 눈물이 질금질금 흘러서 벌겋게 짓무른 눈언저리, 작부는 눈앞에 앉아 있는 한 인간의 말로末路가 남의 일 같지 않았다.

"할매, 아들은 없는교?"

타관에서 흘러들어 온 작부는 부산 사투리로 물었다.

"아들? 아들 있었제."

"어디 가고 어무이를 이 꼴로 해놨는교?"

"그 자식, 음…… 그 자식은 죽었제, 죽어……."

작부는 품속에서 지갑을 꺼내어 오 전짜리 하나를 옥화 할매에게 준다.

"고맙다, 각시야. 니 심정이 고와서 복 받겠구마."

안에서는 사내 계집들의 웃음소리, 일본 노래, 수심가가 잡탕이 되어 흘러나온다. 어장 아비를 벗겨먹는 모양이다. 옥화 할매는 실밥이 뜯어진 치마끈 사이에 오 전짜리를 밀어 넣고 꼭꼭 묶는다.

"각시야, 제발 작량 잘해라이. 자식도 소용없고 서방도 다 소용없네라. 우리네 같은 노방초는 돈이 제일이제. 한창 나이나 젊어서 늙고 병든 날을 위해서 돈을 모아야 한다. 옛날에 자식 앞세우고 길을 가면 배가 고파도, 돈을 지니고 가면 배 안 고프다 안 카더나. 이팔청춘이 잠깐이제. 눈 깜박하는 사이제."

옥화 할매는 그 밖에도 여러 말을 중얼거리다가 이타바*에게 쫓겨났다.

강택진이 죽었을 때도 옥화 할매는 손자를 데리고 초상집 문전에서 구걸을 하고 있었다.

"저것이 여기가 어디라고 왔노! 남사스러 내사 못 살겠다!"

머리를 풀고 있던 강택진의 딸들이 소리를 질렀다. 그러나 옥화 할매는 머슴이 주는 술을 기갈 난 듯 꿀떡꿀떡 마시고 밥은 소쿠리에 담아 손자에게 들린 뒤에 비로소 그 문전으로부터 비켜섰던 것이다.

아들이 돌아오기 얼마 전에 어디서 죽었는지 옥화 할매는 통영 거리에서 그 자취를 감추었다. 손자만이 소쿠리를 들고 여전히 문전걸식을 하고 있었다.

일본에서 돌아온 사나이는 비렁뱅이가 된 아들을 찾았다. 그리고 초라한 뒷골목 객줏집에 맡겨놓고 꼭개에서 주막을 차리고 있다는 여자에게로 갔다. 사나이는 지나간 일을 다 버리고 일 년만 아이를 맡아서 길러달라고 애걸하였다. 그러나 여자는 당장에 너의 새끼는 네가 데려가라 하며 듣지 않았다. 그러면 일본에 가서 아이의 생활비를 잊지 않고 무슨 일을 해서라도 보낼 터이니 일 년만 맡아서 길러달라고 또다시 애걸하였다. 그러나 역시 여자는 듣지 않았다. 사나이는 이튿날 미늘고개 으슥한 나무 밑에 숨어 있다가 장을 보고 돌아오는 여자를 잡아서 목을 눌렀다.

남방산 뒤켠에서 '부웅—' 뱃고동 소리가 들려온다. 거실거실

바람이 불고 있었다. 공지섬에 부딪는 흰 나울[波濤]을 어둠 속에서도 볼 수 있었다.

"아가, 윤선 들어온다!"

한실댁은 넷째 딸, 용옥瑢玉의 등을 두드리며 안도의 한숨을 내쉬었다. 노점 앞에 퍼질러 앉아서 담배를 피우고 있던 지게 꾼들도 뱃고동 소리를 듣자 각기 일어서서 지게를 걸머지고 선창가로 달려간다. 목판에 떡이랑 김밥을 담은 장사치들은 힐끔힐끔 기선회사 직원들의 동정을 살피며 선창가에 매어둔 장배, 나뭇배를 건너 뛰어간다.

"나울이 세서 생이*가 멀미 대기 했겠습니다."

용옥이 걱정을 한다. 찬란하게 불을 켠 윤선의 선체가 공지섬을 돌아서 나타났다.

"그러기 걱정이다. 가아가 삼이나 씹는가 모르겠다."

한실댁은 발돋움하고 목을 길게 뽑는다.

둘째 딸 용빈瑢斌은 서울에서 여학교를 마치고, 지금은 S전문학교 이 학년이었다. 육 년 동안 고향에 내려왔다 갈 때마다 한실댁은 트렁크 속에 인삼을 챙겨 넣었고 뱃멀미가 나거든 꼭 씹어야 한다고 신신당부를 했던 것이다.

윤선은 항만에 들어서면서 포효咆哮하듯 다시 고동을 울렸다. 속력을 늦춘 배는 서서히 선창가로 몸을 붙이며 닻줄을 뭍에 던졌다. 부둣가는 순식간에 고함 소리와 뱃고동 소리와 우왕좌왕하는 사람들의 무리로 혼잡을 일으켰다.

"짐 지소, 야!"

지게꾼들은 서로 앞을 다투며 목에 핏대를 세운다.

"어무이, 생이 저기 오요!"

용옥이가 외친다.

"어디! 어디 오노."

검정 치마에 흰 모시 적삼을 입은 용빈이 먼저 한실댁을 발견하고 배 위에서 빙그레 웃는다. 쪽 고른 흰 이빨이 청수하다.

"아이구 아가, 아가아!"

한실댁은 손을 흔들고 고함을 쳤다. 사방은 벌집 쑤셔놓은 듯 시끄러워 한실댁의 고함이 전해질 리 없다. 용빈이 배에서 내리자, 용옥은 트렁크를 받아 든다.

"어머니, 많이 여웠네요."

딸은 다정하게 어머니 어깨 위에 손을 얹는다. 용빈의 키는 한실댁 머리만큼 더 컸다. 목소리는 낮으나 좋은 음향이다.

"내가 와 여빌 것고. 니가 객지에서 고생이제. 멀미는 안 했나?"

"좀."

"삼을 묵지."

"잊어버렸어요."

"아아도 참, 대승스럽기는……."

용빈은 용옥에게 얼굴을 돌리며,

"트렁크 무거울 거야. 나하고 같이 들자."

"괜찮소. 안 무겁습니더."

용옥은 약간 가무스름한 용빈에 비하여 살결이 희다. 그러나 얼굴은 예쁘지 않았다. 입술이 투박하고 코가 길다. 눈썹은 짙으나 양미간이 좁아서 어딘지 고생상苦生相이다. 용빈은 스물한 살, 용옥은 열일곱이다. 용옥은 용빈을 한없이 숭배하고 있었다. 그는 좀처럼 말을 하지 않는 성미였다.

"어서 가자."

한실댁이 재촉할 것도 없이 용빈과 용옥은 걷고 있었다. 가스등이 흔들리는 노점 앞에 이르자 용빈은 잠시 발을 멈추었다. 싸구려 화장품이며 비눗갑, 혁대 등 주로 뱃사람, 섬사람들을 상대로 파는 잡화가 푸른 불빛 아래 동화에서처럼 신기롭게 보인다.

"가스등만 보면 정말 통영에 온 것 같아. 참 다정스럽고 슬프고⋯⋯."

그러나 용빈의 얼굴은 조금도 슬프게 보이지 않았다.

"생이는 가스등이 참 좋은가 배요. 전에도 그런 말을 하던데."

"그랬던가?"

"와? 서울에는 가스불이 없나."

한실댁은 훤칠한 딸을 이리저리 바라보며 묻는다.

"서울에도 가스등은 있어요. 그렇지만 통영의 저 가스등처럼 정이 가지는 않아요."

"아아도 참, 가스불에 무슨 정이 가노."

"고향 아니에요? 어머니, 서울에도 부산에도 다 있지만 사람의 얼굴이 다 같지 않고, 또 좋아하는 얼굴이 따로 있는 것처럼, 나는 통영의 가스등이 좋거든요."

용빈은 자기가 느낀 향수를 알기 쉽게 설명하고 마치 유치원의 보모와도 같은 표정으로 미소한다.

"홍섭이는 같이 안 왔구나."

"예, 며칠 늦는다구요."

그들은 어제 일어난 끔찍한 살인사건의 얘기를 하며 간창골로 올라간다.

뱃놈이 왔고나

김약국은─십 년 전부터 약국을 그만두고 어장을 경영하고 있었으나 이 고장 사람들은 여전히 성수 영감을 김약국이라 불렀다─송씨가 죽고 난 뒤 도깨비 집을 중수하여 그곳으로 옮겨 갔다. 그에게는 딸 다섯 형제가 있었다. 첫아들을 잃은 후 한실댁은 연달아 딸만 낳은 것이다.

큰딸 용숙容淑은 열일곱 때 출가를 시켰으나 과부가 되었고 지금 나이가 스물네 살이다. 둘째가 용빈이, 셋째가 용란容蘭이다. 그는 열아홉이며, 그 다음은 용옥이, 막내가 열두 살짜리 용혜容惠다. 고모할머니 봉희가 살아 있을 때 용혜는 봉룡이 할아버지를 많이 닮았다고 했다. 돌아간 날을 몰라 칠월 백중에 제사를 모실 때도 고모할머니는 용혜를 보고 언짢게 혀를 끌끌 차곤 했다. 그러나 김약국은 용혜를 두고 연순을 연상하였다. 입 밖에 말을 내지는 않았으나 어떤 때는 심한 착각을 일으키는 일까지 있었다. 김약국은 연순이가 어릴 때 봉제 영감이 그랬듯이 용혜를 노랭이라 부르며 사랑하였다. 다른 딸들은 모두 머리털이 칠빛처럼 검었는데 용혜만은 밤색 머리칼이었다.

한실댁은 자손 귀한 집에 와서 아들 못 낳는 것을 철천지한을 삼고 있었다. 남편 보기 부끄럽고 남 보기가 부끄러웠다. 그는 작은댁이라도 얻어서 자손을 보는 것이 어떻겠느냐고 은근히 영감에게 비쳐봤으나 김약국은 가타부타 말이 없었다.

그러나 한실댁은 그 많은 딸들을 하늘만 같이 생각하고 있었다. 그는 딸을 기를 때 큰딸 용숙은 샘이 많고 만사가 칠칠하여 대갓집 맏며느리가 될 거라고 했다. 둘째 딸 용빈은 영민하고 휜칠하여 뉘 집 아들자식과 바꿀까 보냐 싶었다. 셋째 딸 용란은 옷고름 한 짝 달아 입지 못하는 말괄량이지만 달나라 항아 같이 어여쁘니 으레 남들이 다 시중들 것이요, 남편 사랑을 독차지하리라 생각하였다. 넷째 딸 용옥은 딸 중에서 제일 인물이 떨어지지만 손끝이 야물고, 말이 적고 심정이 고와서 없는 살림이라도 알뜰히 꾸며나갈 것이니 걱정 없다고 했다. 막내둥이 용혜는 어리광꾼이요, 엄마 옆이 아니면 잠을 못 잔다. 그러

99

나 연한 배같이 상냥하고 귀염성스러워 어느 집 막내며느리가
되어 호강을 할 거라는 것이다.

용숙이 과부가 됨으로써 한실댁의 첫 꿈은 부서졌다.

"맏딸이 잘 살아야 밑의 딸들이 잘 산다 카는데."

아들 형제밖에 없는 중구 영감의 부인 윤씨가 걱정을 했다.
한실댁에게는 참으로 무서운 말이었다.

"어르신 계십니꺼."

굵은 목소리다. 마루에 앉아서 책을 읽고 있는 용빈은 얼굴
을 들었다.

"아아, 언제 왔습니꺼."

구릿빛 얼굴에 작업복을 입은 완강한 사나이다. 그는 옆구리
에 찌른 수건을 뽑아 땀을 닦으며 다가온다.

"그저께 왔어요."

용빈은 책은 덮는다. 사나이는 마루에 걸터앉는다.

"아버지 사랑에 계시는데요."

"아, 예. 어무니는?"

"장에 가시고……."

무뚝뚝한 표정으로 앉아 있던 사나이는,

"여문아!"

심부름하는 계집아이를 큰 소리로 부른다.

"여문이는 어머니 따라 장에 갔어요. 뭐하시게요?"

"냉수 한 그릇 달라 카려……."

"지가 떠 오겠어요."

"아, 아닙니다. 내가 가서 떠 묵지요."

사나이는 용빈이 일어서자 벌써 우물가에 가서 두레박을 내리고 있었다. 그는 김약국의 어장 일을 도맡아보고 있는 서기 두徐基斗라는 청년이다. 처음에는 그의 아버지 서 영감이 어장 일을 봤으나 워낙 기질이 센 젓꾼*들이 말을 안 듣고 좀 실수가 있어 물러났다. 그 대신 아들이 나선 것이다. 김약국은 성실하고 담대하며 통솔력이 강한 기두를 전적으로 믿고 모든 일을 그에게 일임해온 것이다. 사실 김약국은 일종의 전주錢主일 뿐 어장에 관하여 아는 바 없었다.

기두는 통영 수산학교를 졸업한 사람으로서 무식하지 않을 뿐더러 수산업에 대한 지식과 야심이 있었다. 물을 벌떡벌떡 마신 뒤 기두는 두레박에 남은 물로 우둑우둑 얼굴을 씻는다.

"흐흠! 뱃놈이 왔고나."

뒤란에서 벌렁벌렁 걸어 나온 용란이 서슴없이 뇌까린다. 기두는 얼굴을 씻다 말고 눈을 치뜨며 용란을 본다. 그러나 잠자코 수건을 빼서 얼굴을 닦더니 도로 옆구리에 찌르고 성큼성큼 사랑으로 들어간다.

"애가 왜 그래? 말버릇이 그게 뭐냐."

용빈은 무서운 눈초리로 용란을 노려본다.

"지가 뱃놈이지, 그라믄 뱃놈 앙이가."

용란은 치마를 벌렁거리며 마루에 주저앉는다.

"그 성미에 뺨이라도 한 대 얻어맞으면 어쩔래."

"나를 때린다고? 그 뱃놈이 어림도 없다."

"때리면 맞았지, 별수 있나. 너를 주인집 딸이라고 사정 둘 줄 아나?"

"흥, 때리보제. 모가지를 뿌질러버릴 기다. 그 자식 건방져서 못씨겠드라."

용빈은 어이가 없어 웃는다.

"너 그러다가 시집가기 다 글렀다."

"흥! 내 걱정 말고 니나 시집가라모."

아주 말버릇이 좋지 않다. 언니 대접이 아니라 동생 취급이다.

"참 내, 기가 막혀서……."

"기두 그 자식 지가 뭐길래 한돌이를 가라 오라 하노 말이다."

용빈은 다시 책을 들었다. 한돌이는 지석원의 아들이다. 용란은 한돌이와 매우 사이가 좋았다.

"아이구 씨원타. 소주 알바람이 들어오는구나."

용란은 벌렁 나자빠진다. 자그마한 발이 참 예쁘다.

어느 모로 보나 대조적이며 상반된 자매였다.

용빈은 이마가 훤하게 트이고 눈이 시원하다. 약간 광대뼈가 솟은 듯하여 강한 개성과 이지를 느끼게 한다. 시원한 눈은 조용하고 사려 깊다. 용빈에 비하면 용란은 평범하다. 그러나 아름답기로는 용빈을 훨씬 능가하고 있었다. 조각처럼 아름다운 코, 흰 살결, 뼈대가 굵고 손이 큼직한 용빈과는 반대로 나긋나긋한 뼈마디는 고혹적이었다. 그의 눈은 수시로 움직인다. 어떻게 보면 천사처럼 무심하고 어떻게 보면 표독스러운 암짐승과 같이 민첩하고 본능적이었다.

용빈은 어릴 때 주일학교에 나가면서부터 영국인 힐러 선교사와 전도사 케이트 양으로부터 사랑을 받았다. 그들은 총명한 용빈을 가리켜 신의 축복을 받은 아이라 하였다. 그들이 살고 있는 붉은 벽돌집은 김약국집에서 과히 멀지 않은 곳에 있었다. 김약국집에서도 바라볼 수 있다. 우묵한 숲속의 붉은 집, 그들 영국인들은 아침저녁으로 김약국집을 지나가고 교회당으로 나가고 전도하러 나간다. 힐러 목사는 말라깽이다. 언제나 천천히 명상하듯 걸어간다. 케이트 양은 뚱뚱보다. 김약국집 뜰 안에 살구꽃이 만발하는 봄날이면 가끔 케이트 양은 한복을 입고 지나간다.

용빈이 서울의 미션 계통의 여학교를 마치고 S여전까지 가게 된 것은 그들 영국인이 김약국에게 권고한 때문이다. 용숙은 집에서 한문을 좀 배우다가 시집을 갔고, 용란은 몹시 글 배우기를 싫어하여 언문도 어설프다. 용옥은 소학교를 마치자 본인이 더 이상 바라지 않고 가정에 들어앉아 집안일을 알뜰히 돌보고 있었다. 용빈은 용혜만은 자기가 공부를 시켜야겠다고 단단히 마음먹고 있었다.

용빈은 김약국집에 있어서 아들 격이다. 김약국도 마누라에게는 의논하지 않으면서도 집안일에 관하여 용빈의 의견을 물었고, 또한 그 의견을 존중하였다. 용빈은 물론 기독교인이며 어릴 때부터 신앙은 그의 몸에 배어 있었다. 그러나 그는 요즘 회의를 느끼고 있었다. 그 회의는 그의 건전한 정신에 상처를 줄 만한 것은 아니었다. 용빈이보다 독실한 신자는 용옥이었다. 과묵한 용옥은 깊이 신에 귀의하고 있었다. 한실댁과 용숙은 절을 찾는 파다. 그러나 진실한 불교 신도는 아니다. 때에 따라서 절에도 가고 무당굿도 하고, 이를테면 미신인 것이다. 김약국과 용란은 아무것도 믿지 않는다. 그리고 절에 가거나 예배당에 가거나 무관심하다.

서기두는 사랑에서 무슨 이야기를 했는지 얼마 후에 나왔다. 용란은 슬그머니 일어났다. 그리고 기두를 힐끗 쳐다보았다.

"어무니 아즉 안 돌아오싰습니꺼."

용빈에게 묻는다.

"아직 안 오시네요."

"그라믄 나는 갈랍니더."

"아니 저녁이나 잡숫고 가시지."

기두는 그 말 대답도 하지 않고 휙 나가버린다.

"그라믄 나는 갈랍니더, 흐흐흐……."

용란은 기두의 흉내를 내며 웃는다.

"이 기지배!"

용빈은 책으로 용란을 때린다.

파초

일요일 예배를 마치고 용빈과 용옥이 집에 들어왔다. 용숙이
와 있었다. 그는 마루에 한 손을 짚고 앉아서 참외를 먹으며 한
실댁과 이야기를 하고 있었다.

"언니 왔어요?"

"그래 왔다. 니가 안 오니 내 발로 걸어왔제."

몇 달 만에 처음 만나는 동생이건만 용숙은 올곧잖게 빈정
거렸다. 매미 날개처럼 다듬은 은옥색 모시 치마에 안동포 적
삼을 입은 용숙은 한창 물이 오른 나무줄기처럼 싱싱하고 연
하다. 눈꼬리가 길게 찢어져 눈매는 고우나 암팡지고 목소리는
양양거리는 듯 우는소리로 들린다.

"그러잖아도 내일쯤 큰어머니 댁에도 가보고 언니한테도 들
르려고 했는데."

용빈은 예사롭게 받는다.

"아까 태윤이가 왔더라."

한실댁은 노오랗게 익은 참외를 고르면서 말한다.

"태윤이 오빠가요? 언제 오셨다 합디까."

"그저께 왔다 카던가……? 야들이 와 그라고 섰노? 올라와서

참외나 묵어라."

일본의 아오야마[青山]학원에 다니고 있는 태윤泰允은 중구 영감의 둘째 아들이다. 그 역시 방학이라 돌아온 것이다. 용빈과 용옥은 마루로 올라가서 한실댁이 썰어놓은 참외를 들었다.

"언니가 사 왔어요?"

"와 내가 사 올꼬? 니는 서울 다니옴서 바늘 한 쌈 사다 주었더나."

웃음엣말이기는 하나 품은 데가 있다. 이번에도 용빈은 개의치 않는다.

"아까 태윤이가 오믄서 사 왔더라."

언제나 용렬하고 성미가 고약한 용숙과 그 고약한 성미에 대하여 무관심인 듯한 용빈의 얼굴을 번갈아 보며 한실댁은 부지런히 참외를 깎는다. 모이를 물어들이는 어미 제비만 같다.

용숙은 아망스럽게 소매 속에서 흰 모시 손수건을 꺼내어 손을 닦는다. 날씬한 손가락에 푸른 비취 가락지가 시원하다. 동백기름을 발라서 미끈하게 틀어올린 쪽에는 비녀, 귀이개가 꽂혀 있는데 모두 비취였다. 작년에 그는 남편의 상喪을 벗었다. 차림새나 거동을 봐서 어디 나가도 꿀릴 데가 없는 귀부인이다. 그 모습에는 미망인의 애수란 없었다. 도리어 삶에 대한 강한 의욕이 다문 얄팍한 입술에 느껴진다.

용숙은 그 얄팍한 입술을 한 번 닦고는 옷소매 안으로 손수건을 밀어 넣으며,

"갖다주어서 묵기는 묵었다마는 사내자식이 뭘 이런 걸 사오노."

실컷 먹고 흉을 본다.

"아이 생이도, 숭 안 보는 게 없소."

여태까지 말없이 참외를 먹고 있던 용옥이 상을 찡그리며 타박을 준다.

"되바라지게 니가 뭘 안다고 말참견이고? 아이들은 가만있는 기다."

"어머니, 용란이는 어디 갔어요?"

스물넷의 새파란 나이에 어른 행세를 하려 드는 용숙을 용빈은 우습게 여겼다. 그리고 그 청산유수 같은 사설을 막기 위하여 화제를 꺾었다.

"몰라. 뭐 구라분 사러 간다 카던가? 아까 나갔다."

"요새 아이들은 도무지 시건방져서 탈이더라. 우리들 컬 때사 크리무가 다 뭐꼬. 비누 세수도 못했다. 하기사 세상이 좋기는 해. 남자들이 못 하는 공부를 안 하나……."

시건방지다는 말을 은근히 용빈에게 걸친다.

"요즘에도 언닌 비누 세수 안 하잖아요?"

하며 용빈이 픽 웃었다. 용숙은 그 말 대답을 못한다. 크림을 바른다고 흉을 보지만, 용숙은 어릴 때부터 자기 몸을 가꾸는 데 있어서 지성이었다. 그는 피부를 곱게 하기 위하여 녹두가루를 양사洋紗에 싸가지고 얼굴을 닦았다. 지금도 여전히 얼굴만은 그 녹두가루를 쓰고 있었다. 그래 그런지 용숙의 얼굴은 옥같이 고왔다.

"성가야! 아부지가 오라 카신다."

학교에서 돌아온 용혜가 사랑에 들렀다 나와서 용빈을 툭 치며 말한다.

"아버지, 부르셨습니까?"

용빈은 사랑채 뜰 아래 서서 김약국에게 물었다.

"음, 올라오너라."

용빈은 발[簾]을 걷고 방으로 들어갔다. 김약국은 혼자 바둑을 두고 있었다.

"거기 좀 앉거라."

바둑돌을 그릇에 쓸어 넣고 바둑판을 밀어놓은 뒤 김약국은 용빈을 한 번 쳐다보았다. 한산 세모시 고의적삼에 생노방주 조끼를 입은 김약국은 쉰둘, 나이보다 훨씬 젊어 보인다. 회색 양말에 갑사 대님을 한 모습은 언제 보아도 근엄하다고 용빈은 생각하였다.

김약국은 하도* 한 가치를 꺼내어 천천히 붙여 문다. 말을 꺼내기가 매우 거북한 눈치다. 담배가 절반이나 탔을 때 그는 재떨이를 끌어당겨 좀 신경질적으로 비벼 껐다. 그리고 또 한 번 용빈을 쳐다보았다.

"홍섭이를 서울서 더러 만나나?"

"예. 가끔 만납니다."

용빈의 얼굴이 좀 붉어진다. 홍섭은 B전문학교 법과생으로서 용빈의 애인이다.

"음……."

김약국은 용빈으로부터 눈을 떼고 한동안 침묵을 지키다가,

"홍섭이를 너는 어떻게 생각하고 있나."

"……."

"혼인상대로 생각해보았나?"

"괜찮은 사람이라 생각하고 있었습니다."

어조는 명확하다.

김약국은 빤히 딸의 얼굴을 쳐다본다. 반대를 하는 것인지 찬성을 하는 것인지 구별하기 어려운 표정이다.

"정국주가 한번 너 혼인 말을 하더구나. 홍섭이 같으면 나도 굳이 나쁘게 생각지 않는다만. 그 아버지가 시원치 않아 대답을 안 했다."

정국주鄭國柱는 홍섭弘燮의 아버지다. 김약국과는 친구 간이라 할 수도 있다. 그러나 그 친분은 순전히 사업상 피치 못할 거래관계에서 온 것이지, 인간적으로 가까워진 것은 아니었다. 한때 그들은 합자하여 어장을 경영한 일이 있었다.

정국주는 김약국이 어릴 때 집에 드나들며 일을 거들어주던 하동댁의 아들이었다. 가난하게 자란 그는 처음에 옹기장이[甕器匠]였으나 어떻게 돈을 모았는지 어장을 시작하더니 몇 해를 연달아 어장이 잘되어 거금을 모았다. 지금은 어장에서 손을

떼고 양조장을 경영하는 한편, 고리대금업자로서 통영의 갑부다. 그뿐만 아니라 열렬한 친일파이며, 이 지방에서는 발언권이 센 조선인의 한 사람이었다.

"내가 지금 너 혼인 말을 꺼낸 것은 실상 용란이 때문이다."

"용란이요?"

"음, 너는 지금 공부 중이니 다소 혼기가 늦어도 상관없겠으나 용란이로서는 늦었다. 그러나 형을 두고 동생이 먼저 갈 수도 없는 일이고 해서……."

"저는 학교를 마쳐야지요."

"그러면 용란이를 너 졸업 때까지 둔단 말인가."

"먼저 가야지요."

"나도 그걸 생각해보았다만…… 혼인하고 공부하면 안 되겠나."

김약국은 용빈의 반응을 살피듯 가만히 쳐다본다. 대문 밖의 느티나무에서 매미가 지이지이 ─ 울었다.

"그렇게는 할 수 없습니다."

"……."

"저는 졸업한 뒤 결혼문제를 생각해보겠습니다."

"그럼 그 문제는 너에게 맡기기로 하고, 용란이 일인데……."

"……."

"용란이를 기두에게 주기로 결정했다."

"예?"

용빈이 적이 놀랐다.

"그래서 서씨가 다녀갔군요."

"음, 내가 올라오라고 했다."

기두가 왔을 때 '뱃놈 왔고나' 하던 용란의 말이 생각나서 용빈은 실소하지 않을 수 없었다.

"모친이 돌아갔고 어린 동생들이 있으니 그 사람도 처를 얻어야지."

"용란의 성격에 그런 어려운 살림을 감당할는지요."

"그런 사내라야 한다. 용란이한테는 기두와 같은 대가 찬 사내라야지."

용빈은 기두가 용란이에게 과하고 모자라는 것은 그만두고라도 너무나 동떨어진 배합이라 생각하였다. 한실댁은 늘 말하기를, 잘난 용란의 짝이 될 만한 남자가 통영 바닥에는 없다는 것이다. 여기저기 혼담도 있었으나 한실댁은 심에 차지 않아 머리를 가로저어 왔었다.

"어머니도 알고 계십니까?"

"네 어미야 아나 마나……."

하기는 김약국이 하겠다는 일을 한실댁이 만류할 처지가 못 된다. 그것을 알고 있기 때문에 용빈은 마음이 아팠다. 아버지를 존경하고 깊은 애정으로 대하는 용빈이었으나 아버지가 어머니의 존재를 무시하고 남처럼 무관심하게 대하는 태도에는 불만을 느낀다.

"어머니가 섭섭해하실 것 같습니다."

그 말은 여러 가지 뜻을 포함하고 있었다.

김약국은 말이 없다. 용빈도 묵묵히 앉아 있다.

"기두가 내 밑에서 일을 보는 한 용란은 밥 굶지 않는다. 또 설사 다른 곳으로 간다 하더라도 처자를 고생시킬 사람이 아니다. 걱정 말아라."

"그렇지만 용란은 어떻게 생각할는지요."

굳이 반대하는 것은 아니다. 그러나 김약국이 의논하는 이상 용란의 의사가 존중되어야 한다는 말을 용빈은 하지 않을 수 없다.

"너 같으면 나도 네 의사에 맡기겠다만, 용란이는 그런 아이가 아니다. 그 애는 내가 정하는 곳으로 가야 한다."

더 이상 할 말이 없다. 용빈은 우두커니 앉았다가 일어섰다. 뜰에 내려서니 한 가닥 바람에 파초잎이 미동한다. 그 파초잎을 타고 풍뎅이 한 마리가 엉금엉금 기어가고 있었다.

"아버지 같다."

말보다 느낌은 늦게 왔다. 고고한 파초의 모습은 김약국의 모습 같았고, 굳은 등 밑에 움츠리고 들어간 풍뎅이는 김약국의 마음 같았다. 매끄럽고 은은하고 그리고 어두운 빛깔의 풍뎅이 표피, 한실댁은 그 마음 위에 앉았다가 언제나 미끄러지고 마는 것이라 용빈은 생각했다.

"아따, 오래도 이야기하신다. 조석으로 보시믄서 하필 내가 오는 날 불러들여서 말씀하실까? 나는 인사를 드려도 거들떠 보시지도 않더니."

용빈이 사랑에서 나오는 것을 보자 용숙은 또 빈정거렸다. 김약국은 맏딸을 싫어했다. 자랄 때부터 마치 눈에 든 가시처럼 미워했다. 좀처럼 딸들을 나무라는 일이 없는 김약국이었는데도, 용숙에게만은 말말이 요망스러운 것이라 하며 외면을 하기 일쑤였다. 용란이 그렇게 말괄량이 짓을 하고 머슴아이처럼 버릇이 없건만 용숙이처럼 미워하지는 않았다.

"합이 안 들어서 그렇다."

데리고 온 자식 같다고 한탄을 하는 한실댁에게 동서 윤씨는 위로해주곤 했다.

영감이 미워할수록 한실댁은 용숙을 치마 밑에 감싸고 돌았다. 그를 출가시킬 때도 영감 몰래 어떻게나 많이 장만하였던지 간지*를 얹어 보내었다. 눈빛처럼 바랜 당목 버선이 열 다섯 죽이요, 요이부자리만 해도 누비이불, 차렵이불, 양단 큰 이불, 모본단 큰 이불, 법단과 양단의 작은 이불, 그리고 남지와 모시 홑이불이 각각 두 개씩이나 됐다. 옷은 신랑 집에서 보낸 귀목 장과 집에서 마련한 감나무 장과 귀목 함롱에 가득 채우고 그래도 남아서 간지를 얹어 보낸 것이다.

"그래도 시부모가 안 계시니 예물 걱정은 덜었지."

한실댁은 영감이 들으라는 듯 일부러 그런 말을 되풀이하곤 했다.

"간지 얹어 간 사람치고 잘 사는 것 내사 못 봤다. 나중에 신세가 급하니까 보따리 보따리, 싸가지고 팔아묵더라."

혼인 구경 온 이웃 아낙들은 은근히 시기심에 입방아를 찧었다. 그보다 집에 있는 침모와 하녀들이 혀를 내두른 것은, 용숙이 자기의 물건이라고는 실 한 바람, 골무 한 짝 빼놓지 않고 싹 쓸어 간 일이었다.

"숭측하제. 그 집 마당에 풀 안 날까?"

그렇게 욕심이 많고 독해서야 어디 사람이 찾아가겠느냐는 뜻이다. 성격이 그러하니 김약국이 용숙을 곱게 볼 리가 없었다.

"이제 날 쫓아내니 속이 씨원하겠습니더."

시집가는 날 용숙은 한실댁에게 오금을 박았다.

"아버지가 머라 카시더노."

용빈이 옆에 오자 용숙은 물었다.

"뭐요?"

다른 생각에 잠겨 있던 용빈이 반문한다.

"귀가 먹었는가 배. 아부지가 머라 카시던고 안 묻나."

"아아 저…… 학교 그만두는 게 어떠냐구요……."

얼른 둘러댄다. 용빈은 용란에 관한 일을 한실댁에게도 자기 입으로 말하지 않으리라 생각하였다.

"응, 그러고 보니 니를 시집보낼 생각인 모양이제."

용빈은 그렇다 안 그렇단 말을 하지 않았다. 한실댁은 근심스러운 눈으로 용빈을 쳐다본다.

"흥, 니도 생각이 좀 있는가 배. 눈이 천왕산같이 높은 긴데 그 신랑감은 누굴꼬?"

역시 용빈은 아무 말을 하지 않는다.

"용빈아."

용빈은 힐끗 쳐다본다.

"니 동문 밖에 안 갈라나."

"가야죠."

"그라믄 나하고 같이 가자. 나도 볼일이 좀 있다."

"그러세요."

"어무이, 나 함롱 하나 맞출랍니더."

"그 많은 장롱 어쩌구."

"많기는 뭐가 많아요."

"요새 큰아부지가 일을 하실까?"

"돈 내고 할라 카는데 안 해주실라구요."

"옛날 말이지. 그때도 마음에 안 드신 일은 아무리 돈을 많이 내도 안 하셨다."

"하여간 가서 부탁이나 해볼랍니더. 남의 일은 못하시도 설마……."

용빈이 동문 밖에 간다는 말을 듣고 한실댁은 부랴부랴 두루 미에서 매화주를 한 병 뜨고 사쿠라보시*를 꾸려가지고 용빈에게 들려주었다.

명장

김약국의 고종사촌 형인 이중구는 마누라인 윤씨와 단둘이서 동문 밖의 조그마한 기와집에 살고 있었다. 큰아들 정윤貞允은 지난봄에 대구의전을 졸업하였다. 현재 그는 진주 도립병원에 취직하고 있었다.

두 내외는 계집아이도 없이 퍽 외롭게 살고 있었지만 언제든지 다정스럽고 흡족한 노부부다. 마누라가 밥을 지으면 영감은 장작을 패고, 생선 한 마리라도 맛나게 보글보글 지져서 머리 맞대고 의좋게 먹는다. 평생 겸상해서 밥을 먹어본 일이 없는 한실댁은 그런 광경을 보면 망측스럽기도 하고 부럽기도 하였다.

"참말로 천생배필이제. 하루를 살아도 무슨 한이 있을꼬……."

젊어서부터 한실댁의 말이었다.

중구 영감이 처음 소목 일을 하게 된 것은 집안이 가난했기 때문이다. 한일합방 전부터 세상은 어지럽고 매관매직이 횡행하는 풍조 속에서 꼿꼿하고 오만한 중구 영감은 그만 책을 덮어버렸다. 그때는 영락한 선비의 자손들이 어려운 살림을 위하여 남몰래 소목 일 제모 짓는 일을 하고 있었다. 중구도 소목일을 배웠다.

외가에서 도움을 받지 않은 것도 아니었으나 워낙 성미가 강직하고 남에게 굴하기를 싫어한 중구는 외가의 도움도 달갑잖게 여겼다. 그러나 아들 형제를 가르치는 데 있어서 아무리 밤잠을 못 자고 일을 하여도, 역시 김약국이 알게 모르게 주는 도움에 힘입은 바가 컸다.

중구 영감은 이를테면 예술가 기질 혹은 명장名匠의 기질이 농후한 사람이었다. 비록 어줍잖은 소목장이였으나 단순한 장인바치는 아니었다. 그가 만들어낸 자개장이나 귀목장은 그 의장意匠이 특출하였고 견고하기로는 이를 데가 없었다. 족히 자손에 물릴 만한 귀물이었다. 그러나 성미가 까다로워서 뒷일꾼 하나 두지 않고 혼자 일방에 들어박혀 하는 것이니 한 가지를 끝내는 데도 아주 오랜 시간이 걸렸다. 그리고 값이 엄청나게 비싸서 돈푼이나 있는 사람이 아니면 중구 영감에게 일을 맡기지 못한다. 거기다가 마음에 내키지 않는 일은 결코 하지 않는다. 맡기는 사람의 태도가 불손하거나 마음에 거슬리는 일이 있어도 딱 거절을 한다. 부탁하는 사람이 이래저래 해달라고 요구를 하는 일이 있지만 그 말에 따라 일하는 법도 없고 언제나 자기 마음대로 하게 마련이다.

그래서 돈 있고 권세 좋은 사람들은 한갓 소목장이가 무슨 똥고집이 그래 세냐고들 못마땅히 여긴다. 한번은 정국주의 마누라가 와서 교자상을 하나 부탁한 일이 있었는데 그 거드름 피우는 꼴이 아니꼬웠던지 코대답도 하지 않고 돌려보냈다.

그는 또한 멋쟁이였다. 의복에서 그랬고, 생활에 있어 그러하였다. 부채 하나 재떨이 하나를 만들어놓아도 쓸모 있고 운치 있게, 생활을 장식하게 하였다. 심지어 장작을 패는 데도 두 동강이를 낼 때는 톱질을 한다. 그래야만 쌓아올렸을 때 볼품이 좋다는 것이다. 연료를 절약하기 위하여 그때만 해도 남들이 별로 쓰지 않는 연탄을 쓰는데, 그 만드는 방법이 곰상스럽기 짝이 없다. 마디가 길고 굵은 대통 속에다 물에 반죽한 연탄 가루를 밀어 넣어서 마치 가래떡처럼 뽑아가지고 자르는 것이다.

생활을 이와 같이 꾸미는 것과 마찬가지로 의복에 대한 관심은 대단하다. 홀어머니가 돌아간 뒤 그는 삼 년 동안 상복을 입고 다녔는데 그 상복을 어떻게나 멋지게 입었던지 소문이 났다. 곱게 손질한 북포 도포에다 행건을 치고, 두건 위에는 대를 깎아서 곰상스럽게 손수 만든 방립을 쓰고 모삼[布屩]으로 얼굴을 가리며 대로를 성큼성큼 걸어가는 풍모는 족히 볼 만한 것이었다. 허우대가 좋기도 하려니와 별로 입지 않는 시절이라 이채로웠던 것이다. 한번 외출을 하려면 거울 앞에 서서 울미*를 손으로 싹싹 비벼 윤이 나게 했고, 어무신*은 조금만 흙이 묻어 있어도 곱게 감아놓은 창호지를 풀어버리고 다시 새것으로 감아야만 했다.

"늙어가믄서 머할라꼬 그리 모양을 냅네까. 기생방에 가실라꼬 그랍네까?"

마누라가 농을 걸면,

"허, 임자는 가만있소."

하고 허허 웃는 것이었다.

경찰서 뒷길을 돌아서 동문 밖으로 접어들자 용숙은,

"이것 좀 들어라. 치맛말이 자꾸 처지네."

조그마한 꾸러미를 용빈에게 준다. 용빈은 술병과 다른 꾸러
미를 한 손에 모아 쥐고 그것을 받아들었다. 용숙은 치맛말을
밀어 올린 뒤 용빈에게 준 것을 도로 받는다.

"뭐예요?"

"이거? 주발이다."

"주발?"

"이뻐서 어무이보고 달라꼬 안 했나."

용빈은 어이가 없었다. 친정에 올 때마다 무엇이고 마음에
드는 것이 있으면 가져가야 직성이 풀리는 용숙의 버릇을 알고
있지만, 주발까지 탐내어 가져갈 줄은 몰랐다.

"용빈아."

"……."

"니 이상한 소문 안 들었나?"

"이상한 소문이라뇨?"

"시상에, 하도 기이하고 숭칙해서 말도 몬하겠다. 우사스러
서 우찌 살겠노. 어무이하고 그 말을 할라 카다가 차마 쇠^혀가
안 떨어지더라."

서설이 길다.

"시상에 용란이 말이다, 매구 귀신이 들렸다 안 하나."

"매구라구요? 매구 귀신이 어딨어요?"

용빈은 말이 말 같지 않아서 웃고 만다.

"야아 봐라. 와 매구 귀신이 없노?"

"그래 용란이가 매구 귀신이 들어서 어떻게 했답니까?"

"밤마다 담을 넘고 뒷산으로 간다 안 카나."

"쓸데없는 소리 하지도 말아요."

용빈은 일소에 부쳐버리고 더 이상 말 상대를 하려 하지 않았다. 그러나 용숙의 입은 멎지 않는다.

"언니, 저 봐요, 길 가는 사람이 넋을 잃고 있어요. 언니가 이뻐서 그러는가 봐요. 자, 어서 갑시다."

그 말이 효력이 있어 용숙은 입을 닫았다. 용빈은 쓰게 웃는다.

멀리 중구 영감의 집이 보인다. 그 집 담에는 보랏빛 줄콩꽃이 화려하게 피어 있었다. 해마다 여름에서 가을까지 그 집 둘레를 뒤덮어버리는 줄콩꽃이다.

"큰어머니."

용빈은 대문을 밀고 들어서면서 윤씨를 불렀다.

"누고오? 아, 용빈이 앙이가."

윤씨는 절구통 앞에서 무엇을 찧다가 절굿공이를 놓고 쫓아나왔다. 얄팍한 눈매와 곱슬한 이맛머리, 깨끗하게 늙었다.

"용숙이도 왔구나. 웬일고."

"큰아버지 계십니까."

120

"운냐, 계신다, 일방에."

"요새도 일을 하십니까?"

"하모. 일을 잡으믄 사흘 나흘 들어앉아서……."

용빈과 윤씨가 말을 주고받는데 용숙은 절구통을 기웃이 들여다본다.

"큰어무이요, 이거 뭅니꺼."

"그거 솔잎하고, 날콩이다."

"뭐하실라고요."

"큰아부지가 잡술라꼬."

"약으로요?"

"몸에 좋단다. 자 어서 마루로 올라가자. 보소 영감, 용빈이가 왔네요."

"제가 가 뵙겠습니다."

용빈은 헛간 옆에 있는 일방으로 갔다.

"큰아버지."

"오, 용빈이 왔나."

홀딱 깎은 머리를 든다. 귀밑에서부터 숱한 구레나룻이 벌써 희끗희끗했다.

"일하십니꺼."

용숙이도 용빈의 어깨 너머로 얼굴을 내민다.

"음……."

하면서도 중구 영감은 일손을 멈추지 않는다. 풍로 위에 아교가 보글보글 끓고 있었다.

"날씨가 더운데 쉬시지 않고……."

"재미로 하지. 그래 서울서 언제 내려왔나?"

"일주일쯤 됐습니다."

"그래?"

중구 영감은 곱게 민 나무에 아교칠을 한다.

"마루로 올라가거라."

"예."

마루로 올라가니 어느새 윤씨는 미숫가루를 타 가지고 왔다.

"새미물이 씨원타, 마시봐라."

"오빠는 어디 가셨습니까. 아까 집에 오셨더라는데 저는 못
만났어요."

"너거 집에 갔던가? 내사 몰라. 아직 안 오네."

"큰어무이, 올해도 콩 많이 따겠심더."

"한 말이나 딸란가?"

"그렇게 많이요?"

용숙의 눈이 휘둥그레진다.

"저래 봬도 못니라."

"거 콩은 어디다 씁니꺼?"

"설 명절 때 개피를 아사서 설기 고물을 하믄 참 좋니라. 녹
두 개피보다 빛이 은은하고 상큼해서 맛나지. 그리고 여름에
입맛 없을 적에 죽을 쑤어 묵어도 좋고."

"그라믄 가을에 좀 얻어 가야겠네요. 제사 때 쓰게."

"그래라."

용숙은 사방을 빙 둘러본다.

"큰어무이 집 살림은 지름이 잘잘 흐릅니더."

"뭐, 아아들이 없어서 그렇지."

용숙은 손바닥으로 마루를 쓸어본다. 먼지 한 톨 없이 매끄럽다.

"이 마리 좀 보래. 밀꽃 같제?"

용빈은 용숙처럼 그런 데 흥미가 없다. 윤씨는 '객지에서 얼마나 고생이 되느냐, 음식이 입에 맞느냐' 하며 용빈에게 인정스럽게 묻는다.

"용숙이 니는 요새 절에 다닌다믄?"

윤씨는 화제를 용숙에 돌린다.

"뭐 지가 알고 댕깁니꺼. 눈먼 말이 워낭 소리만 듣고 간다고……."

"나도 늘그막에 극락길이나 닦아얄 긴데……."

"어제 큰어무이도 절에 다니시이소. 오빠도 졸업했겠다 무슨 걱정이 있습니꺼."

"그러게."

"오빠 장가는 안 보냅니꺼?"

"내사 아나. 저거들 알아서 하겠지. 어디 요새 사람들 부모하라 카는 대로 하더나? 뭐 대구에 처니가 있다 하기는 하더

123

라만.”

“오빠 돈 많이 벌지요?”

“아직이사…… 하기는 이자 태윤이 학비를 가아가 안 보내나.”

“오빠사 뭐 갈고리로 돈을 거머올 긴데요. 의사치고 부자 안 된 사람 못 봤심더.”

“두고 봐야제. 그래 동훈이는 잘 크나?”

“밤낮 벵치레를 해쌓아서 못 살겠십니더.”

“하나 자식은 온 그러니라. 아가, 용빈아 이야기하고 앉았그라. 내 얼른 저녁 할게.”

“그만 갈랍니다, 큰어머니.”

용빈이 황급히 일어서려니까 윤씨는 기겁을 하며,

“아아가 뭐라 카노?”

하며 화를 낸다.

“가씨나나 하나 둘 기지. 앉아서 밥 얻어묵기 민망하구마.”

용숙은 살랑살랑 부채질을 한다.

얼마 후 조촐한 저녁상이 들어왔다. 장에 가지도 않았는데 밥상이 실팍하다. 나물, 자반, 건어, 김치도 깔끔하다.

“보소, 영감. 저녁 안 잡술랍니꺼?”

“가요.”

중구 영감은 손을 씻고 허리를 펴면서 마루에 올라왔다.

“용빈이가 가지고 왔습니더.”

윤씨는 매화주를 따르면서 영감에게 알린다. 저녁이 끝나자,

"큰아부지, 함롱 하나 해주실랍니꺼."

하고 용숙은 용무를 꺼내었다.

"누구 거로?"

"지 거 하나 할랍니더."

중구 영감은 힐끗 용숙을 쳐다본다.

"짬이 있어야지."

"천천히 하시도 괜찮습니더."

"김약국은 요새도 두문불출인가?"

중구 영감은 용숙의 말허리를 꺾어버린다. 용숙의 얼굴이 벌
게진다. 눈에 오기가 발끈 솟는다.

"예, 별로 안 나가십니다."

중구 영감은 담배 한 대를 태우고 그냥 일방으로 내려가버린
다. 발끈해진 용숙은 얼른 가자고 서둘렀다.

집 앞에 나서자,

"누가 공거로 해달라 캤나."

기가 나서 펄펄 한다. 그러나 용빈은 아까부터 딴생각을 하
고 있었다.

"아들들이 다 공부한 건 뉘 덕인고? 의사가 다 뭐꼬, 대학생
이 다 뭐꼬."

그러나 용빈은 여전히 혼자 딴생각에 잠겨 있었다. 아까 용
숙이, 용란이가 매구 귀신이 들려서 밤마다 담을 넘고 뒷산으

로 간다는 말을 했을 때 용빈은 일소에 부쳐버렸다. 그러나 용빈은 지금 그 말을 가만히 되새겨보고 있는 것이다. 매구 귀신이 들렸다는 말은 엉터리없는 소리라고 해야겠지만, 밤마다 담을 넘고 뒷산으로 간다는 말은 그냥 흘려버릴 수 없다.

'용옥한테 물어보자.'

용숙하고 헤어진 용빈은 경찰서 옆을 지나 봉래극장 앞에 왔다. 저만큼 태윤이가 우쭐우쭐 걸어온다.

"오빠!"

태윤은 용빈을 못 본 듯 그대로 걸어온다. 바로 앞에까지 왔을 때 비로소,

"용빈이 아니가."

"오빠 눈이 네 갠데 어찌 그리 사람을 못 봐요?"

"뭐 좀 생각하느라고……."

"지금 막 동문 밖에서 오는 길이에요."

"집에 갔더랬나? 나도 아까 간창골에 갔었는데 용빈인 없더군."

태윤은 안경을 벗어 손수건으로 닦아 다시 쓴다. 쪽 곧은 콧날에 안질이 나쁜 때문인지 눈길이 사납다. 평소엔 텁수룩한 머리가 오늘따라 곱게 빗겨져 있었다.

"아까는 교회에 갔었죠. 오빠 여태 어디 계셨어요?"

"이발하고 책 한 권 사고, 그리고 친구를 만났지."

빙그레 웃는다.

"우리 집으로 가세요."

"아니, 내일 가겠다. 저녁에 만날 사람이 있어서……."

"그 사람?"

"아, 아니……."

의미심장하게 웃는 용빈의 얼굴을 피하여 태윤은 당황한 듯 부인한다.

"그럼 내일 갈게."

그는 용빈 앞에서 얼른 비켜섰다.

"오빠 죄짓지 마세요."

태윤은 대답이 없었다.

집에 돌아왔을 때는 어두웠다. 용빈은 바람을 쏘이는 체하고 용옥을 불러내어 넌지시 용란에 관한 일을 물었다. 처음에는 용옥이 말을 하지 않았으나 결국 놀라운 사실을 용빈에게 들려 주었다.

정사

풀섶에서 귀뚜리가 구성지게 운다. 반들한 장독 위에 푸른 달빛이 미끄러진다.

"엄마, 얘기 하나 해주소, 야? 엄마."

한실댁의 팔을 베고 누워서 용혜가 조른다.

"내가 얘기할 줄 알아야제."

"아무거나 하나 해주소. 엄마, 잠이 안 와."

"다 큰 게 왜 저럴까? 아이 저 얼뚱아기 좀 봐?"

옆에 앉았던 용빈이 놀려준다.

"치이, 성가는 안 그랬나, 뭐."

"그래그래, 이야기 하나 할게. 옛날 옛적에 이야기가 대야기를 짊어지고 딘기 산천을 넘어가니……."

"아이 싫어, 싫어."

용혜는 한실댁의 가슴을 툭툭 친다.

"그럼 하나만 할게. 더 해달라 카지 마라이."

한실댁은 다짐을 하고 나서,

솔은 총총 잔솔밭에

아계동창 둘러놓고

배옥 같은 저 배 등에

금아동을 품에 품고

어허 잠이 과히 들어

임 온 줄을 모르는가

계명산 계명월이

부모보다 반갑소다

"그건 무슨 노랩니꺼? 엄마."

"옛날에 어떤 사람이 과거를 볼라꼬 서울로 갔더란다. 그런데 그 사람의 각시가 애를 배서 차도박 같은데 어찌나 시어무이가 독하던지, 막 애를 낳을라고 하는데 꾀병한다고 물동이를 주믄서 물 길어 오라 하더란다. 그래서 각시는 할 수 없이 뒷산으로 올라가서 소나무에다가 치마를 둘러놓고 애를 낳았더란다. 그때 서울서 서방님이 돌아와서 각시 어디 갔느냐고 물었더니 시어무이 말이, 물 기르러 갔다 하더래. 그러자 마침 보름달 떠오르는데 잔솔밭에 흰 치마가 너불너불하더란다. 서방님이 가봤더니 아이를 배 등에 얹어놓고 너무 칩어서 얼어 죽었더란다. '계명산 계명월이 부모보다 반갑소다' 하는 소리는 계명월이 각시 있는 곳을 가르쳐주더라는 뜻이겠지. 옛적에도 그런 부부의 정분이 좋은 사람이 있었든 갑더라."

용혜는 어느새 코를 골고 있었다.

"어머니는 그 얘기밖에 모르신가 봐요."

용빈이 싱그레 웃는다. 용빈이 어렸을 때도 한실댁은 그 얘기만 들려주었다.

"실픈 노래제? 옛적 사람들은 와 그리 숫되던고?"

"어머니는 숫되지 않은데, 그렇죠?"

"내사 뭐 그럴 처지나 돼야지."

사랑에서 김약국의 기침 소리가 들려온다.

"늦었어요. 어머니도 주무시이소."

"운냐, 니도 자그라."

용빈은 뒤뜰에 있는 방으로 돌아왔다. 용란은 벌렁 나자빠져 있었고, 용옥은 열심히 수를 놓고 있었다.

"용옥아, 불 끄고 자자. 눈이 씨어서 잠 못 자겠다."

용란이 짜증을 부린다. 그러나 용옥은 바늘에 수실을 꿰면서 들은 체도 안 한다.

"가씨나가 귓구멍에 소캐를 틀어박았는가 배."

후닥닥 일어나더니 전등을 탁 꺼버린다. 방문에 쳐놓은 발 사이로 푸른 달빛이 확 밀려들어 왔다.

용옥은 아무 말 없이 수틀을 걷어놓고 옷을 갈아입더니 가만히 자리에 들었다. 용빈은 옷을 입은 채 용옥이 옆에 누웠다. 용옥은 곧 잠이 든 모양이다. 숨소리가 고르다. 그러나 용빈과 용란은 눈을 감았을 뿐 잠이 든 체하고 있을 뿐이다.

안채에서 기둥시계가 열한 번 울렸다.

용란이 꼬물거리기 시작한다. 그는 몸을 살그머니 일으켜 용옥과 용빈을 기웃이 들여다본다. 그리고 고개를 들더니 귀를 기울인다. 사랑에서 김약국의 기침 소리가 들려왔다. 용란은 베개 위에 얼굴을 얹고 푹 한숨을 내쉰다.

또다시 김약국의 기침 소리가 들려온다.

"도깨비 사냥을 할라꼬 저러나? 참 내."

용란이 혀를 두들긴다. 용빈은 눈을 감은 채 슬그머니 웃는다.

기침 소리가 멎었다. 용란은 속치마 위에 모시 적삼을 걸치고 발을 걷었다. 그림자처럼 발소리를 죽이며 나간다. 용빈도 슬며시 일어났다. 그리고 역시 발소리를 죽이며 용란의 뒤를 밟는다. 흰 속치마에 흰 모시 적삼이 뒷문 곁으로 바싹 다가섰다.

"용란아!"

용란이 발딱 돌아섰다. 달빛이 싸아! 하고 소리를 내듯 용란의 얼굴 위에 쏟아진다.

"어디 가니?"

"어디 가믄 니가 뭐할라노?"

궁지에 몰린 고양이의 발톱 같은 목소리다. 그의 눈동자도 고양이의 눈동자였다.

"그만두는 게 어떨까?"

타이르는지 조롱을 하는지 알 수 없다.

"여시 같은 년아! 매구처럼 잠 안 자고 남의 뒤는 왜 밟놋!"

형에게 마구 '년' 자를 놓건마는 용빈은 매구라는 말에 절로 웃음이 나온다.

"그만 방으로 들어가자. 앞뒷일을 좀 생각해야지. 세상 사람들이 알면 어떻게 되지?"

"알믄 알았지."

용란의 짙은 눈썹이 그늘져서 눈이 꺼뭇꺼뭇하다. 모시 적삼 밑의 젖가슴이 할딱거린다.

"그래 한돌이한테 시집가겠단 말이지? 우리 집 머슴한테 말이야."

"누가 시집간다고 했나."

"그럼 왜 이 한밤중에 산에서 만나는 거야."

"만나거나 말거나 비싼 밥 묵고 웬 걱정고."

"아버지가 그냥 둘 것 같애?"

"……."

"망측스럽다고 생각 안 해?"

"니는 와 홍섭이하고 만나노? 니나 마찬가지 앙이가."

"이걸 어떡허면 좋아. 귀머거리를 잡고 얘기를 하나, 내가……?"

딱했다.

그러나 용란은 용빈의 말 따위는 귀담아듣고 있지도 않았다. 그는 어떻게 떼놓고 나갈까 하는 궁리뿐이다. 그는 용빈을 쳐다본 채 손을 뒤로 가져갔다. 문고리를 잡는다.

"정 그렇다면 아버지한테 얘기할 수밖에 없구나. 아버지가 아시면 한돌이를 죽여버릴지도 몰라. 불쌍하지 않아?"

"말만 했다 봐라. 쇠를 잡아 빼비릴 기다!"

용란은 이빨을 드러내며 으르렁거렸다. 그러더니 눈 깜짝할 사이에 뒷문을 열어젖뜨리고 달아난다.

"용란아!"

용란은 허연 종아리로 치마를 걷어차며 뛰어간다.

용빈은 축돌 위에 주저앉는다. 우두커니 하늘을 올려다본다.

기어이 잡으려면 잡을 수도 있는 일이다. 집안 식구들이 일어날까 봐 두려웠던 것이다. 어떻게 하든지 혼자서 감당하고 싶지만 어려운 일인 것을 용빈은 깨닫는다.

밭은기침 소리가 났다. 용빈은 긴장하며 일어섰다. 단장을 든 김약국이 앞에 우뚝 서 있었다.

"아, 아버지!"

"아직 안 잤느냐."

"더워서요, 바람 쏘입니다."

김약국은 열어젖뜨려 놓은 뒷문에 눈을 주었으나 아무 말이 없다.

'아셨구나!'

용빈은 황황히 빛나는 김약국의 눈을 주시한다.

"들어가서 자거라."

잠긴 물처럼 고요한 목소리다.

"아버지도 주무시지요."

김약국은 대답 없이 단장으로 반만 열린 뒷문을 밀어붙이며 나간다.

'야단났다!'

용빈은 몸을 숨기며 김약국의 뒷모습을 살핀다. 그는 단장을 휘두르며 용란이가 간 곳으로 쏜살같이 올라간다. 용빈은 그 뒤를 밟는다. 솔밭 길을 내달리며 김약국은 눈앞을 가리는 솔가지를 단장으로 내리친다.

큰 바위에 가려진 무덤가 잔디 위에 달빛이 함빡 쏟아져 있다. 김약국은 그곳까지 가더니 우뚝 멈춘다. 용빈은 얼른 나뭇가지 사이로 몸을 숨겼다. 그리고 머리만 내밀었다. 김약국은 한 손으로 눈을 가린다. 비실비실 뒷걸음질을 친다. 그러더니 펄썩 주저앉는다. 용빈은 앞으로 나갔다. 그리고 또 나뭇가지에 몸을 숨기고, 목을 뽑았다.

"앗!"

두 손으로 얼굴을 확 가린다. 눈앞이 아찔하고 쓰러질 것만 같았다. 마치 두 마리의 야수처럼 용란이와 한돌이는 두려움도 스스러움도 없이 본능에 몸부림치고 있는 것이 아닌가. 달빛이 쏟아진다. 쏟아진다.

'망할 것! 망할 것!'

용빈은 달아나려고 했다. 발이 땅에 붙은 듯 떨어지지 않는다. 피가 거꾸로 솟구친다. 한참 만에 그들은 지친 듯 서로 마주 보고 있다가 바위 옆에 벗어던져 둔 옷을 끌어당겨 입는다. 김약국은 단장을 들고 일어섰다. 그의 얼굴에는 비 오듯 땀이 흘러내린다.

"이놈아!"

단장이 허공에 떴다.

"억!"

한돌이 얼굴을 싸며 푹 쓰러진다. 용란은 선불 맞은 암호랑이처럼 흰 속치마를 너풀거리며 신발을 벗은 채 솔밭 사이를 뛰어 내려간다. 연거푸 한돌이의 머리를 내리치던 단장이 두 동강이 나서 날았다. 이를 악물고 신음하던 한돌이는 피가 줄줄 흐르는 얼굴을 들었다.

"어, 어르신…… 살려주이소, 주, 죽을 죄를 지었습니더."

흑흑 흐느껴 운다. 김약국은 그를 내려다본다.

"가거라, 어디든지. 다시는 내 앞에 나타나지 마라!"

용빈은 김약국에 앞서 집으로 돌아왔다. 어디로 도망친 줄만 알았던 용란이 이를 뽀도독뽀도독 갈면서 방에 도사리고 앉아 있었다. 그는 용빈을 보자 확 덤벼들었다.

"이년앗! 니 죽고 나 죽자!"

"망할 것!"

용빈은 그를 뿌리쳤다. 그러나 그는 다시 세차게 덤벼들었다.

"잘 일러바쳤다! 니년도 홍섭이하고 붙어묵어 놓고, 응……."

용빈의 커다란 손이 용란의 뺨을 친다.

"으엉!"

용란은 아우성을 치며 용빈의 팔을 물었다.

"아이구! 이게 웬일인고……."

이 소동에 잠을 깬 한실댁이 쫓아왔다. 침모 박씨와 여문이도 일어났다. 용옥은 무릎을 꿇고 기도를 드리며 울고 있었다.

"사랑에 아부지 일어나시겠다. 이 야밤중에 우사스럽게 무슨 망측한 짓이고, 용빈아, 와 그라노?"

용빈은 손등에 옥도정기를 바르며 한마디 대답도 없다. 용란은 눈에 불을 켜고 씨근거리며, 연방 욕설을 퍼붓고 있었다.

애인

한돌이는 종적을 감추었다. 그 후 용란은 광망狂妄한 것처럼 날마다 패악을 부렸다. 김약국의 매질도 소용없고 한실댁이 가슴을 치며 너랑 나랑 그만 죽자고 서둘러도 별수 없었다. 김약국만 밖에 나가고 없으면 그는 용빈에게 덤벼들었다. 눈이 새파래지고 이빨을 드러내며 덤벼들었다. 용빈의 얼굴에는 손톱 자국이 나고 팔뚝에는 이빨 자국이 났다.

용란은 슬퍼하지도 않았다. 세끼 밥도 꼭꼭 먹었다. 용빈이 김약국에게 일러바친 것이라고만 믿고 있는 그는 지치지도 않고 유일한 전투목표인 양 용빈에게 폭행을 감행하는 것이다.

"죽이지도 못하고 저걸 어짤꼬. 내가 전생에 무슨 죄를 지어서⋯⋯."

한실댁은 목놓아 울기도 했다. 온 동네에 소문이 나서 남부끄럽던 일은 이제 약과였다. 용란의 비행을 족치는 일보다 도리어 그의 광증狂症에 식구들이 몰리는 판국이다.

용빈은 방학이 끝나지 않았으나 서울로 가리라 작정하였다. 그는 짐을 꾸려놓고 목사관牧師館으로 찾아갔다. 힐러 목사에게 간단히 인사를 하고 그는 케이트 양이 살고 있는 목사관 위로 올라갔다. 케이트 양은 뜰에 놓인 등의자에 앉아서 책을 읽고 있었다.

하늘에는 노을이 지고 있었다.

"오오, 용빈이."

케이트는 다정하게 용빈을 맞이하며 책을 덮었다. 푸른 눈에 푸른빛 드레스를 입고 있었다. 연회색 머리칼에 얼굴은 붉다. 서른이 훨씬 넘은 노처녀다.

용빈은 그와 마주 앉으며,

"선생님 내일 서울로 가게 됐습니다."

"왜 아직 방학이 남았는데……."

"……."

"오오, 그 얼굴! 상처가 났구면."

용빈은 한 손을 들어 감추려다가 쓰게 웃어버린다.

"왜 그랬어?"

"……."

케이트도 느끼는 바가 있어 입을 다물었다.

"선생님."

용빈은 영어로 말했다.

"응, 말해봐."

케이트도 영어로 대답하였다.

"제 이야기 들어주시겠어요?"

"들어주고말고."

"용란에 관한 일 선생님도 아시고 계시죠?"

케이트는 침묵한다.

"선생님께선 어떻게 생각하세요?"

"……."

"그 여자는 구원받을 수 없는 인간일까요?"

케이트는 용빈을 가만히 쳐다보았다.

"그렇지 않다."

대답은 한참 만에 돌아왔다.

"타락의 구렁창에서 주님의 부름을 받고 회개하여 승천한 여자들은 많아요. 우리 용란을 위해서 기도를 올리도록 해요."

케이트는 덧붙였다. 그리고 깊은 생각에 잠긴 듯 눈을 감았다. 마침 하녀가 마실 것을 가지고 왔다. 얼음을 띄운 시원한 칼피스였다. 용빈은 갈증을 느끼던 참에 그것을 한 모금 마셨다.

"케이트 선생님, 회개를 한다는 것은 양심이 있는 때문일 거예요. 하지만 용란에게는 그것이 없습니다. 그는 울지 않아요."

"수치심도 없고, 슬픔도 없단 말이지?"

케이트는 약간 눈살을 찌푸렸다.

"예. 어떻게 보면 아무 생각도 없는 것만 같아요. 동물이 자기의 먹이를 빼앗겼을 때 포악해지는 그런 노여움뿐이에요. 원시인의 상태라고나 할까요. 본시 인간들이란 다 그렇지 않았을

138

까요?”

그 말은 말하는 용빈 자신의 마음을 찔렀다.

“그 여자는 사랑을 느끼기보다 본능에 움직였어요. 거기 대
하여 모욕을 느끼기보다 신선한…… 표현할 수 없군요. 바보처
럼 천진한 그의 인간성에서 그렇게 느끼는지 모르겠어요.”

용빈은 표현 부족한 자기 말, 아니, 그보다 처녀로서 표현할
수 없는 것에 대하여 고통을 느끼는 듯하였다.

‘표현할 수 없다고?’

케이트는 마음속으로 중얼거렸다. 그러나 청초한 처녀가 인
간의 성문제를 대담하게 말하고 있다고 케이트는 생각하였다.

“용란은 한돌이가 아니었더라도 다른 남자일 경우에도……
아마 그럴 수 있었을 것 같아요.”

용빈은 자기가 한 말에 스스로 대답하듯 고갯짓까지 하였다.

“하나님이 인간을 창조하셨을 때 육체에다 영혼을 주셨는데,
그 여자는 악덕을 악덕으로 알지 못하고, 수치를 알지 못하고,
더욱이 사랑이 무엇인가를 알지 못합니다. 그러나 케이트 선생
님, 저는 그 여자에게서 때때로 천사와 같이 순진한 것을 느낍
니다. 그것은 웬 까닭일까요?”

용빈은 아까 하던 말을 되풀이하였다. 평소에 대범하였던 그
의 어깨는 감정이 물결치듯 흔들리고 있었다.

“그 여자의 더러운 습성이 깃든 모습 속에서 저는 더러운 것
을 느낀 일은 없었습니다. 하나님께서 너무나 아름답게 만들어

주신 그 미모의 탓일까요? 악과 선은 언제나 명확하게 구별되어 있을 거예요. 그러나 그 자신이 악을 악으로 알지 못할 때, 그럴 때 우리는 그 여자를 두들겨주는 거예요. 그리고 그 여자는 하나님 앞에서 간음을 범한 죄인이 되는 거예요. 그러나 그건 우리의 생각일 뿐이며 우리가 보는 사실일 뿐예요. 그 여자는 몰라요. 자연 속에서 어떤 생물이 자라나듯 그 여자는 다만 존재해 있을 뿐입니다. 그 여자가 어떤 가장 유치한 정도라도 신비를 느꼈을 것 같습니까?"

용빈은 흥분하기 시작하였다.

"영혼과 육체를 같이 주시지 않고 본능과 육체만 주셨다면 하나님은 그 여자를 벌주실 수 있을까요? 그러나 모든 사람은 그 여자에게 벌을 주고 있습니다. 그러나 그 여자는 벌을 받고 있지 않습니다. 모르니까요. 벌을 받고 있는 사람은 아버지예요, 어머니예요, 그리고 우리들이에요."

용빈은 눈을 내리깔았다.

"용빈은 회의하고 있어요. 하지만,"

"그렇습니다. 케이트 선생님, 저의 신앙은 지금 걷잡을 수 없는 혼돈 속에 있습니다."

용빈은 더욱더 눈을 내리깔았다.

"주님께서 시련을 주시는 거다, 용란의 영혼도 차츰 일깨워질 것이라 나는 믿고 있어."

용빈은 눈을 들지 않았다.

어느새 어둠이 와 있었다. 용빈은 케이트에게 하직을 하고 나섰다. 용빈은 어둠 속에서 자기 뒷모습을 응시하고 있을 케이트의 눈을 생각하였다. 케이트 양을 찾아갔을 때 용빈은 그런 얘기를 하려고 생각한 것은 아니었다.

'흥분을 했었구나.'

케이트는 뭉글뭉글 피는 마음의 안개를 걷어주지 못하였다. 그러나 용빈은 자기의 의혹을 털어놓음으로써 얼마간의 안정을 얻을 수 있었다.

숲속의 오솔길을 더듬어 내려간다. 밤이 되어서 그런지 가을처럼 소슬한 바람이 분다.

"앗!"

용빈은 별안간 얼굴을 가린다. 강한 빛이 얼굴에 집중되었던 것이다.

"용빈이."

"깜짝이야. 놀래지 않어?"

"하하핫…… 미안, 미안……."

홍섭이 껄껄 웃어젖힌다.

"집에 들렀더니 목사관에 갔다고 하길래 전지 가지고 왔지."

홍섭은 전지를 껐다.

"왜 끄는 거야, 길이 나쁜데."

"좀 앉았다 가지."

홍섭은 나무 밑에 털썩 주저앉는다.

"집에 가서 얘기해."

"왜?"

"왜든지."

"겁이 나는군."

"그래 겁이 나. 형도 매구 귀신 들렸다 할까 봐서……."

"앉아, 여기. 달은 없어."

용빈은 부스스 앉는다.

"내일 정말로 서울 가나?"

"음."

"왜?"

"집 안이 좀 조용해져야겠어. 내가 가면 용란이도 잠잠해질 거야."

"여장군도 무색해졌군, 하하핫……."

어릴 때부터 친구인 그들 사이의 말버릇은 소홀하다.

문학에 소양이 다소 있는 홍섭은 언젠가 중학 시절에 시를 한 편 써서 용빈에게 보낸 일이 있었다. 그 시 구절 속에 '여장 군의 늠름한 기품을 지닌 나의 마돈나여'라는 말이 있었다. 그 유치한 표현을 용빈은 도리어 사랑하였다. 그 후에도 가끔 홍 섭은 용빈을 여장군이라 불렀다.

"아까 길에서 태윤일 만났지."

"뭐라구 했어?"

"아무 말 안 하더군. 그 사람 언제나 내게 적의를 품고 있으니까."

홍섭은 적의敵意라 하지만 실상 태윤은 홍섭을 멸시하고 있었다. 그것을 용빈은 알고 있다. 태윤의 말로는 홍섭이 소심한 사나이요, 의지가 박약한 사나이요, 거기 반비례로 야심이 강한 사나이라는 것이다. 그래서 배신형을 면치 못할 위인이라는 것이다.

"오빠는 괜히 그러셔. 그분 아버지에 대한 선입감이어요. 그인 나이브한 사람입니다."

용빈이 항의했을 때,

"나이브한 것만은 사실이다. 나쁜 뜻에서 말야. 게다가 품행이 방정한 예수쟁이의 전형을 갖다 붙였으니 언밸런스지 뭐야. 충분히 교활하거든."

그 말에 대하여 용빈은 공명도 반발도 하지 않았다. 그는 누가 뭐라건 홍섭을 사랑했던 것이다.

"서울서 오니까 혼인 말을 아버지가 하시더군."

홍섭은 전지를 만지작거리며 말하였다.

"나도 아버지한테 그런 말 들었어."

"어떻게 생각하나?"

"졸업을 해야지."

"후 명년에?"

"후 명년이면 어때? 내가 스물셋, 홍섭이 스물넷, 늦지 않아요."

"늦지는 않지만…… 어쩐지 불안한데. 용란의 일도 있고…….”

"용란의 말을 하셔?"

"그야 하지."

"그래서 겁이 나나?"

"귀찮거든."

"귀찮다면 결혼해도 마찬가지야."

"용빈이는 언제나 여유 있는 말만 한다. 애정이 약한 탓일까?"

"당신의 의지가 약한 탓이겠지요."

용빈은 경어를 쓰면서 웃는다.

"때려준다."

"자, 그럼 일어나요. 서울 가서 다시 만나기로 하고."

용빈은 일어섰다. 그러나 같이 일어나는 체하다가 홍섭은 용빈을 잡아끌었다

"놔요!"

용빈은 소리쳤으나 홍섭은 용빈의 흔드는 얼굴 위에 키스를 한다. 용빈은 그를 밀어붙이고 어둠 속에서 그를 쏘아보더니 아무 말도 않고 길을 뛰어 내려간다. 홍섭이 뒤쫓아간다.

"용빈이 잘못했어."

용빈은 걸음을 늦추었다.

"성났나?"

대답이 없다. 걷기만 한다.

"용빈이 성났나?"

역시 대답이 없었다. 거의 집 앞에까지 다다랐을 때 용빈은 돌아다보았다.

"화내지 않았어. 요다음에 또 그러면 정말 성낼 거야."

홍섭은 소년처럼 풀이 죽는다.

혼처

용빈이 서울로 간 뒤 집 안은 잠잠해졌다. 용빈이 없어짐으로써 용란은 그 전투력을 잃은 듯했다. 그렇다고 해서 기가 죽은 것은 아니었다. 옛날로 돌아갔을 뿐이다. 속치마 바람으로 뜰 안을 왔다 갔다 하면서 이수일과 심순애의 노래를 흥얼거리곤 했다. 마음이 내키면 부엌일도 거들었으나 그릇을 깨기가 일쑤였다.

"요놈우 개야! 와 여기다가 똥을 쌌노!"

발을 탕탕 구르며 개를 꾸짖는 용란의 해맑은 목소리가 가을의 오후를 흔들었다. 아마 모르고 개똥을 밟은 모양이다.

"저년은 제주도에나 가서 보재기[海女]나 됐으믄 꼭 맞겠다."

한실댁은 바느질을 하며 중얼거린다.

용란의 광증이 멎으니 남부끄런 생각이 되살아오는 한실댁이다. 남들은, 그것도 자식이라고 집에 붙여놓으니, 어미가 너무 자식을 귀히 여겨 제멋대로 길러서 그러느니, 큰딸은 과부가 되고, 셋째 딸은 가시나가 서방질을 했으니, 그 집구석의 딸을 누가 데려가겠느냐는 등 말 좋아하는 이웃들 간의 뒷공론이다.

'내 살 떼어 개 못 주듯 낳은 자식을 어쩔꼬…… 자식을 인력으로 하나, 다 내 팔자에 타고난 거로…….'

모든 것을 자기 탓으로 돌릴 수밖에 없었다.

가을이 지나가고 겨울이 들이닥쳤다. 서울에 있던 용빈과 홍섭이 경찰에 검거되었다는 소식이 날아왔다. 1929년 10월 25일 광주학생사건이 발단되었다. 그해 11월 3일 광주고보 학생들이 일인들의 광주중학을 습격함으로써 사건은 확대되었다. 전국 학생들은 일본의 식민지 정책에 항거하여 일어선 것이다. 이 통에 홍섭과 용빈도 피검된 것이다.

김약국과 정국주는 서울로 올라갔다.

"빌어먹을 놈, 공부하라고 서울로 보내놓으니까 무슨 지랄을 해서 콩밥을 먹노 말이다. 살림 다했어, 다해."

말없이 담배만 피우고 있는 김약국과 반대로 정국주는 안절부절못한다. 회색 두루마기에 회색 중절모를 눌러쓰고 검정 구두를 신은 소쇄한 김약국 차림과 매우 대조적인 정국주는 뚱뚱한 몸집에 투박한 외투를 입고 단장까지 들었는데 마치 눈사람만 같다. 눈이 부리부리하고 뭉실한 유자코에 입가에는 흉터가 있어 아주 상스럽게 생겨먹은 얼굴이다. 선병질적이며 귀공자 같은 인상의 홍섭을 도저히 연상할 수 없는 아버지다.

며칠 동안 경찰서 신세를 지고 홍섭과 용빈은 무사히 풀려나왔다.

"이놈아! 떡이나 묵고 기경이나 할 거지 니가 뭘 안다고 건방지게 설치고 댕기노! 응."

노발대발이다. 그러나 김약국은 조용히 용빈의 모습을 살핀다.

"욕봤다. 맞지는 않았나?"

"예, 아버지. 아무 일 없었어요."

홍섭은 얼굴이 핼쑥해지고 풀이 죽어 있었으나, 용빈은 건강하고 그의 눈빛은 여전히 맑았다.

"허 참, 김약국이 이거 이래서 집안이 되겠소? 하라 카는 공부는 안 하고 이런 일에 손발이 맞아서야 온……."

이미 양가에서 묵약된 그들의 사이다. 그래서 정국주는 미래의 며느리인 용빈을 싸잡아서 불만을 토로하는 것이었다.

"젊은 사람들이 그만한 혈기도 없어서야 쓰겠소?"

김약국은 이번에는 핼쑥해진 홍섭을 살펴본다. 눈빛이 싸늘하다. 용빈의 대범한 태도에 비하여 홍섭은 너무나 존재가 미약했다. 김약국은 눈을 돌린다. 여관 방 창밖에는 앙상한 나뭇가지가 있었다.

이 무렵 통영에서는 한실댁 혼자 가슴을 앓고 있는데 누가 찾아왔다.

"계십네까."

고양이처럼 가볍게 걸어 들어온 사람은 이마가 홀딱 까진 중늙은이 여자였다. 전에도 몇 번인가 김약국집에 드나들던 매파였다.

"아아, 할매요? 나는 누구라고⋯⋯."

한실댁은 세상만사가 귀찮은 듯 손님을 청해 들이지도 않는데 그는 방으로 들어섰다.

"무슨 일로 오셨소?"

"다름이 아니라요, 댁의 처니를 말해보라는 사람이 있어서 왔습네다."

"우리 아아를요? 지금 무슨 경황이 있어야지⋯⋯."

"참, 둘째 처니가 붙잡혀 갔다믄요."

"금년에는 무슨 죽을 운순고, 참 기도 안 차요."

"설마 여잔데 어떨라고요. 딴 데서도 학생들이 많이 잽히갔답네다. 머 독립을 시켜달라고 그랬다믄요."

매파는 목소리를 죽인다.

"낸들 알 수 있었소? 뭐 다들 그런 말을 해쌓더만, 지척이라 가볼 수나 있단 말가. 날씨까지 이리 차운데 오죽 고생이 되겠소."

"와 아니라요. 꼭 십 년이 되는구만, 그때도 이런 난리가 한분 있었지요. 우리 집 영감쟁이도 장에 갔다가 먹물을 홀딱 뒤집어쓰고 벌벌 기어들어 오지 않았겠소? 그때도 순사들이 사람 많이 잡아갔지요."

　홀딱 까진 머리에 딱부리 같은 눈을 굴리며 가만가만 소곤거린다. 한실댁은 가슴 위에 맷돌이라도 얹은 듯 답답하고 기가 찼다. 매파는 그때 누가 죽었으니, 누가 다리를 분질러 병신이 되었느니 하며 한실댁의 마음을 소란하게 한다.

　"아이구 참 내봐라. 깜박 잊어부리고 있네. 저, 댁의 처니를 어쩔랍네까? 적당한 데가 있음 치아야지요."

　"처니라니…… 서울의 아이는 정혼한 데가 있고 넷째는 아직 나이…… 형들이 그냥 있는데 보내겠소?"

　용란의 말은 의식적으로 빼어버린다.

　"와 서울 간 처니 밑에 있지 않습네까."

　"뭐요? 용란이 말입네까?"

　한실댁은 적이 놀란다.

　"바로 그 제일 이쁜 처니 말입네다."

　"대체 누가 우리 가아를 찾소?"

　"최상호 영감 댁에서요."

　"뭐요? 그 매갈잇간 하는 최상호 영감 말이오?"

　한실댁은 반문하면서 펄쩍 뛴다.

　"와 아니라요."

　"그, 그 영감쟁이가 와, 와 우리 아아를, 다 늙어가믄서."

　얼굴이 벌게진다. 아무리 버린 자식이기로서니, 차라리 그럴 바에야 한돌이에게 그냥 내맡기는 편이 낫지 그럴 수가 있느냐는 것이다.

"참 성미도 급하요. 그 영감님한테는 눈이 시퍼런 마누라가 있는데 설마 노망을 하지 않고서야 그럴 수 있겠습네까. 며느 릿감으로 말을 한다니까."

한실댁은 어리벙벙하다.

"통영 바닥에 처니가 허다한데 하필 우리 용란이를."

믿어지지 않았다.

정미소를 경영하는 최상호는 부자였다. 좀 인색하다는 소문 이 있지만 집안도 좋았다. 결코 품행이 좋지 못한 용란을 며느 리 삼을 사람들이 아니었던 것이다.

"처니야 많고말고요. 그 집에서 며느릿감 구한다믄야, 그러 나 연분이 따로 있는 깁니다. 아 총각이 여기만 장가들겠다니 어쩝네까. 인물 좋은 것도 복이지요."

매파는 은근히 흠 있는 몸이지만 인물이 좋아서 그런 곳에서 청혼을 한다는 것을 외언싸듬에 비친다.

"내사 뭐 압네까. 우리 집 영감이 오시야지요."

"그거야 그렇지만 이런 좋은 혼처를 김약국인들 마다하시겠 습네까? 서둘러 하도록 하시이소."

매파가 돌아간 뒤 한실댁은 그냥 어리벙벙할 뿐이다. 좋은 일 궂은 일이 한꺼번에 닥치니 울어야 할지 웃어야 할지 복잡 하기만 하다.

바람이 세게 불었다

차츰 날씨도 죄어들기 시작하였다. 우물가에도 살얼음이 얼었다면 그 고장에서는 가장 추운 날이다. 그러나 바다는 잔잔하고 한낮이 되면 햇볕은 따사로워진다.

"어허, 이거 날씨가 더 치우얄 긴데."

"누가 아니래? 작년에도 대구 어장이 글렀는데 금년에도 그래선 낭패 앙이가."

"어장 애비들 대구 어장 내리놓고 애가 타겄다."

선창가 선술집에서 해장국 한 대접에 해장술을 하면서 주고받는 지게꾼들의 대화다. 해장국을 훌훌 마시는 지게꾼들의 지저분한 수염 사이로 김이 뿌옇게 서린다. 자욱한 아침 안개 속에 부둣가는 차츰 그 모습을 드러내기 시작한다. 발동선이 통통거린다. 작은 통구맹이들이 아침을 헤치고 하구에 모여든다.

"대구 어장이 잘돼야 어장 애비도 좋고 술장사도 좋고 우리도 좀 벌어묵고 살 기 앙이가."

"내가 아나, 자네가 아나, 용왕님의 조화를……."

지게꾼들은 가을 한 철은 장배에서 푸는 장작을 날라서 한몫 본다. 해장을 끝낸 그들은 때묻은 주머니를 끌러 셈을 치른 뒤 일어섰다. 입을 닦으며 지게를 짊어지고 그들은 새터* 아침장으로 간다. 그곳에서 아침마다 파시波市가 벌어지는 것이다.

김약국집에서는 대구 어장을 오르내림으로써 쌀이야 된장이야 젓꾼들 뒤치다꺼리에 어수선한데 용란의 혼사마저 겹쳐서 대혼잡이었다. 용빈은 경찰서에서 나오자 이내 김약국을 따라 내려왔다. 마침 겨울방학이었기 때문이다. 용란의 혼인은 뜻하지 않게 빨리 진척되었다. 최씨네 집에서 금년 내로 혼사를 하자고 서두르는 바람에 섣달 스무사흗날로 날을 받았다. 이쪽에서도 용란을 빨리 처분하기를 원했으므로 의좋게 일은 된 셈이다. 혼삿말이 일이 년씩 끄는 데 비하면 그야말로 전광석화식이다. 조촐한 혼수가 왔다. 금봉채에 한 냥쭝 가락지, 옷감도 많지는 않으나 모두 값진 것이다. 한실댁은 만족하였다.

"시어무이 될 사람이 참 맵짭는갑십니다."

"베민*이, 참물도 씻어 묵을 사람이제. 용란이가 좀 골 빠질 기다."

한실댁 말에 윤씨가 대꾸했다.

"옷고름 한 짝 못 달아 입은 우리 용란이가 그런 집안 가서 살겠습네까? 걱정입네다."

"다 지 팔자지, 이것저것 가릴 처지가 되나? 인복이 있으믄 그런 것도 귀엽게 보아줄 기고 온갖 숭이 다 묻히니라."

"아이구 칩어라!"

용숙이 방문을 화닥닥 열다가,

"아이구, 큰어무이 오싰습니꺼?"

"운냐, 니는 인제사 오나?"

"먼지 하는 일 없이 바빠서요. 날씨도 대기 칩다. 떡살 담근

152

기이 얼겠네. 떡이 설믄 어짜지요?"

용숙은 입술을 달달 떨면서 장갑을 빼고 아랫목에 깔아놓은 자리이불 밑에 손을 밀어 넣는다.

"아가아, 떡이 설믄 좋단다."

"그렇게들 말을 하데."

"그라믄 나도 오동지섣달에 시집을 갈 거로, 호호홋."

용숙은 까드라지게 웃는다. 자주색 양단 두루마기를 입은 어깨가 흔들린다. 흰 조젯 목수건에 파묻힌 턱의 선이 곱다.

"혼자 늙겠나?"

윤씨는 혼잣말처럼 뇌고 혀를 끌끌 찬다.

"아이 큰어무니, 빈말이라도 그런 말씀 마시이소. 그렇잖아도 용란이 때문에 말이 많은데요."

"듣기 싫다. 너는 말말이 용란이다. 와 용란이는 걸치고 나오노."

한실댁이 화를 낸다,

"토영 바닥이 뒤비지게 소문이 났는데, 어무니 혼자서 아홉 폭 치마로 감싸준다고 숭이 어디 묻힙니꺼?"

용숙은 금세 샐쭉해진다.

"아가아, 그런 소리 안 하니라. 사람우 팔자를 인력으로 하나. 망신살이 들믄은 할 수 없니라. 성인 니까지 그라믄 그기이 어디 붙이겠노."

윤씨가 점잖게 타이른다. 여태까지 자기 자신도 한실댁이 자식을 잘못 길러서 그렇다고 생각하였으나, 어미 간장에 피가 지는 것을 모르고 냉큼냉큼 말을 하는 용숙의 꼴이 사나웠던 것이다.

"하늘 보고 침을 뱉어봐라. 니 얼굴에 침이 안 떨어지는가, 내 살 떼어 개 못 주고, 남이 숭을 봐도 뭐할 긴데, 시상에……."

한실댁의 눈에는 눈물이 글썽 돌았다. 아들 형제를 남부럽지 않게 공부도 시키고 큰아들은 의사까지 되어 모든 근심 걱정을 덜던 윤씨 앞이라 더욱 설움이 북받치는 모양이다.

"나는 모르겄소. 거꾸로 하든가 옳게 하든가, 참 내. 영에서 매 맞고 집에 와서 계집 친다더니, 날 보고 화풀이할란가?"

용숙은 방문을 열고 후딱 나가버린다.

"요망스럽게."

윤씨의 입에서 말이 절로 나왔다.

"무슨 버르장머린고."

다시 말이 나왔다.

"자식을 너무 귀키 키워서……."

윤씨의 입에서 마침내 한실댁을 비난하는 말이 나오고 말 았다.

"내가 전생에 죄가 많아 안 그렇습네까? 죄갚음 하느라 고……."

큰방에서 나온 용숙은 바빠서 돌아가는 혼삿집 일을 거들 생 각은 않고 하느적하느적 뒤뜰로 돌아간다. 그는 뒤채의 방문을 열고 들어간다. 용란은 드러누워서 천장을 바라보며 우스꽝스러운 유행가를 부르고 있었다.

"야, 니 참 세월 좋구나."

"안 좋으면 어짤래."

누구에게나 용란은 반말이다.

"등삐가 없나. 와 대낮부터 나자빠져서 날라리만 부르고 있노."

"와, 생배가 아프나?"

용란은 벌떡 일어나더니 꼴보기가 싫다는 듯 밖으로 나가버린다. 여전히 콧노래를 부르며 신발을 짜알짤 끌고 나간다.

"별놈의 가씨나를 다 봤다. 쇠가죽을 뒤집어썼는가, 내사 남 부끄러 죽겠는데……."

용란의 치마폭을 붙이고 있는 용옥은 아무 말도 않고 열심히 재봉침만 돌리고 있었다. 용숙은 두루마기를 벗어 옷걸이에 걸어놓고 두 손을 다리 밑에 넣으며 앙증스럽게 앉는다.

"참 얄궂제. 어디 가씨나가 없어서 하필이믄 용란이한테 청혼을 했을까? 세상이 다 아는 일인데……."

안방에서 부리던 심술이 아직도 삭지 않았다.

"생이는 그라믄 용란이 생이가 시집도 못 가고 그냥 늙어 죽었음 속이 씨원하겠소."

재봉침을 돌리면서 용옥이 말한다.

"누가 그랬음 좋겠다 카나. 하도 이상해서 그러제."

"이상하기는 뭐가 이상합니꺼? 신랑이 좋다 카는데."

"그놈 담뱃불에 지진 자식인갑다. 시라국에 데친 자식인 갑다."

"내가 남자라도 용란이 생이처럼 이쁘믄 장가갈라 카겠소."

용옥은 여전히 일손을 멈추지 않고 조용하게 말한다.

"흥, 그라믄 청루의 기생들은 와 시집을 못 가는구?"

"용란이 생이가 청루의 기생입니꺼?"

용옥은 처음으로 얼굴을 들고 용숙을 빤히 쳐다본다.

"마찬가지 앙이가. 다른 사내한테 한 분 허신하믄 그건 헌계 집이제. 더군다나 가씨나가 서방질을 했으니 잡탕 앙이가. 여자라는 것은 인물보다 정조를 지켜야만 비싸게 값이 나가는 기란다."

일장의 훈시다.

"생이는 어째서 그리 말을 간둥간둥 합니꺼, 남의 일같이."

"이 가씨나아 봐라? 간둥간둥이라니? 뉘한테 하는 말버릇고."

용숙은 잔뜩 열이 난다.

"생이는 동생을 청루의 기생하고 같다 캄서 동생은 그런 말 못할까요?"

제법 다부지게 응수한다.

"누가 남을 보고 했나? 우리끼리니 했지. 뭐 이 집 식구들은 그걸 무슨 자랑으로 아는갑더라. 말말이 나만 그르다 카고 그

년만 추키세운다 카이. 더럽아서 못 살겠다."

웬만히 해둘 일이지만 가족들이 모두 용란을 비호하니 까닭 없이 비위가 틀리는 것이다.

용란이 시집가던 날은 바람이 세게 불었다. 모두 혼사 일로 우왕좌왕했으나 어장 일이 걱정되었다. 김약국은 어디 간다는 말도 없이 나가버렸다. 처음에는 집 안이 벌컥 뒤집어지게 김약국을 찾곤 했으나 결국 이 혼사에 참여하지 않으려고 일부러 나갔다는 것을 깨달았다. 할 수 없이 중구 영감이 신부의 아버지를 대신하였다. 신랑은 비쩍 마르고 혈색이 좋지 않았다. 그렇게 신랑이 달아서 하는 혼사라 했건만 눈알이 풀어지고 통 생기가 없어 보인다.

"걸음걸이가 어찌 허황타."

윤씨가 몇 번이고 고개를 흔들며 뇌었다.

어장막

"오늘 밤 일은 다 글러묵었다. 배는 처녀바우 구석으로 몰아 넣고 덴마*는 올려놔앗!"

바람이 휘몰아치고 바닷물이 허옇게 뒤집어졌다. 기두는 바닷가를 쫓아다니며 소리친다. 젓꾼들은 돛대를 접은 배 두 척을 처녀바위 쪽으로 몬다. 거센 물발의 저항은 심하다. 깊숙이 패인 처녀바위 안으로 배를 밀어 넣었을 때 물발은 다소 부드러워졌다. 닻을 물속에 내리고 암석에다 배 벌이줄을 감아맨다.

"이쪽에도 벌이줄을 던져라!"

낡은 반외투에 장화를 신은 기두는 입을 크게 벌리고 고함을 친다. 머리칼이 마구 휘날린다. 배를 처녀바위 구석으로 몰아 넣은 젓꾼들은 모래밭으로 뒤쫓아와서 덴마를 밀어 올리기 시작한다. 조수의 변동이 없는 조금날은 해안에서 멀리 나갈 수 있고 물속이 맑아서 비교적 고기 잡기에 유리하다. 그러나 이 날은 아침부터 바람이 일어서 배가 멀리 나가기는 고사하고 해안지대에서도 위험을 예상하지 않을 수 없었다.

"쳇! 서른아홉 열여덟에 첫 시집을 갈랬더니 하늘 땅이 말린다더니 대구 한 마리 귀경 못하고, 이거 무슨 방정인고, 에에라, 술이나 마시자."

소리 잘하는 염 서방이 턱을 달달거리며 말한다.

"바램이사 불든가 말든가 우리네 품팔이꾼들하고 무슨 상관인고? 알뜰히 한다고 내 살림 될 건가? 선주만 잔뜩 돈을 들여놓고 똥이 탔제."

갈밭 쥐새끼처럼 약기로 유명한 뜨내기 김가가 그것 참 고소하게 잘됐다는 투로 말한다.

"이 개자식앗! 물에서 개기 안 올라오믄 니 아가리엔 밥이 들어갈 성싶으냣!"

바다를 노려보고 서 있던 기두가 그 말을 듣자 달려와서 대뜸 김가의 뺨을 치며 버럭 소리를 지른다.

"왜 이러요? 곰배팔이가, 사람 안 치고 말 못하나."

김가는 맞은 볼을 만지며 노려본다.

"뭐엇! 어쩌고 어째? 니놈의 심보가 글러묵었단 말이다!"

또 한 번 뺨을 갈긴다.

"어 참, 왜 이러시오? 선수*, 어디 마음에 묵고 한 소리요. 참 으이소."

몇 사람의 젓꾼이 막아서며 기두를 무마한다. 기두는 아침부터 골을 내고 있었다.

"그런 배짱으로 일할라거든 다 그만두랏! 어장에 곰패기 안 실린다. 얼마든 너거 아니라도 일할 사람은 있다!"

기두는 소리를 버럭 지르고 장화로 모래를 차듯 하며 저쪽으로 가버린다.

"쳇! 김약국 딸을 못 낚은 화풀이를 할 작정인가? 젊은 놈이 너무 풀 세게 날뛰다가 한분 골벵이 들 기다. 나도 이래 봬도 사짓밥 오 년이나 묵은 놈이다!"

김가는 팔을 걷고 나선다. 사짓밥을 오 년 먹었다는 것은 거센 파도를 상대로 어부생활을 오 년이나 했다는 뜻이요, 그래서 목숨을 걸어놓고 한판 할 용의가 있다는 말이다.

"두고 보자, 니놈이 몇 해나 김약국 밥을 먹는고, 개 발싸개 같은 놈!"

159

김가는 가래를 캑 하고 뱉으며 잔뜩 뻬물었다.

"시끄럽다. 장가를 못 가서 분통이 터져서 안 그라나. 이런 날 시집가는 가씨나 풍파 대기 많겠다."

염 서방은 김가를 떼밀고 간다.

니가 잘나서 일색이더냐

내 눈이 어두워 한 장이지

……

……

염 서방은 천하태평인 양 신을 낸다.

"야아, 이 자식아, 화풀이 술이나 한잔 사라. 날씨가 이러니 마음이 싱숭생숭 안 하나."

염 서방은 노래를 그만두고 김가에게 술 사라고 조른다.

"불난 집에 부채질 안 하나."

시답잖게 대답한다. 그러자 땟물이 주룩주룩 흐르는 수건으로 귀를 싸맨 곰보가,

"얌생이 물똥 싸는 거를 봤나? 그 자식 술 사는 거를 봤나? 어림도 없는 소리다."

"뭣이 어쩌고 어째?"

김가는 또 팔을 걷고 나섰다.

바람이 거세게 몰아친다. 사진沙塵이 뱅뱅이를 돌며 젓꾼들

의 머리 위를 덮는다.

"이거 모래 베락이다! 물베락은 맞아도 모래 베락은 처음
인데?"

어장막을 향하여 웅기중기 모여 가던 젓꾼들은 눈을 비비며
소리친다. 솜을 두껍게 두어 듬성듬성 손으로 누빈 바지와 저
고리, 그 저고리 기장이 길어서 반두루마기 같은데, 허리끈을
질끈 매어서 마치 유도복만 같다. 온통 낡고 때가 묻어서 마치
비렁뱅이들의 행렬만 같았다.

"암만 해도 오늘 밤새 오도막이 날라가겠다."

"까딱 잘못하믄 설을 거꾸로 쇨라."

"아이구짜꼬! 아이구짜고!"

젓꾼들이 움칠하며 놀란다. 바람소리 속에 처절한 비명을 지
른 건 여자 아닌 염 서방이다.

우리 살림 다 살았네에……

새 발의 피 같은 어린 새끼

쪽박에 밥 담듯이

이리저리 허쳐놓고

어디 갔소! 어디 갔소!

불쌍한 우리 임아

천 길 물속에서 문어 밥이 되었는가

상어 밥이 되었는가

헷 참, 과부가 또 생기겠구마

염 서방은 여자 목소리로 한 가닥 구슬프게 뽑다가 실쭉 웃는다.

"지랄 안 하나."

그들은 어장막으로 돌아와서 불을 지피고 둘러앉는다. 가마솥에서 광엇국 끓는 냄새가 구수하게 풍겨온다. 궂은 날의 황혼은 빨랐다. 어느덧 밤은 왔다.

칠흑처럼 어두운 어장막, 뭇 괴물들이 수없이 울부짖고 달려오는 듯한 바람 소리, 파도 소리…… 통영 항구와 아득히 떨어진 여기는 종이섬[紙島] 어장막이다.

기두는 저녁 대신 막걸리를 몇 잔 들이켜고 드러누운 채 담배를 피우고 있었다.

'빌어묵을 가씨나, 죽이부릴까.'

오늘 시집간 용란을 그는 생각하고 있었다. 한돌이와 사건이 벌어졌을 때도 그는 그렇게 생각하였다. 사실 그는 김약국이 용란과 혼인할 마음이 없느냐고 물었을 때까지 용란을 염두에 둔 일은 없었다. 서로의 처지가 다르기 때문이다. 그러나 김약국으로부터 그 말을 들었을 때 그는 황홀하였다.

'망할 놈의 가씨나, 오양 값을 하노라고.'

기두는 벌떡 일어나 담배를 비벼 끈다. 아무래도 울적하여 견딜 수가 없다. 사나이 오기에 자기 입으로 '그래도 좋으니까 용란이를 날 주시오' 할 수는 없었다. 그러나 생각하면 김약국이 그 후 자기에게는 일언반구도 없이 용란을 다른 곳에 시집보낸 일은 괘씸하기 짝이 없다.

'그 어른 성품에 그럴 수밖에 없었겠지. 그람 내 잘못인가? 와 한분 말을 못했을꼬?'

막상 용란이 시집을 가게 되고 보니 그런 후회가 절로 난다.

"선수! 또 쌈이 붙었심더."

머슴아이가 쫓아 들어왔다.

"박이 터지게 쌈하라 캐라!"

기두는 호야를 걷어 올리고 담뱃불을 댕기면서 퉁명스럽게 대답한다.

"막 장작개비를 들고 싸웁니더."

얼굴에 주근깨를 들어부어 놓은 듯한 머슴아이는 코를 벌룽거린다.

"장작개비가 모자라거든 노를 갖다줘라."

기두는 담배 연기를 콧구멍으로 내뿜으며 미동도 안 한다.

"아무도 말리는 사람이 없십니더. 큰일 나겠심더."

"대체 누하고 누가 붙었노?"

"곰보하고 떠돌이하고 붙었심더. 노름하다가 곰보가 야바우 쳤다고 쌈이 안 붙었십니꺼."

"그거 잘 붙었다."

했으나 슬그머니 일어섰다. 그는 떡 벌어진 어깨를 펴면서 나간다.

사나운 뱃사람들은 걸핏하면 싸움질이다.

싸움하는 현장으로 간 기두의 발길은 떠돌이 김가의 엉덩이부터 걷어찼고 주먹은 곰보의 턱 아래로 날아갔다. 그것으로 그치는 것이 아니었다. 그는 연달아 떠돌이와 곰보를 치고 박았다. 완력이 세기도 하지만 그는 분명히 화풀이에 악이 치받치는 모양이다. 어떤 배설 같은 것이다.

"이 니미×× 같은 놈앗! 대가릴 바사버릴 기다."

곰보는 눈에 시뻘건 불을 켜고 나자빠진 채 발버둥을 쳤다.

"이 개를 ××묵은 년으 새끼야! 니놈으 이력을 내가 안다. 내가 알아! 도둑질을 해서 콩밥을 한 해나 묵은 놈 앙이가, 이 천하의 날도둑놈 같으니라구!"

김가도 흐르는 코피를 손으로 막으며 지지 않고 욕설을 퍼붓는다.

기두는 모래를 쓸어 두 사나이의 얼굴에다 퍼붓고,

"이 개들앗! 아가리 닥쳐라!"

하고는 빙 둘러서서 구경만 하고 있는 치들에게 버럭 소리를 질렀다.

"벅수같이 와 서 있노! 씨름판 구경이 벌어졌나!"

"씨름판 구경이 이보다 더 재미있건데?"

누군가가 몸을 흔들며 소리쳤다.

마을에서 술을 가지고 온 아낙이,

"술 단지 물어내소! 야아! 물어내소."

하고 새된 소리를 지른다.

"에잇! 이놈의 밥 못 묵겄다."

싸움은 그런 대로 끝이 났다.

그 길로 기두는 바닷가로 나왔다. 몸이 날릴 것처럼 바람은 거세다. 아무것도 보이지 않았다. 파도 소리, 바람 소리뿐이다.

기두는 손가락을 입에 넣고 빤다. 짭짤한 피가 혀끝에 흘렀다. 아까 싸움에서 손가락을 다친 것이다. 그는 방천 밑으로 침을 탁 뱉는다.

'망할 놈의 가씨나!'

제 3 장

불구자

오래간만에 용숙이 친정에 왔다. 별로 데리고 다니는 일이 없는 아들 동훈東勳을 계집아이에게 업혀가지고 왔다.

"우리 동훈이가 왔고나."

외할머니가 반가워서 한번 안아보려고 해도 아이는 징징거리며 보채기만 한다. 곶감을 내주어도 마다하고 사과를 주어도 마다하며 오만상을 찌푸리고 있었다. 햇볕을 못 본 듯 얼굴은 창백하다. 정맥이 내비친 양미간이 몹시 신경질적으로 보인다.

용숙은 목수건을 끌러 무릎 위에 놓으며,

"병원에 갔다 오는 길입니더. 병치레를 해서 나 못 살겠십니더. 밤낮 징징거리기만 하고."

"하나 자식이 돼서 안 그러나. 어디가 아프다 카더노?"

"잘 멕이랍니더. 없는 집 자식도 아닌데 남사스럽어서."

"입이 짧아서 안 그러나. 소심부러 멕이야제. 니가 아이한테 는 등한하니라."

"누가 지한테만 붙어 있겄십니꺼, 에이, 차라리 저런 거나 없 었음……."

"야가 무슨 소리를 하노? 남이 들을라. 동훈이가 없었음 니 신세가 훤하겄다."

한실댁은 질색을 한다.

"자식 없는 중이 살까요."

"그런 말 안 하니라. 부모 말이 문서라고, 그라다가 정말 없 어보래, 적막강산이지."

아이는 얼굴을 찌푸린 채 어머니를 쳐다보고 있었다.

"어무이, 금년 대구 어장은 좀 어떻습니꺼?"

"내가 아나, 좀 잽히는지."

"참 어무이도, 죽이 끓는지 밥이 끓는지 도무지 모른다 카이."

"안에서 어찌 아노? 밖에서 하는 일을."

"아부지도 모르고 그라믄 누가 압니꺼. 남한테 다 맽기놓고 살림 잘되겄십니더."

"니는 오기만 하믄 타박이다. 작년에 대구 어장을 망쳤으니 설마 금년에사 좀 잽히겄지."

"귓밥만 만지고 있어야겠네요."

실쭉 웃는다.

"그러나저러나 대구 나거들랑 열댓 뭇 날 주이소."

"야가 뭐라 카노, 대구 열댓 뭇을 어다다 쓸라고."

"돈 줄 깁니더. 누가 공거로 달라 카는 줄 압니꺼?"

"누가 돈을 가지고 그라나. 너거 식구에 한 스무 마리만 따
믄 알젓 묵고 장지젓 묵고, 통대구는 못 다 묵어 곰팽이가 실
긴데."

"누가 묵을라고 그랍니꺼?"

"그라믄?"

"따났다가 봄에 팔랍니더."

"야가 실성했는가 배. 아서라, 아서. 남이 숭본다. 옷 밥이 없
어서 그 짓을 할라나, 돈 쓰는 사람이 많아서 그 짓을 할라나?
너거들 평생 묵고 써도 남을 긴데 돈에 환장을 했다고."

"어무이도 딱하요. 혼자 사는 과부가 예사로 해서 사는 줄 압
니꺼. 동훈이 키아서 공부시키고 장가 보내고 다 할라믄……
눈앞이 캄캄합니더."

"아따 말 말아라. 동훈이 몫이 없어서 걱정가?"

"남 속도 모르고 말이사 쉽지요. 동전 한 푼 보태주는 사람이
있다 말입니꺼? 있는 것 곶감 빼 묵듯 납죽납죽 앉아서 묵어보
이소. 찾아오는 사람들은 모두 날 뜯어묵지 못해서 눈이 벌겋
는데."

"세상에 누가 니를 뜯어묵겠노?"

"어무이는 모릅니더. 동훈이 삼촌이 어짜는 줄 압니꺼? 눈에 쌍불을 키고 있는데요."

"설마 그럴 리가 있겠나? 자식 데리고 사는 것이 애련할 긴데."

"말도 마이소. 디건이* 목에 피 내묵듯 하고 사는 우리 모자를 어떻게 잡을꼬 하는 생각뿐입니더. 그 동세 년만 해도 안 그렇습니꺼? 동네방네 돌아댕김서 날보고 서방 얻어 갈 거라고 주둥이를 놀리고, 다 재산에 통대*가 나서 하는 소리지 멉니꺼."

"니가 젊고 고우니까 하는 말이겠지, 재가 안 하믄 되지 머. 웃사람이 너그럽게 생각해야지."

"머리 피도 채 안 마린 년이 대바라지기는 한정이 없거든."

눈앞에 동서가 있기나 한 듯 눈까지 치뜬다. 찌푸리고 앉았던 아이는 어느새 꼬박꼬박 졸고 있었다.

한실댁은 아랫목에 아이를 눕히고 베개를 받쳐주면서,

"시끄럽다. 웃사람 노릇도 하기 어려운 법이다. 철이 없는 사람을 갈바서 뭘 그래쌓노. 시동생이 머라 카거나 니가 접어 넣어야지. 시부모 없는 집이라 니가 부모 대신을 해야 하니라."

"누굴 도 닦은 중으로 압니꺼? 사람의 오장육부는 다 마찬가지 아닙니꺼?"

기가 펄펄 나 야단이다. 그러나 한참 있다가 용숙은 생각을 고쳐먹었는지 본시의 화제를 다시 끄집어냈다.

"어무이 대구 줄랍니꺼, 안 줄랍니꺼? 안 된다 카믄 나 다른 데 가서 말할랍니더."

"주고 안 주고 간에 뭐가 답답해서 니가 그럴래? 우사스럽다."

"별소리를 다 합니더. 토영 갑부 정국주의 마누라도 안 하는 장사가 없십니더. 우사스럴 것이 뭐 있십니꺼. 누가 장바닥에 나앉아서 파는교? 집에서 장사꾼들이 와가지고 가지갈 긴데 어떻십니꺼."

그들은 주거니 받거니 승강이를 한다.

통영의 여염집 여자들은 사실 별로 놀고먹지 않는다. 재빠르고 바지런하여 제각기 분수에 따라 앉은장사를 한다. 그럭저럭 먹고살 만한 가정의 아낙들은 콩나물을 길러서 장사꾼에게 넘겨주기도 하고, 참기름, 동백기름을 짜서 친지간에 팔아서 용돈을 쓰기도 하고, 그래서 남편 몰래 모아 계금을 붓기도 한다.

그러나 돈이 있는 집의 여자들의 앉은장사는 그 단수가 높다. 대구가 날 철이면 수백 마리씩 사들여 일꾼을 얻어 한 섬들이 독을 몇 개씩 놓고 대구를 딴다. 그리하여 독에는 알, 아가미를 각각 따로 넣어 젓을 담그고, 대구는 말려서 통대구를 만든다. 이 밖에 약대구라 하여 알을 빼지 않고 온통으로 소금에 절여 말렸다가 여름에 내기도 한다. 이 장사는 곱으로 남는다. 대구뿐만 아니라 밀을 사들여 누룩을 디뎌 팔기도 하고, 쌀, 깨, 고추 같은 것도 헐할 때 사서 곳간에 쌓아두었다가 값이 오르면 시장에 낸다. 손끝에 물 한 방울 튀기지 않고 돈을 버는 것이다. 말하자면 돈이 돈을 벌어들이는 것이지, 사람이 돈을 벌어들이는 것은 아니다. 그러니만큼 돈 없는 사람은 엄두도 내지 못하는 일이다. 그러나 저저이 돈이 있는 사람이면 다 하는 것은 아니다. 아귀 차고 유별스럽고, 두고도 살림의 시샘이 많은 여자들이 주로 한다.

한실댁과 용숙이 승강이를 하고 있는데, 마당에서 남자의 기침 소리가 났다.

"어르신 계십니꺼."

한실댁이 방문을 열어보니 기두가 우뚝 서 있었다.

"나가있는가 배. 어서 올라오게. 날씨가 춥제."

인정스럽게 말을 한다.

기두는 아무 말없이 대청을 거쳐 안방으로 쑥 들어왔다. 무심코 들어온 그는 용숙을 보자 다소 어색한 몸짓을 한다. 젊은 여자라 좀 내외를 하는 모양이다.

"앉게."

기두는 슬그머니 앉는다. 바다 냄새가 풍겨왔다.

"여문아! 거 단물* 펄펄 끓여서 가지오너라."

방문 밖을 내다보며 한실댁이 이른다.

"아닙니다. 그만두시이소. 안 묵을랍니더."

"와? 칩운데 좀 마시보지."

"단것 좋아 안 합니더."

그러자 용숙은 마음이 급한 듯,

"대구 많이 잡힙니꺼?"

하고 묻는다. 이러나저러나 대구 타령이다.

"금년에는 좀 낫십니더."

무뚝뚝한 대답이었다.

"날씨가 칩어서 고생이제?"

한실댁은 마치 아들자식을 대하듯 그를 바라본다.

"고생 안 하고 밥 묵고삽니꺼?"

역시 무뚝뚝한 대답이다.

김약국이 용란을 기두에게 시집보내려 한 일을 한실댁은 훨씬 훗날에 알았다. 용란이 시집간 뒤의 일이다. 그것도 영감에게서, 또는 용빈으로부터 들은 것은 아니었다. 기두 아버지 서영감 입에서 난 말을 용숙이 듣고 와서 한실댁에게 전했던 것이다. 그 말을 들었을 때는 이미 용란은 출가했던 것이다.

한실댁은 서운했다. 그 일을 자기는 모르고 있었다는 데서 온 서운함이 아니었다. 좋은 사람을 잃었다는 생각에서다. 전부터 기두의 사람됨을 믿고 있었던 한실댁은 사위가 될 뻔했던 그에게 한층 더 친밀감을 가지게 되었다. 물론 용란에게는 과오가 많고 현재 불행하기 때문에 기두라는 사람이 더욱더 아쉬웠는지 모른다.

"서씨."

용숙은 상냥스럽게 부른다.

기두는 용숙을 힐끗 쳐다보았다. 달가워하는 눈치가 아니다.

"대구 좋은 것 나거들랑 열댓 뭇 보내주이소. 지금 어무이한테 이야기했습니더."

기두는 묵묵부답이다.

"참, 고집도……."

한실댁이 질 모양이다.

"알쟁이만 골라가지고 우리 집에 보내소, 알았지요?"

기두의 대답이 없는 것을 본 용숙은 명령적인 어조로 거듭 말하였다.

기두는 오래전부터 김약국집에 드나들고 있었기 때문에, 집안 사정이나 용숙의 못된 성격도 잘 알고 있었다. 자기 위에는 사람이 없는 듯 거만하고 자신이 만만한 그 여자를 기두는 아니꼽게 보았다. 그리고 친정 것이라면 쌀 한 톨이라도 알겨내는 용숙을 남의 집 일이나마 괘씸하게 생각했다.

"참 어무이, 요새는 용란이가 집에 안 옵니꺼?"

확실히 악의적인 수작이다. 기두에게 농갈 치는 것이 분명하다. 용란의 말이 나오자 기두의 이마빼기에 힘줄이 불끈 솟았다.

"한 달포 동안 안 온다."

기두가 있으므로 예사롭게 꾸미며 말을 하기는 했으나 울화가 발끈 치민다.

사흘이 멀다고 보따리를 싸가지고 오는 용란을 그때마다 달

176

래어 보내긴 했으나 측은하고 불쌍하여 몇 번을 울었는지 모른다.

사위 연학延鶴이는 성적 불구자였다. 육체적 결함으로 그렇게 되었는지 모르지만 그는 아편중독자이기도 했다. 말을 삼가지 못하는 용란은 한실댁에게 남편의 비밀을 다 까놓았던 것이다.

"딸 살릴라고 양념단지가 열두 개란 소문이 났는데 못 살믄 어쩌지요?"

용숙은 또 노닥거린다.

큰딸은 아버지 사랑을 못 받아 그것이 불쌍하여 간지를 얹어 시집을 보냈고 용란이는 허물이 있는 자식이라 소문대로 양념단지를 열두 개 넣었을 만큼 빠지는 것 없이 갖추어 시집을 보낸 것이다. 그것조차 지내놓고 보니 흉허물이 되는 것이다.

"못 살기는 와 못 살아! 다 지 분복대로 살지. 너하고 바꿀라 카나?"

용란의 말만 나오면 한실댁은 화를 내었다.

"전 갈랍니더. 나중에 어르신 들어오시믄 다시 오겠십니더."

기두는 벌떡 일어나더니 용숙을 거들떠보지도 않고 나가버린다.

"사람이 와 저 모양일꼬? 능구렁이 같구마."

"니는 세상에 좋은 사람이 없더라!"

한실댁은 노여워서 눈을 부릅뜬다.

주판질

"김약국, 자아, 술잔 받으시소."

정국주는 잔을 돌려주고 술을 따랐다.

초정월 장지문 밖에는 두터운 햇볕이 얼어붙은 땅을 녹이고 있었다. 건너편 뚝지에서는 아이들이 연을 올리고 있었다. 바람은 부드럽고 바다는 고요하다. 김약국과 정국주도 설빔 차림으로 술을 나누고 있었다. 김약국은 노방주 바지저고리에 은단추를 단 은색 공단 마고자를 입고 있었다. 정국주는 명주 바지저고리에 호박단추를 단 갈색 마고자를 입고 있었다. 검붉은 얼굴이 더욱 검붉어 보인다.

방에는 어해도魚蟹圖 한 폭이 걸려 있었고 손질을 잘한 귀목 문갑 위에 문서와 책이 가지런히 정돈되어 있다. 김약국의 옷차림과 마찬가지로 단정한 그의 방이다.

"김약국."

"말을 하시오."

눈 가장자리가 불그레하다. 김약국은 얼근히 취했다.

"소청이를 알지요?"

개기름이 번드르르 흐르고 있는 정국주의 얼굴이 벙실 벌어진다.

"소청이라니?"

"허 참, 능청을 떨지 마소."

김약국은 들고 있던 술잔을 입으로 가져간다. 그는 기생 소청小淸이를 알고 있다. 통영 바닥에서 기생 소청이를 모르는 사람은 별로 없다. 얼굴이 어여쁘고, 맵시 좋고, 춤 잘 추는 소청에게 반한 남자들은 많았다. 김약국이 소청이를 눈여겨본 것은 지난봄 정국주 생신 때 초대를 받아 갔을 때다. 통영의 모모한 인사들이 모인 좌석에 소청이와 그 밖의 기생 몇 명이 불려왔던 것이다. 그 후 소청이는 길거리에서 김약국을 만나면 공손히 인사를 하곤 했다.

"소청이가 김약국 땜에 상사병이 들었다는데…… 거 김약국, 더러 찾아가보소."

"허튼소리 마소."

"허튼소리라니? 아아 내가 거짓말하는 줄 아오?"

"늘그막에 무슨 생심이오?"

"늙다니? 새서방같이 젊은데 그러오? 한창 오입깨나 할 나이지."

"커나는 딸자식이 있는데 그 말은 그만둡시다."

"기들이* 무서워서 장 못 담을까. 자식들은 다 지 짝 만나서 살믄 그만이고, 우리는 우리대로 살고 볼 일이지. 안 그렇소, 김약국?"

"……."

"대체 김약국은 무슨 재미로 사요? 일 년 열두 달 방구들만 지키고 앉았으니……."

"방구들 지키는 재미로 살지요."

쓸쓸하게 웃는다.

"허 참, 그 암만해도 김약국은 양기가 모자라는 모양이오. 좋은 약도 많이 묵었일 긴데 와 그럴꼬?"

김약국은 다시 술잔을 들었다.

"계집이 먼저 꼬리를 치고 환장을 하는데 사내 대장부가 모르는 체하다니 고자가 아니고서야 어디……."

김약국은 그만 껄껄 웃어버린다.

"소청이는 지 가진 것이 있것다, 돈이 들 오입인가? 여염집 계집하고 달라서 감칠맛이 있고 오죽 보비위를 잘할까."

김약국은 담배 한 가치를 뽑아 불을 붙인다.

과거에도 김약국에게 반한 여자들은 많았다. 약국을 하고 있을 무렵 이렇다 할 병도 없이 진맥하러 오는 여자들은 대개 김약국을 마음에 둔 여자들이었다. 그들 중에는 심지어 유부녀까지 한 사람 있었다. 그러나 김약국은 한 번도 마음이 동한 일은 없었다. 그러던 김약국이 가끔 소청이를 생각하게 되는 것은 무슨 까닭인지 그 자신도 알 수 없었다.

"그런 농은 그만두시고 내 청이나 들어주소."

김약국은 한참 너절하게 늘어놓는 정국주의 말허리를 꺾었다.

"무슨 청이오?"

헤퍼졌던 정국주의 표정이 눈으로 모인다.

"돈 좀 돌려줄 수 있을는지……."

"뭐에다 쓸라고?"

"배 두 척 살까 싶소."

"있는 배는 어쩌구?"

"그거는 거리선* 아니요."

"그라믄?"

"기관선을 살까 싶소."

"대구리 어장을 하겠단 말이오? 그건 엄청난 일인데?"

대구리 어장이라 함은 팔십 마력 정도의 백 톤급 이상의 기관선이 먼 바다까지 나가서 바다 밑을 싹 쓸어 올리는 잡어어로雜魚漁撈를 말한다. 규모가 크기도 하거니와 한 척의 가격이 엄청나게 고가이므로 막대한 재력이 있는 사람이 아니면 엄두조차 내지 못하는 사업이다.

"대구리 어장을 할라는 거 아니요. 모구리* 어장을 할 생각이오."

잠수어업이면 다 같은 기관선이라도 소형의 것으로 족하다.

김약국은 현대 정치망定置網 어장을 두 군데 가지고 있었다. 하나는 지도에 있는 북해도식北海道式 개량대모망改良大謀網으로 상당히 규모가 크다. 부설하는 데 오천 가마의 자갈이 들었고, 큰 거리선이 세 척, 그리고 어로 종업원은 사십 명 가까이 되며, 주로 대구·삼치·방어·갈치·참치 따위를 잡고 있었다. 하나는 한산도에 있는 소대망小臺網이다. 팔각망八角網보다 규모가 작은

이 소대망은 주로 멸치잡이를 했다. 시설이나 규모가 작기는 해도 지도보다 오히려 어로 종업원들은 많았다. 멸치를 삶아서 말리는 작업이 있기 때문이다.

"하필 와 모구리 어장을 할랍니까?"

"왜놈들 등쌀에 길게 해묵겠소? 고기 나는 목을 다 차지하고 앉았는데⋯⋯."

"그라믄 여기 어장을 집어치우겠소?"

"아니, 그건 그만둘랍니다. 차차 형편 봐서 처리하기로 하고, 모구리 배나 제주도에 보내서 패지*나 파볼까."

정국주는 한참 동안 생각에 잠긴다. 그는 마음속으로 주판을 놓고 있는 것이다. 이럴 때의 그의 지능은 민활하고 치밀해진다.

"얼마쯤?"

정국주는 아까와는 딴판으로 지극히 사무적이다.

"오천 원쯤."

"오천 원!"

정국주의 안색이 좀 변한다. 오천 원이라면 논 칠팔십 마지기 값이다.

"논문서를 잡혀도 좋소."

"⋯⋯."

"⋯⋯."

"우리 새 논문서 잡을 것 있소? 돌려주지요."

마음속의 주판질이 다 끝난 듯 정국주는 쾌히 응낙을 했다.

"고맙소."

김약국의 대답은 담담하다. 그들은 다시 술을 붓고 술잔을 들었다.

"누가 그 안을 냈소?"

"내 생각이오."

"호오! 김약국은 사업에 무심한 것 같더니만 실상 그렇지도 않구마!"

"굼벵이 구불 재주 있다 하지 않소?"

"하긴 그래. 그런데 이번에는 내가 청이 하나 있는데……."

"초정월부터 청의 품앗인가?"

점잖게 웃는다.

"중구 영감 큰아들 있지요? 그 의사 노릇 하는 아이 말이오."

"아아, 정윤이 말인가요?"

"그렇소. 지금 진주에 있다믄요?"

"진주 도립병원에 있지요."

정국주는 흉터가 간 윗입술을 한번 빨고 앞으로 다가앉는다.

"김약국, 우리 큰아이하고 어떻겠소?"

김약국은 다소 놀란다.

정국주는 또 한번 입술을 빨고,

"김약국은 어떻게 생각하오?"

"내가 어떻게 생각하다니오? 어떻게 생각한들 무슨 소용이 있겠소? 그 형님이 알아서 할 일이지요. 그분 고집은 유명하지 않소?"

"김약국의 고집은 어떻고?"

"그 양반이 내 말 들을 사람이오? 그건 그렇고, 없는 집에 출가시켜 뭐할랍니까."

완연히 회피한다.

"사람만 출중하다믄야 있고 없고가 문제되겠소. 사람이 밑천이지."

"이 양반이 왜 이러요? 아주 겹사돈이 될라는구먼."

김약국은 농쳐버리고 말려 한다.

"기왕이믄 그게 더 좋지요. 아들 사돈 딸 사돈……."

"그 애 형편이……."

"자랑 말이 아니라 우리 큰아이도 그만하믄…… 달라는 사람이 하 많아서 고를 수 없을 지경이지만……."

"누구의 딸이라고……."

김약국은 픽 웃는다.

"그야 정국주 딸이믄 뉘가 마다하겠소!"

김약국은 술맛이 떨어졌다. 뽐내는 정국주의 꼴도 아니꼽지만 되지도 않을 혼사 이야기를 하니 골치가 아프다. 중구 영감이 정국주를 멸시하는 것은 이만저만이 아니다. 용빈과 홍섭의 문제만 해도 늘 못마땅히 여기고 있는 것이다. 정국주는 몸이 달아 한참 이야기를 하다 슬쩍 말을 돌린다.

"올봄에는 서울 아이들도 졸업이니 가을에 혼사를 해야 겠고……."

김약국은 의당 그렇게 될 일이나 뭔지 석연치 않은 마음 이다.

서문고개에 해가 설핏했을 때 거나하게 취한 정국주는 자리 에서 일어났다. 김약국은 정국주를 배웅하기 위하여 대문 밖까 지 나갔다. 정신이 멀쩡하면서 공연히 휘청거리는 정국주를 슬 며시 바라보고 있던 김약국이 고개를 획 돌렸다. 치맛자락이 팔랑했던 것이다. 느티나무 뒤에 보따리를 늘어뜨린 하얀 손이 보인다. 그는 정국주에게 작별인사를 하고 급히 사랑으로 들어 가버린다.

비밀

음력 설, 보름을 지낸 용빈은 서울 갈 날도 얼마 남지 않았으 므로 태윤을 한번 만날 겸 동문 밖에 간다 하며 집을 나섰다. 검정 세루 두루마기에 검정 구두를 신은 용빈의 후리후리한 모 습은 소청하였다. 우편국 앞에까지 온 용빈은 편지를 부치려고 그곳으로 들어갔다.

"아, 순자!"

머리를 동그랗게 말아 올린 여자가 돌아본다.

"용빈아!"

그쪽에서도 반갑게 불렀다.

"편지 부치러 왔나?"

"음, 너도?"

"순호가 아버지한테 꾸중을 듣고 그냥 가버렸단다. 그래서 속옷 부쳐줄라고."

순호는 그의 동생이다. 부산에서 중학을 다니고 있었다.

"오래간만이구나. 별일 없었니?"

용빈은 순자의 안색을 살핀다. 미소를 짓고 있다. 조심스럽고 겁먹은 눈이다.

"올해 졸업이구나."

"음."

"얼마나 좋겠노?"

"시원하겠지."

"졸업하믄 곧 결혼한다 카데?"

"어떻게 될지……."

그들은 나란히 우편국에서 나왔다.

마침 장날이라 거리는 혼잡을 이루고 있었다. 용빈은 사람속을 헤치고 나가면서 순자의 손을 꼭 잡았다. 그리고,

"순자야."

신중한 어조로 부른다. 순자는 지레 겁을 먹은 듯 손목을 움츠렸다. 용빈은 그의 손을 놓아주었다. 하려던 말도 그냥 삼켜

버렸다. 그를 괴롭힐 수가 없었다.

"지금 어디 갈라고?"

발끝을 내려다보며 순자가 물었다.

"큰아버지 댁에……."

순자의 한쪽 어깨가 꿈틀하며 솟았다.

"나, 나는 집으로 가야지."

순자는 얼굴을 들고 억지로 웃으려고 했다. 그러나 웃음이 되지 않고 거의 울상이 되고 말았다. 용빈은 그 얼굴을 오래 바라볼 수가 없었다.

"그럼 잘 가아."

용빈은 얼른 돌아섰다.

'불쌍한 순자, 대체 오빠는 어쩔 셈일까?'

용빈은 동문 밖 중구 영감댁에 갔다.

"이야! 웬일이시오, 전도부인께서 왕림하시니……."

태윤은 용빈을 보자마자 놀린다.

"싱겁기는 또…… 큰어머니는요?"

"장에 가셨지."

"참, 오늘 장날이더군요. 큰아버지는 일하시구?"

"응."

"귀찮아하시니까 나중에 나오시면 인사할래요."

용빈은 방으로 들어갔다.

"내가 갈 때마다 예배당이더군. 매일 나가나?"

용빈은 그저 웃기만 한다.

"열심이구나."

"오빠 몹시 여위셨어요. 고민이 많으신가 보죠."

용빈은 의식적으로 화제를 돌린다.

"이발을 해서 그렇겠지."

태윤은 얼굴을 쓸어본다.

"오늘 밤 누굴 만나는군요?"

"만나면 만났지, 그렇다고 이발을 하나?"

"흐흠……."

"괜히 신경 쓰지 마."

"왜 기름 안 바르셨어요?"

"이발소의 기름, 기분이 나빠서."

"큰아버질 닮아서 오빠도 까다롭군요."

"그것도 까다로운 것 중에 들어가나?"

"그럼요. 남성이 그러면 싫어요. 신경이 굵어야죠."

"호오! 전도부인께서 나에게 설교신가?"

"또 그 소리."

"아버지는 까다롭기보다 멋을 아는 분이지. 그러나 곧고 가
장 남성다운 성품이라 생각하는데?"

"그래서 오빠도 그렇단 그 말씀이죠?"

"그렇다고 자부하면 안 되나? 하하하."

"또 생활의 질서론이 나오겠네. 이성적이고 냉철해야

하고……."

"그럼 이성적이고 냉철해야지. 덮어놓고 덤비는 호걸형은 현대에 있어선 못써. 옛날 옛적에 활 쏘고 싸우던 시절의 영웅이란 말이야. 결국 패주하는 영웅이지만."

"호호호……."

"그건 그렇고…… 홍섭이는 서울서 안 왔다며?"

"온다더니 안 오는군요."

"용빈아."

"예?"

"너 정말로 홍섭일 좋아하나?"

"좋아해요."

"도리어, 그럴지도 모르지."

"뭐가요?"

"너처럼 개성이 강한 여자는 반대로 약한 남자에게 끌리는……."

"홍섭인 약하지 않아요."

"좋으면 곰보도 보조개로 보이고, 절름발이도 춤추는 것처럼 보이는 법이야."

"어머, 오빠가 그렇군요."

태윤은 쓰게 웃는다.

"내 경우와 네 경우는 다르다. 인간성이 문제야. 홍섭이는 너무 냄새가 난다."

"무슨 냄새?"

"예수쟁이 냄새, 용빈이한테는 그 냄새가 없는데."

"동생이니까 그렇죠."

그 말 대답은 하지 않고,

"냄새를 피우면 진실성이 감소되는 거야. 냄새가 나지 않을 때 자연스러워지는 거지. 예수쟁이도 말야."

"그건 오빠가 잘못 보셨어요. 홍섭인 독실한 신자예요."

"독실하다는 그게 냄새거든……."

"그런 모순이 어디 있어요?"

"독실이라는 것은 요새 보니까 고정된 어느 형이더군. 마음이 아니라 어느 형식이더란 말이야. 특히 예수쟁이들에게 있어서……."

"모르겠어요. 오빠가 자꾸 그렇게 말하면 나도 역으로 나가고 싶어요."

"그럼 지금까지의 말이 다 역으로 한 거로군. 정직한 고백이다."

용빈은 픽 웃는다.

"정말 모르겠어요. 어릴 때처럼 저의 신앙도 순수하지 못한가 봐요."

용빈은 가볍게 한숨을 쉬었다.

"그것이 진실이다! 어때? 예수쟁이들의 외침 같지 않나? 그러나 내가 말하려는 것은 진실을 의심하는 과정이 진실이라는 말이다. 하긴 이것도 누군가가 한 말을 내가 차용했지만, 공명하니까 말야."

"오빠는 그럼 자기 자신의 반신론에 대한 신념도 없이 크리스천들을 공격하는군요?"

"그렇다. 이 세상에 의심스럽지 않은 것은 아무것도 없다."

"이러면 저렇고, 저러면 이렇고, 그럼 진실은 없군요."

"진실은 존재하지 않는다. 다만 과정이 있을 뿐이다. 그러니까 현실은 신보다 우리에게 가깝고 진실에 가까운 거야."

"오빠야말로 공식적이군요. 말로나 생활로 표현되지 않는 일이 얼마나 많은데요."

"즉 신비라는 것 말이지?"

"그래요. 오빠는 죽음을 생각해보셨어요?"

"생각해보았지."

용빈은 빙그레 웃는다.

"무섭더군. 그러나 네가 말하는 하나님의 힘을 빌리고 싶지는 않더군. 일찍이 그 어느 누가 죽음에서 구원을 받았느냐 말이다. 너희들의 하나님인 그리스도도 못 박혀 죽지 않았느냐 말이다."

"모독이에요."

"불쾌한 말이로군. 너는 그를 신격화하지만 난 그를 인격화하거든. 그는 그 시대에 있어서 가장 지혜롭고 위대했던 사람이야. 하지만 우리 세대의 사람은 아니야. 역사 속의 인물로서

191

이제 사라진 인물이란 말이야."

"아니에요. 지금 현재, 나는 그분의 지배를 받고 이 자리에
앉아 있습니다."

용빈은 단호하게 말하였다.

"천만의 말씀. 너는 그를 신격화하지 않으면 안 되었던 약한
인간들의 지배를 받고 있다. 그의 권위를 빌려서 인간들을 지
배하고자 한 자들에게 너는 우롱을 당하고 있다."

"그래서 결론은 뭐예요?"

"우리들은 현실 속에서 잘 사는 일, 그것을 믿으리라는 거다."

"출세하고, 돈 벌고, 예쁜 색시 얻는 일이죠, 뭐."

용빈은 웃음엣말로 넘기며 화제를 끊으려고 했다. 그러나
태윤은 그 화제를 물고 늘어졌다. 그는 열렬히 자기의 소신을
피력하고 조선의 청년들이 무기력하다고 통박하며, 특히 기독
교도인 청년들이 소극적이며, 자기 보신책을 꾀하고, 경박한
서구식 풍조를 따르는 습성에 대해 비분강개하는 것이었다. 그
리고 홍섭을 싸잡아 욕설을 퍼부었다.

"오빠, 이제 홍섭이 말은 그만두세요. 애정이란 모든 조건
을 들어서 따지는 게 아니에요. 느끼면 그만 아니겠어요? 그리
고 오빠가 교인들을 욕하지만 그건 편견이며 까닭 없는 감정
이에요. 그들은 언제나 일본 식민주의에 대한 항쟁에 앞장섰었
어요."

용빈은 좀 골이 난 모양이다. 그러나 그는 곧이어,

"전 아까 오면서 순자를 만났어요."

태윤은 갑자기 침묵한다. 얼굴빛이 좀 변했다.

"왜 놀라세요? 전 오빠의 애인을 비판하려는 게 아니에요. 도리어 오빠가 미워요."

"……."

"결합될 수 없는 처지에서 순자에게 상처만 주는 것 아니에요?"

"왜 결합이 될 수 없어?"

태윤이 목소리는 퉁명스러웠다.

"그럼 결혼하실 자신이 있으세요?"

"결혼? 그까짓 형식이 무슨 필요야. 그냥 사는 거지. 다만 방법상 지금은 비밀이다."

태윤의 눈은 어둡게 가라앉았다.

순자는 태윤의 중학교 때 선배의 아내다. 결혼 후 얼마 되지 않아 순자는 혼자되었다. 그의 남편은 만주로 갔다고도 하고 일본으로 갔다고도 했다. 어디서 죽었다고도 했다.

풍신 대접 風神待接

덴마 한 척이 통영 항구를 향해 저어 온다. 야광충夜光蟲이 군집한 바다는 눈부시게 번득이고 있었다. 섬들은 묵화처럼 어둑다. 사내아이는 노 끝으로 해파리를 떠밀어내고 다시 노를 젓는다. 해파리는 바닷물보다 더욱 강한 인광燐光을 발산하며 슬며시 밀려간다.

"영삼아."

"야?"

담배를 피우고 있는 기두는 아이를 불러놓고 말이 없다. 입술에 붙은 담배 부스러기를 퉤퉤 뱉고 나서,

"니 한돌이를 봤다믄?"

"야. 여수서 봤심더."

"뭘 한다 카더노."

"배를 타는갑십디더."

"뭐라고 하더나?"

"김약국댁 딸을 보느냐고 안 묻겠십니꺼?"

"음……."

들으나 마나의 이야기다. 영삼이 여수에 있는 어미를 찾아갔다 와서 어장막에 퍼뜨린 소문과 별로 다를 것이 없다.

육지에 내린 기두는 배를 돌려보내고 명정골로 향하였다.

"오빠, 이자 옵니꺼?"

집에서 물동이를 들고 나오던 누이 기순이가 반색을 한다.

"음, 물 지르러 가나?"

"야, 좋은 물 지르러 갑니다."

그러고 보니 이월 풍신제의 계절이다. 기순이는 물동이를 한

들거리고 똬리 끈을 입에 문 채 종종걸음으로 가버린다. 집으로 들어간 기두는,

"아부지 올라오셨십니꺼?"

마당에 선 채 묻는다. 서 영감은 방문을 열고 내다보며,

"좀 할 의논이 있어서…… 올라오니라."

늙었으나 기두처럼 몸도 건장해 보이고 얼굴도 큼지막하다. 그러나 어딘지 좀 음흉스러워 보인다. 기두는 신발을 벗고 방으로 올라갔다.

"다름이 아니라, 기순이한테 혼인 말이 있는데, 그래, 너는 어쩔라 카노?"

기두는 묵묵부답이다.

"다 커나는 계집자식을 남이 찾을 때 치아버리야지 물때를 놓치믄 되겠나?"

"……."

"니도 벌써 스물일곱인데 자식 볼 때도 됐고 차일피일하다가 옳은 사람 못 만나믄 어짤꼬?"

기두는 한숨을 푹 쉰다.

"기순이를 먼저 보내시이소."

"오래비가 장가를 안 가는데 동생을 보내? 기순이가 가고 나믄 집안 살림은 또 누가 하노."

그 문제만은 기두도 난처하였다.

"이건 내 생각이다마는, 그 김약국댁의 넷째 딸 말이다."

"용옥이 말입니꺼?"

"인물은 좀 못해도 살림꾼으로는 그 처니가 좋을 기다."

"······."

"지체를 보믄 그 댁하고 우리하고 혼인상대가 안될 기다마는 그쪽에서 먼저 한 말도 있고."

"······."

"김약국 성질에 다시 말을 하지는 않을 기다. 그러니 니만 좋다 카믄 내가 가서 말을 해볼란다."

"······."

"부자것다, 처니는 그럴 수 없이 야물것다, 노수 싸짊어지고 팔도강산을 댕기도 그만한 며느릿감은 없을 기다."

"좀 두고 봅시다."

기두는 슬그머니 일어섰다.

"바빠서 가볼랍니더."

"아 저문데 그만 자고 가라모."

"아닙니다. 배를 기다리라 해났십니더."

기두는 거짓말을 했다. 혼삿말이 귀찮기보다는 그는 왜 그런지 아버지에게 정이 들지 않는다. 집에 있기가 싫은 것이다. 거리로 나온 기두는 술집에서 술을 몇 잔 들이켜고 간창골로 발을 옮겼다.

"자네가 웬일고, 이 밤에?"

기두가 들어서자 한실댁은 몹시 당황하였다. 마루에 용란이

와서 우두커니 앉아 있었기 때문이다. 그러잖아도 울적한 속에 술이 들어갔고, 또 장본인인 용란을 만나게 되니 기두는 열이 머리끝까지 바싹 올랐다.

"술 좀 마십십더."

기두는 입김을 훅 뿜으며 용란과 반대편 마루에 털썩 주저앉았다.

"서씨도 바람밥 얻어묵으러 왔는가 배요."

제법 존대를 하느라 한 말이었으나 용란의 어투는 전과 조금도 다름이 없다. 풀이 죽기는커녕 오히려 장난스러운 표정이다. 술주정이라도 하고 싶은 심정에서 찾아온 기두는 도리어 주춤한다. 한실댁도 이 소갈머리 없는 년이 싫어 안절부절못한다. 집 안은 제삿날처럼 두신두신했고, 전등이 뜰을 환하게 비쳐주고 있었다.

"바람 올맀십니꺼?"

"응, 오늘 풍신 대접을 했다."

음력 이월 초하루 새벽에 풍신風神이 내려오면 스무날 새벽에 올라가는데, 아흐렛날, 열나흗날, 열아흐렛날, 이 중에 어느 날을 택하여 풍신제를 올리기 때문에 각각 풍신제를 하는 날은 일정치 않았다.

"자네 나물 좀 자실란가?"

"아니올시다. 저녁 묵고 왔심더."

"염치 채리지 말고 묵으소, 야?"

용란은 생글생글 웃으면서 또 말을 거들었다.

기두는 실눈을 뜨고 용란을 쳐다본다. 흰 숙수 저고리에 수박색 인조치마를 입고 있는 용란은 아무래도 후줄근한 모습이 아닐 수 없다. 손가락에 끼고 있는 닷 돈쭝 금가락지만은 찬란하였다. 그 고양이 눈알 같은 눈동자와 마찬가지로.

"용란아, 니는 제발 방에나 들앉아 있으라모."

참다 못해 한실댁이 눈을 흘긴다.

"어떻십니꺼. 동도깨비 동무 아닙니꺼."

한실댁은 어이가 없어 입을 다물었고 기두는 쓴웃음을 띤다.

"내가 어릴 때 한돌이하고 새터 강변에 안 갔십니꺼. 그랬더니 그때 서씨가 굴을 따주데요. 어장 애비가 될라고 그랬든지 굴이 붙은 바위를 참 잘 찾아내데요, 호호호……."

동도깨비 동무라는 것은 실없는 말이다. 용란이 예닐곱 때 기두는 열서너 살 난 소년이었다. 그러나 아버지가 일 보는 주인댁 딸이라 하여 그가 조르는 대로 바다에도 데리고 갔고, 산에도 데리고 갔었다. 그리고 날이 저물면 용란을 집에까지 업어다주곤 했었다. 그때마다 한돌이는 졸졸 따라다녔던 것이다.

"아이 대갈통만 한 개조개를 파준 일 생각납니꺼?"

용란은 기두에게 묻는다. 기두는 멍하니 용란을 쳐다보고 있을 따름이다. 기억이 나지도 않거니와 한돌이의 이름을 거리낌 없이 꺼내는 용란의 정신상태를 이해할 수 없어서 기두는 괴로웠다.

"그 개조개를 집에 와서 용숙이가 깠는데, 아 세상에 그 속에 손톱만 한 새끼 조개가 들어 안 있십니꺼? 어찌 불쌍한지 한돌이하고 갯문까지 가서 물에 넣어주었십니더. 지금 생각하믄 참 철도 없었지."

"삼대 구 년 묵은 이야길 새삼스럽게, 어이구……."

한실댁은 무안해서 외면한 채 중얼거렸다.

"그런데 이 사람아, 우리 큰아아 집에 대구를 안 보냈담서?"

"예."

"와? 그리 신신당부를 했는데……."

"어장에서 바로 넘겼십니더. 통영에 싣고 올 여가가 나야죠."

"가아는 날만 보고 야단을 안 하나?"

"와 그리 욕심을 부립니꺼?"

"그래도 이 사람아, 여자가 혼자 살라 카믄 예사로 해서 사나?"

기두의 말에 동감하면서도 한실댁은 용숙을 감싸준다.

"말이 모구리 어장을 하겠다 카던데 그게 정말인가?"

"어르신께서 그 말씀을 하십디더."

"뭐할라꼬 빚까지 내서 그러는지 내사 모르겠다."

"……."

"그만하던 어장이나 하믄 될 긴데……."

"모구리 어장을 할라 카믄 멀리 가겠네요?"

또 용란이 나섰다.

"제주도 방면으로 가야 할 깁니더."

기두는 앞을 바라본 채 용란에게 대답을 준다.

"서씨도 갈 기요?"

"아직 모르겠소."

대문이 비거걱 열린다. 우순두순한다.

"용옥이가 왔나?"

한실댁이 목을 뽑는다.

"야."

용옥이와 용혜, 그리고 함지를 인 여문이가 들어왔다. 용옥은 기두를 보자 주춤하고 섰다가 여문이와 같이 부엌 쪽으로 들어가버린다.

"엄마."

용혜는 기두를 보고 빙긋 웃었다.

"생이 있더나?"

"응."

그들은 바람밥을 날라다 주고 온 길이다.

"생이가 나물이 싱급다 하데요."

"싱급기는, 탓을 해야 속이 편하지. 용혜야, 니는 이자 자거라. 저물다."

기두가 일어선다.

"가볼랍니더. 어르신 안 계십니꺼?"

"어디 가셨는지 아직 안 오시네."

한실댁은 사랑을 힐끗 쳐다본다. 불이 꺼져 있었다.

"바람밥도 안 묵고 갑니꺼."

용란은 옷고름으로 코를 닦으며 힐끗 쳐다본다. 기두도 그를 강한 눈초리로 쳐다보았다.

요조숙녀

기두가 가고 난 뒤 한실댁은 용란을 우두커니 바라보고 있었다. 아까 기두 앞에서 종알거리던 생각을 하면 한 차례 쥐어박아 주고 싶은 심정이나, 영감이 돌아오기 전에 용란을 달래어서 돌려보내야 했다.

"용란아, 가자. 아부지 오시기 전에 나랑 가자."

한실댁은 일어섰다.

"안 갈라요."

"안 가믄 어쩔 것고."

"밤낮 뚜디리 패고, 내사 안 갈라요."

"어이구, 내가 이날까지 남 못할 짓 안 했건마는 무슨 액운이 이리 많은고!"

한실댁은 운다. 용란은 멍청히 서서 하늘만 바라본다.

"가자. 죽으나 사나 가야제."

한실댁은 코를 풀고 멍멍한 소리로 말하며 마당으로 내려와 용란의 손을 잡았다. 눈물을 짜고 달래면 또 따라나서는 용란이다. 용란은 보따리를 끼고 집을 나섰다. 어두운 골목을 빠져나와 그들은 서문고개를 넘는다. 물 긷는 처녀, 각시들로 밤길은 어수선하였다. 보따리를 겨드랑이에 끼고 우죽우죽 따라가는 용란의 모습은 염소처럼 순하고 어질어 보인다. 용란이 친정으로 올 때마다 이 고개를 울먹울먹 넘어가는 한실댁은 양지기만 같았다. 대밭골을 지났다. 인적은 끊어졌다. 밤은 괴괴하니 사방에서 스며들었다. 그들은 서편 다리를 건넜다. 다리 밑에는 마침 들물 때라, 그득히 밀려 올라온 바닷물이 방천을 찰싹찰싹 치고 있었다. 그림자 두 개가 앞서거니 뒤서거니 물 위에 흔들린다.

"어무이."

"와?"

"저번 때 말입니더, 연학이가 어찌 뚜디리 패든지 용숙 생이 집에 도망을 안 갔십니꺼. 밤입니더."

"……"

"가니께 동훈이가 아프다 캄서 의사가 와 있십디더."

"나보고 동훈이가 아프다 말 안 하든데?"

"아프다 카는 아아는 자고, 그 의사는 술을 마시고 있십디더."

"술을?"

"야."

202

"밤늦게 오라 했으니 미안해서 대접을 한 거지."

예사롭게 말했으나 한실댁의 마음은 심상치 않았다.

'혼자 사는 과부 집에 와서 밤늦게 술을 마시다니⋯⋯.'

한참 가다가 용란은,

"어무이."

하고 또 불렀다.

"와?"

"내사 정말 못 살겠십니더. 부모들은 연학이를 사람으로 보는 줄 압니꺼? 동생한테 개 맞듯 맞았십니더."

"못나나 잘나나 형인데 그럴 수가 있나."

"돈을 훔쳐내다가 안 그랬십니꺼. 정말 못 살겠십니더."

"사는 대로 살아봐라, 설마⋯⋯."

하지만 아무런 희망도 없는 용란의 전도였다. 본인이 그 비극을 뼈저리게 느끼지 못하는 만큼 그것을 보아야 하는 한실댁의 마음은 아프다.

도로골 깊숙이 큰 대문 앞에서 모녀는 걸음을 멈추고 서로 바라본다.

"아가야."

한실댁은 이마 위에 흘러내린 용란의 머리칼을 쓸어올려 주면서,

"바느질거리는 아이 시켜서 보내라. 그라고 빨래할 것도 보내라. 해서 보내주꾸마."

한실댁은 소매 속에서 손수건을 꺼내어 코를 푼다.

"어서 들어가거라."

반쯤 열린 대문 안으로 용란을 떠밀어 넣는다. 그리고 가만히 귀를 기울인다.

"아, 저년이 어디 갔다 인지 오노, 응?"

연학이의 목소리다.

"시끄럽다! 아가아, 어서 방에 들어가거라."

시어머니의 목소리다.

한실댁은 돌아섰다. 그리고 누가 나와서 보기나 하듯 종종걸음으로 자기의 그림자를 밟으며 골목을 빠져나왔다.

대밭골로 되돌아온 한실댁은 아까 용란에게 들은 말도 있고 하여 용숙이 집 앞에 서서 대문을 흔들었다.

"용숙아!"

아무 대답이 없다.

"자아나?"

집 안은 괴괴하다.

"용숙아."

가려다가 다시 한번 대문을 흔든다.

"이 야밤에 누고오? 온 내, 밤 가는 줄도 모르는가 배."

용숙이하고 의논이 맞은 할멈이 중얼중얼 시부렁거리며 나온다.

"아이구 간창골 마내님!"

대문을 연 할멈은 넉장거릴 할 듯 놀란다.

"벌써 잡네까?"

"아 저, 저……."

당황하며 어쩔 줄을 모른다. 한실댁은 냉큼 집 안으로 들어갔다.

"아 저, 저……."

"와 그랍니까?"

한실댁은 의아하게 할멈을 쳐다보다가,

"도로골에 갔다 오는 길에 용숙일 좀 보고 갈라고 왔소."

한실댁은 섬돌 아래 신발을 벗는다.

"아가아, 벌써 자나아?"

그 순간 방문이 화닥닥 열렸다. 용숙이 쑥 나타났다. 그리고 방문 앞에 막아서며,

"밤에 웬일입니꺼?"

미처 비녀를 찾지 못했던지 머리가 풀어진 채다.

"도로골에 갔다 온다. 이월 풍신제 물바가지 언다더니 날씨가 차구나."

한실댁은 아무 생각 없이 방 안으로 들어갈 작정이다. 그러자 방 안에서 부스럭거리는 소리가 나고 뒷문 열리는 소리도 났다.

"방에 누가 있나?"

한실댁의 얼굴이 파아래진다.

"누가 방에 있단 말이오?"

용숙의 얼굴은 파르락노르락한다.

"지금, 방에서 누, 누가 나가는, 나가는 소리가……."

"나가기는 누가 나가요? 별소리를 다 하네요."

용숙의 말소리는 다소 떨려 나왔다.

이번에는 뒤뜰에서 담을 뛰어넘는 소리가 쿵 하고 울려왔다.

"저, 저 소리는!"

"도둑놈이겠지요."

얼마간 각오가 섰는지 용숙은 태연한 태도로 돌아갔다.

"어이구, 하느님 맙소사!"

한실댁은 두 손으로 얼굴을 쌌다.

"와 이럽니꺼? 야밤중에 동네 사람 듣겠소."

동네 사람 듣겠다는 말에 한실댁은 그냥 대문 밖으로 쫓아 나간다.

"문 잠그소."

용숙은 멍하니 서서 중얼거렸다. 할멈은 허겁지겁 쫓아가서 대문을 잠그고 왔다.

"뭐할라고 문은 열어줘서 이 야단이오?"

용숙은 섬돌 아래 침을 탁 뱉는다.

"아따, 어떻습니까, 친정어무이인데 무슨 숭허물이 있겠소. 헤헤헤……."

쪼그라진 얼굴을 더욱 쪼그라뜨리며 야비하게 웃는다.

용숙은 방으로 들어가서 흐트러진 이부자리를 밀어붙이고 쭈그리고 앉는다.

"흥! 요조숙녀가 따로 있나? 남편이 있음 다 요조숙녀제."

뇌까리며 사내가 남겨놓고 간 허리띠를 집어 돌돌 말아서 장롱 서랍 속에 넣는다.

용숙의 집에서 쫓아 나온 한실댁은 망짝골 굿바위에 올라가서 두 다리를 뻗고 울고 있었다. 울음소리는 솔바람에 실리어 멀리 사라진다.

취중 醉中

지분의 향기가 그윽한 방에 앉아서 김약국은 술을 마시고 있었다. 눈 가장자리가 불그스름하다. 창밖에는 황혼이 깃들고 있었다. 전등에 불이 켜졌다. 구슬을 꿰어서 만든 전등갓이 요란스럽게 반짝거린다. 소복을 한 소청이 무릎 위에 손을 얹고 김약국을 바라보고 있었다. 여자의 얼굴은 엷게 상기되어 앳되고 아름다웠다. 오랫동안 그들은 말을 못했다. 마음과 마음이 전달되는 차분한 침묵은 아니다. 분위기는 왜 그런지 다소 성글었다. 소청이는 이야기의 실마리를 잡으려고 무척 애를 쓰지만 김약국의 싸늘한 이마와 눈에 자꾸만 마음이 걸려드는 것이다.

"영감님, 이야기 좀 하시이소."

김약국은 얼굴을 들고 물끄러미 여자를 바라본다.

"그렇게 통 말씀 없이 앉아 계시믄 서러운 생각이 듭니더."

"할 말이 있어야지."

슬며시 담배를 꺼내어 문다. 소청은 잽싸게 성냥을 그었다. 그러나 김약국은 외면을 하고 자기 손으로 그은 성냥불을 붙인다. 여자의 얼굴이 빨개진다. 그는 무안함을 참고 재떨이에 성냥개비를 놓았다.

"나는 늘 혼자 있어놔서……."

여자에게 무안을 준 데 대한 변명이다.

여자 눈에 눈물이 글썽 돌았다. 그는 고개를 푹 숙인다. 김약국은 난처하다. 허한 마음에서 소청이를 찾아오기는 했으나 남들처럼 농담을 할 줄도 몰랐고, 애정의 수작도 서투른 그는 멍멍히 앉아 있을 따름이다. 거북하기 짝이 없는 대면이 아닐 수 없다. 그러나 그보다 가끔 소청이를 생각해보면서도 막상 찾아오고 보니 애틋한 정이 솟질 않았다.

삭막하기 이를 데 없는 사랑방에서 혼자 견디어 배기던 김약국에게는 소청의 방 안 분위기가 아주 부드럽고 아늑하였다. 더욱이 풍정이 없는 한실댁만을 여자로서 대해온 그의 눈에는 소청이의 모습이 연연하고 아름답게 보였다. 그런데 마음이 동하지 않는 것이다. 이상하였다. 그렇다고 해서 자리에서 뜨고 싶은 마음은 없었다. 목욕탕에 가라앉은 듯 허황하면서도 움직이기 싫은 노곤한 기분인 것이다.

"영감님은 언제나 냉정하십니더."

소청은 좀 대담해야겠다고 생각하였다. 완곡하게 말하며 원심怨心을 실은 눈을 살며시 들었다. 김약국은 쓰게 웃을 뿐이다.

"지를 찾아오실 때는 무슨 생각으로 오셨십니꺼?"

"발이 절로 오더군."

김약국은 비로소 허허 하고 웃는다. 소청이의 눈이 빛났다.

"참 말씀이 서툽니더. 소청이가 보고 싶어서 왔다고 말씀하실 것이제."

"아무려면 어떠나?"

"신방에 든 새신랑처럼 이렇게 우두커니…… 거문고나 한 곡 탈까요?"

"아니 그만두지. 나는 그런 풍류는 몰라."

"호호호…… 영감님도 그라믄 어쩌란 말입니꺼? 벙어리 놀음을 하시자는 겁니꺼."

"술이나 마시게."

김약국은 술잔을 내밀었다. 한 잔, 또 한 잔, 소청이의 술은 세다.

"영감님?"

"……."

"노는 여자에게는 사랑도 없고 절개도 없는 줄 아시오?"

"……."

"저는 팔자가 기박하여 화류계에 사는 여잡니다. 그러나 이 날까지 어느 누구에게도 마음만은 허락한 일이 없었십니다. 절개는 구중궁궐 속에만 있는 줄 아시오? 이름 없는 노방초도 다 같은 여자, 천한 몸이지만 마음만은 백옥 같습니더."

소청이는 주정 비슷하게 열기 띤 눈으로 김약국을 바라본다.

"옥루몽의 홍랑은 비록 기생의 몸이나 어느 요조숙녀가 감히 그를 따를 수 있었겠십니꺼. 영감님이 노류장으로 여기 찾아오셨다면 저는 돌아가시라고 할랍니더."

김약국은 대답이 막힌다.

"나는 양창국 같은 호걸이 아닌데?"

한다는 말이 멋없게 되어버렸다.

"지도 홍랑이 같은 절색은 아닙니더. 사람의 마음먹기가 그렇지 않다는 이야기지요. 생각하기에 따라 양갓집 규수처럼 쌍가마, 꽃가마는 못 탈 망정 지도 영화를 누릴 수 있답니더. 그러나 영감을 생각할 때 무슨 호강을 해보겠다는 마음은 없었십니더. 영감은 노는 여자라고 천하게 보시고 괄시를 하십니더. 기생 오입은 선비의 체면이 아니라고 생각하시지요? 잘 알고 있십니더."

소청은 훌쩍훌쩍 울기 시작한다. 술은 이 여자를 대담하게, 격렬하게 만들었다. 그러나 김약국은 우는 여자를 달래려고 하지도 않고 물끄러미 바라보다가 자작으로 술을 마신다.

"내가 언제 자네를 괄시했단 말인가?"

김약국은 한참 만에 입을 떼었다.

"지 마음을 몰라주십니더. 밤낮 주야로 생각하는 지 마음을 몰라주십니더."

"울지 말게. 자 술이나 부어."

소청이는 훌쩍거리며 술을 붓는다.

밤에 제법 깊어갔다. 시중들던 계집아이도 자리에 들었는지 집 안은 괴괴하였다.

"소청이."

"예?"

"나인 몇인가?"

"나이도 몰랐십니꺼? 스물아홉입니더."

"음…… 식구는?"

"아무도…… 마산에 형제들이 있십니더."

"그래?"

김약국은 술상을 밀어낸다.

"술이 과했나 분데……."

"밤이 깊었습니다. 주무시이소."

김약국은 조끼 주머니 속에서 회중시계를 꺼내어 본다. 열한 시가 지났다. 그러고 보니 저녁때부터 줄곧 술을 마신 모양이다.

"가실라고 그러십니꺼?"

소청의 눈이 긴장한다.

"가지 말까?"

김약국은 휘청거렸다. 소청이 김약국의 팔을 잡는다.

"넘어지시겠네."

김약국은 푹 쓰러졌다. 소청도 따라 쓰러진다. 김약국은 여자를 밀어내고 비스듬히 몸을 일으키며 고개를 흔들었다.

"술이 과했군."

소청이는 얼른 술상을 들어내고 훔쳐내면서,

"주무시고 가시이소."

그는 송학 그림이 있는 이불장을 열고 양단 이부자리를 꺼내었다. 말끔히 깔아놓고 소청이 돌아본다.

김약국은 꼼짝하지 않고 있었다. 소청이는 좀 망설이다가 손을 뻗쳐 김약국 조끼 단추를 잡았다. 김약국은 그 손을 착 뿌리치면서,

"내가 벗겠다."

"매몰스럽기도……."

이튿날 아침, 느지막이 잠을 깬 김약국은 옆에 자리가 비어있는 것을 보았다. 소청이는 벌써 일어난 모양이다.

"술이 과했구나."

그는 부스스 일어나 옷을 입고 모자를 눌러 썼다. 세수도 하지 않은 채 소청에게 간다는 말도 없이 밖으로 나섰다.

낙성식

새로 모은 배의 낙성식이 있는 날이었다.

"죽이 끓는가, 밥이 끓는가, 온, 나가보시기나 했으믄……."

한실댁이 혼자 몸이 달아서 왔다 갔다 하며 좀처럼 입 밖에 내지 않는 영감에 대한 불만을 표시했다.

의논도 없이 모구리 어장을 한다고 정국주에게 막대한 빚을 내어 일을 벌여놓고는 그 모든 후사를 서기두에게만 밀어붙이니 참을성 있는 한실댁도 딱하고 답답하였던 것이다. 오늘만 해도 배의 낙성식을 보는 큰일을 앞에 놓고 김약국은 사랑에서 나타나지 않았다. 고사는 서 영감이 지내기로 되어 있으나 그래도 주장은 영감이 아니랴 싶은 것이다. 현장에서 돼지 몇 마리를 잡기로 되어 있고 기두가 쫓아다니며 이것저것 주선하고 있으나 집은 집대로 눈코 뜰 사이 없이 바쁘다. 고사음식은 모조리 집에서 장만하여 내보내야 했기 때문이다.

"용옥아, 동문 밖 큰어무이가 안 오시네. 웬일일꼬?"

"그러기요. 아시고 계실 긴데…… 설마 오시겠지요."

용옥은 일손을 멈추지 않고 대답한다.

"아주버니도 안 오시고……."

용숙의 말은 들먹이지도 않았다. 그 일이 있은 후 용숙은 친정에 발을 딱 끊었다. 대하기가 민망스러웠던 모양이다.

정국주 집에서 정종을 두 말 보내오고, 도로골 용란의 시가에서도 갈비 한 짝을 보내왔다. 그러나 사위도 딸도 오지는 않았다. 그것만은 다행이라 한실댁은 생각하였다.

"큰일을 치릴 때마다 이렇게 집안이 외로워서……."

한실댁의 푸념도 무리가 아니었다. 일하는 사람들은 많아도 모두 남이요, 의논할 사람은 용옥이 혼자뿐이니 그럴 수밖에.

"딸자식이라도 많아서 사위들이나 보믄 외롭잖을 줄 알았는데, 정말로 뜻대로 안 되는구나."

요즘 와서 홈싹 늙어버린 듯한 한실댁을 바라보며 용옥은,

"인자 서울 생이가 졸업도 하구 괜찮을 깁니더."

"가아들이사 어디 여기서 살 것가."

학교 졸업을 한 용빈은 봄에 집에 잠시 다녀갔다.

서울에서 학교에 취직이 된 때문에 그는 곧 올라갔으나, 어쩐지 가을의 혼인문제에 대하여 말이 없었다. 홍섭이도 졸업을 하였으나, 고향에 내려오지는 않았다. 한실댁은 용빈의 태도가 궁금하고 영감이 아무 말도 하지 않는 데 불안을 느끼고 있었다.

"어무이, 대밭골 생이 집에서……."

여문이가 돌아왔다.

"동훈이네가 왔나?"

한실댁의 표정이 굳어진다.

"아니요, 할매가……."

그러자 바구니를 인 용숙이집 할멈이 들어선다.

"얼마나 바쁩네까?"

한실댁은 당황하며 할멈의 얼굴을 피한다.

"동훈이 엄마가 바빠서 지를 가라 캅디더."

"······."

"이거 과일입네다. 갖다드리라 해서 왔십네다."

"늙은 사람이, 덕이를 보내지."

말소리가 까칠하다. 한실댁은 저도 모르게 할멈의 비위를 맞추고 있었다.

"덕이는 없습네다."

"어데 가고?"

"버얼써 나갔습네다. 내보냈지요. 머, 적은 식구에 할 일이나 있습네까?"

'배짱이 맞아서 지랄 잘한다. 가씨나까지 내쫓고······.'

한실댁은 할멈의 상판이 보기가 싫었다. 그러나 참는다.

"자, 저기 마리에 가서 앉으소. 떡이나 묵고 가소."

"뭐 바쁜데 그만 갈랍네다."

구미가 동하지만 슬그머니 사양하는 체한다. 그런데 어딘지 도도한 태도다. 그와 반대로 한실댁은 할멈을 미워하면서도 죄지은 사람처럼 풀이 죽는다.

"그러지 말고 좀 묵고 가소."

한실댁은 여문이를 시켜서 음식을 차려 오게 한다. 여문이는 미심쩍은 듯 할멈을 힐끔힐끔 쳐다보면서 나간다. 한실댁은 바빠서 죽겠다는 시늉을 하고 할멈 앞을 비켜 부엌 쪽으로 갔다. 일이 손에 잡히지 않았다.

'저 요구조리 같은 입에서 말만 나오믄……'

멍하니 오가는 사람을 바라본다. 할멈은 실컷 먹고 일어섰다. 뼈가 앙상한 손으로 입을 닦으며 어슬렁 부엌으로 한실댁을 찾아왔다.

"인자 많이 얻어묵었으니께 가볼랍네다. 자알 묵었구마요."

한실댁은 놀란 토끼처럼 발딱 일어섰다.

"와 더 묵지."

"배가 터지게 묵었구마요."

"할매, 그라믄 여기 좀 있으소."

한실댁은 무슨 생각에선지 급히 방으로 들어갔다.

그는 서랍 속에서 오 원짜리 한 장을 꺼내어 손바닥 속에 꼭 눌러 쥐고 나왔다.

"아수울 때 쓰소."

할멈 손에 살그머니 쥐여준다.

"아이구, 이거 와 이라십네까?"

"아무 말 말고……"

할멈을 쳐다보는 한실댁 눈에는 슬픔과 두려움과 그리고 미움이 뒤섞여 심한 혼동을 일으키고 있었다.

밤이 이슥해지자 작업복을 입은 기두가 들어왔다.

"아, 이 사람아, 고사는 끝났는가?"

"예."

기두는 무거운 표정으로 대답하며 방으로 올라왔다. 한실댁 옆에 앉아 있던 용옥이 얼른 비켜난다.

"수고했다. 그래 아부지는?"

"집으로 바로 가싰십니더."

"와! 집에 들렀다 안 가시고."

기두는 대답이 없다. 그리고 얼굴을 찌푸렸다.

"무슨 일이 있었나?"

"뱃놈이란 할 수 없습니더."

"……."

"고사도 지내기 전에 어떤 놈이 그랬는지……."

"……."

"산다이떡을 그만 누가 들고 가버렸습니더."

"저, 저런……."

한실댁의 얼굴이 긴장한다.

산다이떡이라 함은 일본인들이 고사 때 차려놓는 커다랗고 둥글게 빚은 찹쌀떡을 말한다. 모든 면에서 일본식을 많이 본 뜨고 있지만 어장에서는 특히 일본식 어업법을 따르고 있으므로 어장에 관한 용어나 풍속 같은 것은 거반 일본식이었다.

"우리 정성이 부실해서 그런가?"

두 사람은 서로 마주 보며 근심에 싸인다. 대수롭지 않은 일이라면 그만이겠으나, 고사도 지내기 전에 제물의 중심인 그

산다이떡이 없어졌다는 것은 기분 좋은 일이 아니다. 더군다나 어장 하는 사람들의 신에 대한 외포심畏怖心은 강하다.

"사를 지킬라믄 한이 있습니까?"

기두는 마음을 고쳐먹고 불쾌감을 참으려고 한다.

"이 사람아, 그럴 게 아니라. 좋은 일은 몰라도 궂은 일은 꼭 닥치더만. 영감이 도무지 베멘해서 애가 타지. 아 시상에 한분 나가시서 둘러보시기라도 했음……."

"어른 성질이 그러시니 할 수 있습니꺼?"

"물에서 걷어가지고 사는 세상에 물이 어디라고 베멘히 할 것고."

두 사람은 한참 동안 말없이 우두커니 앉아 있었다.

"그래 이번에 가믄 자네는 언제쯤 돌아오게 되나?"

"추석에는 오게 될 깁니더."

"음, 그런데 자네 아부지가 용옥이 말을 하던데……."

한실댁은 기두의 눈치를 살핀다. 기두는 잠시 눈을 떨어뜨렸다.

"차차…… 어르신께 의논하겠십니더."

그러고는 얼른 일어섰다. 사랑으로 간 기두는 고사가 끝난 것을 보고했으나 산다이떡이 없어진 말은 하지 않았다.

"저, 그리고 모구리들이 자꾸 말썽을 부리는데……."

김약국은 천천히 담배를 붙여 물면서 눈을 좁힌다. 다음 말을 이어보란 표정이다.

"모레 떠나게 됐는데, 지금에 와서 돈을 더 주겠다는 데가 있느니 어쩌니 하고……."

"그래서?"

"뻔하죠. 돈 좀 더 달라는 수작입니더."

제주도로 떠날 배는 두 척이었다. 한 척은 신조된 것이요, 한 척은 헌 배를 사들여 수리한 것이다. 배 한 척에 잠수부가 네 명씩 모두 여덟 명이요, 그밖에 기관장, 화장 등 여러 명이다.

잠수부는 보통 어장에 있는 젓꾼들과 다르다. 그들은 어엿한 기술자이기 때문에 배짱이 세고, 성질도 더 거칠었다. 그도 그럴 것이 잠수질이란 목숨과 바꾼 직업이다. 가장 사고가 많고 바닷속에서 한번 마비가 오면 그만이다. 일 년에 몇몇씩은 반드시 희생자가 났다. 대개는 가난한 어부의 자식들이 가족을 살리기 위하여 이 직업을 배우고 모험심이 강한 젊은이들이 돈에 매력을 느껴 뛰어든다. 바다에 매달려 사는 사람치고도 제일 막가는 직업인 것이다. 그래서 보수는 월등히 많았고 선금 지불이며, 가족들의 일 년 동안의 생계를 마련해놓고 제주도 혹은 일본 등지로 떠난다. 개중에는 술과 여자에 진탕 써버리는 사람도 많았다.

"자네가 적당히 하게."

김약국은 또 기두에게 일임하고 만다.

통영의 어장 일은 일단 서 영감이 맡아보기로 했다.

기두는 배 두 척을 끌고 제주도로 향하여 떠났다. 새로 모은 남해환南海丸과 수리를 한 춘일호春日號가 나란히 적당한 간격을 두고 항구 밖으로 나갔다. 깃발이 나부낀다. 춘일호 갑판 위에 서서 기두는 발동기의 음향에 귀를 기울였다. 이상이 없다. 기름에 전 작업복을 입은 기관사가 기관실에서 얼굴을 쑥 내밀고 기두를 쳐다보며 씩 웃는다. 얼굴이 검어서 그랬는지 별나게 이빨이 희게 보였다. 남해환에서는 화장으로 일하게 된 영삼이 두리번두리번하며 무엇을 찾고 있는 모습이 눈에 띈다.

"오오잇! 화장! 저녁밥 많이 해라잇! 밥통이 비었다아!"

기관을 시험하느라고 육지에서 점심을 거른 기관장이 소리 친다.

"걱정 마이소오!"

영삼이 춘일호에서 손을 흔들며 소리를 질렀다.

"요기할라나아?"

기두는 슬며시 돌아서며 묻는다.

"아아, 배고파 죽겠다."

기관장은 기관실에서 기어 나왔다. 얼굴이고 손이고 온통 기름투성이다. 기두는 선실에서 백설기와 건어 찐 것을 가지고 나왔다. 한실댁이 보낸 것이다. 기관장은 갑판 위에 퍼질러 앉아서 입이 미어지게 백설기를 집어넣고 우물거렸다.

"거 날씨 조옿다."

잠수부 김씨가 어슬렁어슬렁 걸어 나온다.

"물속이 환하구나."

"흥, 모구리는 물속밖에 모르네. 하늘은 푸르고 안 맑은가?"

기관장이 싱겁게 핀잔이다.

"거 안주 좋은 것 있구마. 술을 가지와야제?"

김씨는 선실로 들어가더니 소주 한 병을 가지고 나와서 기관
장과 마주 앉는다.

"기두, 한잔 안 할라나?"

기두는 고개를 쩔쩔 흔든다.

"한잔하지."

"그만두겠소. 기관장한테 너무 권하지 마소."

"허 참, 걱정 마라."

기두는 멀어져 가는 뭍을 바라보고 서 있었다.

"거 도미나 한 마리 찔러서 사시미나 해 묵었음 좋겠다."

기관장은 소주를 쭉 들이켜고 나서 건어 찐 것을 쩝쩝 씹으
며 말한다.

"뱃놈이 개기 타령하믄 어짜노? 내일 저녁이믄 입에서 신물
이 나도록 묵을 긴데."

잠수부들은 물속에서 패지를 파고 전복 따위를 따지만 물속
에서 큰 고기를 만나면 찔러서 잡기도 한다.

"제주도 개기는 맛이 있어야제."

"그렇기는 해."

김씨도 인정을 한다.

"크기만 했지 전복도 통영 전복 맛을 당할 수 있나. 살이 무르고 맛이 니글니글하지."

"전복이 사람 잡아묵은 이야기할까?"

김씨는 벌건 목줄기를 쓸어보며 말했다.

"문어가 사람 잡아묵는 이야기는 들어도 전복이 사람 잡아묵는다는 말은 초문인데."

기두은 여전히 말참견을 하지 않고 담배만 피우고 있었다.

배는 쾌속으로 달린다. 남해환에서는 영삼이 지나가는 객선을 향하여 손을 흔들며 벙실벙실 웃고 있었다. 그는 즐거운 것이다. 멀리 나가는 것이 좋았고 보수가 많아서 좋았다. 갑판 위에는 늦봄 햇볕이 뜨겁게 내리쬔다.

"제주도 비바리 애긴데, 참 그 처니는 자알생겼더란다."

김씨는 입맛을 쭉 다신다.

"보재기질도 제일 잘했고 돈도 많이 벌었더란다. 정혼한 곳이 있어 혼수도 푸지게 장만하고……."

"허 개복 만났구마, 그놈의 신랑. 나도 그런 각시나 하나 만났음 얼매나 좋겠노! 좀 놀고묵게. 세상에서 보재기 서방같이 편한 놈이 없다는데."

"허 참, 남 이야기에 티 넣지 마라. 그런데 그 처니는 동무들

몰래 혼자만 가는 장소가 있었다 카는데, 고기이 어찌 꾀가 많든지 누가 따라갈라 카믄 구신같이 피해가지고 혼자만 간다는 기라. 그래서 다른 보재기들보다 언제나 전복 고동을 많이 따와서 알찌게 돈을 벌었더란다. 어느 날 한참 물속에 들어가서 보재기질을 하다가 점심때가 되어 뭍에 올라와서 불을 놓고 점심을 묵을라 카는데 도무지 그 처니가 올라오지 않더라 이 말이지."

"죽었나?"

"죽었지. 영영 그만이지. 부모들이 시체를 찾을라고 헤맸으나 영 종무소식, 아아 그래서 굿을 하고 별의별 짓을 다 했으나 시체는 뜨지 않드란다."

"전복한테 잡아묵힜이니 뜰 수가 있나?"

"하하이 참, 이야기나 들어. 그런데 그 처니가 시집갈 총각에게 한 말이 있었다는 기지. 그래 그 총각이 대강 어중잡고 처니가 말하던 곳에 들어가지 않았겠나? 그랬더니만 그 물속에 큰 아주 큰 굴이 있었더라는 거다. 그 속에는 몇천 년을 묵은 전복, 홍합, 굴이 마치 누릉밥같이 붙어 있더란다."

김씨는 마치 눈앞에 그 광경을 보기라도 한 듯 손짓을 하며 과장을 한다.

"그런데 말이지, 큰 바위에 처니 머리채가 찰싹 붙어 있더라 안 카나."

"굴속이 돼놔서 시체가 안 떠올랐구마."

"그기 아니지. 총각이 바위라고 본 기이 바로 전복이 아니겠나? 허 참 그 전복이 처니를 빨아땡깄지. 그래 머리채만 남은 기라."

"에키 이 사람, 그런 큰 전복이 어디 있노?"

"와 없어?"

"아 그래, 사람 하나를 온통 삼켰단 말이제?"

"그러모. 바위만큼 큰 놈이니 그냥 녹여 묵었제."

"자네가 봤나?"

"보기사 안 했지만 그거 정말이다."

"총각은 안 잡아묵었나?"

"겁이 나서 달아났지."

"자네도 조심해야겠다. 계집자식 두고 전복 밥이 돼서야."

"다 팔자지, 팔자라. 그렇게 죽으라는 운명이제."

"아아, 엇!"

기관장은 일어서며 두 팔을 쭉 뻗고 기지개를 켠다.

"언제나 한밑천 잡아서 남들처럼 뭍에서 사노. 빌어묵을……."

"내사 갑갑해서 뭍에서는 못 살겠더라. 신이 붙었는지……."

"천상 개기밥이 되라는 팔자로구나."

기관장은 슬슬 돌아다니다 기관실로 기어들어간다.

"기두."

"……."

김씨는 벌겋게 술이 오른 입에 웃음을 띠며 말없이 우두커니 서 있는 기두 옆으로 간다.

"자넨 이번에 한 행비 하고 오믄 좋겠구마."

"왜요?"

"왜라니? 장가가지 않나?"

"장가……."

기두는 시덥잖다는 듯 픽 웃는다.

"김약국 딸하고 혼인한다믄?"

"누가 그런 싱거운 소릴 하던가요?"

"바로 자네 춘부장이 하데그래."

기두는 얼굴을 찌푸리고 외면을 한다.

김씨는 무슨 말을 걸려다가 우울해 보이는 기두를 내버려두기로 작정한다.

"아아, 내사 모르겠다. 노름이나 한판 칠까?"

그는 선실 옆에 걸어놓은 고무로 만든 잠수복을 한번 만지다가 선실로 들어간다.

육지는 아득했다. 그새 배는 퍽 많이 달린 모양이다. 해도 제법 기울어졌다. 기두는 서 영감 말대로 용옥이만 한 색싯감은 별로 없다고 생각하고 있었다. 그러나 용란에 대한 미련을 뿌리칠 수는 없었다.

나라 없는 백성

배가 떠난 그날 저녁때 중구 영감이 김약국댁에 왔다. 안색이 좋지 않았다.

"아주버니!"

한실댁이 반가워서 얼른 뜰로 내려섰다.

"김약국 계신가요?"

"예, 사랑에 있습니다."

"제수씨, 이번에 욕보셨지요?"

"지가 뭐 욕볼 것 있습니까. 그런데 성님이 어디 편찮으십니까?"

"아니요."

중구 영감의 어조는 무겁다. 그는 사랑으로 들어간다.

"형님 오십니까?"

김약국이 얼른 마루로 나왔다.

중구 영감은 방으로 들어가면서,

"배는 떠났다며?"

"예."

"분주했겠구나."

"기두가 일을 다 봤으니 제야 뭐."

"기두는 거 젊은 놈이 사람이 됐더군."

"만사를 다 그 사람에게 맡기죠."

중구 영감은 버선등을 슬슬 만진다.

"나는 시끄러운 일이 좀 있어 와보지도 못하고, 배가 떠났다니 다행한 일이군."

"시끄러운 일이라뇨?"

"경찰서에서 형사 놈들이 와가지고 가택수색을 하고 지랄을 하니……."

"무슨 일로 그러십니까?"

"태윤이 녀석이 일본서 붙잡혀갔다누만."

"태윤이가!"

김약국은 적이 놀란다.

"어찌 된 영문인지 도무지 알 수가 있어야지."

"뻔한 일이죠. 젊은 사람이 잽혀갔다면 사상문제겠지요."

"설마 염치없는 짓을 해가지고 잽혀갔겠나마는, 온, 머리 골치 아픈 일이지."

두 사람은 다 같이 침울한 표정으로 마주 볼 뿐이다.

"정윤이에게 기별을 했습니까?"

"전보를 쳤는데, 그 애가 오면 일본으로 가봐야겠네."

"그렇게 하셔야지요."

"세상이 이리 분분해서 마음 놓고 살겠나? 하기사 나라 없는 백성이니 죽으라면 죽었지. 기가 막히는 세상, 도무지 아니꼬워서 늙은것들도 분통이 터지는데 젊은 놈들의 혈기에 가만히 있겠나 말이다."

울적한 속에도 은근히 아들을 두둔한다.

"나무도 절이 세면 부러진다는데, 왜놈들도 평생을 영화를 누리겠습니까?"

"어느 시절에? 우리 생전에는 다 틀렸다."

중구 영감의 홀딱 깎은 머리와 긴 수염이 흔들린다. 그들은 다시 침묵에 빠진다.

"주안상 차려올까요?"

뜰에서 여문이가 말하였다.

영감은 묵묵히 앉아 있었다. 어느새 불이 들어왔는지 방 안은 불그레한 색채가 가득 차 있었다.

"주안상 들여올까요?"

여문이는 방 옆으로 바싹 다가서며 또 묻는다.

"음? 아, 그래."

김약국은 그때에야 여문이의 말을 알아듣고 대답을 한다.

"그 자식이…… 성질이 팔팔해놔서 적잖이 욕을 볼 거요."

줄곧 그 일을 생각하고 있었던 모양으로 푸듯이 뇌었다. 김약국 역시 그 생각을 하고 있었다.

"제발 병신이나 되지 말아얄 긴데……."

"설마……."

"재작년에 학생들이 그 난릴 해놔 추달이 심할 거로."

"하기는……."

"무자식 상팔자라더니, 자식이란 다 길러놔도 부모가 걱정하기는 마찬가질세. 눈어덕에 흙이 들어가기 전에는. 집사람도 머리 싸매고 드러눕고…….”

중구 영감의 태도는 여느 때와 다름없었으나 버선 신은 발을 쓸어보는 도가 잦았고 담배는 연상 문 채다.

주안상이 들어왔다. 그들은 내키지 않는 술잔을 비운다.

“용빈이는 서울서 교사질을 한다며?”

“예.”

“가을에는 혼인할 아이가 취직을 하면 어쩌누.”

“다 생각이 있었지요.”

“용빈이 같은 아이는 대국 땅에 혼자 갔다놔도 탈이 없을 아이긴 하지만…….”

중구 영감은 입맛을 쩍쩍 다신다. 그는 여전히 정국주 집과의 혼인을 마땅히 여기지 않는 모양이다.

“일전에 정국주가 와서 혼인 말을 합디다만.”

“다 된 혼산데 또 무슨 말인고?”

“아니 용빈이 말구, 정윤이를 두고 합디다.”

“뭐? 정윤일?”

“예.”

“아무리 내 아들이 못나도 그놈의 집구석하고 혼인 안 할라네.”

노기등등해서 눈까지 부라린다. 김약국은 슬그머니 웃는다. 다른 사람 같으면 감지덕지하고 덤빌 것을 형님의 고집도 어지간하다 생각하니 우습기도 하고 용빈의 일이 생각되어 한 줄기 그늘이 스치기도 한다.

"이미 된 일이니 할 수 없는 노릇이나, 용빈이를 그 집에 보내는 것도 나로서는 언짢은데…… 사람이 있고 없고 간에 마음이 곧아야지. 어디 부모 안 닮은 자식이 있던가?"

"어디 자식이 저저이 부모를 닮습니까."

"으음, 그렇지. 팔자소관이야 할 수 없는 일이지만…… 부모가 선하면 자식도 남 못할 짓은 안 하는 법이다."

중구 영감은 용란을 두고 말하는 모양이다. 그로서도 말을 하다 보니 김약국 마음을 언짢게 했구나 싶었다. 그는 술잔을 얼른 들었다.

"바람이 부는가 분데."

중구 영감이 귀를 기울인다. 나뭇가지가 흔들리고 있었다.

"큰 바람은 아닙니다."

"뭐 별일이야 없겠지. 거긴 제주도에 다 갔을 거로."

"아마 그럴 깁니다."

중구 영감이 돌아간 뒤 김약국은 마누라를 불렀다.

"불렀십네까?"

한실댁은 불안한 표정으로 사랑에 들어왔다. 그는 영감이 기생 소청이 집에 드나든다는 소문을 듣고 있었다. 아마 소청이를 소실로 맞아들일 생각으로 의논을 하려고 불러들이나 보다 그렇게 짐작을 했다.

"동문 밖에 좀 가봐야겠는데……."

김약국은 되도록 마누라의 시선을 피하며 푸듯이 뇌었다.

"지금 막 아주버니께서 다녀가셨는데요?"

"다녀갔으니까 그러는 거지. 당신이 가봐야겠소."

"지가요?"

김약국은 잠시 무엇을 생각하다가 문갑 옆에 놓인 금고를 열고 십 원짜리 지폐를 열 장 세어서 봉투에 넣는다.

"이걸 갖다 드리고……."

"무슨 일이 있었습네까?"

한실댁은 김약국의 어두운 낯빛을 살피며 조심스럽게 묻는다.

"태윤이가 일본서 잡혀간 모양이오."

"예? 태윤이가요?"

한실댁은 깜짝 놀란다. 용빈이 때문에 놀란 가슴이라 더욱더 무서운 생각이 들었던 것이다.

"저, 정말입네까?"

"지금 형님이 오셔서 그러시는구먼. 정윤이가 준비해 가겠지만 역시 그런 일에는 돈이 있어야지. 일본으로 가신다는데……."

봉투를 밀어준다.

"이 일을 어쩝네까?"

안절부절못한다.

"형수께서 몹시 상심한 모양이니 당신이 가서 위로라도

하소."

"어이구, 세상에 무슨 일이······."

"어서 가보기나 해요."

김약국은 짜증을 내듯 얼굴을 찌푸린다. 허둥지둥 나가는 마누라의 뒷모습을 바라보며 김약국은 담배를 붙여 물었다.

소청이 집에 드나들며부터 김약국은 마누라를 대하기가 거북하다. 아는지 모르는지 알 수 없었으나 마누라는 통 말이 없어 더욱 어색하였다. 아들이 없으니 소실이라도 얻으라고 권하던 마누라인 만큼 불평을 하지 않을 것이라 생각하면서도 김약국은 그 일을 마누라에게 알리고 싶지 않았다. 그리고 특별히 소실이니 뭐니 하고 이름을 붙여서 소청이를 영구히 가지고 싶은 마음도 내키지는 않았다.

실종

배가 제주도로 떠난 뒤 일주일이 지났을 때 뜻밖에 일본 나가사키[長崎]에서 전보가 한 장 날아왔다. 풍랑에 떠밀려 일본까지 춘일호가 왔다는 것과 남해환의 소식을 모른다는 것이다.

"으흠······."

전보를 든 김약국은 낮게 신음하였다. 꿈에도 생각지 못한 흉사였다. 배가 떠나던 날 밤 바람이 거실거실 일기는 했지만 항해하는 데 지장이 있을 만큼 큰 바람은 아니었다. 전보가 온 이틀 후, 다시 기두로부터 자세한 내용의 편지가 도착하였다.

남해환의 행방을 몰라서 마음이 조급하오나 우선 한 자 써 올립니다. 남해환과 춘일호는 초저녁까지 무사히 항해를 했사오나 무슨 까닭인지 남해환에 다소 침수가 있어 선원들이 애를 먹었습니다만 육지도 얼마 멀지 않으므로 항해를 계속하였던 바 이번에는 설상가상으로 춘일호가 기관 고장을 일으켜 바다에 머물게 되었사옵니다. 때마침 풍랑이 일어 춘일호는 표류하기 시작하고, 남해환과 떨어진 채 사흘 낮 사흘 밤을 떠내려가다가 일본의 상선을 만나 지금 나가사키에 와서 파손된 배를 수리하고 있사옵니다. 뜻하지 않은 재난으로 어르신께 끼치는 심로를 생각할 때 다시 뵐 낯이 없을 것 같사옵니다—.

김약국은 다음을 읽지 못하고 멍하니 앉아 있었다. 남해환으로부터 아무런 소식이 없으니 십중팔구 화를 입었음이 분명하다. 집안이 발칵 뒤집어졌다. 김약국은 집안 식구들에게 기두가 돌아올 때까지 말을 내지 말라 일렀으나, 어디에서 소문을 들었는지 선원들의 가족들이 몰려와서 집 안은 수라장이 되었다.

"아이고매! 우찌할꼬! 우리는 다 죽었네!"

파뿌리처럼 흰 머리칼을 휘날리며 노파가 땅을 치고 젊은 아낙은 젖먹이를 둘러업은 채 팥죽 같은 땀을 흘리며 그저 이리 갔다 저리 갔다 한다. 아이들은 왕왕거리고.

"모두들 진정하소. 사람이 와야 알 일이 아닌가?"

김약국은 이 소동에 뜰 안으로 나와 가족들을 무마하려 했으나 그 자신이 더 기진해 있었다.

기두가 돌아올 때까지도 남해환으로부터 아무런 소식이 없었다.

"얼매나 고생을 했는가?"

한실댁은 수척한 기두를 맞이했다. 두 사람의 눈이 부딪쳤을 때 그들은 다 같이 없어진 고사떡 생각을 했고, 그 생각은 동시에 상통되었다. 사랑에 들어갔을 때 김약국은 이미 모든 것을 체념한 듯 가만히 앉아서 고개만 들었다.

"뵐 낯이 없습니다."

납작 엎드리듯 몸을 수그린다.

"당한 일은 기왕 당했지만 뒷일이 큰일일세."

푸듯이 뇐다.

"큰 바람이 분 것도 아닌데…… 마치 구신에 홀린 것처럼…… 지내놓고 보니 남해환의 사람들이나 옮길걸 그랬습니다."

"그러기…… 배는 없어져도 사람이나 상하지 않았더라면……."

"어디 먼 곳에나 떠밀려갔는지도 모르겠십니더."

그렇게 되기를 간절히 바라며 기두는 희망을 버리려 하지 않는다.

"기다려보는 수밖에……."

암담한 기분으로 마주 보고 앉아 있을 뿐 아무런 대책도 없었다. 요행을 바라고 기다리는 수밖에 없다. 뜰 안에서 와글와글 떠드는 소리가 들려온다. 기두가 돌아온 소식을 듣고 실종된 선원들의 가족이 또다시 몰려온 것이다.

　기두는 밖으로 나갔다. 양 볼이 홀쭉해지고 눈에 핏발이 서 있었으나 걸음걸이는 침착하다. 기두의 모습이 나타나자 일순간 사방은 잠잠해졌다. 그러나 눈, 눈, 무수한 눈이 기두의 얼굴을 쏜다. 기두는 이마를 짚었다. 용옥과 한실댁이 풀이 죽은 채 마치 비 맞은 병아리처럼 우두커니 서 있었다.

　"니는 살아 왔고나!"

　노파가 돌연 외쳤다.

　"우리 만수는 어디 갔노!"

　주먹으로 땅을 친다. 기두는 묵묵부답이다.

　"내 자식 내놔라! 니는 왔는데 만수는 어디 갔놋! 우리 만수는 어디 갔놋! 늙은 에미 두고 어디 갔노오, 아이구우 만수야아."

　노파의 울음이 신호가 되었던지 다른 가족들 입에서도 일제히 통곡이 쏟아져 나왔다.

　"아이고! 아이고! 내 자식아! 박복한 내 자식 아아 남들은 따신 방에 잠자는데 동지섣달 설한풍에 천길 물속에서 몇만 년을 살갔다고, 없는 기 한이로구나아! 나는 어짜라고 니만 갔노오."

　노파는 구슬프게 자지러지게 가락을 뽑는다. 팥죽같이 땀을 흘리고 있던 아낙이 등에서 몹시 보채는 젖먹이를 돌려서 안고 젖을 물린다. 어린것은 기갈이 난 듯 젖을 빠는데 젖이 나지 않는 모양으로 앙앙거린다. 어린것을 내려다보는 아낙의 눈에서 닭의 똥 같은 눈물이 뚝뚝 떨어진다.

"니가 와 생깄노?"

기두는 한마디의 말도 없이 장승처럼 서 있었다. 용옥과 여문이는 부엌에서 쑤어낸 깨죽을 날라다가 울고 있는 사람들에게 권하였다. 노파는 열심히 권하는 용옥을 거들떠보지도 않고 여전히 슬픈 가락을 뽑고 있었다.

기두는 언젠가 한번 어장에 영삼을 찾아온 일이 있는 영삼의 모친을 바라보고 있었다. 그 여자는 담배를 피우고 있다가 여문이가 주는 깨죽을 얼른 받아 들고 한 손으로 담배를 비벼 끄더니 숟가락을 들었다. 그 여자는 영삼의 계모였다. 여수에서 올라와 벌써 여러 날째 김약국집에 묵고 있는 것이다.

'불쌍한 놈!'

기두는 심장이 짜릿한 것을 느꼈다. 주근깨가 많았던 얼굴, 섬에서 일하기보다 배 타기를 그렇게 좋아하고 장차 기관장이 될 것을 유일의 희망으로 알던 영삼이었다.

"그만, 그만, 대강 하지. 이렇구고 있음 우짜란 말고?"

언제 왔는지 서 영감이 투덜대듯 말하고 있었다.

"다 살라고 한 거인데 인력으로 마음대로 되든가. 이 댁도 망하게 생겼는데 불난 집에 부채질한다고 밤낮 와서 통곡을 하믄 어쩌란 말고?"

기두가 오기 전에 서 영감은 어지간히 당한 모양이다.

"뭐가 어짜고 어째앳! 이놈의 영감쟁이! 니 자식은 살아 왔으니 좋제! 좋제!"

노파는 발딱 일어서서 서 영감 앞에 다가오더니 삿대질을 한다. 서 영감이 슬그머니 비켜선다.

"이 집이 망하거나 흥하거나 무슨 상관고? 나는 내 자식을 잃어삐렸다! 천금 같은 내 자식을 잃어삐렸다. 으으흣!"

노파는 땅바닥에 고꾸라지듯 하며 손톱으로 흙을 긁으며 흐느낀다.

"할매, 아직은 모릅니더. 누가 압니꺼? 어느 섬에라도 떠밀려가 있는지. 이러고 있을 기 아니라 희망을 가집시다."

기두는 노파의 등을 쓸어주며 희망과는 반대인 절망을 되씹는다.

해는 기울고 멀리 공지섬 위로 요괴스러운 붉은 구름이 몰려가고 있었다. 갈매기마저 붉게 물든 날개를 뻗고 갓난아기와 같은 울음을 울며 고기 떼를 쫓아 바다 위에 날아내린다.

형제

태윤이는 가슴에 베개를 받치고 엎드려 책을 읽고 있었다.

정윤이는 비스듬히 벽에 기대 앉아 손톱을 깎고 있었는데 수염 자국도 없으리만큼 곱게 면도질을 한 얼굴은 차가웠다. 그들은 다 같이 안경을 쓰고 있었다.

윤씨는 아들 옆에 앉아 바느질을 하고 있다가 일거리를 주섬주섬 반짇그릇에 거둬 넣으며,

"두 집이 다 올해는 죽을 운순갑다. 한실댁의 속이 얼마나 타겠노. 김약국은 영 세정을 모르고……."

혼자 군소리 비슷하게 하더니 저녁 준비를 위하여 부엌으로 나간다.

태윤이는 유치장에서 한 달 만에 나왔다. 함부로 조선독립이니 뭐니 하고 떠들다가 붙잡혀 간 모양으로, 그 밖에 어떤 사건에 연루된 것은 아니었다. 무슨 뾰족한 행동 때문이 아니고 시덥잖은 말 몇 마디로 그렇게 된 것이니 본인도 실수라 생각했음인지 그 일에 대하여 통 말을 하지 않았다.

"간창골 아저씨 댁도 골치 아프게 생겼다."

정윤이는 손톱을 깎으며 뇌었다. 창에서 뻗쳐 든 광선이 그의 널찍한 이마 위에 미끄러진다.

"워낙 부잔데 그까짓 것쯤이야……."

태윤은 책을 덮고 머리맡의 담배를 끌어당긴다. 얼굴이 다소 파리하였다. 그러나 표정은 침체되어 있지 않았다.

"배 한 척이 없어졌다고 아저씨 댁이 망하기야 할까마는, 밤낮 그 유족들이 와서 벌통을 쑤셔놓은 듯 와글거리니 골칫덩어

리지."

"그야 할 수 없지요. 생활보장은 해주어야지요."

정윤은 고개를 들고 태윤을 쳐다본다.

"야, 그 싱거운 소리 하지 마라. 백만장자라도 못 당하겠다."

"그럼 가족들은 모두 굶어 죽어도 상관없단 말이오?"

힐난조다.

"다 살게 마련이지. 죽은 뱃놈들의 가족 치다꺼리까지 하려다간 어장 해먹을 사람은 없을 게다."

정윤은 다시 손톱을 톡톡 자른다.

"형은 언제부터 부르주아 편이 되셨던가요?"

"날 때부터지. 개인의 능력은 개인의 소유거든. 그러나 딱하게도 나는 지금 빈털터리다."

"가까운 장래에는…… 그렇게 된다 그 말씀이군."

태윤은 콧구멍으로 연기를 내뿜으면서 한껏 비꼬아준다.

"아암, 물론이지. 내 능력을 총동원하여 잘살아보겠다. 가난뱅이들한테 뽐내보는 거지."

농담인지 진담인지 엷은 미소를 띠었다.

"비굴에서 시작된 에고이즘이군. 형은 옛날에는 그렇지 않았다."

태윤은 담배를 비벼 끄고 반듯이 드러눕는다.

"나는 너처럼 이상주의자도 아니고 사회개혁론자도 아니다. 말하자면 너처럼 허풍쟁이가 아니란 말이다. 실상 너는 사상이

니 뭐니 하지만 자신은 지리멸렬이다. 모순덩어리다. 너의 이
상이라는 건 자가당착의 표상이란 말이야. 나는 그게 우습다는
거다."

정윤도 태윤의 열변을 어지간히 들은 모양이다.

"비겁하고 소심한 자의 변辯이 항용 그러합디다. 무사상無思想
에서 오는 약삭빠른 부정이죠. 아무것에나 적응해 나가려는 약
자들의 자기 합리화거든요."

태윤이도 지지는 않는다. 그러나 정윤의 여유에 비하여 열기
가 촉박하였다.

"너는 허공에다 주먹질을 하고 있다. 아무것도 되는 일은 없
을 게다."

"허공에 주먹질하고 있다고요? 천만의 말씀입니다. 나는 인
간이란 명확한 대상을 향하여 내 젊음을 발산하고 있는 거요.
어째서 인간이 허공이란 말이요?"

태윤은 제스처를 쓰며 연설조다.

"인간? 흥, 그 인간이 도시 뭔가? 인간은 허공의 산물이요,
허공의 종말이 아니던가?"

정윤은 농치듯 말한다.

"위대하신 석가의 말씀 같으신데요. 그게 단가요? 개인의 능
력의 소유를 주장하고 악착같이 잘살아보겠다 했는데, 이제 와
서 허무를 들고 나오니 대체 어느 게 참말입니까?"

"논쟁에는 흥미가 없다. 하여간 너는 과대망상증에 걸려 있

어. 너의 그 크나큰 사상과 이상은 영웅들에게나 맡겨둬라. 네가 항상 말하는 그 영웅들에게 말이다. 너는 네 분수에 넘는 망상에 사로잡힌 환자다. 너의 행위는 일보의 전진커녕 백보의 후퇴가 아니냐 말이다. 바로 이번 일이 그 표본이다. 넌 대체 뭘 했냐 말이다. 쓸데없이 아가리 놀린 것밖에 더 있었나? 그 아가리 놀린 것으로 누구 한 사람이 구제됐는가? 바늘귀 떨어진 것만큼이라도 조선의 자주성에 도움이 되었단 말인가? 너는 매만 맞고 집안을 시끄럽게 했을 뿐이지 일본 놈의 통치는 끄덕도 하지 않았다."

정윤은 손톱을 사각사각 갈면서 타이르듯 말하였다.

"보리 이삭을 하나 땅에 뿌려서 반드시 그게 납니까? 난다면야 그건 지극히 정확한 얘기죠. 그러나 사실에 있어서 그렇지 못하거든요. 부정확한 것을 많이 던졌다가 후일에 커다란 성과가 나는 것은 모르시는군."

"한 알의 보리 이삭의 비유는 좋다만 정확한 하나에 충실하면 됐지, 허실한 열을 생각해 뭣하누."

태윤은 답답하였던지 벌떡 몸을 일으켰다.

"패기도 없고 정열도 없고, 마치 홍섭이 같다!"

"홍섭이? 아아 용빈의 리베 말인가?"

도무지 무반응이다. 그럴수록 태윤은 열이 난다.

"형은 소위 과학자죠? 그렇죠? 나 같은 허풍이는 물론 아닐 겁니다. 형은 모든 진실이 가설에서 시작된다는 것을 왜 모르오?"

진실이 의심의 과정이라 했는데 이번에는 그 의심을 가설假說이란 표현으로 대치시켰다.

"나는 스스로 진리 탐구자 되기보담 현실의 이행자가 되려네, 자신을 위하여. 자유 아닌가?"

"탐구가 없는 곳에 이행자가 있을 수 있어요? 출발이 없는 곳에 목적이 있어요?"

"너의 논법은 시인해주겠다. 그러나 누구든지 탐구자가 될 수는 없다. 그러기에 내가 뭐랬어? 너보고 과대망상증에 걸렸다고 하지 않았나?"

"나를 묶어두려고 의식적으로 과소평가를 하는군. 허지만 난 언제나 걸어갈 것입니다. 그러면 부딪칠 것입니다. 반드시 무엇에 부딪칠 것입니다. 만일 사람이 형과 같이 안일하게 산다면 그건 사는 게 아니고 죽은 겁니다. 역사는 없을 겁니다."

"역사가 없음 어떠냐? 역사는 곰팡내 나는 기록이지, 사람은 어떤 입지적 조건이나 생활양식 속에서도 그 당대를 살게 마련이니까."

"교묘한 회피군요. 물론 나도 역사는 그 당대에서 끝나는 거라 생각해요. 허지만 끝나면 다시 시작되죠. 마치 사람이 죽고 또 사람이 태어나듯이……."

"되풀이되는 건 없으니만 못하다."

"왜 되풀이되는 거요, 진화하는 거죠."

"그래, 사회의 질서 말이지?"

정윤이 웃는다.

"사회의 질서라는 건 실상 나약하기 짝이 없는 거야. 그리고 또 완강하기 짝이 없는 거지. 그것은 모두 자연의 흐름이다. 기를 쓰고 덤빌 필요는 없다. 인간의 작의로 된 건 아니니까. 인간은 개인으로 살았고 개인으로 죽었다. 어떤 변혁이 와도 인간은 의연히 개인으로 대처한다. 개인이 질 때도 있다. 그 사회의 변혁이란 역사를 위해서 혹은 어느 집단을 위해서 있었다고 생각지 않아. 개인을 위해, 개인의 생활을 위해 있었다."

"천만에, 아니지요. 일본제국이란 집단은 조선이란 집단을 먹었소. 개인이 먹은 것은 아니오!"

태윤은 소리를 바락 질렀다.

"너는 나에게 애국심을 강요하려는가?"

차갑게 동생을 바라본다.

"언제나 강한 놈은 약한 놈을 먹었다. 그것은 생물의 질서인 동시에 사회의 질서다. 실상 애국심이란 것처럼 모호한 것은 없다. 하나의 로맨티시즘이지. 의식지 못하는 위선이지."

"형은 반역자다! 일본제국의 침략을 합리화시키는 배신자다!"

견딜 수 없었던지 태윤은 외쳤다.

"표현은 아무래도 좋다. 사실과는 관계가 없으니까. 일찍이 민족의 정의가 승리한 일은 없었다. 힘이 승리했었지. 카르타고의 시민이나 한니발은 애국심이 모자라서 멸망하였느냐? 대영제국은 정의의 기치 아래 그 방대한 식민지를 획득하였느냐? 어떠한 사상이나 이념 따위는 일 없는 사람들의 소일거리지. 공연히 애국심이니, 역사니 하고 자신을 과대하게 꾸며서 우쭐대는 영웅주의자가 되지 말란 말이다. 나는 명확하게 충고해두겠다. 차후 다시는 그 콩밥을 먹지 않게 조심하란 말이다."

태윤도 지쳤는지 일단 그것으로 논쟁을 끝내고 자리에 벌렁 나자빠졌다.

"위대한 코스모폴리탄……."

천장을 보고 뇐다.

제 4 장

영아 살해 사건

여수행 윤선이 부산 항구에 고별의 고동을 울리며 방파제를 빠져나왔을 때 조선해협의 굵은 나울은 선창까지 내리덮쳤다. 낙동강 하류와 바다가 맞부딪치는 난코스를 앞두고 선객들은 모두 선실로 들어가서 누울 차비를 차리고 있었다. 아이들은 벌써 울기 시작하고, 허약한 여자들은 토하고 있었다. 화창한 날씨였으나 선들바람이 불어 파도는 좀 거칠었다. 용빈은 갑판 위 난간에 기대 서서 구슬같이 부서지는 물결을 바라보고 있었다. 다소 파리해진 얼굴이었다. 머리칼이 바람에 휘날리고 있어 그런지 그의 표정은 산란하였다.

여름마다, 겨울마다 고향으로 내려오건만 용빈은 이번 귀향에 있어서 가장 큰 괴로움을 받았다. 학생 신분에서 오는 구속감을 벗고 사회인으로서 한결 개방감을 느껴야 했을 것을, 그는 어느 때보다도 무거운 마음으로 바다를 바라보는 것이다. 남해환이 실종됨으로써 경제적인 큰 타격을 받은 집안 사정이라든가, 아버지가 소실을 얻었다는 소문, 여전히 보따리를 싸가지고 친정에 드나드는 용란의 신세, 그리고 태윤이 왜경에게 붙들려 갔다가 놓여나온 사건 등 우울하지 않을 수 없었다.

그러나 용빈에게는 그것만이 아니었다. 보다 절실한 문제는 자기 자신에게 있었다. 홍섭과의 일이다. 지난 겨울방학 때 홍섭은 서울에 혼자 남았다. 용빈이 방학을 끝내고 서울로 돌아갔을 때 홍섭의 태도는 눈에 띄게 이상하였다. 그는 되도록이면 용빈을 피하고 싶어 하는 눈치를 보였다. 다른 때 같으면 다소의 실수가 있어도 응석부리듯 다정스럽게 굴던 그는 무슨 까닭인지 용빈을 두려워하였고 만나기를 꺼려하였다. 이번에도 같이 내려가지 않겠느냐고 했을 때 그는 우물쭈물하면서 먼저 내려가라고 했다.

"나한테 무슨 비밀이 있는 것 아냐?"

용빈은 그의 눈을 놓치지 않으려는 듯 강하게 응시하며 물었던 것이다.

"비밀?"

홍섭은 공허한 너털웃음을 한바탕 웃고 난 뒤 슬그머니 용빈의 눈을 피하였다. 용빈은 실망하였다. 그는 그 이상 추궁하지 않고 혼자 서울을 떠났던 것이다.

'집에서 무슨 말이 있었구나.'

그러나 용빈은 홍섭의 의지가 아무리 약하다 하더라도 그리 쉽사리 부모의 말에 복종했으리라 믿고 싶지가 않았다. 그리고 자기 가정의 여러 가지 불행이 겹쳐진 마당에서 이해상반에 민첩한 정국주 일가의 생리를 생각하는 것도 불쾌한 일이었다. 용빈은 부서지는 물결을 바라보고 있다가 눈을 들었다. 왼편에는 망망한 바다와 오른편은 검푸른 소나무가 뿌리박은 절벽의 연속이다. 홍섭의 허황한 너털웃음을 웃던 얼굴이 눈앞에 떠오른다.

'무슨 큰 잘못을 저질렀구면.'

용빈은 괴로워하면서도 혼자 미소를 지었다. 홍섭의 모든 동작은 어쩔 수 없는 애정의 대상으로 용빈의 마음을 적시는 것이었다.

집으로 들어섰을 때 용빈은 냉 바람이 얼굴에 확 덮치는 것을 느꼈다. 반가이 맞아주는 사람은 아무도 없었다. 심지어 용혜까지도 용빈의 눈을 회피하듯 얼굴을 돌렸다.

"어머니는?"

침통한 얼굴로 짐을 받는 용옥에게 물었다.

"누워 계시오."

"아프셔?"

"……."

예기하지 않았던 일은 아니었다. 그러나 집 안 공기가 삼엄한 것은 용빈의 상상을 넘어서고 있었다.

"어머니."

용빈은 누워 있는 한실댁 머리맡에 앉으며 불렀다. 한실댁은 딸을 한번 쳐다보았으나 일어나 앉지 않고 이내 눈을 돌렸다. 마치 실신한 사람처럼 한실댁의 얼굴은 무표정이었다.

'이렇게까지…… 이렇게까지 타격이 컸던 것일까?'

용빈은 당황하면서도 의아하였다.

배 한 척이 없어졌다고 당장에 끼니를 굶을 지경은 아닐 것이다. 한실댁의 성격으로 봐서 경제적 문제로 그렇게까지 심각해질 수도 없는 사람이다. 용란의 일은 이미 벌써부터 당해온 일이며, 소실 문제만 해도 군말 한마디 할 한실댁은 아니다.

'그렇다면?'

용빈은 사랑으로 내려갔다. 그곳에서 용빈은 쇠약해진 김약국을 봤다.

'도대체 이 집 공기는 어찌 된 셈일까?'

용빈은 절을 하고 나서,

"아버지!"

하고 불렀다.

"아침 배를 탔던가?"

기운이 다 빠진 목소리다.

"예."

그러고는 말이 없다. 용빈은 고개를 떨어뜨리고 무슨 말이 나오기를 기다렸으나,

"들어가서 쉬어라."

할 뿐이다.

'역시 그렇구나. 정씨 댁에서 무슨 말이 있었구나.'

자리에서 일어선 용빈은 침착하게 세수를 하고 자기 방으로 들어갔다.

저녁 밥상을 받았을 때도 한실댁은 일어나지 않았다. 용빈은 온 집안 식구가 침묵하는 원인이 자기에게 있음을 확신하고, 그 자신 가족에게 괴로운 질문을 하지 않으려고 했다. 그러나 용빈은 밤에 용옥으로부터 참으로 끔찍한 사건에 관한 이야기를 듣게 되었다.

"지금 용숙 생이는 경찰서에 잡혀갔십니더. 시동생이 고발을 했다 안 캅니꺼? 아이를 죽여서 연못에 집어넣었다고 안 캅니꺼."

"그게 정말이냐?"

"거짓말이면 얼마나 좋게요."

용옥은 한숨을 푹 내쉬었다. 용숙의 사건은 엽기적인 것이었다.

용숙은 아들 동훈이 늘 아프다 하여 여러 차례 왕진을 청하던 자애병원의 의사하고 정을 통해 오다가 임신을 했다는 것이다. 시동생이 쫓아냄으로써 그 많은 재산을 잃을 것을 두려워한

나머지 그는 아이를 낳자마자 죽여서 뒤란에 있는 연못에 빠뜨렸다는 것인데, 의사의 처가 시동생에게 달려가서 결국 사건은 크게 벌어지고, 의사와 용숙은 경찰서에 구속되었다는 것이다.

이 사건은 통영 바닥을 발칵 뒤집어놓고, 이야기는 이야기의 꼬리를 물고 더욱 해괴망측한 과장된 음설淫說이 퍼지고 있다는 것이다.

"흠…… 그러나 믿을 수 없어…… 상대가 의사라면 달리 처리할 도리가 있었을 텐데, 그런 무지한 수단으로 설마……."

용빈은 그들의 치정癡情 관계만은 사실이라 하더라도 아이를 죽여서 연못에 빠뜨렸다는 일은 믿을 수 없었다.

용빈이 서울서 온 지 사흘 만에 홍섭이 왔다는 소문이 들려왔다. 그러나 그는 용빈의 집에 오지 않았다. 그가 오는 대신 해가 질 무렵 뜻밖에 정국주가 찾아왔다. 정국주는 용빈의 인사를 받으며 유들유들한 웃음을 띠었다. 용빈은 자신이 비굴해지는 것을 느꼈다.

"아버지 사랑에 계신가?"

"예."

용빈은 먼저 사랑으로 들어가서,

"아버지. 수구문의 아버님이 오셨습니다."

"아, 그래?"

담배를 피우고 있던 김약국은 다소 얼굴이 변색되며 몸을 일으켰다.

"와 꿈쩍도 않고 집에만 계시오?"

용빈을 뒤따라온 정국주는 퍽 너그러운 표정을 만들며 말을 걸었다.

"답답하게 이러구 있을 게 아니라 소청이 집에나 같이 가시지 않겠소?"

용빈은 소청이라는 이름이 나오자 얼른 돌아서 나가버린다.

김약국은 눈썹 하나 까닥하지 않았다. 정국주는 제법 소탈한 사람처럼 자리에 털썩 주저앉으며 방바닥에 놓인 부채를 들고 모시셔츠의 단추를 끄르면서 성급하게 부채질을 했다. 가슴팍의 시커먼 털이 징그럽다. 퉁겁고 붉은 목줄기에는 연방 땀이 솟고 있었다.

"김약국, 너무 상심 마소. 자식이란 어디 부모 맘대로 되던가?"

김약국은 담배 연기만 내뿜는다.

"그거는 그거구, 제주도의 일은 어떠하오?"

"집어치우는 수밖에 더 있소?"

"허, 그래서야."

"남은 배도 처분이 안 되는군."

"왜요?"

"그 배가 전에도 몇 번 떠내려간 일이 있었다 하잖소?"

"재수가 없는 배란 말이지요? 그럼 처분하기 딱하겠는데."

정국주는 생각에 잠긴다.

"땅을 좀 팔아서 부채나 정리하고, 하던 어장이나 계속하려오."

정국주의 눈이 번뜩였다.

"그럴 것 없소, 김약국."

손을 내저으며 목줄기를 비비듯 흔들었다.

"땅을 팔 것까지야 있소. 돈이 더 필요하다는 말이오?"

"이번에 없어진 사람들의 가족들도 좀 돌보아주어야 잖겠소."

"허, 참, 별소리를 다 하오. 이쪽에서 입은 손해만 해도 막대한데, 더구나 선금들 다 받고 갔는데 무슨 상관이오?"

"사람의 명을 돈에 비할 수야 있겠소?"

"허, 사람이 그리 유해서야 무슨 일해 묵고 살것노. 배짱이 좀 세야제."

"그것뿐만 아니라 종이섬 어장의 배도 낡고 그물도 낡아서 새로 갈아야 할 거요."

"어차피 돈이 필요하다는 거군. 그럼 땅을 팔지 말고 내 돈더 갖다 쓰소. 김약국이 정 면구하게 생각하믄 아아 논문서 잽히믄 되잖소? 빚이야 물에서 개기 올라오믄 갚는 거고, 땅이사 어디 그런가? 더군다나 조상이 물려준 거로."

결국 정국주의 목적은 김약국 논문서에 있었던 것이다.

"그럽시다."

김약국은 망설임 없이 쉽게 대답하였다. 정국주의 얼굴에는 만족의 빛이 돌았다.

"그런데 이번에 나 중구 영감의 큰아들을 봤지."

김약국은 힐끗 정국주를 쳐다본다. 난처함과 경멸이 뒤섞인 표정이다.

"아들 좋습디다. 아주 단단하게 생겼더만."

그래도 김약국이 입을 떼지 않는 것을 본 정국주는,

"김약국, 어디 중신애비 노릇 좀 해봤소?"

하고 묻는다. 김약국은 입맛을 다신다. 애당초 그런 역할을 할 생각도 없었거니와 불난 집에 부채질하는 격으로 그런 한가한 이야기를 꺼내니 불쾌하기도 했다.

"정혼한 곳이 있답디다."

거짓말은 아니다.

"어디다, 통영 사람인가?"

정국주는 자기 딸을 빼놓고 어디 더 좋은 혼처가 있었더냐는 기분에서 언성을 높였다.

"대구 처녀랍디다. 저희끼리 좋아서 한 모양이더군."

김약국은 불쾌함을 억지로 참는다.

"저희끼리? 그래 중구 영감이 그냥 내버려둔단 말이오?"

시비조다.

"할 수 없지요. 자식들이 부모 시키는 대로 합디까?"

"그 집구석도 망조구만. 둘째는 붙잡혀 갔다 왔다믄?"

"젊은 놈이 예사죠."

"허 참…… 아닌 게 아니라 자식들이란 마음대로 안 되더군. 우리 집 놈만 해도……."

화를 내던 정국주 입가에 순간 교활한 웃음이 지나갔다.

"그놈도 가문에 없는 예수쟁이가 되더니 이자 미국으로 가겠다고 껍죽거리고, 온 내 참."

"미국?"

"뭐 지 말이 서울서 누가 보내주겠다 한다더만……."

"누가?"

"뭐 목사가 그런다나?"

정국주는 악의에 찬 웃음을 웃었다.

서울서 온 사람들

용빈이 교회에 나갈 채비를 차리고 있는데 김약국이 용빈을 불렀다.

"아버지, 부르셨습니까?"

"응."

"……."

"너 홍섭이를 만났느냐?"

"아직……."

"내려오기는 왔지?"

"그런가 봐요."

"홍섭이 미국 간다는 말 안 하던가?"

"미국요?"

용빈이 눈을 크게 뜬다.

"꼭 간다는 건 아니더라만, 서울서 어떤 목사가 도와준다고 했다는데 네게 말한 일 없었나?"

"그런 말 못 들었어요."

"그래?"

"홍섭 아버님이 그런 말씀하셨습니까?"

"음…… 용빈아."

"예."

"홍섭이는 네 짝이 아니다."

용빈과 김약국의 눈은 마주쳤다. 그들은 눈이 마주친 채 묵묵히 앉아 있었다. 역경의 연속 속에서 말 없는 슬픔이 그들 부녀간에 오간다.

용빈은 사랑에서 물러나 용옥과 같이 교회로 향하였다. 예배는 벌써 시작되어 있었다. 용빈과 용옥은 조심스럽게 뒷자리에 꿇어앉았다. 그러나 용빈은 번뇌에 가득 찬 자기 자신을 다스릴 수가 없었다. 신에게 향하는 마음보다 인간에게 향하는 마음이 더 강했다.

기도가 끝나고 목사의 설교가 시작되었을 때 용빈은 앞줄에 앉아 있는 홍섭의 뒷모습을 보았다. 동그스름한 보기 좋은 뒤통수, 용빈의 눈은 다시 그 옆으로 옮겨졌다. 눈에 선 여자의 모습이 있었다. 미색 원피스에 머리를 길게 늘인 여자, 서울서 도 흔하지 않는 모던한 뒷모습이다. 그 옆에도 역시 눈에 선 중 년 부인이 앉아 있었다. 점잖게 머리를 틀어올린 뒷모습, 통영 에는 없는 세련된 중년 부인의 뒷모습이다.

'누굴까?'

용빈은 홍섭과 관련시켜서 생각해보지 않을 수 없었다. 예 배가 끝나자 용빈은 교회당 밖의 벗나무 밑에서 홍섭을 기다렸 다. 홍섭은 오래도록 나오지 않았다. 용빈은 가만히 발끝을 내 려다보았다. 용옥도 발끝으로 눈을 내리깔고 있었다.

교회 뜰 안에 사람들의 그림자가 거의 없어졌을 때 맑고 높 은 여자의 웃음소리가 들려왔다. 용빈은 눈을 들었다. 점잖은 중년 부인과 미색 원피스를 입은 여성을 앞세우고 홍섭이 예배 당에서 막 나오는 판이다. 역시 홍섭의 동행이었다.

"생이요, 저 누굴까?"

"글쎄."

용빈은 동요를 감추었다. 홍섭은 용빈을 보자 주춤하였다. 그리고 일그러진 웃음을 얼굴에 띠었다. 그들과의 거리가 가까 워졌을 때 미색 원피스의 여성과 용빈의 눈은 마주쳤다. 귀여 운 얼굴이다. 용빈의 얼굴이 중년 부인으로 옮겨졌을 때,

"아아!"

하고 낮게 경악한다. 인사는 없었지만 서울 Y교회당에서 자주

만나는 안 목사의 형수 김 집사였던 것이다.

"예배 보러 오셨군요."

홍섭은 용빈 앞에 머무르며 말하였다. 눈에는 두려움이 가득 차 있었다. 용빈은 대답을 하지 않는다. 미소만 머금고 있었다.

"소개해드리겠습니다."

하고 홍섭은 여성들을 돌아다보았다.

"안 목사님의……."

"교회에서 자주 뵀습니다. 인사가 늦었습니다."

용빈은 먼저 고개를 숙였다. 김 집사는 미소로써 의젓하게 답례를 한다. 나도 그대를 알고 있었노라는 듯, 자애로울 수 있는 미소였다.

용빈에 의해 말허리를 꺾인 홍섭은 다소 멋쩍어하다가 다시,

"이분은 안 목사님의 조카따님 안 마리아 양입니다. 동경에 가서 음악학교를 다니고 계시죠."

하고 마리아에게 얼굴을 돌렸다.

"저분은 김용빈 씨. 안 목사님께서 아끼는 분입니다. 지금 K 여학교에서 교편을 잡고 계시죠."

"아 예, 그러세요. 숙부님이 늘 칭찬하시더군요."

용빈은 그 말이 사교적인 것에 지나지 못함을 알고 있었다. 안 목사는 그의 질녀에 관한 이야기를 용빈에게 들려준 적은 없었다. 다만 남의 이야기로 안 목사의 형님이 대단히 부자라는 것만은 알고 있었다.

"홍섭 씨가 어찌나 이곳 자랑을 하시던지, 조선의 나폴리라나요? 호호호⋯⋯."

마리아는 쾌활하게 웃었다.

"과연 바다가 참 곱더군요. 어머니를 졸라서 이곳에 피서 오길 잘했어요."

"어디 묵고 계신지⋯⋯ 불편하실 텐데!"

용빈은 마리아를 똑바로 쳐다보았다. 홍섭의 손이 몇 번이나 머리 위로 올라갔다.

"여관에요. 여관의 시설은 형편없어요. 바닷가에 예쁜 별장이나 하나 지었음⋯⋯."

가벼운 바람에 마리아의 긴 머리가 홍섭의 어깨 위를 스쳤다.

"우리 집에 모시고 싶군요. 누추하지만, 여관보다는 나을 거예요."

용빈도 사교적으로 권유해보았다.

"아아뇨, 고맙지만, 그럴 순 없어요. 홍섭 씨도 자꾸만 댁으로 가자 하시지만⋯⋯."

마리아는 어리광 피우듯 홍섭을 올려다보고 웃었다. 홍섭도 따라 웃었다. 그러나 용빈의 눈길을 느끼자 그는 어색하게 웃음을 거두었다.

"어느 여관이죠? 한번 찾아가 뵙고 싶군요."

"제가, 제가 한번 안내해드리죠, 용빈 씨."

홍섭은 마리아의 대답을 가로챘다. 그리고 곧이어,

"마리아? 어머님이 피곤하실 텐데 가보시죠."

"예, 아 그리고 꼭 오세요, 예?"

일행은 용빈 앞에서 사라졌다.

"말투가 참 변했어요."

용빈은 스스로 놀라며 머리를 쳐들었다. 존재마저 의식지 못하였던 용옥의 목소리였던 것이다.

"가자."

그들은 교회를 나서서 큰 포고나무가 선 골목으로 접어들었다.

'마리아 양, 용빈 씨.'

용빈은 자기도 모르게 홍섭의 말투를 비교하고 있었다. 명확한 사건의 진전이요, 전모였다. 그러나 용빈은 의연히 그 말투를 비교하고 있었다. 안개가 서린 것처럼 시야가 뿌옇게 흐리어졌다. 성경을 가슴에 안은 용옥의 손만이 묘하게 뚜렷이 지각되었다.

"생이보다 미인은 아니네요."

거의 집 앞에까지 왔을 때 용옥은 중얼거렸다. 용빈은 턱을 내밀고 하늘을 쳐다보며 쓰디쓰게 웃었다. 집으로 들어서자 용빈은 여문이에게,

"어머니는?"

"그냥 누워 계십니더."

용빈은 방문을 열고 들어갔다. 무더운 날씨에 한실댁은 이불을 머리까지 쓰고 누워 있었다. 이불이 흔들리고 있었다.

"또 우시는군요."

용빈은 선 채 흔들리고 있는 이불을 내려다보았다. 두 자매는 꼭 같은 자세로 묵묵히 서 있었다.

"어머니, 너무 이러시지 마세요."

용빈은 허리를 구부리고 이불을 젖히면서 한실댁을 안아 일으켰다.

"용빈아, 으흐흐흐, 용빈아!"

한실댁은 용빈의 팔에 쓰러졌다.

"아버지 들으십니다."

"으흐흐흐…… 용빈아, 생때같은 내 자식들아! 그년이 들어서 내 자식들 신세를 다 궂힌다. 으흐흐흐."

"어머니 그만, 그만합시다. 아버지 들으세요."

"생이요."

용빈은 돌아본다.

"나도 정말 남부끄러 죽겠소. 예배당에 나가도 남들이 모두 다 쳐다보고, 밖에 나가기도 싫습니다."

"견뎌야지."

배 속에서 밀어낸 듯 굵은 목소리였다.

"어떻게 다 같은 우리 형제가 그럴 수 있을까?"

"원죄야. 사람은 누구나 다 그럴 수 있어. 안 한다뿐이지."

하고 이번에는 사나이처럼 낮게 웃었다.

　용옥이 눈에는 공포가 서렸다.

결별

　조용히 할 이야기가 있으니 아홉 시까지 학교 문 앞에까지 와주

시오.

홍섭

　정국주 집에 있는 계집애가 가지고 온 쪽지였다. 용빈이 쪽
지를 읽고 얼굴을 들었을 때 계집아이는 이미 가고 없었다. 용
빈은 뒷마루에 기대어 앉은 채 팔을 들어 시계를 보았다. 여덟
시 삼십 분이다. 이렇게 임박된 시간에 쪽지를 보낸다는 것은
홍섭의 마음의 방황을 말해주는 것이라 생각하였다. 동시에 그
런 것을 헤아리고 있는 자기 자신의 마음의 여유에 놀라기도
한다. 용빈은 간단히 머리에 빗질을 하고 집에서 입고 있던 원
피스 차림으로 고무신을 신었다. 막 뒷문을 빠져나왔을 때 들
어오려던 여문이와 마주쳤다.

　"너 어디 갔다 오니?"

　"저, 저 대밭골에요."

　"대밭골? 뭐하러."

"동훈이 엄마 집에 갔다 옵니더."

"뭐하러?"

"어무이가 가보라 캅디더."

"그래 연못 속에서 아이가 나오던?"

남의 일처럼 태연히 묻는다.

"아니요, 그런 것 없었다 카데요."

"그래? 그럼 어서 가서 어머니한테 말씀 드려."

용빈은 천천히 발길을 돌렸다.

'못난이 엄마, 바보같은 엄마, 그걸 자식이라고……'

시원한 바람이 불어왔다. 낮엔 더워도 해만 떨어지고 나면 대지는 바닷바람에 이내 식어버린다. 용빈은 두 손을 깍지 끼고 뒤로 돌려 머리를 얹었다. 그러고는 보조를 늦춘 채 걸어간다. 초저녁이건만 후미진 길에는 아무도 지나는 사람이 없다. 흰 바탕에 줄무늬가 진 원피스 자락이 바람에 활닥활닥 나부낀다. 내려다보이는 항구, 선박의 불빛이 깜박거린다. 고기 불, 등대섬의 등대도 깜박거린다.

홍섭은 소학교 정문 앞에서 담배를 피우며 용빈을 기다리고 있었다.

학교 정문 뒤에는 몇백 년을 묵은 포고나무 한 그루가 울창하게, 마치 삼림 속처럼 가지를 뻗고 있었다.

"담배는 언제부터?"

용빈은 홍섭의 옆으로 다가가며 물었다. 홍섭은 대답 대신 피워 물었던 담배를 버리고 구두 끝으로 문질렀다.

학교 정문과 마주 보이는 길 아래 군수 관사의 지붕에 핀 지부지기가 희미한 달빛을 받고 쫑긋쫑긋 서 있었다. 용빈은 그것을 바라보며 자신이 왜 이렇게 심각하지 않은가를 생각해보았다. 큼직한 사건들이 차례차례로 마음속에 넘겨졌다.

"저리로 갈까?"

홍섭이 먼저 발을 떼어놓았다. 그리고 엉성하게 엮어둔 철망을 건너 교정으로 들어간다. 용빈도 뒤따랐다. 그들은 세병관―세병관은 소학교 교사의 일부분으로 사용되고 있었다―돌축대 위에 나란히 걸터앉았다. 잿빛 박명薄明이 깔린 세병관 돌축대 한구석에 시커먼 지붕의 그늘이 덮이고 사용이 금지된 세병관 정문 옆에 벚나무가 줄지어 서 있었다. 밤은 고요하다. 아름드리 기둥에 옛날 비자婢子를 잡아넣었다는 전설이 있는, 그래서 밤이면 귀신이 난다 하여 이 근방을 사람들은 피한다.

"오늘 순사들이 언니 집의 연못을 퍼냈다면?"

홍섭이 물었다.

"답변하기 곤란한 말을 내게 묻지 말았음 좋겠어."

용빈의 목소리는 굵었다.

"왜 화를 낼까?"

홍섭의 목소리는 이내 약해졌다.

"걱정할 필요 없어. 그런 걱정까지 하다간 머리카락 세어요.

씨앗은 뿌린 사람이 거두면 되니까."

"남의 일 같군."

"종국에 가선 다 남이 아닐까?"

홍섭은 입을 다물었다. 오랫동안 침묵이 흘렀다.

"용빈이."

하고 홍섭은 기침을 했다.

"……."

"나를 용빈이는 어떻게 생각했을까?"

"약한 인간이라 생각했어."

홍섭은 웃음을 깨물 듯 윗이빨로 아랫입술을 지그시 눌렀다.

"내 성격을 물어본 거 아니야."

"그럼?"

"……."

"결혼 상대자로서…… 확신했었나?"

"새삼스럽군."

용빈은 흥분을 참는다. 용빈은 결론을 늦추고 싶었다. 홍섭의 체취는 미움과 그리움으로 용빈의 가슴을 죄었다.

"우리는 어릴 때부터 친했었다."

"친했었지. 홍섭이 얻어맞은 때 나는 돌을 주워 그 머시매를 때려준 일이 있었어."

기억보다도 말이 먼저 튀어나온 것이 우습기도 했다. 용빈은 눈에 뜨거운 것을 느꼈지만 눈을 가늘게 뜨고 장난스러운 웃음으로 눈물을 억눌렀다.

"우리는 형제 같았다. 지금도 우리의 감정은 형제 같은 것인지 몰라."

"……."

"우리는 형제 같은, 말하자면 깨끗한 이 상태를 그냥 아주 영원히 지속시킬 수는 없을까? 그게 피차간에 현명한……."

"호호호……."

홍섭은 움찔한다.

"호호호, 홍섭이 참! 당신은 나이브한 사나이군."

용빈은 연방 웃는다.

"그런 정도로 자신을 합리화시킬 수 있을 것 같아요? 그런 어수룩한 거짓말!"

"……."

무서운 침묵이 오래 계속되었다. 그러나 홍섭의 귀에는 용빈의 웃음소리가 그냥 연달아 들려오는 것만 같았다.

"홍섭이."

"……."

"왜, 좀 더 솔직할 수 없을까? 뻔히 알고 있는 일을, 하기는 뻔히 알아버린 일을 다시 확인하려고 나온 내 자신도 우습지만 말이야."

"……."

"형제처럼 깨끗하였고, 또 우리들의 혼인문제 같은 건 일종의 묵약에 지나지 않으니 책임이 없다고 그러지 그랬어."

"……."

"낮에 만난 그 마리아 양하고 결혼하나? 그리고 미국 가게 되나? 그의 아버지가 도와준다는 거지?"

"누, 누가 미국 간다고 그랬어?"

"너의 아버지가."

"……."

"축복해주는 것이 이별을 아름답게 하는 것, 나도 그건 알아. 그렇지만 난 널 미워하겠다. 오래가지는 않을 거야, 미움이 말이야."

용빈은 일어섰다. 긴 두 팔이 축 늘어져 있었다. 용빈은 움직이지 않았건만 홍섭은 용빈이 입고 있는 옷의 줄무늬가 온통 자기에게로 달려오는 것같이 느껴졌다. 그는 자기도 모르게 치맛자락을 확 잡아당기며,

"용빈이, 용빈은 날 오해하고 있어!"

"오해?"

뒷걸음질치며 용빈은 그의 손을 뿌리쳤다. 그리고 올려다보는 홍섭의 눈을 내려다보았다.

"난, 난 지난 겨울방학 때 실수를 했었다."

"……."

"마리아가 몹시 따랐다. 나이도 어리고…… 그만……."

홍섭은 고개를 숙였다. 용빈은 말없이 돌아섰다. 그리고 곧

은 자세로 층계를 밟고 내려간다. 달빛이 얼굴 위에 쏟아졌다. 얼굴은 눈물에 흠씬 젖어 있었으나 고개를 숙이지는 않는다.

홍섭은 따라나오지 않았다. 철망을 기어나올 때,

"흐흐흑……."

용빈은 처음으로 흐느꼈다. 치맛자락이 철망에 걸려 쭉 찢기어지는 것도 모르고.

절망

용빈은 목사관으로 가는 오솔길을 걷고 있었다.

미스 케이트의 거처 앞에까지 온 용빈은,

"케이트 선생님!"

도어를 두드렸다. 케이트는 도어를 열었다.

"케이트 선생님!"

용빈은 케이트 품에 몸을 던졌다.

"용빈이, 흥분하지 말고 여기 앉아요."

케이트는 용빈을 의자 있는 곳까지 끌고 가서 앉혔다. 용빈은 앉은 채 두 손으로 얼굴을 가리고 한참 동안 울었다. 케이트는 울고 있는 용빈의 어깨 위에 손을 얹고 용빈의 울음이 멎을 때까지 조용히 기다려주었다. 용빈은 눈물을 닦았다.

"제가 전에도 이렇게 운 일이 있었을까요."

용빈은 혼잣말처럼 중얼거렸다. 얼마간의 진정이 된 듯 말소리는 낮았다.

"울고 싶을 때는 울어야지."

"어릴 때 운 일이 생각나는군요."

"……."

"홍섭이 동무들한테 얻어맞구 코피를 흘렸을 때…… 그때도 참 울었군요. 그리고 오늘 밤도."

"……."

"선생님."

"……."

"선생님, 선생님은 알구 계셨군요."

용빈은 얼굴을 돌려 묵묵히 서 있는 케이트를 쳐다본다.

"마리아, 마리아라는 여성을……."

용빈의 목소리는 떨려 나왔다.

"잊어버리는 거야."

"잊어버리겠어요, 잊어버리겠어요."

"가엾은 용빈이."

케이트는 용빈의 머리 위에 키스를 하며 중얼거렸다.

"그러나 하나님은 용빈이를 저버리시지 않는다."

용빈은 멍하니 건너편 창문을 바라보고 있었다. 아무 생각도 하지 않는 것 같기도 했다.

"그리구 용빈이는 건강하고 총명하고, 어떤 난관이라도 이겨

낼 거야."

"자신이 없어요. 아무것도 믿을 수가 없어요."

"그런 소리 하면 못써요. 인생이란 사철이 봄일 수는 없잖아? 가을이 오면 잎이 떨어지고 한겨울이 오면 헐벗고 떨어야 하지만, 이내 봄이 오지 않니? 희망을 잃어서는 안 돼요."

"제가 잘못하여 희망을 잃었겠어요? 누군가가 저의 희망을 앗아가지 않았습니까? 케이트 선생님."

"용빈은 절망하구 있군."

"절망밖에 남은 게 없어요."

"기다려라. 기다려봐라. 겨울이 지나면 더욱 화창한 봄이 온다는 것을 생각해요. 더 많은 가지를 뻗은 나무가 행인들을 즐겁게 해주는 일을 생각해봐요. 용빈은 그 싱싱한 나무야. 알겠니? 넌 하나님의 축복을 받은 아이라는 것을 명심해. 모든 일을 너를 위하여 있는 시련이라 생각하구……."

"그렇게 생각할 수가 없어요. 도리어 저는 저주를 받은 것만 같아요……."

"그런 무서운 소리 하는 게 아냐."

케이트는 엄숙한 표정을 지으며 용빈을 나무란다.

"용빈이, 너의 가정의 불행과 너의 슬픔을 위해 기도 올리지 않겠니?"

케이트는 용빈의 어깨를 가볍게 두드렸다.

용빈은 고개를 저었다.

"케이트 선생님, 저는 기도 드리지 않겠어요. 미움과 원망에 가득 찬 마음으로…… 주님을 부를 순 없어요……."

케이트는 혼자서 오랫동안 기도를 드리고 있었다. 이윽고 자리에서 일어선 케이트는 차분한 미소를 띠며 용빈을 바라보았다.

"선생님은 절 싱싱한 나무라 하셨죠?"

케이트는 고개를 끄덕였다.

"아니에요, 선생님!"

용빈은 벌떡 일어섰다.

"전 가겠어요."

케이트는 깊숙한 눈으로 용빈을 바라보았다.

"선생님, 죄송해요. 저, 마음의 안정을 얻을 때 다시 오겠어요."

케이트는 잠자코 고개를 끄덕였다.

"안녕히 주무세요."

용빈은 도어를 밀었다. 온 세계는 달빛으로 하여 창백하였다. 그는 언덕 아래로 뛰어 내려간다.

"가엾은 용빈이."

케이트는 창가에 와서 뛰어 내려가는 용빈의 뒷모습을 가만히 지켜보다가 창문을 닫고 의자에 앉는다.

용빈은 천연스럽게 자기 자신을 가장하고 집으로 돌아왔다. 뒷문으로 들어섰을 때, 그들의 방에는 불이 꺼져 있었다. 방문

을 열어보니 방 안은 비어 있었다. 그는 툇마루로 나와 우두커
니 하늘을 올려다본다.

세병관 앞에서 일, 미스 케이트의 방에서 주고받던 대화, 오
랜 세월이 흘러버린 먼 옛날 일 같이만 생각되었다. 옛날에 보
았던 활동사진의 장면들 같기도 했다. 조금 전에 대면하였던
그 영상들이 멀어지는 것과 반대로 슬픔은 훨씬 더 절박하게
가슴에 오는 것이다. 필경은 모두가 다 남이었다는 이치가 그
영상들을 멀리하였으나, 남이었다는 그 인식은 견딜 수 없는
고독으로 용빈을 몰아넣은 것이다.

"서울 생이요?"

용빈은 소리 나는 곳으로 얼굴을 돌렸다.

"아아, 여문이가?"

"야, 어무이가 오시라 캅니더."

"음. 갈게."

용빈은 방으로 들어가서 전등을 켜고 거울을 보았다. 눈이
다소 충혈되어 있었으나 운 자국은 없었다. 그는 다시 밖으로
나와 안방으로 들어섰다. 용혜는 잠이 들었고, 용옥과 한실댁
이 마주 보고 앉아 있었다.

"니 어디 갔다 왔노?"

"케이트 선생님한테요."

"동훈이네 이야기를 들었나?"

"예, 아까 여문이한테서……."

"연못에는 아무것도 없었단다."

여문이한테서 들었다고 했는데, 한실댁은 되풀이하였다.

"내 속에서 난 자식인데 설마한들 그럴 수가 있겠나?"

"그럼요. 과부가 돈이 많으니까 탐내는 사람이 있지 않겠어요?"

용빈은 건성으로 지껄였다. 한실댁의 얼굴이 환해진다.

"시상에 그 무상한 사람들이 어쩌자고 그랬노 말이다. 생사람을 잡아도 유분수지. 하늘이 치다보여서 어찌 애먼 소리를 하는고?"

"죄 없음 그만 아닙니까? 어머니도 뭘 좀 잡숫고 기운을 내야지요."

"하기는 너거들 다 시집보내놓고 잘사는 꼴을 내가 보고 죽어야제."

임종 전의 소강상태에서 깜박거리는 영혼의 불길처럼, 절망 속에 뻗친 한 가닥의 희미한 빛을 한실댁은 잡고 늘어진다.

용빈은 서글픔을 참고 한실댁에게 자리에 들 것을 권하고 용옥과 같이 자기 처소로 돌아왔다.

오욕의 밑바닥에서

연못 속에서 아이의 시체는 나오지 않았다. 그리고 의외로 사건이 크게 벌어진 데 놀란 의사의 처가 남편의 구명책으로, 영아 살해 사건은 자기로서는 전혀 모르는 일이라고 들고 나섰다. 경찰서에서도 신문한 결과 확실한 증거도 없었으므로 결국 두 사람을 석방하게 되었다.

용숙이 증거불충분으로 경찰서에서 석방되어 나오는 날, 경찰서 앞을 사람들은 둘러쌌다. 아이들이 전주 위에까지 기어 올라가고 노인네들은,

"이 사람들아, 와 이리 밀어내노오, 늙은거는 사람 앙이가?"

하며 악을 썼다. 때마침 장날이라 장대고개에서 넘어오는 장꾼들과 갯문에서 쏟아져 나온 섬사람들이 합류하여 경찰서 앞은 순식간에 대혼잡을 일으켰다.

"와 이 칸니꺼, 무슨 일이 생겼소?"

영문 모르는 시골 농군이 야채가 잔뜩 든 바지게를 짊어지고 물었다.

"지 새끼 직인 년이 나온단다."

"야아? 지 새끼를 직있다 칸니꺼?"

"하모, 서방질을 해서 낳은 새끼를 직있단다."

"직일 년이구마."

"직일 년이 다 뭐꼬? 이자 살아서 떴다 봐라 하고 나오는데."

"와요?"

"여시 둔갑을 하는지 순사들도 꼼짝 못하고 내보낸단다."

"그럴 수가 있나?"

이들 시골 농군과 노파의 말을 듣고 있던 품팔이 지게꾼이
벌쭉벌쭉 웃으며,

"어찌나 변설이 좋던지 왜놈 순사들이 홀딱 반했다 안 카나.
청산유수 같다더만. 게다가 절색이라."

"허, 그래 무죄석방인가요."

"그렇겠지. 계집이란 잘나고 볼 거라."

와글와글 벌집 쑤셔놓은 듯 시끄럽던 군중들은 갑자기 소리
를 죽였다. 장본인이 지금 경찰서 뜰로 나온 것이다. 순사들이
군중을 쫓았다. 잠시 흩어졌던 군중들이 다시 경찰서 문 앞으
로 집결하였다.

"나온다아! 나온다아!"

아이들이 고함을 쳤다.

용숙은 경찰서 문 앞에까지 나와 휘익 군중들을 둘러보았다.
그리고 고개를 꼿꼿이 세우며 앞으로 발을 내밀었다.

"독새 대가리같이 쳐들었네!"

누군가가 소리를 지르자 군중들 속에서 와글와글 욕설이 나
왔다. 그러자 용숙은 발을 딱 멈추었다.

"내가 샐인 죄인가, 와 이라노웃!"

고함과 더불어 두 손을 번쩍 올리었다. 군중들은 저도 모르
게 뒷걸음질 친다.

"내가 이 원수를 안 갚고 죽을 줄 아나앗! 씹어 묵어도 분이
안 풀리겠닷!"

그래도 군중들은 각기 한마디씩 욕설을 퍼부으며 그를 따라
간다. 대밭골 입구에 들어섰을 때는 아이들만이 따라왔다. 용
숙은 돌을 집어 따라오는 아이들에게 팔매질을 하였으나 아이
들은 킥킥거리며 여전히 따라왔고, 마을 아낙들은 집 앞에 서
서 그를 바라보며 수군거렸다.

　　"내가 이 원수를 안 갚고 죽을 줄 아낫! 연놈들앗!"

　　"저 기상 좀 보래? 정말 시동생을 씹어 묵겠다."

　　"독종이제. 저런 건 안 건디려야 하는데, 사람 영악한 건 범
보다 무섭다 안 카나? 어설프게 건디려놨으니 밤에 잠이 오
겠나?"

　　용숙은 집으로 들어섰다. 할멈이 쫓아 나온다.

　　용숙은 마루에 앉아 놀던 동훈을 눈이 찢어지게 노려보면서,

　　"이가 놈의 집구석하고 나하고 무슨 대천지 원수가 졌놋!"
하고 소리쳤다. 아이는 힘없는 소리를 아아, 하고 내며 울었다.
그는 치마를 홀딱 벗어 마루에 던지고,

　　"할매, 세숫물 좀 떠주소."

　　용숙은 오래오래 얼굴을 씻었다. 대문 밖에서는 문틈 사이로
집 안을 들여다보려고 싸움질이다. 용숙은 얼굴을 닦고 일어섰
을 때 대문 사이에서 무수한 눈을 보았다.

　　"눈깔을 잡아 빼뿌릴랏!"

　　용숙은 발을 한 번 탕 구르더니 방으로 쫓아 들어간다.

　　"무슨 구경 났나, 와 이라노?"

할멈은 세숫대야의 물을 대문간에다 퍼붓더니 역시 용숙을 따라 방으로 급히 들어간다.

용숙의 석방으로 모든 일이 잠잠하게 돌아갈 줄 알았던 한실댁의 희망은 잘못이었다. 법적인 제재보다 풍습에서 오는 무형의 제재는 크고 무서운 것이었다.

어느덧 서늘한 바람이 불었다. 수수알이 여물고 성묘하러 가는 사람이 매일 북문고개를 넘었다. 이 무렵 용숙과의 치정 관계로 유명해진 자애병원의 의사는 병원을 걷어치우고 이 고장에서 떴다. 환자가 오지 않기 때문에 영업도 되지 않거니와, 조소에 찬 눈초리에 쫓겨간 것이다. 그리고 정국주와 그의 마누라도 서울로 떠났다. 아들의 결혼식에 참석하기 위해서다.

만실우환滿室憂患인 김약국댁에 또 하나의 모욕이 가해진 것이다. 일면 용란은 멘데에 딴살림을 차려가지고 나왔다. 용란의 시댁에서는 닥치는 대로 들고 나가서 팔아먹는 아편쟁이 연학을 처치할 도리가 없었기 때문에 말로는 세간을 내어준다 했지만 실상 쫓아낸 거나 다름없는 일이었다. 어쨌든 딴살림을 차리고부터 용란은 그전처럼 친정에 자주 드나들지 않았다. 그 대신 용옥은 장거리에서 몇 번인가 용란을 보았다. 한번은 장바닥에 앉아서 옥수수를 사 먹고 있었다. 한번은 과일가게에서 감을 먹고 있었다. 후줄그레한 옷차림이었다.

"생이 와 이러요?"

용옥은 창피스러워서 용란의 옷소매를 살며시 잡아당겼다.

"아, 어떻노? 야아가, 정상감사도 묵어야 산단다."

하며 도리어 감을 주섬주섬 싸가지고 용혜 갖다주라면서 용옥에게 안기는 것이었다.

"쯧쯧! 저 세상충이 보래. 어머니가 딸들 땜에 인병이 들어서 거무같이 돼가지고 장에 나왔던데, 쯧쯧!"

반찬가게 아낙이 혀를 끌끌 찬다. 그 말을 받아 쌀가게 사나이가,

"허 참, 김약국도 딸들 땜에 망하네, 망해. 도둑놈의 계집은 도둑년이라 카드니, 아편쟁이 계집이라 할 수 없어. 계집 사내가 다 저렇게 군것질이 심해서야 결딴이 나지, 나아."

"계집질하고 노름하는 놈에게는 밑천을 당해주우도, 씹음질하는 놈한테는 돈을 안 대준다는 말이 있지. 아, 계집도 잘 만나믄 덕을 보는 수가 있고, 노름도 잘만 하믄 수가 터지지만, 씹음질이사 나올 구멍이 있나. 계집이 군것질 심하믄 서방질하고, 사내가 군것질이 심하믄 도둑질하지, 도둑질해."

용옥은 두 손으로 귀를 막고 싶었다. 그러나 용란은 자기에 대한 욕설인 줄도 모르고 천하태평이다.

"어마니를 서 푼어치도 안 닮았지."

용옥은 용란의 팔을 잡아끌고 도망치듯 시장 밖으로 나왔다.

"생이, 어쩔라고 이러요?"

"어짜기사 누가 어짜나?"

"남부끄럽지도 않소?"

"아아도 별소리를 다 한다. 뭐가 남부끄럽노? 내가 무슨 낙으로 집구석에 붙어 있겠노. 얼라가 있나, 서방이 있나, 쳇!"

장바닥에 굴러다니는 천한 투로 말하며 도리어 용옥을 못마땅히 여긴다.

"제발 생이요, 장바닥에서 군것질하지 마소. 집에서 음식 만들어 보낼게요."

"장에서 사 묵는 게 맛있더라야. 눈 가는 대로 묵을 수 있고."

용옥은 기가 차는 모양이다.

"그러나 저러나 홍섭이 그놈이 서울 가씨나한테 장가들었다믄?"

"……."

"그놈 목이 뿌러져 죽을 기다. 우리 생이가 뭣이 부족해서 그랬노, 응? 아 인물 잘났것다, 공부 많이 했것다, 마음이 넓것다……."

용란은 손가락을 접어가며 용빈의 장점을 열거한다. 후줄그레한 옷을 맵시 사납게 걸치고 있었으나 손은 여전히 예뻤다. 그리고 살이 포동포동 찐 얼굴과 어깨는 말할 수 없이 육감적이었다.

"홍섭이 그놈 지 복 지가 찼지. 어디 가서 그런 처녀를 만나? 용빈이 가아사 어딜 가도 이랏샤이, 이랏샤이다."

조금 전까지도 '생이'라 했다가 금세 '용빈이 가아'라 부르며, 용란은 까르르 웃었다.

'하는 짓이 꼭 청루 기생 같다.'

용옥은 입을 헤벌리고 웃는 용란을 바라보며 마음속으로 중얼거렸다. 그러나 무심한 그 얼굴을 도저히 미워할 수는 없었다. 웃음을 거둔 용란은 용옥의 모습을 두루 훑어보며 하는 말이,

"용옥이 니는 수녀가 될라나?"

"와요?"

"아, 처니가 꼴을 좀 내야지, 머시마 안 같나."

"내 걱정은 말고 생이나 좀 잘 입으소."

"내사 뭐 임자 있는 년인데, 누가 흘기나 보나? 참 니도 기두한테 시집간다믄서?"

용옥은 괴로운 듯 얼굴을 돌렸다. 그의 얼굴에는 아주 복잡한 그늘이 졌다. 그러한 우수를 나타낸 용옥은 아름답게 보였다. 수척한 때문인지도 모른다.

떠나는 사람들

서울 S여학교에서 교편을 잡고 있던 용빈은 이듬해 봄에 마침 소학교를 졸업한 용혜를 데리고 가서 그가 봉직한 학교에 입학을 시켰다. 집에는 용옥이 혼자 남게 되었다.

남해환이 실종된 후, 작년 가을부터 종이섬과 한산섬의 어

장을 재정비한 김약국은 기두를 다시 책임자로 앉혔다. 그러나 겨울, 봄에 이르기까지 어장 형편은 참담한 것이었다. 조류가 바뀌었는지 일찍이 없었던 흉어였다. 젓꾼들은 고사를 지내라고 떠들었다. 물귀신이 붙었다는 것이다.

작년 가을에 김약국집에서는 남해환의 조난자를 위하여 용화사龍華寺에서 크게 위령제를 올렸다. 시체를 찾지 못하였으나 남해환이 침몰된 것만은 확실했기 때문이다.

"올해 같은 해는 없었소. 내가 이십 년 동안이나 이 짓을 해 먹었지만, 온 바닷물이 말라도 이 지경은 아닐 거요."

염 서방이 답답하다는 듯 말하였다. 그들 역시 고기가 잡혀야 신이 나고 어장막이 풍성해지는 때문이다.

젓꾼들이 떠들지 않더라도 기두 자신이 무슨 대책이 없이는 안 되겠다고 생각하였다. 고사를 지낸다고 잡히지 않는 고기가 잡히리라 생각지는 않았으나, 궁한 나머지 그렇게라도 할 수밖에 없었다. 그러나 기두의 마음을 솔직하게 말한다면 이 어장에서 손을 떼고 싶은 것이다. 예감에 지나지 않는 일이나 그는 김약국이 망하리라는 불길한 생각을 갖고 있었다.

어느 날 기두는 섬에서 통영으로 올라갔다. 김약국집에 들어섰을 때 명주에 물감을 들이고 있던 용옥이 놀라며 일어섰다. 두 사람의 눈이 부딪쳤다. 용옥의 얼굴은 긴장되었다. 기두는 무슨 말을 하려고 입을 우물거렸으나 그냥 돌아서서 사랑으로 가버린다.

김약국과 마주 앉은 기두는 대강 어장의 형편을 설명하고,

"당분간 어장을 그만두면 어떨까 생각합니더."

김약국은 말이 없다.

"한번 일이 빗나가믄 늘……."

김약국의 시선이 너무나 강하여 기두는 말을 끝맺지도 못한다.

"인력으로 못하네. 그냥 계속해서 허게."

한마디 하고는 더 이상 말하지 않겠다는 기색이다. 기두는 꿇어앉은 채 한참 있다가,

"용옥 씨하고 결혼하겠십니더."

불쑥 말을 내민다.

"자네가?"

김약국은 의외라는 듯 다소 어성을 높였다. 서 영감이 몇 번이나 그런 뜻을 보였고 한실댁도 그 일에 희망을 걸고 있었으나, 본인 자신이 지금까지 의사표시를 한 일은 없었다.

"예."

기두는 커다란 손을 맞잡고 비빈다. 그러나 눈은 멀리를 바라보는 듯 시점이 확실치 않았다. 기두는 김약국집에 올 때까지 용옥을 염두에 두지도 않았던 것이다. 왜 별안간 그 말을 했는지 실은 기두 자신이 당황하고 있는 것이다.

"옛날 형편하고 다르다는 것을 자네도 알지?"

"……."

"지금 용옥이가 가진 거라곤 마음씨 착한 것밖에 없다. 복이 없는 아이다."

"알고 있습니더. 지는 용옥 씨하고 결혼하겠십니더."

기두는 아까와 같은 말을 되풀이하였다. 김약국은 기두를 한참 바라보다가 환약을 꺼내 먹는다.

'신색이 나쁘시다.'

기두는 새삼스럽게 느낀다.

"위장이 나빠서……."

김약국은 쓸쓸하게 웃었다.

기두는 사랑에서 나왔다. 그리고 안집으로 들어갔다. 집 안은 횅하니 비어 있었다. 한실댁은 돌아오지 않은 모양이다.

기두는 그냥 돌아서려다가 잠시 멈추고 생각에 잠긴다. 그는 고개를 들었다. 그리고 두리번거렸다. 우물가에 물감을 푼 자국이 있고 염색한 명주가 빨랫줄에 널려 있을 뿐 용옥은 어디로 갔는지 기척도 없었다.

기두는 부엌 있는 쪽으로 돌아갔다. 그의 발은 다시 멈춰졌다. 부엌 앞에 있는 장독대에 걸터앉아 용옥은 울고 있었다. 기두가 온 것도 모르고 울고 있는 것이다. 까마귀를 연상하리만큼 별나게 검은 머리가 연방 들먹거린다.

"용옥 씨!"

울음은 멎었다. 그러나 얼굴을 들지 않고 굳어진 듯 그대로의 자세다. 가까이 다가갔다.

"종이하고 연필, 좀 빌리주소."

할 말은 분명히 따로 있었다. 기두는 양미간을 모으며 용옥으로부터 시선을 비켰다. 용옥은 잠자코 일어서서 뒤뜰로 돌아가더니 종이와 연필을 가지고 와서 기두의 얼굴을 보지 않고 내밀었다. 기두는 말을 할 듯 입을 우물거렸으나 그냥 용옥이 내민 것을 받아 들고 마루로 가서 걸터앉는다. 그는 서 영감에게 편지를 썼다. 여가가 없어서 집에 들르지 못하고 섬으로 내려간다는 이야기, 용옥과의 혼인을 서둘러 하게 해달라는 말을 간단히 적어놓고 오 원짜리 지폐 한 장을 접어서 편지 속에 넣은 뒤 일어섰다. 그는 곧장 뒤뜰로 돌아가서 용옥의 방 앞에 선다.

"용옥 씨!"

"……."

"문 열어도 좋소?"

"……."

기두는 가지런히 놓인 섬돌 위의 용옥의 신발을 내려다본다.

"봉투 한 장 주소."

겨우 방 안에서 기척이 났다. 한참 부스럭거리더니 용옥은 방문을 열었다. 아까와는 다른 어떤 기대가 그의 표정 속에 있었다. 기두는 봉투를 훅 불어 편지를 넣은 뒤 침을 발라 봉하고 나서,

"저, 여문이 오거든 집에 좀 보내주소."

순간 용옥의 얼굴이 변색한다.

기두는 편지를 마루 끝에 놓고 밖으로 나왔다. 큰길로 나왔을 때 사방은 어둑어둑하였다. 무슨 말을 용옥에게 한마디 하고 왔어야 했을 것이다. 기두의 마음은 답답하였다. 용옥에 대한 석연치 못한 감정, 그보다 별안간 결정을 짓고 만 자기의 처사, 뭔지 모르게 연한 실로 자기를 얽어매는 것을 느꼈다.

기두가 갯문 앞을 나왔을 때, 자그마한 여자가 보따리를 안고 고개를 숙인 채 기두 옆을 얼른 지나갔다. 순자였다. 어릴 때부터 김약국댁에 잘 드나들던 용빈의 동무 순자를 알고 있을 뿐 아니라 그의 죽은 남편이 기두의 먼 족간이 되므로 서로가 인사를 하고 지내는 터이다.

기두는 무심코 돌아보았다. 순자는 기선회사 앞에서 표를 사고 있다가 그 역시 기두 있는 편을 쳐다본다. 당황하여 몸을 돌린다.

'부산에 가나?'

좀 이상한 생각이 들기는 했으나 기두는 얼굴을 돌리고 다시 걷기 시작했다. 동충 모퉁이를 돌아가려고 했을 때 트렁크를 든 태윤이의 우쭐우쭐 걸어오는 모습이 있었다.

"어, 어디 가노?"

태윤이는 주춤하다가 싱그레 웃는다.

"일본서 오는 길인가?"

"아니, 일본으로 가는 거지."

"그래? 집에서 나오는 것 아니구마."

"친구 집에 좀 들렀다가……."

"방학도 아닌데 집에 와 있었나?"

"방학이고 뭐고 그까짓 공부 벌써 때리치웠다."

"뭐? 때리치웠다고……."

"집에서는 모르는 비밀이다. 일본 간다고 이르고 나왔지."

"그러믄 동경에는 안 가나?"

"모르지, 배를 타고 생각해볼 일이지."

내던지듯 말을 했으나 목표 없이 나가는 사람 같지는 않았다.

"언제 볼지 모르네. 잘 있게."

하고 태윤이 손을 내밀자 기두는 내민 손을 잡으며,

"자네, 만주나 중국에 가는 것 앙이가?"

목소리가 낮았다. 태윤은 힐끗 기두를 쳐다보다가 아무렇지도 않게,

"거길 뭐하러 가누."

"독립운동하러."

"하하핫…… 뭐 그런 것도 아니다."

태윤은 부자연스럽게 웃으며 애매한 대답을 했다.

"아무튼 몸조심하게."

그들은 헤어졌다.

태윤은 언제 볼지 모른다는 말을 했다. 그 말은 기두에게 중

대한 뜻으로 들렸던 것이다. 소학교를 졸업하고 난 후 그들은 일 년에 한두 번 만나는 것이 고작이었으니까 언제 볼지 모른다는 말은 오랜 세월을 의미하는 것이다. 기두는 아까 순자를 만났을 때처럼 트렁크를 들고 우쭐우쭐 걸어가는 태윤의 뒷모습을 돌아다보았다. 희미한 부둣가 가로등 아래서 태윤의 모습은 이내 사라졌다.

거절

김약국댁의 살림은 기우는 일로를 달리고 있었다. 그러나 통영 바닥이 뒤집어지리만큼 소란스럽고 추잡한 화제를 던졌던 용숙은 번창의 일로를 달리고 있었다. 남의 말도 석 달이면 사람들은 쉽사리 잊어버린다. 그렇다고 하여 용숙에게 찍혀진 불명예스러운 낙인이 없어진 것은 아니다. 으레 돌려세워 놓고 손가락질하는 인심이지만, 우선 돈이 많고 기승하고 청산유수같이 흐르는 변설 앞에는 당할 사람이 없다. 남의 일에 사서 욕 먹고 시비받기를 꺼리는 때문이기도 하지만, 소소한 어장 아비나 장사꾼들치고 용숙에게서 빚 안 쓴 사람이 없으니 아니꼽고 천히 여기면서도 겉으론 귀부인 대접을 해야 했다. 그래야만 돈이 나오는 것이다.

용숙은 지난날에 당한 가지가지 모멸에 대한 반발로, 혹은 보복심으로 그러는지는 몰라도 더욱 화려하게 몸치장, 살림치장을 하고 내 보란 듯 활보할 뿐만 아니라, 자기에게 부탁이 있어 찾아오는 사람이면 필요 이상의 존경을 강요하는 태도로 나갔다. 그렇다고 하여 무조건 존경만 하면 돈이 나가는 것은 아니었다. 그는 여축 없이 세심하게 머리를 써서 돈을 깔았다.

"뭐니 뭐니 해도 큰소리치는 것은 돈이더라."

그 말은 용숙에게 절대적인 인생철학이었다.

대문 소리가 비거걱 났다. 기두에게 시집간 용옥이 오는 모양이다.

"생이 오나?"

마루에 넋을 잃고 앉았던 한실댁이 버럭 소리를 질렀다.

"같이 옵니더."

여문이의 대답이다.

"아가아, 같이 오나아?"

한실댁은 기웃이 내다본다.

"야아."

용옥이 여문이 뒤에서 나타났다.

"글안해도 올라고 했는데 여문이가 와서 같이 왔십니더."

용옥은 보따리를 마루에 놓고 가볍게 숨을 내몰았다. 그는 지금 임신 중이다.

"아부이는 계십니꺼?"

"나갔단다. 통 요새는 나가만 계시니 내가 못할 짓이구마."

두 모녀는 서로 마주 보며 가볍게 한숨을 쉰다.

"어장에서 쌀이 떨어졌다고 저 야단인데 어쩌믄 좋겠노?"

"또 기별이 왔습니꺼?"

"오늘 아침에 머스마가 왔더라."

말이 끊어진다. 여문이는 약사발을 툇마루에 놓고 간다. 쓸쓸한 담장에 까치가 한 마리 와서 찌각 찌찌각 하고 운다.

"반가운 손님이 올란가?"

까치는 이내 날아가고, 한실댁은 약사발을 끌어당겨 입으로 가져간다. 머리칼이 희끗희끗하고 얼굴의 근육은 늘어져서 피곤한 빛이 역력하다.

"어무이?"

약사발을 놓으며 얼굴을 찌푸린 채 용옥을 쳐다본다.

"용숙 생이한테 한분 가보실랍니꺼?"

"······."

"남 빌려주는 돈, 부모 자식 간에 모른다 하겠십니꺼."

"나도 몇 분이나 생각해봤다만, 차마 발이 떨어져야지."

"어떻습니꺼? 미우나 고우나 부모자식간인데."

"여태 상종도 하지 않다가 아무리 내 배서 난 자식이라도 찾아가기가 섬찟하구마."

한실댁은 오랜 시일동안 그 생각을 하고 있었다. 실은 용옥을 오라 한 것도 같이 용숙이 집에 가자고 한 것인데, 막상 용옥이 입에서 말이 먼저 나오니 뒷걸음쳐지는 기분인 것이다.

용옥은 간신히 한실댁을 달래어 집을 나섰다. 서문고개를 넘어설 때 용옥은 가쁜 듯 어깨로 숨을 쉬었다.

"애기가 잘 노나?"

"야."

"우리 일은 그만두지. 내가 아쉬운 대로 꾸며 입을게."

침모를 내보낸 후 김약국댁의 바느질거리는 용옥이 갖다 해 보내고 있었다. 말로는 한실댁이 한다지만 벌써 눈이 어두워 바늘귀를 못 꿰는 형편이다. 그런데다가 입음새에 대해서 신경질적인 김약국의 시중은 보통이 아니었다. 아무리 망하여도 김약국의 생활풍도는 변함이 없었고, 위장병 때문에 음식에 대한 탓도 많았다. 기생 소청이 집에 자주 드나들건만 의복만은 반드시 집에서 벗었고, 소청이 집에 생활비가 가는 것도 아니니 불평할 수도 없는 처지였다.

마치 남의 집에 온 듯, 두려움과 서먹한 기분으로 용숙의 집에 들어섰을 때 용숙은 마루에 앉아 꿀을 친 경단을 먹고 있었다. 그는 처음 의아하게 어머니와 동생을 바라보았다. 두 모녀는 주춤하며 마당에 설 수밖에 없었다.

"아이고, 웬 바람이 불어서 우리 집엘 다 오십니꺼?"

처음 던지는 말투가 벌써 비양이다. 용옥은 한실댁의 손을 꼭 잡으며 걸어가 마루에 걸터앉는다.

"올라오라모."

용숙은 경단이 든 접시를 밀어내며 권해보기는 했다.

"괜찮소, 생이요."

"니는 소문도 없이 시집을 갔더구마. 내같이 팔자 사나운 사람이야 감히 갈 곳도 아니지만 생이 동생 시집가는 것도 모르고 있다니, 참 남사스럽지."

말만은 조리에 어긋난 것은 아니었다. 그러나 조리를 따지기보다 그는 그 자신이 굽히고 온 사람 앞에 선 우월감에서 너그러운 듯이 꾸며보는 것에 지나지 못하였다.

"물만 떠놓고 한 걸요."

용옥이 변명 비슷하게 뇐다. 한실댁은 몹시 불안한 듯 시선이 일정치 못하였다.

"와? 김약국댁 딸이 물 떠놓고 성례를 하다니?"

모녀는 죄인처럼 말이 없다.

"야아! 순애야, 거 경단 좀 가지오너라."

하고는 얼굴을 이쪽으로 돌린다.

"모두들 잘 있습니꺼?"

뒤늦게 안부를 묻는다.

"그럭저럭……."

처음으로 한실댁이 입을 열었다.

"아부니는 소청이 집에 사신다믄요?"

"다 울화 때문이지."

"와요, 딸들 땜에요?"

한실댁의 늘어진 얼굴 위에 열이 오른다. 딸들 때문에 그런 것도 사실이지만, 용숙이 그렇게 말하니 역정이 났던 것이다.
한실댁은 겨우 성을 삼키며,

"우리 집이 망한 건 통영 사람이 다 아는데 니는 몰랐더나?"

"그래서 울화가 나서 소청이 집에 갑니꺼?"

옛날 같으면 그냥 듣고 넘길 말이지만, 처지가 바뀌니 한실
댁은 저도 모르게 눈이 뜨거워진다. 계집아이가 경단 접시와
국김치를 담은 보시기를 얹은 상을 가지고 왔다. 용숙이 먹기
를 권하였다. 그러나 목구멍에 그 음식이 넘어갈 리는 없었다.

먹는 둥 마는 둥 하고 상을 물렸을 때 용숙은,

"시집간 새악시가 와 그리 몸꼴이 안 나노. 예배당에 댕길 때
하고 마찬가지 앙이가."

"지금도 예배당에 나가는데요."

용옥은 흰 적삼 곤색 치마를 입은 자신을 내려다보며 대꾸
한다.

"아따 너거 시압씨는 개명했는갑다. 그래 큰며느리가 예배당
에 나가믄 선영은 누가 모시노?"

"……."

"그런데 젊은 사람이 와 얼굴에 기미는 끼이노?"

"남의 위이거든."

한실댁이 대신 대답을 한다. 남의 위라는 것은 임신이라는
뜻이다.

"흐흠, 빠르기도 하다."

한실댁과 용옥은 다 같이 용건을 꺼낼 기회를 노렸으나, 용숙은 그 기회를 주지 않는 듯 연달아 말을 하였다.

"시상에, 나는 자식 아닌 줄 알았습네다. 내 욕볼 때 친정 식구라고는 개미 한 마리 얼씬 안 하고, 그 일이 있고부터는 발을 씻은 듯 내 문전에 찾아오는 일도 없고, 나도 포부가 많소. 이를 풋돌같이 갈았습네다. 보고 살자고…… 어장이 망하고 어쩌고 내 알 배 있습네까? 멸치 한 마리 안 보내니, 나도 부모 형제가 없거니 생각했지요."

"지나간 일 말해 뭣하노?"

한실댁은 어쩔 수 없이 비굴해진다.

"지나간 일이라고요? 가슴에 못을 딱 박아났는데, 지나간 일이라고요? 죽어도 잊지 못하겠습네다."

용숙은 언성을 높였다.

"생이, 성내지 마소. 성내지 말고 어무일 도와주이소."

용숙은 암팡스럽게 입을 다문다.

"길을 보고 뫼를 못 간다고 내가 여기 온 것은……."

한실댁은 말을 하다 말고 급히 손수건을 꺼내 눈물을 닦는다.

"어, 어장이 들어서 홈싹 망했다, 망했어. 개기는 안 나오고, 마, 막아놓은 어장 뜯어 치울 수는 없고 사방에 빚이니 손톱 찍어볼 곳이 없구나. 그, 그래서 니, 니한테 왔다. 남 놓는 이자로 오백 원만, 오, 오백 원만……."

눈물을 닦느라고 말은 몇 번인가 끊어졌다.

"저한테 무슨 돈이 있습네까? 나도 자식 데리고 살아야지요. 어디 웃목에 돈 싸놓고 사는 사람이 있습네까?"

용숙은 슬쩍 외면을 했다. 금비녀가 번뜩였다. 용옥의 얼굴이 하얗게 질린다. 한실댁은 더듬듯 하며 신발을 찾아 신고 한 손으로 용옥의 팔을 짚으며,

"니한테 이런 구박 들어도 싸지 싸아. 내사 이 문전에 발 딜여놓은 게 잘못이었다. 가자, 용옥아."

대문 밖에 나서자 딸도 울고 어머니도 운다.

일금백원야一金百圓也

"식구들이 다 죽었다 살았나?"

동문 밖의 윤씨가 기운 없이 들어오며 말했다.

"성님, 오십네까?"

돋보기를 쓰고 바느질하던 한실댁이 방문을 열고 나서며 반색을 한다.

"후유우잇! 아이고 숨차라. 이자 까꾸막*에 못 댕기겠네."

윤씨는 방으로 들어왔다. 식구가 줄고 살림이 궁해 온 집 안에 냉기가 돌아도 석류만은 철따라 소담스러운 꽃을 피우고 있다.

"그래 그동안 어떻게 지냈노?"

"숨이 붙었이니 안 삽네까."

"집구석에 망조가 들어서……."

멍하니 서로를 쳐다본다.

"태윤이한테서 소식이나 있습네까?"

"소식이 다 뭐꼬!"

"……."

"죽었는지 살았는지…… 무자식 상팔자라더니, 그 말이 맞다. 자식 없는 중이 사까."

그렇게 말하기는 해도 자식에 대한 집념이 그의 얼굴에 가득했다.

"작년 섣달에 소식이 있고는 영 없습네까?"

"하모. 작년 섣달에 돈 좀 부치달라는 편지가 난데없이 와가지고 영감이 빚을 내서 부치주지 않았겠나? 그라고는 통 소식이 없구마. 편지를 해도 되돌아오고…… 그눔 자식이 어쩔라고 하던 공부는 집어치우고, 참 자식도 마음대로 안 되더라. 그 빚을 갚노라고 영감이 밤잠 못 자고 일하는 것도 보기 싫고, 내사 그만 세상이 딱 귀찮다."

"진주 큰아아가 그만한 것……."

"말도 말아라. 공부 안 하고 마음대로 돌아댕기는 놈 줄 돈이 어디 있느냐고 칠석팔석이다. 설마 답답하믄 지 발로 걸어올 거라 함서 아주 딱 잘라버리는구나. 그러나 부모의 마음은 어

296

디 그런가? 이 자식이 어디 가서 고생을 하는가 싶으고……."

윤씨는 손수건을 꺼내 눈물을 닦는다.

"그놈이 지 성 말이나 듣고 곱게 공부나 했음 좋겠는데, 뭐할라꼬 지가 사서 고생을 하는지, 혼자서 날뛴다고 조선이 독립이 된다 말가……."

"그러게요."

"자식이란 품 안에 있을 때 자식이지, 다 소용없네라. 부모 가슴만 태우지."

"그러게요."

윤씨는 눈물을 거두고,

"용빈이는 잘 있는가?"

하고 묻는다.

"야, 어지 돈이 왔습니다."

"그래? 아이구 참 기특하제. 동생 공부시키믄서 무슨 여불이 있어서 집에 돈을 보내노?"

"그러니 지 고생이 오죽하겠십니꺼?"

"참, 가아는 났다. 어느 집 아들자식이 그러겠노?"

"그래도 딸자식, 갈 때가 되믄 시집가야지요. 집구석은 망하고 장찬 아들자식 하나 없이 영감이 불쌍합네다, 성님."

"아따 말 말어라. 아들이나 딸이나, 아들도 장가가고 나니 전 같지 않다. 우리도 며느리 손에 밥 얻어묵을 생각은 안 한다. 영감도 내 곰뱅이 성할 때까지 두 늙은이가 엎드려 있는 게 편하다 함서 당신이 돌아가시거든 아들한테 가라 하누마."

서글퍼서 서로 하소연을 하고 있는데 용옥이 보따리를 들고
들어왔다.

"아가아, 오나아?"

"야, 큰어무이 오싰십니꺼?"

"욕본다아. 없는 살림에 친정일까지 돌보고, 그거는 뭐꼬?"

용옥이 내려놓은 보따리에 눈을 주며 윤씨는 묻는다.

"아부니 옷입니더."

"어이구, 배가 차도박 같은데……."

윤씨는 혀를 끌끌 찬다.

"아, 시상에 김약국도 딱하지. 입음새나 소청이한테 맽기지
그래."

"생활비도 안 당해주는데 그럴 수 있습네까? 요새는 영감이
늘 아파서 약시중 들기도 구찮을 깁네다."

"지가 좋아서 붙어 사는데 그만한 일 마다할까."

"그래도 노는 여자가 돈도 안 바래고 사는 기 엄첩*지요."

"아따 첩의 편역을 드니께 집안은 편하겠다."

세 사람은 비로소 쓰디쓴 웃음을 짓는다.

"대관절 어장은 어찌 된다 카노?"

기미가 가득 솟은 얼굴을 용옥은 돌렸다.

"연 삼 년을 내리 잡아묵고 들어가는 판인데 서 서방 혼자서
동 가자 서 가자 애를 쓰지만 어디 돼야지요. 영감한테 서 서방

298

이 그만 때리치우자고 몇 분이나 말을 해도 끝장까지 보자 하지 않습네까? 참 기가 찰 노릇이지요."

"온 고집도."

윤씨는 다시 혀를 끌끌 찬다.

"계십니꺼?"

세 사람은 서로 얼굴을 바라보며 앉아 있는데 낯선 사나이 한 사람이 들어섰다.

"누구십네까?"

한실댁이 치맛말을 치키며 마루로 나갔다. 낡아빠진 중절모를 쓴 삼십 남짓한 땅딸보 사내였다.

"저 동훈이 어무니가 가라고 해서 왔십니더."

"동훈이네가?"

"예."

"그 좀 앉소."

사나이는 낡은 중절모를 벗어 마루에 놓고 앉는다.

"무슨 일로 왔소? 동훈이네가 집에 볼일이 없을 긴데."

"모친께서 일전에 매우 섭섭히 여겼을 겁니다만……."

"아아니, 댁은 누구옷?"

"지 말입니꺼? 모친께서 모르십니꺼? 이것 실례, 지는 동훈이 어무니 일을 봐드리고 있는 서깁니더. 방 서기라 불러주십시오. 고향은 부산입니더."

땅딸보 사나이는 술집 계집처럼 간사스럽게 눈 가장자리에 주름을 모으며 웃었다. 그러고 보니 낡은 가방에 낡은 모자, 일수장이가 역력하다.

"그 용숙이가 대단하구마. 서기까지 들여놓고 돈놀이를 하나?"

윤씨는 못마땅한 어조다.

"하, 아무래도 부인네가 혼자서 할 수야 있습니꺼? 다 이런 심부름꾼이 있어야 합니더, 헤."

사나이는 곁눈질을 하면서 말하였다.

"그래, 무슨 말이오?"

사나이는 부시럭부시럭 양복 안주머니를 뒤적거리더니 봉투 한 장을 꺼내어 한실댁 무르팍에다 바싹 들이대며,

"저 실은 지가 심부름을 왔습니더. 좀 전해달라고 하시더 만요."

"대체 뭐요? 내사 까막눈이 돼서 글을 못 읽소."

"편지 아닙니더. 돈입니더, 돈이라요."

"돈?"

"펴보시이소."

한실댁은 봉투 안의 것을 꺼냈다. 백 원짜리 지폐가 한 장 들어 있었다.

"이거 날 주는 거요?"

"예, 동훈이 어무니가 주시더만요. 좋으니 궂으니 해도 자식이 제일 아닙니꺼. 헷헤헤……."

어떻게 그리 사정을 잘 아는지 사내치고 꽤도 구변이 좋다. 한실댁은 잠자코 돈을 밀어 넣더니 사나이 무릎 밑으로 바싹 밀어붙인다. 사나이는 방정맞게 눈을 깜빡거린다.

"와 이러십니꺼?"

"당신이 알 일은 아니오. 그냥 도로 갖다주믄 됩네다."

한실댁은 더 이상 말할 필요가 없다는 듯 윤씨에게 시선을 돌렸다. 그러나 윤씨와 용옥은 다 같이 그 봉투를 주시하고 있었다.

"진 모르겠십니더만 하여간 그렇게 전하겠십니더."

사나이는 얄팍하게 웃으며 봉투를 양복 안주머니에 집어넣고 모자를 눌러쓰며 나갔다.

사나이가 나간 뒤에 세 사람은 방바닥을 내려다보고만 있었다. 먼저 입을 연 사람은 윤씨였다.

"그냥 받아두지 그래? 어려운데, 무슨 심성이 씌어서 했는지. 지 딴에는 큰마음 묵었구마……."

용옥과 한실댁이 용숙의 집에 구걸 간 일을 모르는 윤씨는 돌려보낸 돈에 대하여 무척 아쉬운 표정이다.

"무슨 떼부자가 되겠소, 그 돈 있으나 마나 망하기는 매일반이오."

용옥은 먼 산을 바라보고 있었다.

"어무이, 잘했십니더."

까칠한 입술을 달싹거렸다.

까마우야 까마우야

백로가 지나고 나서 하늘은 가을답게 높아지고, 바람은 제법 선들거리며 수풀을 흔들었다. 판데 너머 용화산의 산봉우리는 푸른 하늘 속에 뚜렷이 솟아 있었다. 산 중턱에는 벌써 단풍이 드는지 누릿누릿 물들고 있었다. 바다 빛은 더욱 푸르고, 해명 나루 쪽에서 나룻배 한 척이 하느적거리듯 건너오고 있었다.

"성님, 나룻선 타고 건너갈랍네까?"

"그만 굴로 가지이. 연불이나 뫼시고 가자."

두 중늙은이는 나들이옷을 입고 시름시름 걸어간다. 그들은 용화산에 불공을 드리러 가는 길이다. 숙고사 치마와 숙수 단속곳이 마찰하는 소리가 사각사각 들려온다. 그들은 급격하게 경사진 해저 터널로 들어갔다. 내리막길을 한참 동안 내려가니 터널은 왼편으로 굽어진다. 외부의 광선은 차단되고 침침한 어둠이 코앞에 닿는다.

"불이 꺼졌는가 배?"

윤씨의 목소리가 콘크리트 벽에 윙 하고 울린다. 메아리가 되고, 그 메아리는 다시 메아리가 되어 긴 동굴 속에 벽을 치며 번져나간다.

"불 안 꺼졌습네다. 저기 전깃불이 있네요."

천장에 전등불이 둔중한 빛을 발하고 있었다. 그러나 두 중늙은이는 서로 손을 잡고 더듬거리듯 앞으로 나간다. 터널 바닥에 물이 괴어 질벅질벅하였다. 모터로 물을 뽑아내건만 언제나 이곳에는 습기와 물이 괴어 있는 것이다.

"나무관세음보살."

윤씨의 목소리는 또다시 웅 하고 울려나갔다.

"동숭아."

"야?"

"우리가 죽으믄 이런 어두운 굴을 지나가겄제."

"그러게요."

"아마도 저승길이 이럴 기다. 나무관세음보살, 나무관세음보살……."

어둠에 익자 그들은 잡았던 손을 놓고 염불을 외며 간다.

"동숭아."

"야?"

"우리도 이자 갈 날이 얼매 안 남았고나. 근심 걱정 없이 저승길이나 닦아야 할 긴데. 사람 사는 게 어디 그렇나. 쯧쯧……뭐하고 다 늙었는고, 참 서글프제."

"성님도 한이 있습네까?"

"한이 있고말고. 만석꾼은 만석꾼대로 한이 있을 기고, 두 간 초막에 사는 사람은 그런대로 한이 안 있겠나."

"성님이 그런께 나는 할 말이 없습네."

"사람이 갈 때가 되면 빈손 빈 몸으로 혈혈단신[孑孑單身] 떠나고야 말 긴데. 애탄글탄하고 와 사는지 모르겠다."

"이승에서 죄갚음 하느라고 안 그렇십네까?"

그들은 다시 염불을 외기 시작한다. 터널은 끝났다. 눈부신 광명이 내리쏟아지는 벌판으로 나왔다. 용화사로 올라가는 백도白道가 한 줄기 뻗어 있었다. 왼편 해변가 포전에선 농부들이 일하고, 아이들이 네댓 바닷가에서 조개를 파고 있었다. 동구 밖까지 왔을 때 낙엽이 제법 쌓여 있었다. 산은 가을이 이르다. 도토리를 줍던 아이 하나가 다람쥐처럼 뛰어간다.

그들은 절에서 하룻밤을 묵고 새벽에 불공을 올린 뒤에 한나절이 다 되어 절에서 내려왔다. 입을 떡 벌리고 있는 듯한 아치형 터널 입구가 보이는 지점까지 내려왔다. 일본인 주부들이 집단적으로 살고 있는 강산촌岡山村으로 이르는 길이 한 가닥 마련된 삼가름 길 위였었다.

"까마우야, 까마우우야! 울 엄마 누부 집에서 밥 많이 얻어오게 해두우랏! 까마우야! 까마우우야! 우리 집에 돈 좀 갖다 두우랏!"

아이가 외치는 노오란 목소리다.

둥글평평하게 판 웅덩이에 토막 나무를 두 개 걸쳐놓은 뒷간에 엉덩이를 까고 앉아 있던 아이가 날아가는 까마귀를 보고 외쳤던 것이다.

"응, 쯧쯧……."

윤씨가 혀를 찬다. 지난가을에 이엉을 갈지 못했던지 시커멓게 썩은 지붕에는 풀이 우묵장성이요, 잎이 시들어빠진 박이 두 덩이 굴러 있는 울타리 없는 초막이었다. 길을 향하여 그 내부를 낱낱이 드러내놓고 두 채가 가지런히 서 있었다. 마루에는 그물기계 위에 앉은 여자가 철거덕철거덕 그물을 짜고 있었다.

"까마우야, 까마우야! 우리 집에, 오마야!"

아이는 날아가는 까마귀를 따라 얼굴을 젖히다가 그만 뒤로 발딱 나자빠진 것이다.

"아이구매! 저 새끼가!"

윤씨와 한실댁이 쫓아가기도 전에 그물을 짜던 여자가 뛰어내렸다. 그는 똥구덕 속에서 허우적거리는 아이의 멱살을 덥석 잡아 마당에 팽개친다. 오물을 홀딱 뒤집어쓴 아이는 그냥 뻗어버린다. 여자는 바가지에 물을 퍼가지고 아이에게 퍼부으면서 새된 목소리를 질렀다. 아이는 뻗은 채 아앙 하고 약한 목소리로 울었다. 두 중늙은이는 딱하지만 구경을 하고 서 있을 수밖에 없었다.

"이눔 새끼야! 방정맞게 구쇠에는 와 빠졌노!"

"큰일 날 뻔했다."

윤씨가 길 이편에서 말을 건네는 바람에 여자는 얼굴을 돌렸다.

"아이구, 김약국댁 어무이 아닙니꺼?"

여자는 반색을 하며 물을 퍼붓던 손을 멈추었다.

"니가 누고오?"

한실댁은 의아해한다.

"남해환에 탔던 모구리 여편넵니더."

"아아."

한실댁은 기억을 되살리려는 듯 여자를 빤히 쳐다보고 있었다. 그러나 그의 얼굴에는 차츰 난처한 빛이 돌았다. 그는 마당으로 들어서며,

"이 사람아, 어떻게 지내노?"

눈앞에 보이는 모든 것이 그의 생활을 여실히 대변해주건만 한실댁은 그 말로써 궁색한 인사를 치르지 않을 수 없었다.

"죽지 못해서 안 삽네까? 죽난금난해도 입에 풀칠하기가 어렵구마요."

여자의 눈에 눈물이 글썽 돌았다. 아이는 땅바닥에 일어나 앉아 어어엉 하고 가는 울음을 뽑고 있었다. 걸레처럼 해어지고 옷이랄 것도 없는 것을 걸친 아이의 배는 불룩 솟아 있고, 팔다리는 꼬챙이처럼 가늘어 손만 대면 뽀도독하고 부서질 것만 같았다.

"니 아들가?"

"아닙니더. 이 집 아압니더."

"그럼 너거 집은?"

여자는 옆집을 가리켰다.

"야아 어매는 딸네 집에 갔습니더. 하도 밥 달라고 울어쌓아서 양식 좀 얻으러 갔는데 큰일 날 뻔 안 했습니꺼?"

여자는 아이를 내려다본다.

"구쇠에 빠지믄 떡을 멕이얄 긴데."

윤씨가 혼자 중얼거린다.

"떡이 다 뭡니꺼. 명절에도 못 묵는 떡을요."

아이가 눈을 희번덕거린다.

"돌이 아배도 그때 죽었습니더. 어매가 나하고 같이 그물을 짜고 살았는데 다리를 다쳐가지고 그만 그 일도 못합니더. 그래서 매갈잇간에 쌀가리로 댕기는데 그것도 요새는 일이 없어 굶기를 밥 묵듯 안 합니꺼."

한실댁은 예사로 하는 여자의 말에 가슴이 찔렸다. 마치 자기의 잘못으로 이네들이 불행한 것처럼 느껴지는 것이다.

"니는…… 니는 아아가 없나?"

"와 없습니꺼. 모두 잔밥에, 밥산 노릇을 할라믄 아득합니더. 우리 아이들은 조개 파러 가고 지금 없십니더."

"성님, 여기 좀 계시소."

"어디 갈라꼬?"

"어지 옴서 본께 굴 앞에 떡을 팝디다."

"응, 그래."

"아이구, 어무이요, 그만두이소, 뭐할라꼬요?"

한실댁은 종종걸음으로 치맛자락을 거머잡으며 간다. 굴 앞의 양켠에는 군것을 파는 노점이 있었다. 터널로부터 오른편에 마을이 있고, 조그마한 소학교가 있어 장사가 되는 모양이다.

한실댁은 떡을 사가지고 오던 길을 되돌아왔다. 아이는 떡을 보자 침을 꿀꺽 삼켰다. 배가 우글우글 운다. 여자는 눈 밑으로 떡을 흘겨보았다.

"빈속에 많이 묵으믄 안 된다. 두 개만 묵고 내일 묵으라. 응?"

한실댁이 아이를 타이르며 마루 끝에 떡을 펴놓고 두 개를 집어준다.

"하모, 빈속에 많이 묵으믄 안 되지. 구쇠에 빠지믄 양밥으로 떡을 묵어야제."

윤씨도 한실댁을 거들어서 말을 하였다. 그새 아이는 떡 두 개를 게 눈 감추듯 삼켜버렸다. 그리고 혀를 내밀어 입술을 빨면서 눈은 떡으로 간다. 여자의 목에서도 침 넘어가는 소리가 들려왔다.

"니도 하나 묵어봐라. 점심도 안 묵었을 긴데……."

한실댁이 권하니까,

"뭐 지사……,"

사양을 하는 것이었으나, 동한 식욕을 이기지 못하여 여자는 도둑질이라도 하듯 살짝 떡 한 개를 집어 얼른 한입에 밀어 넣는다.

"우리도 망하고 너거들도 못살게 됐으니 다 그게 뉘 탓인지 모르겠다."

한실댁은 멍하니 길 건너를 바라본다.

"다 복이 없어서 그런 거로 어쩝니꺼? 전생에 죄를 많이 지어서 안 그렇습니꺼?"

길 저만큼 여자가 절뚝거리며 걸어온다. 한실댁은 돌이 엄마라 생각하였다. 사십 가까이 돼 보이는 여자는 보따리 하나를 이고 무슨 석유병 같은 것도 하나 들고 너그적너그적 절뚝거리며 기운 없이 걸어온다.

"옴마얏!"

아이가 소리 지른다. 떡 두 개가 배 속에 들어가니 기운이 불끈 솟는 모양이다.

여자는 집 안에 들어서도 두 손님에 대하여 하등의 관심도 없는 모양으로 쳐다보지도 않고 마루 끝에 보따리를 내려놓으며 휴우 하고 숨을 크게 쉰다. 등이 빠진 광목 적삼이 축축하니 젖어 있다.

"아이구 돌이 어매, 큰일 날 뻔했소. 돌이 새끼가 구쇠에 안 빠졌겠소이."

젊은 여자 말에 돌이 엄마의 얼굴은 약간 변화를 일으켰으나 말이 없다. 그는 수건을 벗어 머리를 턴다. 뿌연 가루가 떨어진다.

"오늘 일했소?"

"나가니까 마침 일거리가 있어서 반나절 했다. 딸네 집에는 못 가고 삯 받은 것 가지고 사래기 한 되 사고 간개기물만 얻어 가지고 왔다."

돌이네는 비로소 두 손님을 눈여겨본다. 그의 눈이 한실댁에게 머무르자 입을 실룩거린다. 한실댁을 알아본 모양이다. 그러나 그것은 심한 적의敵意를 품은 것이었다. 한실댁은 젊은 여자를 처음 대했을 때보다 더욱 난처한 얼굴이 되었다.

"돌이 어매요, 김약국댁 어무이 아닙니까? 마침 지나가시다가 구쇠에 빠지는 걸 보고 일부러 떡까지 사가아 오싰소."

"배애지 터지게 처묵겄다."

돌이네는 증오에 찬 목소리로 말하며 아이를 발길로 찼다.

"그만 뒤이져라! 내 원수야, 구쇠는 와 빠졌노! 그만 빠져 죽어버리제."

"아앙!"

아이가 입을 떡 벌리고 운다. 분명히 한실댁에 대한 역정이다.

"보소, 누구에 대한 악정이오? 죄 없는 아이 치지 마소."

윤씨는 얼른 공기를 알아차리고 좀 강압적으로 나갔다. 돌이네는 대꾸도 하지 않고 부엌으로 들어간다.

"해 묵고 살 거는 없지요, 배창자를 아무리 조아도 저녁 한때 미라놓고 살 수 없으니 악에 받쳐 그러는 겁니더. 어무이요, 언짢게 마음에 끼지 마시이소."

젊은 여자는 대신 사과를 한다.

"우리 일 때문에 사람 잃고, 저 고생이니 와 원망이 안 나오겄노?"

한실댁은 말하면서 주머니를 털었다. 모두 일 원짜리가 두 장, 십 전짜리가 세 닢이다.

"이거 적지만 쌀 말이나 사가지고 두 집에서 갈라 묵으라."

여자의 얼굴이 빛났다. 하루 십 전을 벌려면 눈앞이 캄캄한데 이 원 삼십 전, 그들에게는 큰 돈이다.

두 중늙은이들은 하직하고 나왔다. 그들은 터널 속에 들어섰다. 어제 올 때와 사뭇 다른 기분으로 그들은 말없이 걷기만 한다.

"정국주 마누란 절에만 갔다 오믄 부정 탄다고 입을 옴아쥐고 말을 안 하더라만 우린 그럴 수가 없네. 정신이 부실해 그런지 몰라도 사람을 보고 어찌 말을 안 하노?"

윤씨가 말을 꺼냈다.

"부처님이 아실 겁니다."

그들은 묵묵히 걷는다. 굴을 빠져나오자,

"성님."

"와?"

"우리는 청풍당에 앉았습네다."

"와?"

"깡보리밥을 묵었음 묵었제, 사래기밥은 못 묵는다 캅디다."

한실댁은 줄곧 그것을 생각하며 걸어온 모양이다.

"죽을 쑤어 묵겄지. 그래도 쌀물이라고 곡구가 된다."

"소금도 없는가 보지요. 간개기물을 얻어 온다 안 캅디까?"

윤씨는 대꾸가 없다. 간개기물이란 어물전에서 간한 생선에
서 떨어지는 물이다.

"가난은 나라서도 못 당한다 안 카나."

집으로 돌아온 한실댁은 헌 옷가지를 챙겨서 여문이를 시켜
굴 너머 다녀오라고 했다. 얼마 후 돌아온 여문이는,

"어무이, 참 불쌍합디다. 울어쌓대요."

"누가?"

"젊은 여자는 좋아서 입이 함백이처럼 벌어지는데 그 절름발
이 어매는 자꾸 울어쌓아서 참 불쌍해 죽겠십디더."

"그래?"

"진작 알았으믄 갖다줄 거로."

"어디 그런 사람이 한둘이겠나? 내일 댄장 좀 갖다주어라.
소금도 없는 갑더라."

"우리도 댄장은 모자랍니더. 어장에 다 퍼가지고 조금밖에
없십니더."

"우리는 동문 밖 성님댁에서 얻어다 묵지, 무슨 식구가
있나."

호느낌

"애기 있나?"

말소리와 동시에 방문이 스르르 열린다.

"어머!"

용옥은 소스라치게 놀라며 아이에게 물리고 있던 젖꼭지를 얼른 빼고 옷매무새를 고친다. 서 영감은 곁눈질하듯 힐끔 며느리를 쳐다본다.

"기두는 온다 카나, 안 온다 카나?"

"올 깁니더."

"도무지 그놈의 되지도 않는 어장에 눌어붙어 살림을 알아야제."

용옥은 말없이 아이의 얼굴을 내려다본다. 털이 뽀오얀 갓난 아기는 문밖에서 스며드는 광선이 눈에 부신 듯 머리를 비비며 눈살을 찌푸린다.

"지 새끼 얼굴도 안 보고 싶은가?"

서 영감은 묘하게 아첨하듯 말하고 혀를 끌끌 차면서 방문을 도로 닫는다. 용옥은 시아버지가 가끔 방문을 불쑥 여는 데는 질색이다. 그래서 어떤 긴장감에서 늘 마음이 놓아지지 않는 것이다.

용옥은 아이를 다독거려 눕혀놓고 그 얼굴에 자기의 볼을 비비며,

"아부지는 니도 보고 싶지 않는갑다."

시아버지의 말을 되풀이하는데 아이 얼굴에 눈물이 떨어진다.

"가만히, 가만히 있거라. 아가야, 우리 아가야."

용옥은 옷고름으로 눈물을 씻고 밖으로 나온다. 저녁을 짓기 위하여 부엌으로 들어간다. 오래 묵은 부엌이나마 말끔하게 치워져서 밥풀이 떨어져도 주워 먹을 정도다. 용옥은 낮에 씻어놓은 쌀을 헹구어 솥에 안치고 불을 지핀다. 갈비[枯松葉] 불은 연기도 나지 않고 잘 붙는다. 부지깽이로 갈비를 헤치면서,

"대련님은 와 안 오실꼬……."

학교에서 아직 돌아오지 않는 시동생을 걱정한다. 용옥은 진종일 시아버지하고 둘이만 있는 것이 싫었다. 저녁을 지을 때는 언제나 시동생이 안 돌아온다고 혼자 중얼거리는 것이 버릇이 되어버린 것이다. 뜰에서 시아버지의 기침 소리가 콜록콜록 들려온다. 용옥은 밥이 끓는 것을 보자 뒤란으로 돌아갔다. 밥 위에 얹은 된장국에 방아를 넣기 위하여 방앗잎을 뜯으러 가는 것이다. 방아는 상큼한 향기를 뿜으며 보랏빛 꽃을 피우고 있었다. 용옥은 꽃이 떨어지지 않게 조심하며 방앗잎을 뜯는다.

"곧 서리가 내릴 긴데 꽃이 아직 있구마."

어느새 왔는지 서 영감이 뒤에서 말을 걸었다.

"예, 아부니."

용옥은 일어섰다. 서 영감은 며느리 곁으로 바싹 다가서며,

"거 방아 냄새 좋구나. 좀 더 뜯제."

하고, 며느리 손에 있는 방앗잎을 받을 듯 며느리의 손에 자기의 손을 댄다. 용옥의 얼굴이 질린다. 서 영감은 무안한 듯 슬

며시 웃고 앞으로 돌아 나간다. 용옥은 잠자코 부엌으로 들어가 방앗잎을 씻는데 대문 열리는 소리가 들려온다.

"기두가?"

다소 당황한 듯한 서 영감의 목소리에 이어,

"야."

기두의 굵은 목소리다.

"참 니 보기 어렵구나."

기두는 대답 없이 마루에 앉는다. 용옥은 일손을 멈추고 부엌에서 귀를 기울인다.

"어데 갔습니꺼?"

"에미 말간?"

"야."

"밥하는가 배."

밖의 말은 중단되었다. 용옥은 남편 밥그릇을 꺼내어 맑은 물에 씻은 행주로 몇 번이나 닦는다.

"아, 형님 왔습니꺼?"

시동생이 돌아온 것이다. 용옥은 행주치마에 손을 닦으며 밖으로 나간다. 남편의 얼굴을 바로 보지도 못하고,

"저녁은?"

기두는 시무룩한 표정으로 고개를 저었다. 안 하겠다는 것이다.

용옥이 저녁 시중을 들고 있는 동안 기두는 아랫방에 혼자

들어가서 아이를 한번 쳐다보고는 담배를 꺼내서 피워 문다.

용옥은 서둘러 뒷설거지를 한 뒤 몰래 얼굴을 씻고 행주 자락으로 닦은 뒤 아랫방 문을 열었다. 기두는 용옥이 방에 들어서도 알은체하지 않고 무슨 생각에 잠겨 있었다. 용옥은 살며시 무릎을 꿇고 앉으며,

"애기 한번 안아보시이소."

기두는 얼굴을 돌리고 용옥을 쳐다보았다. 쌀쌀하기 그지없는 눈이었다. 그래도 용옥은 아기를 남편 무릎 밑으로 살며시 밀어준다.

"안아보믄 뭐하노?"

기두는 아이를 도로 밀어내고 기지개를 켜면서,

"아, 고단하다."

"이불 펴드릴까요?"

"그만두어."

"일찍 주무시지요. 고단하시다믄요."

그러자 안방에서 서 영감이 시동생을 나무라는지 부산한 말소리와 재떨이에 담뱃대를 두들기는 소리가 요란하게 들려왔다. 용옥은 이불을 꺼내어 깐다. 기두는 용옥을 가만히 바라보고 있었다.

기미가 아직 다 벗어지지 않은 얼굴에 오늘 밤따라 별나게 광대뼈가 불거진 듯한 얼굴, 기두는 자기 체내에 돌고 있는 피가 식는 것을 느낀다. 애써 불러일으키려던 정감은 도리어 멀

리멀리 달아나버린다. 기두는 구역질이 나도록 싫었다. 용옥이가 싫었는지, 억지로 도발시키려던 정욕에 대한 혐오였는지 분간할 수 없다. 기두는 벌떡 일어섰다.

"가야지."

용옥은 벌떡 따라 일어서며 기두의 옷소매를 꽉 잡았다.

"왜 이래?"

기두는 뿌리치고 밖으로 뛰어나왔다. 그는 서 영감에게 간단 말도 없이 대문을 열고 거리에 나섰다. 거리에 나서는 순간 그의 마음에는 연민과 회의가 먹물처럼 내리깔렸으나 발길은 돌려지질 않았다.

'지 짝을 만나야 하나 부다. 지 짝을 만나야 하나 부다.'

기두는 마음속으로 몇 번이고 중얼거렸다. 그는 갯가 술집으로 찾아들어가서 온 전신이 젖도록 술을 퍼마시고 그날 밤은 지분 냄새가 물씬물씬 나는 작부를 안고 잤다.

기두가 나간 지 얼마 안 되어 용옥은 아이를 둘러업고 나섰다.

"아부니, 지 친정에 다녀올랍니더."

하고 방문 밖에서 말을 했다.

서 영감은 방문을 화닥닥 열면서,

"와? 넓은 방 놔두고 내외간이 여관에 갈란가?"

듣기에 민망스러울 지경으로 야비하게 비꼬았다.

"아, 아닙니더. 아아 아부지는 내려갔심더."

"흥! 아들 며느리가 김약국 살림을 안팎으로 살아주다가 서씨네 가문에 숟가락 몽댕이 하나 남겼나?"

평소에는 늘 며느리 비위를 맞추느라고 친정에 자주 드나들어도 아무 말이 없었던 서 영감이었는데, 오늘 밤의 신경질은 확실히 상식에서 벗어난 짓이 아닐 수 없었다. 용옥은 시아버지가 방문을 닫는 것을 보고 밖으로 나왔다.

서문고개에 올라섰을 때 빗방울이 얼굴을 쳤다. 용옥은 물 길어 가는 처녀에게 포대기를 올려 아이 머리에 씌워달라 했다.

"아이구 갓난아기네요. 아들입니꺼?"

안면이 있는 그 처녀는 포대기로 아이를 씌워주며 물었다.

"딸 앙이가."

용옥은 서문고개를 넘었다. 찬비보다 뜨거운 눈물이 얼굴을 더 많이 적셨다. 그는 친정으로 가지 않고 간창골을 빠져나와서 예배당으로 들어섰다. 아무도 없는 빈 예배당 안에는 불만이 휘황하게 밝았다. 용옥은 꿇어앉아서 한참 동안 흐느껴 울다가 기도를 올린다.

"주여? 죄 많은 이 인간을 용서하시옵소서. 불쌍히 여기시어 보살펴주시옵소서. 이 세상에 모든 인간들이 저를 버려도 주님께서는 저를 버리지 않으시길 믿고 있나이다. 주님 가까이 있는 한 제게는 평화가 있고, 온갖 수모도 말짱히 가셔지고 광명과 사랑으로 살아가겠나이다. 주여! 저를 용서하심과 아울러

시아버님을 넓으신 그 마음으로 용서하여주시옵소서. 남편을 용서하여주시옵소서. 그분들을 주님 가까이 인도하여 주시길 간절히 바라나이다."

가을비가 예배당 함석 지붕을 두들긴다. 유리창에서 빗물이 흘러내렸다. 번개가 번득이면서 무서운 뇌성이 천지를 진동한다. 용옥은 더욱더 격렬한 목소리로 미친 듯 기도를 올리며 흐느껴 울었다.

제 5 장

봉사 개천 나무라겠다

멘데 막바지, 부잣집 맏아들을 세간 낸 집이라고 초가집 틈새기에 끼어 있는 네 간 기와집의 기둥은 제법 큼지막하였다. 연학의 부부가 살고 있었다. 큰댁이 있는 도로골과 이 멘데 막바지는 통영읍에 있어서 거의 끝과 끝으로 상당히 먼 거리를 두고 있었다. 연학이의 부모들이 얼마나 진저리가 났으면 아들 내외를 그렇게 먼 곳으로 쫓았는지 능히 짐작되는 일이었다. 머슴이 쌀과 장작, 그리고 용돈을 갖다주었으나, 그들 부모는 아들네 집에 발 그림자도 없었다.

집 안에 살림이라곤 거의 없다. 장독대에 된장, 고추장 항아리가 있기는 했다. 뚜껑이 열려 있는 항아리 속에는 빗물이 괴어 있고 구더기가 득실거리고 있었다.

용란의 집에 들어선 한실댁의 눈은 장독으로 먼저 갔다. 그는 항아리 속을 들여다보며 오만상을 찌푸린다.

"분순아!"

계집아이를 부른다.

"야아."

길게 꼬리를 뽑으며 대답을 하고 계집아이가 느릿느릿 걸어 나왔다.

"할무이, 오싰습니꺼!"

"이게 뭐꼬, 어서 국자 가지고 오너라."

계집아이가 가져온 국자를 받은 한실댁은 옷소매를 걷어 올리고 흥건히 괸 물을 퍼낸다. 그리고 구더기가 득실득실하는 위를 걷어서 버린 뒤 작은 단지에 각각 된장, 고추장을 갈라놓고 항아리는 신문지로 싸맨다.

"물 묻은 손으로 된장을 퍼도 가시가 생기는 법인데 비를 맞혔으니 될 말이가."

"심부름 갔다 오니께 그만 비를 안 맞혔습니꺼."

"그래, 집에는 아무도 없었길래 장독 뚜껑을 못 덮었나?"

한실댁은 손을 씻으며 화를 낸다.

"아지매가 계싰십니더."

"쯧쯧…… 언제나 철이 날꼬. 너거 아지매는 본시 살림할 줄 모르는 사람이니께 분순이 니가 장무새 같은 것 단속을 잘

해라."

"야아."

"그래 아지매 아재씨는 없나?"

"아재씬 나가고 아지매는 지금 잡니더."

"이 대낮에……."

다시 혀를 끌끌 차면서 한실댁은 툇마루로 가서 걸터앉는다.

"어짓밤에 쌈했심더."

"또오……."

놀라운 보고는 아니다. 그들은 하루 세끼 밥 먹는 거와 마찬가지로 늘 싸움질을 한다. 한실댁은 집 안을 쭉 훑어본다. 이번에는 또 무엇이 없어졌나 생각하며. 우물가에 찌그러진 세숫대야가 굴러 있다. 시집갈 때 맞춰서 보낸 놋대야가 눈에 안 보인다.

'그놈이 또 들고 나갔구나.'

양념단지 열두 개란 소문이 퍼졌던 만큼 옷, 이부자리는 말할 것도 없고 빠지는 것 없이 세간을 갖추어 보냈건만 이제는 기둥만이 우뚝 눈에 띄는 듯하였다. 마룻바닥에는 쌀가마가 절반이나 빈 채 굴러 있었다. 감나무 뒤주가 없어진 지는 이미 오래전의 일이다.

"어무이, 왔습니꺼?"

잠이 깬 용란이 부스스한 머리를 걷어 올리며 방에서 기어나오듯 나왔다. 눈 밑에는 피멍이 시퍼렇게 들어 있고, 눈두덩이 온통 부풀어 올라 눈동자가 보이질 않는다.

"아얏!"

허리를 펴려다가 그는 외마디 소리를 질렀다.

"아이구, 그만 죽어라. 내 간장에 인병 그만 들이고……."

"그놈이 가락지 안 준다고 막 패고 손가락을 물어뜯고 안 합니꺼?"

무수한 핏자국이 난 손등을 들어 보인다. 손가락에는 가락지를 끼었던 자국만 하얗게 남아 있을 뿐 가락지는 없었다. 기어이 빼앗긴 모양이다. 용란은 그렇게 아귀다툼을 했다면서도 없어진 가락지에 대한 미련의 빛도 없었고 자신의 불행한 신세를 비관하는 기색도 안보였다.

'차라리, 차라리, 한돌이 그놈하고나 맞춰줄 거로.'

이미 소용없는 후회를 해본다.

"아편을 못 찌르믄 막 미칩니더. 깝데기까지 벳길라고 안 합니꺼. 뭐, 갈아입을 옷이나 있는 줄 압니꺼?"

"와, 저거 집구석 거나 팔아묵지 뭘 해줬다고 계집 거를 뺏아가노?"

올 때마다 하는 말을 되풀이한다.

"큰집에 발을 붙이게 해야 말이지요. 몸뚱이 뜸질이나 당하기 십상이지. 접때도 돈을 훔쳐내다가 시동생하고 시아버지한테 죽도록 얻어맞았다 안 캅니꺼. 아야얏!"

용란은 다리를 펴려다가 다시 외마디 소리를 지른다.

"저 원수가 또 기 들어온다."

용란의 말에 한실댁이 가슴이 철썩 내려앉는다. 아닌 게 아니라 연학이 유령처럼 마당에 서 있었다. 창백한 얼굴, 앙상한 나뭇가지 같은 몸매, 눈이 게슴츠레하였다. 그는 한실댁을 보자 슬그머니 외면을 한다.

"이리 좀 와서 앉게."

한실댁의 목소리가 노여움에 떨려 나왔다.

"와요?"

혀가 안으로 밀려드는 듯한 목소리로 시치미를 뗀다.

"와요가 뭐꼬, 몰라서 묻나?"

"알믄 어짤 기요?"

역으로 나온다. 앉으려 하지도 않고 장승처럼 서 있다가 부시럭부시럭 호주머니 속을 뒤지기 시작한다.

"대체 자네가 사람이란 말인가? 인피人皮를 뒤집어썼기로서니……."

"저년은 사람입니꺼? 남편 얼굴을 할퀴고, 당신 딸 말입니더. 피장파장 아닌가요?"

제법 말은 그럴싸하게 한다.

"이 몹쓸 인사야, 눈이 있거든 이년 꼴 좀 똑똑히 봐라. 개백정이라도 사람을 이렇게 치지는 않을 기다."

"버르장이 고칠라고 그랬소."

"계집 버르장이 고치기 전에 니 버르장이나 고치라. 그러믄

327

이년을 죽이도 말 안 하겠다."

"내 무슨 버르장이를 고치란 말이오? 허 참, 듣던 중 망측한 소릴 다 듣겠네."

"뭐 땜에 세간을 들고 나가서 팔아묵지? 뭣에다 쓸라꼬. 그래 밥이 없나. 사대가 멀쩡한 젊은……."

하다 만다. 사실 연학이는 사대 멀쩡한 젊은 사람이 아니기 때문이다.

"주제넘은 소리 하지도 마소. 내가 처갓집 논을 팔아묵었단 말이오, 집을 팔아묵었단 말이오? 무슨 짓덕*을 태이주었다고 이 야단이오?"

"하기사 봉사 개천 나무랄 기이 있나, 내 눈을 나무라지."

"말 잘했소. 저 화냥년을 누가 데려갑니꺼?"

용란은 자기 욕이 나와도 멍청이 앉아 있다. 낡은 인조 적삼 밑에 불룩 솟아난 젖가슴만이 어떤 관능을 나타내고 있을 뿐이다.

"운냐아, 내 딸이 화냥년인 것은 천하가 다 아나라. 그래 이 몹쓸 인사야, 니는 뭐꼬! 이 아편쟁이 도둑 같은 인사얏!"

차마 놈 자는 붙이지 못하고 발을 구르며 악을 쓴다. 연학은 그 말 대답은 못하고,

"아 저년이 지금도 서방질을 못해서 몸부림을 치는데 그래 저년을 가만두겠소? 죽이비리지, 죽이비리."

연학이는 앙상하게 마른 몸을 앞으로 기울이며 팔을 휘둘렀

다. 한참 실랑이를 하다가 한실댁은 이웃이 부끄러워 물러나왔다. 용란의 찢어지는 고함 소리가 뒤통수에 울려왔다. 또 매질을 하는 모양이다.

'죽이라, 죽이!'

한실댁은 허방을 짚으며 간다.

집 앞 가까이까지 왔을 때 사방은 어둠에 싸여 있었다. 뒷산에는 부엉이가 울고 있었다. 집 앞의 느티나무 가지가 바람에 소리를 내고 있었다. 느티나무 둘레에 친 새끼줄에 감긴 흰 종이가 어둠 속에서 팔랑거린다. 한실댁은 와락 달려들어 그 새끼줄을 잡아 뜯는다.

"이 썩은 고목나무얏! 이날까지 손발이 잦아지게 빌었건만 무슨 영검이 있었노? 이자 물밥 천신도 못할 줄 알아라."

한실댁은 주먹으로 나무를 치고는 집으로 들어간다. 그러나 얼마 가지 않아 그는 미친 듯 집에서 뛰어나와 느티나무 앞에 무릎을 꿇었다.

"목신 신령님, 살려주시이소. 죽을 죄를 졌십네다. 인간이 미련하고 불민하여 신령님 무서운 줄 모르고 죄를 저질렀십네다. 불쌍한 자식들 명철하신 신령님께서 애인하게 여기시어 보살펴주시이소. 죄가 있으믄 이 어미가 받겠십니다."

한실댁은 땅 위에 머리를 조아리고 쉴 새 없이 절을 한다.

"거기서 뭐하오."

한실댁은 소스라치며 일어난다. 흰 두루마기를 입은 김약국이 어둠 속에 서 있었다. 한실댁은 뒷걸음질을 친다. 목신 신령이 아닌가 착각을 일으킨 것이다.

"그 사스러운 짓 대강 하오."

비로소 영감을 인식한다.

그들이 집 안에 들어섰을 때 집은 말 없는 요기를 내뿜고 있는 것 같았다. 마루에 켜진 채 내버려둔 전등에 나방들이 모여들고 있을 뿐 집 안은 마치 죽음처럼 괴괴하다.

김약국은 두려움을 푸듯이,

"용혜를 내려오게 할까 보다."

"공부하는 아이를요?"

두려움이 아직 가셔지지 않은 얼굴을 들고 묻는다. 전등 밑에서 본 영감의 얼굴은 말라서 그런지 얼굴빛이 몹시 검었다. 치수를 줄였는데도 어깨가 축 처져 보이는 두루마기의 소매는 길었다.

"진지는요?"

"먹고 왔소."

"좀 어떻습네까?"

김약국은 트림을 하며 말이 없다. 속은 여전히 좋지 않은 모양이다.

"집에서 좀 조리를 해보시믄 어떨까요."

의연히 말이 없다.

"벌꿀을 좀 장복해보심 좋을 긴데……."

"서 서방 왔다 갔소?"

김약국은 엉뚱한 말을 묻는다.

"야."

"언제?"

"그저께요."

김약국은 또다시 입을 다물었다. 한실댁은 곁눈질을 하며 한숨을 쉰다.

나타난 한돌이

"대관절 서 선수, 어쩌자는 것고, 오늘 밤은 담판을 지을란다."

젓꾼들이 기두를 빙 둘러쌌다. 무수한 눈이 기두를 응시하였다. 작업복 호주머니 속에 두 손을 찌르고 기두는 그 무수한 눈에서 얼굴을 돌린다. 짙은 눈썹이 불룩불룩 움직인다. 도전을 꾀하는 것이 아니고 약세를 은폐하려는 노력이다. 팔짱을 낀채 곰보가 쑥 어깨를 내밀었다.

"우리도 오늘날까지 참을 대로 참아왔다. 그거는 서 선수가 더 잘 알고 있을 기다."

"이자 못 참겠다!"

누군가가 소리치니 호응하듯 많은 눈들이 흔들렸다.

"우리가 이 섬 구석에서 계집 구경 못하고 갈바람 샛바람, 오동지 설한풍에 험한 이 짓을 해묵는 것도 다 살라고 하는 짓 앙이가. 우리도 사램이니 김약국이 돈을 재애놓고 간죠^{지불}를 안 해준다고 생각은 안 한다. 그러니께 참고 기다리지 않았겠나? 꾀 있는 놈들이사 벌써 다른 어장으로 갔다마는 우리는 그래도 전정을 생각하고 서 선수 면을 봐서 오늘이야 내일이야 하고 안 기다렸나."

곰보는 어르듯 말한다. 조리에 어긋난 말은 아니다. 기두는 담배를 붙여 물고 성냥개비를 획 던지며,

"다른 어장…… 흠, 개같이 부려먹고 새 발에 피 같은 품삯이지."

여느 때와 다름없는 배짱이다.

"아아 곰보얏! 무르닷! 대기 쪼아라!"

또 누군가가 외쳤다. 많은 눈들이 바싹 앞으로 다가서면서 웅얼거리는 소리가 각기 입에서 쏟아진다.

"이 자식들아! 떠들지 마랏! 대문을 거쳐야 안방으로 들어가제."

곰보는 팔짱 낀 손을 들어 내저으며 농담까지 날려 여유를 과시한다. 웅얼거리던 소리는 가라앉고 기두의 눈 두 개와 젓꾼들의 그 무수한 눈의 대결은 침묵 속에 숨가쁘다.

곰보는 한 발을 내디디며,

"서 선수, 남으 어장이야 그렇다 치고, 우선 우리네 처지를

생각해보라모. 우리는 어장에서 입치레한다고 치자. 계집 새끼들은 흙 묵고 사나? 사흘에 죽물이라도 한 방울 마셔야 명 보전을 안 하겠나?"

"……"

"입은 삐뚤어지도 말은 바리 한다꼬, 사실이제, 서 선수야 우리한테 하노라고 했제. 된 것 알고, 높고 낮은 것 알고, 우리를 사람 대우해준 것 다 알고 있다. 그러니께 서로 오기를 가지지 말고 좋게 의논하자는 것 앙이가?"

"비행기는 그만 태우고 그 의논이라는 것부터 말해봐라."

기두는 쓰디쓰게 웃는다.

"옛날 같으믄야 서 선수가 남이니께 우리 이런 말 안 한다. 당장 김약국을 찾아가지. 하지만 지금은 김약국 사위라 주인격이니 이런 담판도 짓게 되네만……"

곰보는 자꾸만 뒤 닻을 놓듯 말을 질질 끈다. 기두는 무슨 말을 내놓을지 뻔히 알고 있기 때문에 태연을 가장하고 있었으나 둘러싼 젓꾼들은 조급증을 일으켜,

"그까짓 그물이고 배고 다 팔아치우자앗!"

하며 위협조로 나온다.

"어느 놈이 그물을 팔고 배를 파놋! 콩밥이 묵고 싶어서 몸이 근질근질하낫!"

기두가 굵은 목청으로 소리친다.

"허, 그럴 기이 아니라 내 말이나 들어봐라."

곰보가 기두의 노여움을 달랜다. 진정으로 노한 것은 아니다. 젓꾼들이 강하게 나오지 못하게 하려는 의도에서 던진 말이다.

"개기가 많이 나거나, 적게 나거나 하여간 반씩 가르잔 말이다."

"반씩 가르자고?"

"하모, 반은 우리가 차지해야겠다. 팔아서 얼마큼씩이라도 갈라 묵어야제."

"대관절 너희들 밥값이나 하는 줄 알고 있나? 하루 세끼 묵는 만큼 개기를 잡았나 말이다."

"그거사 할 수 없제. 용왕님의 뜻이니 인력으로 할 수 있나? 정 안 된다믄 밀린 품삯 다 받을 때까지 우리도 그물 안 내릴란다."

곰보는 마지막 패를 던지듯 말하고 눈을 인상 나쁘게 굴린다. 김가의 말마따나 감옥살이의 풍랑을 겪었음인지 그런 눈짓은 험하기 짝이 없다. 밥값을 못한다는 기두의 말은 그들에게 있어서 적잖은 약점이 된 것이다.

"좋다. 마음대로 해봐라. 밥을 굶고 앉아 있으란 말이다. 게다가 나도 외상 쌀 끌어들이기 죽을 지경인데 어느 환장한 놈이 놀고 있는 놈들 밥 멕일까? 어장 것 손이나 댈 줄 알아? 손 댔다가는 콩밥이다, 콩밥!"

기두에게도 마지막 남은 패가 있었다. 젓꾼들 사이에 동요가

일어났다. 곰보는 다시 손짓과 고함으로 젓꾼들을 진압한 뒤,

"그럼 서 선수는 어쩔 생각고? 속시원하게 말 좀 해라. 설마 우리에게 이 이상 참아달라곤 못하겠지."

비위를 맞추듯 한다. 기두는 대답 없이 담배 연기만 내뿜다가,

"날 삶아 묵을래?"

하고 픽 웃는다.

"허어, 그 농담은 그만두고."

"그래, 이건 내 생각이니 결정한 거라 생각지 말고 들어라. 개기가 많이 나건 적게 나건 오분지 일을 너그들에게 줄 궁리를 하고 있다."

"그거는 말도 안 된다."

왁자지껄 떠들어댄다.

"말이 되고 안 되고, 그것도 내 생각이란 말이다. 김약국이 뭐라고 할지 모른다."

"시끄럽닷!"

곰보는 야단을 치고 난 뒤,

"너거 장인 김약국이사 본시부터 선비라니 어장에서 죽이 끓는지 밥이 끓는지 알 턱이 있나? 서 선수 니 생각하기 탓이지."

"어장이 사위 것가? 장인 거지."

"우리네들한테는 호랑이 노릇을 함서 장인한테는 와 그리 기를 몬 피노?"

335

치켜세운다. 그러나 기두는 이미 마음속에 예산이 서 있었다.

"그라믄……."

곰보는 기두 옆으로 바싹 다가서며 손가락 세 개를 펴 보였다.

"잡은 개기의 삼분의 일을 우리가 차지하자."

"사분의 일!"

경매를 부르듯 소리치고 기두는 젓꾼을 헤치고 나가서 나동그라져 있는 바위 위에 퍽 주저앉는다. 더 이상 양보 안 할 결의를 나타낸다. 와글와글 떠들어대는 소리 욕지거리 속에,

"두 달 안에 결판이 안 나겄나. 이분에 대구 어장 그르치믄 암만 어장을 할라 캐도 못할 기다. 서 선수 말대로 하자. 잘되믄 김약국댁도 살고, 우리도 살고, 못되믄 서로 다 망하고, 양판치고 참아보자."

소리 잘하는 염 서방이 시종 입을 다물고 있다가 의견을 내놓았다. 찬성도 있고 반대도 있고 의견 백출이다. 그러나 곰보는 찬성으로 나갔다. 염 서방같이 인간적인 면에서이기보다 기두가 그 이상 양보 안 할 걸로 알고 있었고, 말이 쉽지 이 많은 젓꾼들이 쉽사리 다른 일자리를 구하기도 힘드는 노릇이니 말을 내어 그만큼이라도 타협이 된 것을 다행으로 생각한 것이다.

젓꾼들은 못 이기는 체하고 슬슬 흩어졌다. 기두만이 그대로

바위에 앉아 있었고, 파도 소리만이 귀청에 밀려오고 밀려간다. 사방이 어슴푸레한데 달이 댕그랗게 떠 있었다.

기두는 벌떡 일어나서 방천가로 걸어가 매둔 덴마의 줄을 풀고 올라탄다. 읍으로 나온 기두는 술이 취해서 안고 잔 일이 있는 작부의 술집으로 들어섰다. 그 순간 그는 용옥을 생각했다. 그리고 아무 애정도 없는 용옥의 친정을 위하여 뼈가 빠지게 일을 하는 자기 자신이 이상하게 여겨졌다. 귀밑머리를 장둥짜르고 자두알처럼 검붉게 연지를 찍은 작부 월선月仙이는 다른 손님과 수작을 하면서 덧니를 내놓고 웃었다.

"술."

"안주는?"

"아무거나."

"문어회 할 기요?"

"아무거나."

월선이는 술을 따르고 초장을 친 문어회를 내놓으며,

"문어는 첩으 맛이요, 전복은 본처 맛이랍더이."

덧니를 내보이며 은근히 추파를 던졌다.

술이 들어간 기두는 왼편에 앉은 중년 사나이에게 잔을 내민다.

"형씨, 내 술 한잔 받으소."

그 사나이도 거나했던지 냉큼 받아 마시더니,

"헤헤헤, 첩으 맛 좀 보자."

하며 문어회를 한 점 집는다. 기두는 술을 부어서 돌려주는 잔을 들이켜고, 이번에는 오른편에 앉은 젊은 사나이에게,

"형씨도 내 술 한잔 받으소."

하며 술잔을 쑥 내밀었다. 말없이 곁눈질도 하지 않고 술만 마시고 있던 젊은이는 놀란 듯 얼굴을 들었다.

"억!"

서로 술이 깨는 듯하였다. 한돌이었던 것이다. 기두는 대뜸 한돌이 얼굴 위에 술을 끼얹으며,

"이눔 새끼 토영 바닥에 뭐하러 왔놋!"

눈이 번쩍번쩍 빛난다. 한돌이는 옷소매를 끌어당겨 얼굴을 닦으며 기두를 노려본다.

"다리몽댕이 뿌질러지기 전에 나가랏!"

"내 발 가지고 내 왔는데 무슨 상관이오, 토영 땅을 독으로 샀소?"

"어, 어쩌고 어째? 이눔앗!"

"이이, 말어, 말어. 두 발 가진 짐승이 어디는 못 가노?"

중년 사나이는 영문도 모르고 술잔을 든 채 그들 사이를 가르듯 복판에 들어앉는다.

한돌이는 다시 얼굴을 문지르더니 조끼 주머니 속에서 오십 전짜리 한 닢을 꺼내어 술상에 놓고 옆에 둔 보따리 하나를 집어 들더니 일어섰다.

"이눔 자식, 토영 바닥에 얼씬만 해봐라, 죽이비릴 기다."

기두는 고래고래 소리를 지른다. 나가면서 한돌이는 고개를 돌려 기두를 한 번 노려보았다. 땟물이 조르르 흐르는 보따리를 치키며 그는 어둠 속으로 사라진다. 기두는 미친 듯 노래 부르고 소리 지르고, 결국 지쳐서 그날 밤에도 그곳에서 고꾸라지고 말았다.

점괘

대문간 옆에 있는 초당 지붕에는 화살이 하나 꽂혀 있고, 그 초당에 여자 한 사람이 노란 치마를 입고 앉아 있었다. 대문 밖에는 백마를 탄 초립 쓴 사나이가 있었다. 당사주 책의 그림이다.

당사주도 보고 점도 치는 사나이가 그 그림책을 앞에 놓고 그림 설명을 하고 있었다. 노란 치마를 두른 것은 액운이요, 지붕에 화살이 꽂혔으니 신랑이 들어오지 못한다는 것이다.

"크다란 부석에다 청솔을 처넣고 불을 붙이니 불은 붙질 아니하고 연기만 가득 차더라. 컴컴한 빈방에 불을 끄고 혼자 앉아 한탄하고 우는 줄을 어느 누가 알아주리. 지척이 천 리 되고 대동강이 새가 되어 죽자 사자 은앙새가 질을 막고 못 가라네."

삼십 남짓한 여자가 손수건을 꺼내어 흐느껴 운다. 노리끼한 사나이의 냄새와 빗물이 얼룩진 나지막한 천장이 숨막히게 한

다. 한실댁은 젊은댁네가 하도 섧게 우는 바람에 자기도 덩달
아 눈물을 찔금거리며,

"부배가 갈라져 삽네까?"

하고 물었다. 여자는 울면서 고개를 끄덕였다.

"작은집하고 삽네까?"

여자는 다시 고개를 끄덕였다. 한실댁은 혀를 끌끌 차면서,

"시상에 눈도 멀었지, 저 좋은 댁네를 두고…… 으응, 쯧쯧!"

퍽 안되어한다.

"아들이 있소?"

"야."

여자는 빨갛게 된 코를 손수건으로 풀면서 찡찡한 목소리로
대답한다.

"당신은 전생에 큰 죄를 짓고 나와서 그 보갚음하느라고 그
렇소. 부배덕이라고 손톱만큼도 없고 바라지도 마소. 그러나
당신 팔자에 큰 자식을 두라 했으니 사십이 넘으면 까꾸막에서
평전으로 나올 기요. 자식이나 보고 살지, 뭐."

점쟁이는 당사주 책을 탁 덮었다. 여자는 넋 빠진 사람처럼
일어서 나갔다.

"하도 용하다는 말을 해왔는데 신수점이나 해주소."

한실댁은 맨 먼저 영감을 넣고 차례차례 딸 다섯의 신수를
보았다. 별로 좋을 것도 나쁠 것도 없다. 한실댁은 만족해하며,

"너무 좋아도 안 좋은 수가 있습디다아. 그저 쑬쑬해야지."

하고는 마지막으로 자기를 넣었다.

"이 대주의 액운도 예사 액운이 아니구마……."

점쟁이는 힐끗 한실댁을 보았다.

"파리가 집에 있지 아니하고 쇠꼬리에 붙어 있으니 좋을 수가 있나? 열렸던 문이 닫혔으니 어찌 소리가 없을 쏘냐. 만경창파에 닻 없는 배를 타고 헐헐단신 이 내 몸 붙일 곳이 없더라. 집은 청개와집이 있는데 집은 비워놓고 삼가람 길에 비 한 자리를 들고 서서 이리 갈까 저리 갈까 갈 바를 못 잡는 형국이라."

"맞소, 맞습네다."

점쟁이가 자기 자신의 불행을 지적하는 일에 감격한 한실댁은 울먹이는 목소리로 말을 했다. 그러나 점쟁이의 다음 말에 한실댁은 얼굴이 쌍그레진다.

"허허, 이럴 수가 있나? 올해를 못 넘기겠구마. 죽을 수요."

"뭐요?"

"천 길 낭떠러지 위에서 곙각을 다투고 있구마."

"내, 내가요!"

"그렇소. 저승사자가 순행하고 있소."

"그런, 숭측스런 말 하지 마소."

한실댁은 파아랗게 질린다.

"내사 점괘 나는 대로 말을 하요. 당신 집에는 잡귀가 우글우글하구마. 맞아 죽은 구신, 굶어 죽은 구신, 비상 묵은 구신, 물에 빠져 죽은 구신, 무당 구신, 모두 떳들었으니 집은 망하고 사람은 상하고 말리라."

한실댁은 눈앞이 캄캄해지는 것을 느꼈다. 점쟁이 말은 빈말이 아니었다. 시어머니 박씨는 비상을 먹고 죽었고, 시아버지 김봉룡은 타관에 나가 오십여 년이 지났으니 굶었거나 병들어 죽었음이 분명하였고, 박씨를 사모하여 온 욱이도령은 뒤 숲에서 봉룡의 칼에 맞아 죽었다. 물에 빠져 죽은 사람은 재작년 남해환의 참사를 상기할 수 있었다.

"무당 구신이 와 떴들었을꼬? 우리 가문에 무당이 있이야제."

한실댁은 엄연한 반증인 듯 점쟁이의 얼굴을 바라보며 항의한다. 그 한 가지의 사실로써 불길한 일들을 거짓으로 돌려버리려는 가냘픈 염원도 있었다.

"점괘가 그렇게 납니다. 점괘 나는 대로 말을 하는 거니께."

"그래, 무슨 방어가 없겠소?"

진저리를 치며 묻는다.

"있지요."

"돈이 많이 들 기요?"

돈 걱정이 앞선다.

"뭐, 별 돈 안 듭니다."

점쟁이는 그 방어법을 설명했다. 그리고 자기의 안사람이 무당이니 그 일을 맡아 하겠다 하였고 날짜와 시간, 그리고 준비할 것을 한실댁에게 지시하였다.

"갈수록 태산이니!"

한실댁은 한탄을 하며 점쟁이 집에서 나왔다. 돌층계를 밟고 내려오던 그는 움찔하고 발을 멈추었다.

"그렇지!"

절망적으로 울부짖는다. 미우재에 살던 무당의 아들 한돌이를 생각해냈던 것이다. 이십여 년 전의 일이 생생하게 되살아왔다. 그때도 가을이었다. 지석원이가 강보에 싸인 한돌이를 데리고 왔을 때,

"아아 어매는?"

한실댁이 물었을 때,

"그건 알아 뭘 하실랍니꺼."

한숨을 푹 내쉬던 석원이 한참 만에,

"죽었심더."

바로 어제의 일처럼 지석원의 목소리가 귓가에 쟁쟁 울려왔다. 한실댁은 설마 귀신인들 은공을 악문으로 갚으랴 싶었다. 그러나 그 자위는 한실댁을 안심시켜주지는 못하였다. 도리어 미우재의 무당의 망령은 한실댁을 보다 무서운 곳으로 몰아넣는 것이다.

남방산을 내려와서 항북으로 돌아 나왔을 때, 방천 옆 물가에 수십 척의 장작 실은 목선이 있었다. 삼판을 걸어놓고 짐꾼이 연달아 장작을 나르고 있었다. 다른 때 같으면 한실댁의 마음이 언짢았을 것이다. 가을마다 천 개비씩 장작을 들였고 딸

네 집에도 들여주던 일을 생각하여서. 그러나 지금 그에게 그런 일이 안중에 없었다. 무섭기도 하거니와 그는 몹시 고독하였다. 가족 몰래 병원으로 찾아가 죽을병으로 선고를 받고 돌아오는 환자의 기분과 꼭 같은 기분이었다. 영감도 남이요, 그 애지중지하던 딸들도 다 남인 것만 같았다. 점쟁이가 금년을 넘기기 어렵다고 한 흉측한 말을 그 누구에게도 할 수 없는 일이기 때문이다.

갯문 가까이까지 갔을 때 군중들이 모여 있는 것을 보았다. 멍한 눈으로 바라보다가 한실댁이 그곳을 지나치려고 하는데,

"아편쟁이란다. 맞을 진시가 됐는데 못 맞으니께 지랄을 한 게지."

아편쟁이라는 말이 한실댁의 귀를 번쩍 뜨이게 했다.

"아 그래, 지 죽을 줄 모르고 물에 뛰어들어?"

한실댁은 사람들 틈을 비비고 들어갔다.

"아이구! 저……."

아니나 다를까 사위 연학은 물에 흠씬 젖은 채 뻗어 있었다.

"김약국댁 어무이!"

낯이 익은 여자가 한실댁을 불렀다.

"용란이 신랑입니더, 어무이. 물에 그만 풍덩 안 빠집니꺼. 어찌 놀래놨던지 마침 사람이 있어서 안 건짔십니꺼!"

여자는 숨까지 가쁘게 쉬며 설명을 했으나 한실댁은 정신이 멀어지도록 당황하였다. 얼른 연학이의 머리를 쳐들고,

"누구 없소? 누가 좀 벵원까지 업어다주이소. 이 일로 어쩔꼬?"

"그 집구석도 망조가 들었구나. 저런 것 뒤지게 그냥 내비리 두지. 골벵감이다."

팔짱을 낀 채 흉만 보았지, 누구 하나 나서서 도와주려고 안 한다.

"삯 줄 기요. 누구 없소? 어서 벵원에 가야 할 긴데."

한실댁은 연학이를 흔들며 애원한다.

"헤 참, 내가 업고 가겠심더."

지게꾼이 한 사람 나섰다. 그는 말을 해놓고 길가 점방 앞에 지게를 맡겨두고 왔다. 그는 넓적한 등에 연학이를 둘러업었다.

"송장같이 와 이리 무겁노?"

시부렁거리며 일어섰다. 구경꾼들은 그들을 위해 길을 열었다. 곡마단 패나 들어온 것처럼 아이들은 우우 몰려갔다.

"이놈 새끼들아! 아편쟁이 따라가믄 아편쟁이가 고치 따 묵는다."

어른들이 장난으로 위협을 했으나 아이들은 신이 나서 달려간다.

"김약국도 볼장 다 봤다. 딸들이 들어서 집구석 자알 망해묵지."

"아, 저런 것 아들이라고도 죽기를 바랄 긴데 장모가 와 저리 야단인고?"

"돈냥 있는 집 자식들치고 똑똑한 놈 못 봤다. 애비 벌어놓은 살림 까묵기 일쑤지. 우리네사 까묵을 살림도 없다만, 에라, 우리 없는 놈이 제일 편하구마, 배 부르고 등 따시믄 그만이제."

"흥, 배부르고 등 따시기는 쉬운 일이가?"

구경꾼들이 흩어진 갯가에서 바지게에 감을 받아놓고 팔고 있는 장사꾼들이 주고받는 말이었다.

병원에서 의식을 회복한 연학이는 병원 안에 있는 것을 깨닫자 갑자기 죽는 시늉을 했다. 의사는 냉혹한 눈으로 그를 바라보고 있었다. 연학이가 무엇을 요구하는가를 알고 있는 때문이다.

"선생님, 살려주십시오. 제발, 제발 살려주십시오."

연학은 죽는 시늉을 하다 그것이 통하지 않으니까 이번엔 합장을 하며 애원을 한다.

"안 돼. 유치장에 보낸다."

"유치장이나 아무 데나 다 가겄심더. 조금만 조금만."

한실댁은 그 꼴을 보다 못해 그냥 병원에서 뛰쳐나왔다.

그 일이 있은 후 연학이는 일본인 오복점*에서 수상한 짓을 하다가 유치장 신세를 지게 되었다. 경찰서에서는 연학의 부친 최상호가 이 지방의 유지였으므로 그의 낯을 보아서 설유 정도로 돌려보내려고 했다. 절도미수 혐의도 희박하였고, 아편중독자란 구류될 죄목을 지니고 있기는 하나 그것쯤 눈감아줄 수도

있는 일이었다. 그러나 얼굴을 잔뜩 찌푸리고 나타난 최상호 영감은,

"그놈 그냥 좀 썩이주소. 밖에 나오믄 또 주사를 찌를 기요."

최상호 영감은 자식으로 인한 체면 손상에서 온 약점 때문에 도리어 화를 버럭 내었다.

가장례식假葬禮式

다른 일 같으면 벌써 용옥에게 의논을 했을 것이다. 그러면 용옥은 진일 마른일 다 해주었을 것이다. 그러나 용옥은 마귀를 숭상한다고 거절할 것이 뻔했다. 점쟁이가 일러준 대로 준비를 다한 뒤 한실댁은 용란이를 오게 하였다. 동문 밖 동서에게 의논을 해보고 싶은 생각이 여러 번 들었으나 집안일도 아니요, 자기 자신의 일인 만큼 민망스러웠다. 다 늙은것이 오래도 살고 싶은가 보다, 그렇게 말할 동서는 아니었지만, 자격지심에서 그런 말이 생각나기도 했다. 먹는 것 입는 것으로부터 자기 자신에 관한 일이라면 공연히 주척거려지는 습관에서 온 소극성이다.

무당도 오고 용란이도 왔다. 한 가지 걱정은 혹 영감이 소청이 집에서 돌아오지 않나 하는 것이었다.

온통 미쳐버린 것만 같은 붉은 황혼이 몰려왔다. 축돌 아래

암탉 한 마리가 두 다리를 묶인 채 웅크리고 있었다. 유리알 같은 댕그란 눈이 움직이지 않는다. 그 옆에는 선피 거적이 한 장 놓여 있었다.

한참 잡담을 늘어놓고 있던 무당이 일어섰다.

"내가 닭 모가지를 짜르거든 얼른 저 선피 거적을 어무이한 테 뒤집어씌우고 머리 풀어라. 그리고 곡을 해야 하니라. 알 았나?"

무당은 신이 올랐을 때 눈을 부릅뜨는 그 시늉을 하고 말한다.

"야."

용란이와 여문이가 선생 앞에 선 학생처럼 대답한다. 무당은 고개를 끄덕이고 나서 시퍼렇게 날이 선 식칼을 들었다. 그리고 한 손은 축돌 위에 웅크리고 앉은 암탉의 날개를 젖혀 들었다. 암탉은 파닥거리며 유리알 같은 눈을 굴린다. 마루로 올라간 무당은 열어젖혀 놓은 큰방 문지방을 걸치고 선다. 암탉을 문지방 위에 누른다. 꿈틀거리는 암탉의 목을 몇 번인가 겨누어보다가,

"어잇!"

벽력같이 고함치며 날이 시퍼런 식칼을 들어올렸다. 거무죽죽한 피가 문지방을 타고 벌죽벌죽 쏟아졌다. 노오란 암탉의 발목이 파르르 떤다.

여문이가 달려간다. 뜰 아래 누워 있는 한실댁 위에 선피 거

적을 탁 덮어씌운다.

"아이고! 아이고!"

여문이는 머리를 풀면서 곡롯을 터뜨렸다. 피가 벌죽벌죽 쏟아지는 암탉을 아연한 눈으로 바라보고 서 있던 용란이 당황하여 머리를 풀고,

"아이고! 아이고!"

여문이를 따라 한다.

무당은 재빨리 헝겊에다 죽은 닭을 돌돌 말아가지고 마당으로 내려왔다. 여문이에게 눈짓을 한다. 여문이는 발딱 일어서서 부엌으로 쫓아가더니 장만해놓은 음식을 들고 나왔다. 여문이와 무당은 대문 밖으로 나갔다. 한실댁은 선피 거적을 젖히고 일어났다.

"으흐흐흐…… 내사 우습아서 똑 죽을 뻔했십니더. 으흐흐흐……."

용란은 그 끔찍스러운 연극에 자지러진 웃음을 웃는다.

"지랄 안 하나."

한실댁은 딸을 나무라고 우물가에 퍼놓은 물에 목욕하고 새 옷으로 갈아입는다. 용란은 입을 손으로 가리고 연방 웃는다.

"그래도 내가 오래 살아야제. 수양산 그늘이 강동 팔십 리를 덮는다고 안 하나. 자식들한테는 에미가 있어야 하니라."

"어무이? 이라믄 안 죽는 기요?"

"안 죽을라고 예방을 안 하나."

한실댁은 좀 어색해한다.

"그라믄 죽을 사람은 다 예방하지요, 몇백 년이나 살게……."

"제명이 닿으면 할 수 없지. 비명에 죽는 일이 많거든……."

한실댁은 부엌으로 들어간다. 용란이도 쪼르르 따라서 들어간다. 한실댁은 삼실과를 쟁반에 담고, 사과, 배, 감도 역시 쟁반에 놓는다. 백설기, 약과, 정과 그리고 소채나물도 각각 그릇에 담아가지고 백통 장식이 반들거리는 무목 함지에 담는다.

"아이구, 며느리가 있으믄 이 짓을 내가 하겠나!"

혼자 푸념을 한다. 용란은 차리고 남은 음식을 이것저것 집어먹으며 맛이 있느니 없느니 사설만 피운다.

"이 세상충아, 무슨 정에 그러고 있노!"

"와요?"

유과를 와삭와삭 씹으며 도리어 반문이다.

"운, 쯧쯧. 어미가 죽을 수라 하는데 걱정을 하나 남정네가 경찰서에 갇혔는데 걱정을 하나, 그렇게 태평이니 펭생 늙지는 안 하겠다."

"걱정을 하믄 뭘 해. 어무이! 그만 아편쟁이 그거 죽어부리든지 감옥에 영 가부리든지 했으믄 좋겠소이."

어리광이라도 하듯 한실댁의 어깨까지 짚으며 용란은 말했다.

"벌 받을 소리 하지 마라. 하늘이 무섭구나."

"나오믄 또 날 패고 할 긴데, 밤낮 서방질했다고 지랄을 안

합니꺼."

한실댁은 침을 꾹 삼킨다.

"니가 얼매나 복이 많으믄 그런 신랑을 만났겠노. 내가 얼매나 복이 많으믄 니 같은 딸을 두었겠노. 죽으나 사나 매인 대로 살아야제."

"늙어 죽을 때까지 이리 살아야 한단 말입니꺼?"

이때만은 영혼의 빛이 돌아온 듯 용란의 눈은 젖었다. 한실댁은 두려운 듯 용란을 숨어 본다. 들어서는 안 될 말을 들은 것 같았다. 아편중독자라는 불행한 조건보다 성적으로 불구자라는 사실이 더 뚜렷하게 나타나는 비극을 한실댁은 느낀 것이다.

무당이 돌아왔다. 죽은 암탉을 뒷산에 묻고 온 것이다. 한실댁 대신으로 죽은 암탉의 장례식을 끝내고 돌아온 셈이다. 무당은 손을 씻고 부엌 쪽을 기웃이 들여다보며,

"갈랍네까?"

"야. 다 해놨소."

차린 음식이 든 함지를 여문이가 이고 그들은 나섰다. 용란이도 따라왔다.

"야가? 니는 집 봐야제."

"안 할라요. 무섭심더."

용란은 부득부득 따라나섰다. 할 수 없이 집을 비워놓고 그들은 칠방 우물이 있는 곳으로 올라갔다. 캄캄한 밤이었다. 네

351

사람의 발소리만이 어둠 속에 흩어졌다. 칠방 우물을 지나고 선자방 우물을 지나고 안뒤산 깊숙이 들어갔다. 바위 옆, 이미 단풍이 들었으나 우거진 수풀 앞에 제물을 내려놓고 무당은 촛불을 켜서 바위 네 귀에다 올려놓았다. 여문이와 용란은 무당이 하는 짓을 지켜보고 서 있었다. 소지를 살라 두 손으로 굴리어 올리는 무당의 얼굴은 검붉게 타고 있었다. 숲속에서 부엉이가 부엉부엉 하고 울었다. 무당의 주문 외는 소리가 웅얼웅얼 어둠과 고요를 흔들었다. 한실댁은 이마를 조아리며 쉬지 않고 절을 올리고 있었다.

"우후우."

용란이 졸리운 듯 입을 크게 벌리고 하품을 하며 풀섶에 펄썩 주저앉는다. 무당이 눈을 부릅뜨고 용란을 노려보았다.

일은 끝났다. 음식을 뿌린 뒤 빈 그릇을 여문이가 챙겨 담는다.

"돌아보지 말고 가소."

무당이 명령을 내린다. 한실댁은 치맛자락을 걷어 올리며 산을 내려간다. 멀리 개 짖는 소리가 들려온다.

집에 와서 문턱을 들어섰을 때 한실댁은 멈칫하고 섰다. 마루에 내건 전등이 불그레 비치고 있는데 회색 두루마기를 입은 김약국이 넋을 잃고 마당에 우뚝 서 있었다. 한실댁은 팔꿈치로 무당을 밀어내며,

"여기 서 있소."

하고 속삭였다. 그리고 당황한 걸음걸이로 집 안에 들어간다.

"언제 오셨십네까?"

말이 없다. 소상塑像처럼 움직이지 않았다. 한실댁은 벼락이라도 떨어질 듯 몸을 움츠리며 부엌으로 들어갔다.

선반 위에 놓아둔 돈과 쓰고 남은 음식을 주섬주섬 싸가지고 여문이에게 안기면서,

"아부지가 계시서 못 나간다고 해라."

여문이는 이내 들어왔다.

"갔나?"

"야."

"아부지는 사랑에 들어가싰나?"

"아니요. 마루에 앉아 계십니더."

한실댁은 허둥지둥 부엌에서 나갔다. 용란이는 뒤뜰에 있는 방으로 도망갔는지 보이지 않았고, 김약국만이 단장 위에 두 손을 포개 얹고 가만히 앉아 있었다.

"집을 비워놓고 어디 갔다 왔소?"

노한 음성은 아니었다. 한실댁은 우물쭈물한다. 갑자기 거짓말이 만들어지지 않았다.

"어디 갔다 왔소?"

"……."

"왜 말을 못하오!"

소리를 팩 질렀다.

"저, 저 금년 시, 신수가 나쁘다 캐서, 저, 저, ……."

애써 감추려고 했는데 그만 실토되고 말았다.

"그래, 내가 죽는다 카던가?"

얼굴을 들고 한실댁을 빤히 쳐다본다. 한실댁은 뒷걸음치며 김약국의 눈에서 도망치지를 못한다. 무서운 눈이었다. 처음 보는 무서운 눈이었다.

"아, 아닙네다. 지, 지가 죽는다 캅디더."

"하하핫……."

넓은 집 안에, 쥐죽은 듯 고요한 집 안에 김약국의 웃음이 메아리친다.

"걱정 마오. 아무리, 내가 먼저 죽지 당신이 먼저 죽겠소?"

부드러웠다. 떨리는 음성이었다. 멍하니 뚫어진 두 눈, 광대뼈가 불거진 양 볼, 그 희던 얼굴빛마저 거무죽죽하였다.

김약국은 일어서서 사랑으로 들어간다.

"불쌍한 것들……."

나직이 뇐다.

김약국은 두루마기를 벗어 걸고 자리에 앉아 바둑판을 끌어내었다.

'영감도 이자 다 늙었구마.'

불평이 가득 찬 목소리로 말하던 소청이 생각을 한다. 생각을 하면서 우두커니 앉아 바둑을 놓는다.

소청이의 뺨을 한 번 때려주고 나와버린 김약국이었다. 넘쳐

나는 소청이의 정열은 김약국에게 공포심을 일으켰다. 소청의 젊음에 응해줄 만큼 마음도 기름지지 못한 김약국이었다. 마음이 기름지지 못하여도 몸이 기름졌을 시기에는 김약국도 공허하였지만 고독하지는 않았다. 여자가 없어도 좋았다. 못 견디게 갈증을 느낀 일은 없었다. 시간은 조용하고 눈빛은 가라앉았다. 김약국에게 있어 소청이는 있어도 좋고 없어도 좋았던 애매한 여자였었다. 그러나 지금, 그는 쇠퇴해가는 육신을 느낀다. 하루하루 내리막길을 달리고 있는 육신을 느낀다. 어쩌면 그는 지난날의 그 고요했던 시간들을 즐기고 있었는지 모른다, 혼자서.

소청이는 내리막길을 내딛고 있는 김약국을 알아본다. 적의에 찬 눈이다. 어떤 때는 조롱이 된다.

김약국은 바둑판을 밀어내고 담배를 붙여 물었다. 체념이나 균형을 잃은 자세란 언제나 약속이 된 생명의 가능 속에 있음을 김약국은 깨닫는다. 애정도 없는 여자 집에 발길이 돌아가는 것은 자신에 대한 집착과 미련이지, 그 여자에 대한 집착이나 미련은 아니다. 여자 집으로 가는 것은 허둥대는 어느 상태의 연속에 지나지 못한다.

풀숲에서 뭇 벌레들이 김약국의 마음처럼 얼마 남지 않은 목숨을 위해 초조히 미친 듯이 울어댄다. 집 안에서는 아무 소리도 나지 않았다.

소문

새터 아침장은 언제나 활기가 왕성한 곳이다. 무더기로 쏟아놓은 갓 잡은 생선이 파닥거리는 것처럼 싱싱하고 향기롭다. 삶의 의욕이 넘치는 규환叫喚 속에 옥색 안개 서린 아침, 휴식을 거친 신선한 얼굴들이 흘러간다. 새벽별은 밝고 축림, 전화도, 장대 방면에서는 호박, 고구마, 야채 등을 이고 지고 북문 안을 넘어서는 촌부들, 안뒤산 큰개, 작은개에서는 조개를 이고 충렬사를 지나오는 아낙들, 발개와 첫개에는 어장배에서 생선을 받아가지고 판데굴을 지나오는 장사꾼들, 삼면 바다에서는 기관선으로부터 통구뎅이까지 해초, 생선을 실은 어부들이 바다의 새벽을 뚫는다. 아니 그뿐이랴. 통영 읍내에서도 비단 장수, 화장품 장수, 실 장수, 과일 장수, 본시장의 모든 장사꾼들은 서둔다. 이 무수한 움직임과 발소리들은 새터로 향하는 것이다. 새벽이 걷히고 옥색 아침이 서리면 읍 사람들은 장바구니를 들고 거리에 나서는 것이다.

원래 새터 해변가는 파시波市였다. 아침에 고깃배가 밀려오면 본시장의 어물 상인들, 부산, 진주 방면에서 온 장사꾼들이 모여들어 경매를 부르는 곳이었다. 그러나 어느새 섬사람들과 본토 사람들 상호간의 소비품 매매소로 변모되어 도리어 파시는 저녁때 어업조합 앞 해변으로 이동되었던 것이다. 그러나 일부에서는 여전히 경매를 부르고 장사꾼들이 몰려가곤 했다.

이렇게 벅적거리는 새터 아침장도 늦은 밥때가 되면 장사꾼들은 본시장으로 돌아가고, 섬사람들은 섬으로, 촌사람들은 촌으로, 가정주부는 집으로 각각 흩어진다. 광장은 쓸쓸하게 쓰레기만 남는다.

추석을 앞둔 단대목 새터 아침장은 사람이 밟힐 지경이다. 윤씨는 바구니를 들고 장터 입구로 들어서다가 싱싱한 박을 보았다. 추석 나물에 박나물이 없어서는 안 된다. 그는 허리를 구부리고 박을 고르려 했다.

"안 돼요. 이거 내가 다 샀소."

볶아놓은 듯 곱슬거리는 머리에 납비녀를 찌른 아낙이 두 팔을 벌리며 광주리에다 가득 담아놓은 박을 감추듯 했다. 커다란 무명 주머니가 허리에 덜렁거린다. 본시장의 장사치다.

"아, 아니요, 안 팔았소. 골라보이소."

시골 아낙이 광주리를 자기 편으로 잡아당기며 다급하게 말한다.

"와 이럭 하노. 내 돈은 썩은 돈가? 내가 다 사겠다 카는데 무슨 잔소리고! 남의 흥정하는 것 훼방 놓지 마소!"

뒤의 말은 윤씨에게 주는 위협이다. 윤씨는 그 자리를 뜨면서,

"또 저 행사를 한다."

중얼거린다. 숫된 시골사람들에게 우격다짐으로 해서 바가지를 씌우는 일이 허다했다.

윤씨는 와글와글하는 사람 속으로 밀려들어 갔다. 한 대목 보겠다고 나선 본시장 장사꾼들 때문에 물건이 동이 날 지경이다. 벌써 시골 사람들은 그릇을 비우고, 땅바닥에 자리를 깔고 펴놓은 피륙점에 주저앉아 옷감들을 끊고 있었다. 약빠른 본시장 장사꾼들은 시골 사람에게 물건을 산 그 자리에서 그 물건을 되넘기기도 하고 본시장으로 달아나기도 한다.

윤씨는 과일점 앞에서 과일을 고른다.

"어무이, 과일은 본시장에 오시이소. 좋은 것 안 가지고 나왔심더."

용빈과 소학교 동창인 기순이 만류한다.

"그럴까? 단대목이 돼서 과일값도 비싸지."

"여기서 파는 값으로 디리겠심더."

"그래도 장사가 어디 그런가?"

"뭐 어무이한테 냉긴다고 떼부자 되겠심니꺼."

용빈의 큰어머니라 하여 각별히 생각하는 모양이다. 이때 계집애에게 장바구니를 들리고 오던 용숙이 윤씨의 뒷모습을 보자 얼른 피해 간다.

윤씨는 통에 담가놓은 전복을 기웃이 들여다본다. 큰아들 정윤이가 잘 먹는 전복이다. 며느리와 아들이 마침 추석을 쇠러 집에 와 있었다.

"이거 얼매요?"

윤씨는 통 속에 손을 넣어 큰 놈을 하나 건지면서 물었다.

"십 전입네다."

윤씨는 혀를 내두른다. 평상시보다 두 배의 값이다.

"단대목 아닙네까."

조개를 부지런히 까고 있던 옆의 장사치가 말을 거든다. 모두 낯이 익은 본시장의 찌거미*들이다.

윤씨는 큰 전복 다섯 마리를 바구니에 넣었다.

"내 조개도 좀 팔아주이소."

조개 까는 손을 멈추지 않고 아낙은 윤씨를 힐끗 쳐다본다. 그 옆의 조개 장사도 역시 윤씨를 쳐다보며 비굴하게 웃는다.

"나는 누구라고? 장 보러 나왔소?"

뒤에서 소리가 나기에 윤씨가 돌아보았더니, 정국주 마누라가 옷고름에 금가락지를 주렁주렁 차고 버티고 서 있었다. 가끔 길거리에서 만나도 그쪽에서 정윤의 혼인 문제로, 이쪽에서도 용빈의 혼인 문제로, 서로가 다 감정이 좋지 못하여 외면을 하고 지나친다. 그런데 그쪽에서 갑자기 말을 걸어오니 윤씨는 얼떨떨할 수밖에.

"아들 소식은 듣습네까?"

"야."

어느 아들 말인지 알 수 없어서 윤씨는 애매한 대답을 한다.

"그라믄 다 알고 있겠구마."

말투가 심상치 않다.

"뭐 말입네까?"

"아 우리 아들이 서울서 집의 작은아들을 봤다 카니 하는 말이오."

"야? 우리 태윤이 말입네까?"

윤씨는 귀가 번쩍 섰다.

"작은아들 말이오."

"어, 어디서 봤다 캅디까?"

"그거는 몰라도 우리 아이 말이, 그 송 영감 딸, 혼자 사는 여자 있지 않소? 바람이 나서 도망갔다는 그 아이 말이오."

"그래서요."

윤씨는 침을 꿀꺽 삼킨다.

"그 여자하고 산답디다."

"야아?"

놀라 자빠질 듯한 윤씨를 심술궂게 쳐다보다가 정국주의 마누라는 식모를 재촉하며 어물전으로 가버린다.

허둥지둥 집으로 돌아온 윤씨는,

"보소 영감!"

일방에서 똑딱거리던 영감을 황급히 부르다가 윤씨는 주춤한다. 우물가에서 양치질을 하고 있던 며느리가 빤히 쳐다보고 있었던 것이다. 영감은 들은 체 만 체 여전히 똑딱이고 있었다.

늘 기분이 좋지 않은 중구 영감이다. 며느리가 오고부터는 더욱 과묵해지고 일방에만 들어박혀 있었다. 윤씨는 억지로 참고 부엌으로 들어갔다.

"오빠 아직 자나?"

며칠 동안만 거들어달라고 불러온 친척 아이에게 묻는다.

"남방산에 올라가신다고 나갔심더."

윤씨는 일이 손에 잡히지 않아 그냥 나갔다 들어갔다 할 뿐이다.

"며느리는 눕혀놓고 시어머니가 밥을 할란가!"

중구 영감이 소리를 꽥 지르는 바람에 아들 내외가 있을 동안만 거들어주러 온 아이는 익숙한 솜씨로 조반을 해낸다.

조반상을 받은 후에도 윤씨는 안절부절 못한다. 그의 얼굴은 수시로 변하였다.

"어머니, 안색이 나쁜데 어디 몸이 편찮으십니까?"

정윤이 물어본다.

"아, 아니다."

중구 영감은 슬쩍 마누라를 살폈으나 아무 말도 않고 밥을 먹는다. 그는 밥상을 물리고 숭늉을 마시기가 바쁘게 일방으로 내려갔다.

"참, 아버지는 왜 저러실까?"

정윤은 몹시 불쾌한 표정을 지었다. 그의 아내 윤희允姬는 묵묵히 앉아 있었다.

"재미로 하시는 거다. 걱정하지 말어."

"아무리 재미로 하셔도 우리가 왔는데 보기가 딱하지 않아요? 도무지 송곳방석에 앉은 것 같아서……."

쓰디쓰게 입맛을 다신다.

"취미신데요, 뭐……."

윤희는 극히 무관심한 태도였다. 그러나 묘한 미소를 띠고 있었다. 하지만 그 미소는 악의적인 것은 아니었다. 어떤 병적인 것을 느끼게 하는 미소다. 윤희는 결코 미인이 아니다. 그러나 조금도 멋을 부리지 않았는 데도 아주 세련된 감을 준다.

윤희가 대구에서 가슴을 앓아 병상에 있을 때 그들은 만났고 연애를 하였다. 생활태도나 사고방식에 있어서 빈틈이 없고 건실한 정윤은 윤희의 그 병적인 미소에 끌렸던 것이다. 상냥스럽지도 못하고 아기자기한 맛이 조금도 없는 윤희는 어딘지 다 풀어진 듯한 허황한 분위기를 지니고 있었다. 얼마간 몸이 회복되어 결혼을 한 뒤에도 윤희는 살림에 취미를 붙이지 않았다. 얼굴이나 의복에 대하여도 무관심하였다.

정윤은 이따금 윤희의 허황한 얼굴을 가만히 쳐다보는 일이 있다. 이상하게도 그는 그러고 있노라면 안정감을 느낀다. 병원에서 수많은 환자를 보아온 정윤은 생명에 대한 집착에 몸부림치며 절규하는 것을 수없이 보아왔다. 그것을 보는 불안의 연속 속에서 정윤은 자기 자신이 차츰 냉혹하게 변모되어가는 것을 깨닫는다. 차가운 눈으로 아무 감동 없이 메스를 드는 자기 자신, 윤희는 생명의 집착이 없는 여자 같았다. 그러나 그것은 지성의 소치는 아니었다. 만일 윤희가 지성으로 다듬어진 여자였다면 정윤은 그를 사랑하지 않았을 것이다. 정윤은 태윤이처럼 혹은 중구 영감처럼 용빈을 높이 평가하지 않는 것도 완벽을 느끼게 하는 용빈의 타고난 그 이지적인 성품과 용모 때문이다.

정윤은 병적인 미소를 짓는 윤희가 만일 그 얼굴을 찌그러뜨리고 운다면 그것은 너무나 비참한 얼굴이 되리라 생각하는 일이 있다. 그럴 때마다 정윤은 가슴이 죄어드는 듯한 애련의 정을 느낀다. 그러나 윤희는 한 번도 얼굴을 찌그러뜨리고 운 일이 없었다. 그런데도 정윤은 그것을 상상하며 가슴이 짓눌리는 듯한 슬픔을 가지는 것이다. 그것은 끊임없이 새로워지는 애정의 원동력이기도 하였다.

중구 영감이 윤희를 못마땅하게 여기는 것은 정윤과 반대로 그 허황된 얼굴, 병적인 미소에 있었다. 물론 그가 폐를 앓았다는 점도 중요한 이유의 하나였다.

낮에 윤희는 해변가에 가본다면서 혼자 나갔다. 윤씨는 영감과 정윤을 부랴부랴 불러다가 정국주 마누라에게 들은 이야기를 했다. 두 사람은 다 같이 놀래었다. 그러나 다 같이 입을 떼려고 하지 않았다.

"그 미친놈이 남의 수절하는 과부에 환장을 했는가. 세상에 친구의 계집이 아닌가, 응!"

윤씨는 흥분하며 떠들었다.

"시끄럽소, 가문에 없는 놈, 자식 아니라 생각하면 그만 이지."

중구 영감은 후딱 일어섰다.

보고 싶었다

떨어진 장지문 사이로 햇빛이 여러 줄기 방 안으로 스며들었다. 용란은 방에 드러누워 사과를 깨물어 먹고 있었다. 머리맡에는 과자 봉지가 너절하니 널려 있고, 어젯밤에 마시다 둔 물 그릇 속에는 파리 한 마리가 헤엄치고 있었다.

"분순아!"

"야아!"

느려빠진 대답이 부엌에서 났다.

"저녁밥 다 됐나?"

"아직 안 됐습니더, 아지매요."

"아이구, 배고파 죽겠다."

용란은 비스듬히 몸을 일으키며 사과 껍질을 뱉어낸다. 사과를 다 먹어버린 용란은 입술을 한 번 문지르고 나서 천장을 바라본 채,

"황성 옛터에 밤이 되니……."

별로 신통치도 않은 노래를 뽑는다.

산산이 금이 간 거울 앞에 뚜껑마저 달아난 크림 통이 있고 그 속에는 먼지가 뿌옇게 앉아 있었다. 아마 연학이는 거울이

산산조각이 나서 들고 나가 팔아먹지 못한 모양이다.

"밥 아직 멀었나?"

"밥 아직 멀었나?"

"다 돼갑니더."

분순이는 장독간으로 왔다갔다한다.

"저녁을 묵고 나문 뭘 하노, 심심해서 못살겠네."

시부렁거리다가 요 밑에 손을 쑥 넣어본다. 손에 딸려 나온 것은 일 원짜리 지전 한 장과 오십 전짜리 은전 한 닢이다.

"활동사진이나 보러 갈까?"

용란이는 혼자 궁리를 하고 있는데,

"아지매요! 아지매요!"

분순이가 수선스럽게 부른다.

"와아?"

"누가 왔심더."

"누가?"

용란이는 수세미가 된 머릴 걷어 올리고 옷고름은 풀어진 채 방문을 열고 내다본다.

"어디서 왔노?"

"아지매요, 어떤 남자가 왔심더."

분순이가 목소리를 낮추며 소곤거린다.

"남자가?"

"야, 이거 아지매 주라 안 캅니꺼. 대문 밖에 지금 서 있심더."

분순은 대문간을 힐끗힐끗 돌아보며 쪽지 하나를 내민다.

"이기이 뭐꼬."

펴본다.

용란아, 내가 토영에 왔다. 내가 남방산 사장터에서 니를 기두릴 기니 밤에 오니라.

한돌이

겨우 긁적거린 서투른 글씨, 읽는 용란도 어설프다. 하지만 한돌이란 이름 석 자만은 똑똑히 눈에 들어왔다. 그러기에 그의 얼굴은 새빨개졌던 것이다.

"아이구짜고! 바, 밖에 있나?"

"야아."

대답부터 해놓고 뒤로 몸을 젖히며 대문 쪽을 본다.

"오매! 없구마요. 갔는가 배요."

분순이는 확인하기 위하여 대문으로 쫓아간다.

"아지매요, 가고 없심더."

분순이가 외쳤다.

용란이는 편지를 움켜쥐고 공연히 일없이 방으로 들어갔다가 마루로 쫓아 나오고, 또 방으로 쫓아 들어가며 설친다.

"분순아! 속치마 빨아났제?"

"야아."

"버선은, 버선은 없나!"

"빨아만 놨심더, 풀은 안 멕이고요."

용란은 우물가로 쫓아내려 간다. 두레박을 풍덩 처넣어 물을 헐레벌레 긷고 세숫대야에 주르륵 붓더니 사방에 물을 튀기면서 분주하게 세수를 한다.

"아지매, 저녁 다 됐심더."

"나 안 묵을 기다."

"아까 배고프다 해놓고……."

"나 안 묵을 기다."

방으로 들어간 그는 먼지가 꺼멓게 앉은 크림을 손가락으로 젖히고 먼지가 묻지 않은 속을 파내어 얼굴에 찍어 바른다.

"아지매, 어디 갑니꺼!"

"으응……."

"어디 갑니꺼?"

"으응……."

"아이 참! 아지매도, 어디 갑니꺼?"

"화, 활동사진 보러 간다."

용란이는 벌떡 일어서서 장 속을 뒤적거리더니 제일 성한 것을 골라가지고 몸에 걸친다.

"분순아! 버선, 버선!"

"풀을 안 멕있는데요."

"괜찮다."

분순이는 다 구겨진 버선을 가져왔다. 용란은 아무 불평도 없이 뒤집어서 신고 나섰다. 그러나 그는 사방이 밝은 것을 보고 마루에 도로 주저앉으며 하늘을 노려본다. 새빨간 노을이 지나간다. 새빨간 노을 사이로 잿빛 어둠이 깃들어 있었다.

"와 안 가십니꺼?"

"와 안 가? 가야제."

"아지매 참 이쁘요."

"내가!"

"야, 참 이쁘요."

"정말가. 놀리지 마라."

용란이는 기분이 좋아서 방으로 도로 들어간다. 그리고 거울을 한 번 들여다본다. 웃어본다. 그러나 그의 눈에서는 눈물이 흐르고 있었다.

'한돌아, 니가, 정말로 왔나!'

남방산 사장射場터로 가는 비탈길을 용란이 올라갈 때 사방은 짙은 어둠에 싸여 있었다. 인가도 없는 칠칠한 수목 사이로 파도 소리는 수없이 메아리치고 있었다.

한돌이는 사장터 옆의 묵은 나무 밑에 기대어 서서 비탈길을 지켜보고 있었다. 하얀 치맛자락이 어슴푸레하니 팔락거릴 때 그는 한 발 앞으로 내디뎠다.

"용란아!"

한돌이는 발이 땅에 붙어 떨어지지 않는 듯 부르기만 한다.

"니가, 니가 정말로 한돌이가!"

용란은 어둠 속에 그 흰 얼굴을 내밀어 바보처럼 중얼거렸다.

"용란아!"

한돌이는 용란이를 껴안았다. 눈물이 여자의 얼굴을 적셨다.

"내가 한돌이다. 불쌍한 한돌이다."

사나이는 언제까지나 흐느껴 울었다. 용란이도 울었다.

그들은 서로 껴안은 채 숲속으로 들어갔다. 방금 이발을 하고 온 한돌이 머리에서 기름 냄새가 나고, 용란의 얼굴에는 그 싸구려 크림 냄새가 났다. 그들은 어미 개와 강아지 새끼가 서로 냄새를 맡듯 서로의 체취를 심장 속까지 들이마시며 나무 밑에 앉았다.

"보고 싶었다. 꿈에라도 한번 보고 싶었다, 용란아!"

"나도!"

그들은 다시 포옹한다.

파도 소리, 솔바람 소리, 뱃고동 소리, 그러나 그들에게는 아무 소리도 들려오지 않았다. 숨가쁜 입김과 미칠 것만 같은 환희 속에서 그들은 몸부림쳤다. 서로의 숨을 마시고 그칠 줄 모르는 애무 속에 잠기는 것이다.

"언제든지 돈만 벌믄 니 데리러 올라 캤다. 니를 데리고 도망을 갈라고 했다. 그러나 돈 버는 일도 쉽지 않더라."

"어디 있었노?"

"여수에도 있었고, 부산에도 가봤고, 저 군산에 가서 뱃머리에서 짐도 졌다."

"고생을 했구마."

"고생도 했다. 니가 보고 싶어서 많이 울었제."

"나는 안 울었다. 보고 싶어도 눈물이 안 나더라."

"정이 없어 그렇지."

쌓이고 쌓인 원한에 한돌이는 온몸을 떨었다.

"너거 서방은 유치장에 갔다믄?"

"음, 어찌 아노?"

"염탐을 했지. 아편쟁이라믄?"

"음, 바보 등신 같은 자식이다."

"그래도 그놈하고 살 것가?"

"내사 살기 싫다."

"살기 싫은데 와 여태 살았노?"

한돌이가 질투한다.

"우짤 것고, 그라믄?"

"앞으로도 같이 살 것가!"

"몰라, 그만 그거 죽어부림 딱 좋겠다."

"그래도 오늘까지 내외간이라고 같이 살고 또, 또 잠자리도……."

"미쳤다. 와 그런 소릴 하노! 니는 모른다."

"뭐를 몰라?"

"니는 모른다."

용란은 입을 막으며 흐흐흐 하고 웃는다.

"뭐를?"

"저, 우리 신랑은, 흐흐흐……."

"와 그리 웃노? 남은 심사가 나는데 웃기는……."

"우리 신랑은 사내 구실 못한다. 흐흐흐, 아이고 우서라."

용란은 그만 크게 소리 내어 웃어젖힌다.

"뭐?"

"그 자식 벵신이다, 벵신. 나는 한돌이 니밖에 모른다. 거짓말 아니다."

용란의 목소리는 욕정에 젖어 있었다.

"그거 정말가?"

한돌이는 용란이를 우악스럽게 잡아끌었다. 씨근거리며 서로 마주 본다. 숨이 막히게 풍겨오는 체취,

"아아!"

그들은 풀밭에 쓰러졌다. 막막하고 푸른 바다와 같이 영롱한 정감 속에서 그들은 뒹굴었다. 한돌이는 용란의 머리를 쓸어올려 주며 그를 안아 일으켰다. 옷고름을 여며주면서,

"울고 싶다, 용란아."

용란은 한돌이의 가슴에 얼굴을 묻었다.

"나도, 얼매나 니가 보고 싶었는지 몰라."

"이대로 그만 물에 빠져 죽어비릴까."

"내사 무섭다!"

"내하고 죽어도?"

"와 죽노? 니가 돈 벌어 나하고 같이 살믄 안 되나!"

한돌이는 담배를 꺼내 물고 성냥을 그어댄다. 짙은 눈썹이
바싹 모여들었다.

"후우, 나 오만 짓을 다 해봤다. 도둑질 말고는 다 해봤다. 안
되더라. 복 없는 놈은 할 수 없제. 노름도 하고, 장사도 하고,
머슴도 살고, 그래도 돈이 안 모이더라. 비가 구질구질 오고 일
거리가 없어서 며칠을 굶어도 봤다. 죽을라고 허리띠로 목을
매도 봤다. 죽어도 니를 한 번 보고 죽을라고 토영 바닥에 도로
발을 딜여낳제."

"우리 집이 다 망했으니 훔쳐갈 것도 없구⋯⋯."

용란으로서는 한껏 표현한 말이었다. 사나이는 용란의 손을
만지며,

"니 죄가 아니다. 용란아, 내가 태어날 데 못 태어난 죄지. 그
러나 이자 죽어도 원이 없을 것 같다."

사나이는 또 눈물을 쏟았다. 용란은 그렇게 슬프지도 않았지
만 사나이가 우는 꼴을 보니 덩달아 눈물이 났다.

꾀어낸 사내

"할무이요, 큰일 났심더."

아침 일찍 분순이가 와서 대문을 두들겼다. 한실댁은 미처 비녀도 찾아 찌르지 못하고 안방에서 쫓아 나왔다.

"와 그라노, 아가!"

한실댁의 눈은 무서움에 떨고 있었다.

"아지매가……."

"우리 용란이가?"

"아지매가 나갔심더."

한실댁은 연학이가 경찰서에서 나와가지고 용란을 때려 죽였는 줄만 알았다가 나갔다는 말에 숨을 크게 쉰다.

"어디로, 어디로 나갔노, 아재씨가 나왔나?"

"아닙니더. 안 나왔심더. 아지매가 어짓밤에 보따리 싸가지고 방 얻어 가지고 나갔심더."

"방을 얻어가지고?"

"야, 북문 밖의 방을 얻어가지고 나갔심더. 내가 보따리 여다 주었심더. 아무보고 말하지 말라 카지만 할무이보고 안 그랄 수 있습니꺼."

"와 그랬을꼬?"

한실댁은 도무지 납득이 가질 않는다.

"할무이요!"

분순이가 목소리를 낮추었다.

"며칠 전에 말입니더, 어떤 남자가 찾아왔는데요. 그날부터 밤마다 나갑디더. 그러더니 그만……."

"뭐?"

한실댁은 질겁을 한다. 그리고 사랑 쪽으로 눈을 주더니,

"아가, 방에 들어오너라."

이번에는 여문이가 있는 부엌 쪽으로 눈을 주면서 분순이를 이끌어 올린다.

"그래 분순아, 어떤 남자더노?"

한실댁은 얼굴을 바싹 대며 낮은 소리로 묻는다.

"생전 못 보던 남자데요."

"아이구, 이 일로 어쩌누!"

한실댁은 한돌이가 돌아왔으리라고는 꿈에도 생각지 못한다. 연학이가 없는 사이에 어떤 놈팡이하고 눈이 맞아 미친 지랄병이 생겼다고만 생각하였다. 한실댁은 안절부절못하다가,

"분순아, 아무보고도 말하지 마라. 그리고 누가 찾아오거든 친정에 갔는지 모르겠다고 해라이. 알았나?"

"야."

분순이가 돌아가자, 한실댁은 멍하니 앉아 있었다. 어떻게 해 보겠다는 생각도 나지 않았고, 어떻게 되리라고 생각도 들지 않았다.

점심때가 지났을 때 겨우 한실댁은 여문이를 용옥의 집에 보

내어 용옥이더러 좀 다녀가라고 일렀다. 여문이가 나간 뒤, 김 약국은 점심도 안 먹고 말도 없이 나가버렸다. 어깨가 축 처진 뒷모습을 보았으나 한실댁은 그냥 멍청히 앉아 있었다.

'덜 설어야 눈물이 나지.'

겹치고 겹치는 불운 속에서 한실댁은 막연하게 중얼거렸다.

얼마 후 여문이가 돌아왔다.

"생이 온다 카더나."

"없데요. 아아 데리고 병원에 갔다 캅디더."

"그래?"

그냥 또 우두커니 앉았다. 얼마를 그러고 앉아 있었는지 용옥이 아이를 업고 들어와도 한실댁은 알지 못했다. 용옥은 업은 아이를 추스르며,

"어무이, 와 그러고 앉았십니꺼?"

"응? 음, 니가 왔구나."

"무슨 일이 있었십니꺼?"

그 말 대답은 하지 않고,

"아아가 아파서 병원에 갔더라믄?"

"어떻게 그건 알았십니꺼?"

"아까 여문이를 보냈지."

"그라믄 마침 잘 왔네요. 아아가 자꾸 설사를 해쌓아서……."

여느 때 같으면 아이구 내 강아지야 하고 아이를 안아볼 것 인데, 한실댁은 용옥이 아이를 내려 눕히는데도 거들떠보지 않

는다. 용옥이 마루에 앉은 것을 보자 한실댁은 아침에 분순이 가 와서 한 이야기를 들려준다. 그러나 말을 하는 한실댁이나 말을 듣는 용옥이나 다 같이 지쳐버린 듯 보고 있을 뿐 옛날처 럼 갈팡질팡하지도 않았다.

"그년을 끌고 오기는 와야 할 긴데……."

"……."

"연학이가 나오기 전에 끌어다 놔얄 긴데."

"……."

"연학이가 나오믄 그년을 직일 기다."

"어무이."

기름이 없이 바실바실 마른 용옥의 얼굴이 슬퍼 보인다.

"생이도 불쌍하지요, 어무이."

한실댁은 허를 찔린 듯 고개를 획 쳐들었다. 그의 눈에 아픔 이 지나갔다.

"그러기……."

"……."

"그만 한돌이 그놈하고 돈이나 주어서 멀리 보내버릴걸……."

두고두고 혼자서 생각했던 일을 실토한다.

"지나간 일 말하믄 뭐하겠노. 다 팔잔 걸 할 수 있나. 그래도 살아야제. 죽으나 사나."

"외방 남자를 따라 나갔는데 살겠십니꺼. 이미……."

이미 버려진 몸이라 하려다가 혼인 전에 벌써 사고가 났던 일을 생각하고 용옥은 입을 다물었다. 모녀가 그러고 있는데 생각지도 않았던 기두가 우쭐우쭐 들어왔다. 용옥의 얼굴에 실낱 같은 핏기가 돌았다. 무심코 들어오던 기두도 용옥을 보자 잠시 주춤하였다. 한실댁은 구원이라도 받은 듯 얼른 일어서며,

"어서 오게."

"집에 들렀다 오십니꺼?"

용옥은 조심스럽게 묻는다. 기두는 시선을 돌리며 고개를 저었다.

"이리 앉게."

한실댁은 용옥이 옆에서 물러나 앉으며 사위의 앉을 자리를 마련한다. 그러나 기두는 용옥과 떨어진 자리에 슬며시 엉덩이를 놓더니 성급하게 담뱉 찾았다. 용옥은 눈을 내리깔고 남편의 매정스러운 모습을 살핀다.

"아아가 아파서…… 설사를 자꾸 해서 병원에 갔다 왔십니더."

하고 눕혀놓고 아이를 들여다본다. 그러나 기두는 묵묵부답이었다. 지그시 눈을 감고 담배 연기만 내뿜는다.

냉정한 남편 밑에 삼십여 년 동안을 남과 같이 지내온 한실댁은 그들 젊은 내외간의 부자연스러운 분위기를 눈치채지 못한다.

처가 고우면 처갓집 담벽도 곱다는 말이 있는 것처럼 처가의

일을 무진 고생을 하면서까지 도맡아서 해주는 기두에 대하여 한실댁은 추호의 의심도 갖지 않는 것이다. 그래서 그는 용옥에게 말한 것과 같이 용란에 대한 말을 그에게 들려주었다.

"자네 장인한테 말할 수도 없고 어느 아들자식이 있나, 자네밖에 믿을 곳이 없고나. 엄두가 나지 않아서 모녀가 이러고 있는 참인데 마침 잘 왔네. 날이 어둡어지믄 소문이 나기 전에 그년을 끌고 와야겠다."

기두의 얼굴에는 아무 변동이 없었다.

"지금도 우리 모녀끼리 한 말이지만 차라리 이럴 바에야 애시당초 그 한돌이하고 타관에나 쫓아버릴 거로. 죽든지 살든지, 내 눈앞에 뵈지나 말았음. 어떤 몹쓸 놈이 좋으나 궂으나 사내 있는 계집을, 그 세상충이 철부지를 꾀냈는지, 언비천리라고 소문이 가만 있나. 그 미친놈이 나오기만 해봐라. 직일라 안 카겠는가."

하소연할 곳 없으니 한실댁은 사위를 잡고 넋두리를 한다. 기두는 피워 문 담배를 뽑아서 홱 던진다. 그리고 장모의 얼굴을 빤히 쳐다본다.

"꾀낸 사내가 누군 줄 아십니꺼?"

"아 이 사람아, 낸들 알겠나? 분순이 말이 생전 처음 보는 사내라고 안 하나. 자네가 오늘 밤에 돌아가거들랑 그놈의 다리몽댕이를 부숴놔라. 세상에 어데 계집이 없어서 서방 있는 년을 그 철없는 것을 꾀낸단 말고!"

기두는 푹 한숨을 내쉬었다.

"꾀낸 사내는 한돌입니더."

"뭐, 뭐?"

"한돌이가 꾀냈을 깁니더."

"그, 그기 정말인가!"

"정말일 겁니더."

"자네가 어찌 그걸 아노?"

"닷새 전에 갯문 앞 술집에서 만났십니더."

용옥이 얼굴을 들었다.

"한돌이를?"

"야, 한돌이를 만났지요."

기두의 얼굴에 미묘한 웃음이 감돌았다. 자기 자신을 비웃는 웃음이었다.

"닷새 전에 토영 오싰십디꺼?"

"음……."

마지못해 대답을 했으나 그는 용옥을 보지는 않았다. 용옥의 눈에 눈물이 핑 돌았다. 그는 자는 아이를 얼른 안아 무릎에 올려놓고 젖을 물린다. 감정을 나타내지 않으려고 애는 썼으나 아이를 안은 손이 발발 떨리고 있었다. 한실댁은 어이없는 듯 각기 다른 감정을 품고 세 사람은 침묵을 지킨다. 용옥은 젖을 빠는 아이를 내려다본 채, 기두는 쩍 벌어진 어깨를 바위처럼 움직이지 않은 채.

"안 되지, 안 돼."

한실댁이 고개를 흔든다.

"가씨나 머시마 때면 몰라도 서방 있는 년을……."

한실댁은 대꾸해주는 사람도 없는데 연방 머리를 살래살래 흔든다. 실상 그는 혼란된 자신을 일깨우려는 자문자답이었던 것이다.

그럭저럭 저녁밥 때가 되어간다. 기두는 바위처럼 묵묵히 앉아 있다가 용옥을 돌아다보며,

"집에 가지."

용옥은 잠자코 기저귀를 챙겨 넣고 아이를 둘러업었다. 그는 마당으로 내려가서 한실댁에게 인사하고 돌아섰다. 몇 발자국 떼어놓았다가 용옥은 멈추었다. 멈춘 채 한참을 서 있다가 돌아섰다.

"저녁에 오실랍니꺼?"

"봐서."

기두는 내뱉듯 말하고 외면을 한다. 용옥의 두꺼운 입술이 중풍 든 사람처럼 한쪽으로 돌아가며 떨린다. 그는 돌아서서 대문에 몸을 내던지듯이 하며 밀고 나갔다.

미친놈

분순이를 앞세우고 장모와 사위는 어두운 길을 터벅터벅 밟고 있었다. 기두의 입에서는 술 냄새가 풍겼다. 용옥이 가고 난 뒤 잠시 나갔다 오겠다던 기두는 어두워서야 술 냄새를 피우며 돌아왔던 것이다.

세병관 앞을 지나 재판소와 포교당 절 사이의 좁은 골목을 빠져서 북문 안으로 들어섰다. 그들은 북문고개를 넘어 다시 산비탈로 올라갔다. 초가집이 다닥다닥 붙어 있어 좁은 비탈길을 창문에서 새어 나온 희미한 불빛이 비쳐준다.

"아이고 숨차라. 조금 쉬었다 가지."

한실댁은 골목에 주저앉는다. 머리가 삥 돌았다. 그러고 보니 한실댁은 온종일 굶은 생각이 났다. 울지도 않고 다른 때보다 별로 걱정도 안 한 것 같은데 왜 밥을 굶었는지 알 수가 없었다. 기두는 한실댁 옆에 선 채 우두커니 허공을 바라본다. 어느 집 사립문 옆에 버드나무가 어둠 속에 너울너울 춤을 추고 있었다. 술이 깨는 것 같지는 않은데 몸이 오싹오싹 한기가 든다.

"아직 멀었나?"

"야, 더 올라가야 합니더."

앞장선 분순이가 대답한다.

한실댁은 후유 하고 한숨을 몰아쉬면서 일어섰다.

"자, 가보지."

그들은 터덕터덕 말없이 걸음을 옮긴다. 개가 짖고, 때리는지 잡는 듯한 아이의 울음소리가 흘러나온다.

"이눔 가씨나야! 날 잡아묵으라! 없는 밥을 내놓라 카모 우짜노. 그만 죽어라! 머할라고 생깄노."

여자의 앙칼진 목소리가 골목길을 쩡쩡 울린다. 흐릿한 한실댁 의식 속에 용화산 밑에 살던 절름발이 여자의 얼굴이 선명하게 떠오른다. 쩡쩡 울리는 여자의 목소리는 그 절름발이 여자의 목소리가 되어 한실댁의 가슴을 쳤다.

'그 사람들보다는 내가 낫지. 내가 낫고말고.'

꿈결 속처럼 중얼거리며 걷는다.

"다 왔심더. 나는 갈랍니더."

"운냐, 가거라."

한실댁은 정신을 가다듬었다. 기두가 낡아빠진 사립문을 노리듯 보고 섰다가 한실댁을 돌아다보며,

"병모님이 먼저 들어가시소."

집 안은 빈집처럼 괴괴하니 소리가 없다. 한실댁이 문을 진득진득 밀었다. 그러더니 다시 애원하듯 사위를 돌아본다. 기두는 발길로 문을 찼다. 사립문이 덜컥 열렸다. 문이 열렸어도 안에서는 사람의 기척이 없다. 다 쓰러져가는 오막살이다. 방은 두 개 있는 모양이나 불이 꺼져 있었다. 마당으로 들어선 그들의 그림자가 보일락 말락 마당 위에 흔들렸다. 한실댁은 아

까처럼 애원하듯 사위를 돌아다보았다. 그러나 기두는 씩씩거리고 있을 뿐 꼼짝도 하지 않는다.

"용란앗!"

한실댁이 악을 썼다. 아무 대답이 없다.

"용란앗!"

또 악을 쓴다.

"누고오?"

잠에 취한 용란의 목소리가 겨우 났다.

"내다."

이번에는 한실댁의 목소리가 낮았다.

"아이구!"

하더니 방 안에서 투닥투닥 소리가 났다. 옷을 더듬는지 성냥을 더듬는지 알 수가 없다. 칙 하는 소리가 나더니 장지문이 밝아진다. 석유 호롱에 불을 당기는 용란의 나체가 그림처럼 뚜렷이 장지문에 박힌다. 사나이의 나체도 어른거린다. 그들은 옷을 찾아 서두르며 끼어 입는다. 기두는 숨을 몰아쉬며 눈도 깜빡이지 않고 장지문을 응시하고 있었다. 그의 이빨 사이에서 신음 같은 소리가 새어나왔다. 한실댁은 민망하여 고개를 옆으로 돌린다. 방문이 열렸다.

"어무입니꺼?"

시뿌득하게 용란이가 말했다.

"에이! 이 천하에 몹쓸 년 같으니!"

한실댁은 툇마루를 거쳐 방으로 발을 들여놓았다.

한돌이는 방 한구석에 무릎을 꿇고 고개를 빠뜨리고 있었다.

"자네도 들어오게."

한실댁이 돌아보며 기두에게 손짓을 하자, 용란과 한돌이는 얼굴을 번쩍 쳐들었다. 그러나 들어서는 기두를 보자 다시 고개를 떨어뜨린다. 희미한 호롱불 밑에 그들의 앞가슴이 불룩불룩 움직였다. 천장이 낮아서 남자는 허리를 꾸부정하니 꾸부려야만 했다. 몇 년 동안이나 도배질을 하지 않았는지 사방의 벽은 기름에 전 것 같은데, 빈대를 눌러 죽인 핏자국이 무수한 댓잎을 그려놓고 있었다.

한실댁은 쪼그리고 앉으며,

"어짤라고 이랬노?"

대답이 있을 리가 없었다.

"이 무상한 놈아, 뭐할라꼬 또 왔노!"

"볼 낯이 없심더."

한돌이는 입속말로 중얼거렸다.

"은공을 모르믄 금수만도 못하니라. 강보에 싸인 니를 지 서방이 데리고 왔을 때…… 인생이 불쌍해서 내 젖을 멕여 니를 키우지 않았나? 명색이 머슴의 자식이지 내 자식이나 다름없이 내가 키웠다. 시상에, 이 무상한 놈아!"

한실댁은 손수건을 꺼내어 눈물을 닦는다.

"니만 없었어도 우리 용란이 신세가 저 꼴이 되었겠나? 인물이 남만 못해서 저 꼴이 되었겠나? 지나간 일 말하면 뭐하겠나마는…… 도둑놈이건 대적놈이건 임자 있는 저것을 또 꾀어내 이 짓을 하다니, 인피를 쓴 짐승이지 어디 그럴 수가 있나!"

조용히 말을 하던 한실댁은 흥분하기 시작하였다. 그러나 그는 자신을 다시 억제하여,

"아무 말 하지 말고 소문이 나기 전에 니는 통영에서 떠라. 오양이 그만큼 반반하믄 어디 계집이 없었나? 니 짝 만나서 자식 낳고 살아라. 용란이는 잊어부리고, 연학이가 나오믄 그냥 안 둘 기다."

한실댁은 한돌이에게 타이르고 나서,

"가자."

하고 용란의 팔을 잡았다. 용란은 그것을 뿌리치며,

"내사 안 갈랍니더."

"안 된다, 가자."

"내사 안 갈랍니더. 그 벵신하고 안 살랍니더. 멀쩡한 내가 와 생과부로 펭생을 삽니꺼?"

용란은 엉덩이를 비비며 방구석으로 물러간다.

"가자, 이 환장한 년아! 니 죽고 내 죽고 하는 꼴 볼라나!"

한실댁도 무릎을 밀고 다가가며 용란을 끌어당겼다.

"안 갈 기요."

한실댁을 밀어내는 바람에 한실댁은 뒤로 나자빠졌다. 순간 용란의 얼굴 위에 기두의 억센 손이 날았다. 찰싹! 찰싹! 뺨을

갈긴 것이다.

"와 때리요!"

용란이 소리를 지르며 운다. 한실댁은 기겁을 하고, 한돌이는 일어섰다. 두 사나이의 눈이 불을 튀기며 부딪는다. 기두는 짐승처럼 웅얼거렸고, 한돌이는 저주와 증오에 찬 눈으로 대결한다. 기두의 입에서 웅얼거리는 소리가 멎자 그의 얼굴에는 경련하는 듯한 미소가 지나갔다. 자조의 웃음이었다. 그는 훌쩍 돌아서서 발길로 방문을 차더니 나가버린다. 흐트러진 발소리는 멀리 사라졌다.

"이년아! 죽어라. 접시 물에라도 빠져 죽어라! 동생 남편한테 뺨을 맞고 어찌 사노!"

악정에 치받쳐 울고 있는 용란의 머리를 쥐어박는다.

"가자! 안 가믄 니 앞에서 내가 죽을 기다, 가자!"

약이 머리 끝까지 오른 한실댁은 용란을 질질 끌어냈다. 용란은 울면서 이번에는 끌려나왔다.

한돌이는 두 손으로 얼굴을 싸고 방바닥에 엎드린다.

한실댁은 염소를 몰고 가듯 용란을 앞세우고 북문고개를 넘었다. 집 앞까지 왔을 때 흥분을 삭인 한실댁은 현실 문제로 돌아간다.

"니가 누군지 그 집 주인이 아나?"

하고 묻는다.

용란은 멍한 얼굴로 느티나무를 올려다보며,

"몰라요."

"뭐하는 사람고?"

"할매 혼자 도부장사 댕긴다 캅니더."

"그라믄 오늘 밤에 없었네?"

"없었십니더."

한실댁은 적이 안심을 한다.

이즈음 기두는 터벅터벅 동충 해변가를 거닐고 있었다. 불길 같은 질투가 전신을 휩쓸어 심한 갈증을 느꼈다. 그러나 술을 마시고 싶은 생각은 없었다.

동충 해변가를 돌아 서충 해변가로 나왔다. 저녁에 벌어지는 파시는 벌써 끝난 모양이다. 어업조합 앞은 괴괴하였다. 가로 등만이 하얗게 해변길을 비쳐준다. 어장 배도 어장으로 돌아가고, 생선을 실은 배들도 부산으로 떠난 모양이다. 다만 이곳에서 정박하는 배 몇 척이 아무 기척도 없이 바다에 잠겨 있었다.

"미친놈!"

가로등 밑에 기대서서 담배를 꺼내어 불을 붙인다.

"미친놈!"

그는 자기 자신을 향하여 욕지거리를 하고 있는 것이다.

번개 치는 밤의 흉사

"으앗! 으흐흐……."

눈을 뜨니 어둠 속이다. 식은땀이 물 흐르듯 전신을 적시고 있었다. 한실댁은 방문을 화닥닥 열었다. 우물가에 가서 두레박에 물을 퍼서 벌컥벌컥 마신다. 얼음같이 차가운 물이 창자를 타고 내려간다.

"후우."

한실댁은 마루에 와서 걸터앉았다.

보름이 지난 지 얼마 되지도 않은데 달이 없다, 별도 없다. 하늘은 잔뜩 흐린 모양이다.

"마음에 끼고 있은께 그런가?"

한실댁은 부르르 몸을 떨었다. 그는 꿈을 꾸었다. 집에서 굿을 한다고 야단이었다. 무당이 장옷을 입고 칼을 휘두르며 춤을 추고 있었다. 구경꾼들이 많았다. 용란이가 웃고 있었고, 용옥이는 울고 있었다. 무당은 뜰 아래에 웅크리고 있는 암탉을 번쩍 들었다. 암탉을 들고 한참을 그는 춤을 추었다.

"비상 묵고 죽은 구신아, 칼 맞아 죽은 구신아, 배고파 죽은 구신아, 청춘에 죽은 구신아, 물에 빠져 죽은 구신아……."

무당은 쿵쿵 땅을 구르며 눈을 뒤집었다. 그러더니 마루로 훌쩍 뛰어올라 암탉을 문지방에 놓고 칼을 번쩍 들다가 휙 얼굴을 돌렸다. 연학이었다. 개글개글 웃고 있는 연학의 얼굴이었다.

"저눔이 언제 나왔노?"

연학이는 칼을 내리쳤다. 동강이 난 암탉의 대가리가 대굴대굴 마루 위에서 구른다. 대굴대굴 구르는 소리가 차츰 웃음으로 변하였고 그 웃음소리는 용란의 소리였다. 고개를 쳐들고 사람 속에서 발돋움을 하고 보니 암탉의 대가리는 용란의 대가리가 아닌가.

"으앗! 으ㅎㅎㅎ……."

그러고 잠이 깬 것이다. 땀을 너무 많이 흘린 때문인지 한실댁은 한기를 느꼈다. 그는 팔짱을 끼고 우두커니 밤 속에 도사린다.

"암만해도 무슨 변이 나겠다."

그러니까 추석 전날 밤 용란은 달아났다. 한실댁이 멘데로 찾아갔을 때 분순의 말이,

"아지매는 옷 갖고 갔심더."

"어디 간다 카더노."

"아무보고도 말하지 말라캄서 북문 밖에 가 있다가 갈 기라 캅디더."

한실댁은 또다시 북문 밖으로 용란을 찾아갈 용기가 나지 않았다. 그러자 연학이가 나왔다는 소문이 들려왔다.

"그것들이 여기 있으믄 화를 당할 기다. 천방지축을 모르는 그 미친놈이."

한실댁은 요즘 며칠 동안 새로운 궁리를 하고 있었다. 그것은 용란과 한돌이를 아주 멀리 보내자는 생각이었다. 그러나 그는 몇 번이고 망설였던 것이다. 마루에 앉았던 한실댁은 방으로 들어갔다. 장롱을 열고 뒤적거린다. 용빈 몫으로 장만해놓은 패물이다. 이십 년 동안 끼고 있던 가락지까지 다 팔아버렸으나 그것만은 고스란히 간직해두었던 것이다.

한실댁은 그것을 몇 겹이나 헝겊에 싸가지고 품에 넣었다. 여문이가 깰까 봐 조심을 하며 부엌에 나와 초롱을 찾았다. 바람이 휙 몰아치더니 부엌문이 탕 하고 닫힌다. 한실댁은 초롱에 불을 켜고 살금살금 뒷문으로 빠져나왔다. 어두운, 아무도 없는 후미진 길을 도깨비불처럼 초롱불이 간다. 집을 나서고 보니 한실댁의 마음은 초조하여졌다. 무서운 꿈의 장면이 눈앞에 떠올라 두 다리가 후들후들 떨렸다. 가슴을 물어뜯는 듯한 절망감이 불이 비쳐주는 길 위에 먹칠을 하곤 한다. 지금 가면 용란의 시체가 자기를 기다리고 있을 것만 같았다. 피투성이의 시체가.

"아이구우, 하나님 맙소사!"

한실댁은 어둠 속에 뒹굴었다. 그는 저만큼 굴러간 초롱을 찾았다. 깜깜한 어둠, 절망적인 어둠, 한실댁은 초롱을 찾기는 했어도 성냥이 없어 불을 켤 도리는 없었다. 그는 어둠을 헤치고 걸었다. 포교당 절의 담벽을 돌았을 때 빗방울이 떨어졌다. 한두 방울씩 떨어지던 비는 북문 안을 들어서자 줄기차게 퍼붓기 시작하였다. 한실댁은 초롱을 버렸다. 치마를 걷어 머리에 뒤집어쓰고 뛰듯 걸었다. 생선을 실은 화물자동차가 빗속으로 달려온다. 뿌연 헤드라이트 속에 송곳날 같은 비는 비스듬히 내린다. 가로수와 길 언저리의 즐비한 집의 지붕이 헤드라이트 와 빗줄기에 뒤섞여 번져 나오듯 뿌옇다.

한실댁은 비에 두들겨 맞으며 꿈을 꾸고 있는 것만 같았다. 한길에서 꺾인 골목으로 접어들었다. 비탈을 타고 올라간다. 그 집 앞에까지 왔을 때 비는 더욱 억수로 퍼붓고 번갯불이 번 득하였다. 집 안에는 불이 꺼져 있었다. 아무 소리도 나지 않았 다. 한실댁은 다소 마음을 놓으며 얼굴을 줄줄 타고 내리는 빗 물을 닦고 사립문을 떨떨 흔들었다. 대답이 없다.

"용란앗! 용란앗!"

크게 소리를 질렀다. 그러나 빗소리 속에 고함은 이내 사라 진다.

"용란앗! 내다. 문 좀 열어랏!"

"누고!"

바로 사립문 뒤에서 남자의 목소리가 났다.

"아구짜고!"

혀가 안으로 말려든 듯한 소리는 틀림없는 연학의 목소리다.

"아구짜고!"

"누고!"

"내다. 문 좀 열어주게."

한실댁은 사립문을 꼭 잡으며 안간힘을 썼다. 문이 쓱 열렸
다. 시커먼 그림자—.

"ㅎㅎㅎ……."

웃었다. 한실댁은 머리 위에 무엇이 쏟아지는 것을 느꼈다.

"아이구우!"

머리 위에 두 손을 얹었다. 그 손 위에 무엇이 또 쏟아졌다.

"아이구우! 사람 살려랏!"

한실댁이 푹 쓰러졌다.

이 소동에 깊이 잠들었던 한돌이와 용란이 깨었다. 그들은
도끼를 휘두르는 연학을 보았다. 연학이도 그들을 보았다. 끼
둑끼둑 웃으며 그는 다가왔다. 한돌이의 눈에 쳐든 도끼가 못
박힌다. 도끼가 허공에서 돌았다. 순간 용란의 몸이 솟구쳤다.
뛰었던 것이다. 연학이 뒤따라 뛰었다. 용란은 쓰러진 한실댁
을 밟고 사립문 밖으로 도망친다. 뒤따른 연학은 한실댁에게
부딪혀 후딱 나자빠진다. 용란을 놓친 연학은 으르렁거리며 막
담을 뛰어넘으려는 한돌이에게 달려간다. 한쪽 어깨 위에 도끼
날이 푹석 들어갔다. 연학이는 춤을 추듯 팔딱팔딱 뛰면서 쓰
러진 한돌이를 찍는다.

예배당의 종이 울렸다. 둥글게 둥글게 원을 그리며 종소리는
퍼져 나가고 또 울리고—.

날이 밝아왔다. 한실댁은 사립문 앞에, 한돌이는 담 옆에 쓰
러져 있었다. 마당에 괸 물이 짙붉었다. 한 많은 두 생애의 막

이 내린 것이다. 연학이는 마루에 나자빠져서 깊이 잠들어 있었고, 옥색으로 걷혀지는 하늘 한 모퉁이가 불그레하니 물들어오기 시작하였다. 간밤의 억수 같은 비를 잊은 듯 하늘은 영롱하기만 하였다.

이 무렵 용란은 찢어진 치마를 입고 아침장이 벌어지는 새터로 부지런히 걸어가고 있었다.

"여보이소, 우리 한돌이 보았십니꺼."

마주치는 사람을 볼 때마다 그는 물었다.

"실성을 했는가 배, 그 얼굴 참 참한데……."

"누고? 아이구, 저, 저 김약국 딸 앙이가."

사람들은 발길을 멈추었다. 한 사람 두 사람 어느새 우우 하고 모여들었다.

"누가 우리 한돌이를 데리고 갔노? 보소야! 우리 한돌이 못 봤십니꺼? 눈 밑에 큰 사마귀가 있습니더. 어디로 갑디꺼."

"으음, 아주 미쳤구마. 최상호 영감도 말이 아니네. 아들 놈은 아편쟁이라, 며느리는 미치고, 허 참……."

용란은 바쁘게 이 사람 저 사람을 보고 묻다가 경매장 근처에까지 갔다.

"아 저기, 한돌아, 한돌아! 와 니 혼자 왔노? 날 안 데리고 가고……."

경매를 부르는 사나이의 팔을 덥석 잡는다.

"앗! 이, 이기 미, 미친년 앙이가."

사나이는 깜짝 놀라서 물러섰다. 그래도 용란이가 따라가자 기겁을 하며 사람 뒤에 숨어버린다. 용란은 질벅질벅한 땅바닥에 퍼질러 앉아 훌쩍훌쩍 울기 시작한다. 그러자 구경꾼들을 헤치고 기두가 들어섰다. 생선을 싣고 경매에 부치러 왔던 기두는 뜻밖에도 용란을 보았던 것이다. 그는 대뜸 용란을 안았다. 그리고 구경꾼들을 어깨로 밀어젖히며 그는 간창골 처가로 가는 것이었다. 용란은 어린것처럼 여전히 훌쩍훌쩍 울었으나 반항하지 않고 끌려간다. 간창골 집에 들어서서 마루에 용란을 앉힌 기두는 담배부터 꺼내었다.

"후우."

용란의 얼굴 위에 연기를 뿜는다. 이때 밖에서 쫓아 들어온 여문이는 얼굴이 파아랗게 질려서 용란을 바라본다.

"병모님은?"

"아……."

여문이는 말을 잇지 못한다.

"병모님은? 문 잠가라."

대문 밖에 모여든 구경꾼들을 곁눈질하며 기두는 용란의 얼굴 위에 또 연기를 뿜었다. 대문을 잠그고 여문이가 쫓아오자,

"병모님은 어디 가셨노?"

"아, 야, 아침에 자고 난께 안 계십니더."

"뭐 안 계셔?"

기두의 얼굴이 싹 변한다.

타인들

　동문 밖 소청이 집이 있는 골목길로 들어섰을 때 김약국은 저만큼 걸어오는 윤씨를 보았다. 진퇴가 난감하였다. 김약국은 단장 끝을 내려다보며 걸어갈 수밖에 없었다.

　"어디 가십네까?"

　어디 가는지 뻔히 알면서 윤씨는 그렇게 인사할 수밖에 없었다.

　"아, 형수씨."

　김약국은 얼굴을 들었다.

　"얼굴이 안됐습네다."

　윤씨는 깜짝 놀란다. 근 반년 동안이나 같은 고장에 살면서도 만나지 못한 윤씨는 너무나 쇠약한 김약국의 모습에 기가 막혔던 것이다. 윤씨의 놀라는 표정을 가만히 응시하는 김약국은 미소를 짓는다.

　"형님은 별고 없으십니까?"

　"아, 그 양반이사 뭐, 그런데 큰일 나겠습네다. 온 시상에 신색이 그래서야, 사람이 살고 봐야지 살림이사 있다가도 없고 없다가도 생기고. 추석날 정윤이가 갔다 와서 걱정을 합디다만 이렇게 상한 줄은 몰랐습네다. 정윤이 말이, 진주에 한번 모셔가서 진찰이라도 받아보시게 했음 좋겠다고 합디다. 본업이 약국이니 베멘하겠느냐고 했는데……."

"정윤이는 갔습니까?"

"예, 어제 지 처하고 갔습네다."

김약국은 단장을 고쳐 잡으며 빨리 헤어지고 싶어 하는 눈치를 보였다.

"정윤이 말대로 진주 병원에나 한번 가보시지요."

"뭐 괜찮을 깁니다."

"동숭은 집에 있습네까."

"있는갑습디다."

"나도 기맥히는 일이 있어서 동숭한테 의논하러 갈라고 했는데……."

"그러면……."

김약국은 발길을 내디뎠다.

"정말 몸 조섭 잘하시이소."

윤씨는 김약국의 뒷모습을 몇 번이나 돌아보며 간다. 소청이집에 갔을 때 소청이는 없고 계집아이가 쪼르르 나왔다.

"어디 갔나?"

"야? 구경하러 갔심더."

"혼자서?"

"모르겄심더."

김약국은 방으로 들어갔다. 모자와 두루마기를 벗어 옷걸이에 걸고 방석 위에 앉는다. 소청이는 있어도 좋았고 없어도 좋았다. 갈 곳이 없으니 왔을 뿐이다. 김약국은 성냥개비를 부러

396

뜨리며 허리를 꾸부리고 방바닥을 내려다본다. 소청이가 기르고 있는 고양이가 야옹야옹 울고 있었다.

'진주 병원에 가보라구?'

아까부터 마음에 걸렸던 말이다. 무슨 희망을 가지고 그 말을 되씹어보는 것은 아니었다. 김약국은 굴욕을 느끼는 것이다. 평생 병원에 가본 일이 없는 한의원으로서 느끼는 굴욕감은 아니었다. 자기의 허한 곳을 찔린 아픔이었다. 김약국은 초조하고 삶에 대한 애착에 사로잡혀 있는 것이다. 그럴수록 의원으로서 짐작되는 바를 부정하려 든다. 여명이 얼마 남지 않았음은 너무나 뼈저린 사실이었다. 그러나 김약국은 어느 누구에게도 그 비참한 사실을 알려주고 싶지는 않다. 아픈 상처는 혼자 남몰래 간직하고 싶은 것이다. 남의 설움을 따스하게 만져주지 못함과 마찬가지로 자기의 고통도 혼자만이 지녀야 한다는 일종의 고집이다. 마누라, 딸들, 사위, 그리고 살을 섞고 사는 소청이까지도 먼 타인으로 느껴온 김약국이었다.

흔히 주색에 빠지고 방탕함으로써 인생을 죄되게 보낸 사람이 있다. 그러나 그런 탕아蕩兒의 좌절 이상으로 죄악적인, 타인에 대한 무관심, 자기를 위한 성문을 굳게 지켜온 이기적인 김약국이 지금 자기의 육체가 허물어져 가는 마당에서 어떤 마음의 반려자를 구할 수 있겠는가? 그러나 그는 애써 지켜온 고독, 그 고독을 즐기기조차 했던 지난날에 비하여 너무나 비참하게 그 고독을 무서워하고 있는 것이다.

표연飄然히 갈 길을 가야 하는 마음의 준비는 없었다. 김약국은 때때로 생각한다, 스스로 목숨을 끊은 생모 박씨를. 어떻게 스스로 자기의 목숨을 끊었을까 싶은 것이다. 그러나 김약국은 자살의 유혹을 여러 번 받았다. 초조하며 집착을 버릴 수 없는 자기 자신을 징그럽게 느낄 때 그는 자살의 유혹을 받는 것이다.

"불쌍한 것들……."

요즘에 와서 곧잘 입 밖에 나오는 말이다. 이미 무의미하게 된 애정이다. 뒤늦게 그의 마음을 사로잡는 마누라와 딸들에 대한 연민이었다. 자아 속에서 시름하던 그는 타아他我의 인과를 발견하고 타아를 위하여 헛되게 보낸 세월을 후회하는 것이었다. 김약국은 마음속으로 자기의 유산을 셈해본다. 아무것도 없었다. 재산과 부채는 꼭 맞먹었다. 정국주에게 논문서가 몽땅 넘어간 것은 이미 오래전이다. 사랑에 도사리고 앉았던 차가운 자기 자신의 모습만이 가족들의 추억 속에 남을 것이란 생각은 그를 더없이 슬프게 하였다.

계집아이가 저녁상을 들여 왔다.

"벌써 해가 졌구나."

"예."

김약국은 따끈한 미역국을 한 모금 마시고 밥상을 물렸다. 상 위에 놓인 반주에 마음이 끌렸으나 위장을 생각하여 참았다.

밤 열두 시경에 소청이는 술에 취하여 돌아왔다. 김약국을 피하기 위한 의식적인 행동이라고 볼 수밖에 없었다.

"보소 영감, 내가 고와서 또 오셨습네까."

눈언저리가 불그레했다. 그는 혀 꼬부라진 소리로 주정을 하는 것이었다.

"보소 영감, 영감이 나한테 뭘 해주었지요? 나도 이제는 지쳤습네다. 살얼음 같은 영감한테 반한 것도 한때지요. 오는 정이 있어야 가는 정도 있다고, 내가 반했음 영감도 나한테 반해야 할 거 아니오? 양창곡은 여덟 계집을 거나리도 만고의 호걸이요, 계집을 사랑할 줄 알았지요. 영감은 대체 뭐요? 고동뿌리처럼 도사리고 앉아서 속을 줘야지요, 그래 나는 목석처럼 당신을 바라보고만 있으란 말이오?"

"……"

"나도 괴롭습네다. 옛날같이 영감이 잘산다믄야. 이제는 다 망하였으니 이러지도 저러지도 못하고 인정에 얽히고 의리에 얽혀서…… 나는 본시 노는 여자지만 애시당초 영감의 돈을 보고 반한 사람은 아닙네다."

소청이는 담배를 피워 물었다. 술을 핑계 삼아 솔직한 말을 했다.

"자네 심정을 뉘 모르나. 내일부터 나도 오지 않으려네."

성냥개비를 톡톡 부러뜨리며 조용히 입을 뗀다.

"그래, 내가 영감 오시지 말라고 그런 말을 한 것 같소. 영감은 애당초 나한테 정이 없었습네다. 어디 그런가 안 그런가 말씀 좀 해보이소."

솔직히 말하면 소청이는 김약국과 인연을 끊고 싶은 것이다. 그러나 그는 정에 약한 여자다. 그의 말대로 김약국이 영락零落했기 때문에 이러지도 저러지도 못하는 심정인 것이다. 그러나 이미 퇴색한 김약국을 바라보고 살기에는 소청이의 육체는 너무나 젊었다. 그는 공연히 김약국이 자기에게 정이 없다고 티끌이를 잡는다. 그것은 막말을 하지 못하는 그 여자의 마음 약한 면과 또 그것에 대한 불만도 없지 않았으므로 그렇게 말한 것이다.

그날 밤 김약국은 오늘 밤을 마지막으로 다시 오지 않겠노라 했다. 소청이는 그렇게 되기를 궁극적으로 원했음에도 불구하고, 막상 그렇게 결론이 나고 보니 지난날의 정리가 생각나 눈물이 절로 나온다. 김약국이 불쌍해지기도 하여 그는 감상에 젖는 것이다.

"와, 와 그런 말을 하십네까? 그래 내가 묻는 말에는 대답을 못하시고…… 정이 있습네까, 없습네까? 그 말 대답이나 하시이소."

"이렇게 만나러 왔으니 정도 있었겠지."

김약국은 쓰디쓰게 웃었다.

"내가 소청이한테 무슨 정표를 남기지 못해 섭섭하구먼."

소청이는 자기 한 짓이 너무 각박하였다고 뉘우치며 또 우는 것이었다. 한번 말을 했으니 다시 올 사람은 아니다. 망해버린 김약국을 배척하였다는 것이 또한 가책이 되는 소청이었다.

아침에 자리에서 일어났을 때 소청이는 없었다. 계집아이가 세숫물을 떠다 놓으며 장에 갔다고 했다. 그러나 소청이는 얼굴이 파아랗게 질려서 돌아왔다.

"무슨 일이 있었나?"

소청이는 김약국을 한참 바라보다가 두 손으로 얼굴을 가리며 소리 내어 울었다.

"으흐흐흑, 아이고 불쌍해라. 그 어진 마내님이!"

제 6 장

차중車中에서

레일과 바퀴가 부딪는 소리에 따라 차량은 앞으로 이끌리어 가면서 진동을 일으켰다. 무한無限이라는 말은 이 단조한 금속성 음音의 반복과 진동의 되풀이 속에서 어떤 실감적인 의미를 갖는 것 같았다.

눈을 감고 삼등석 의자에 기댄 채 움직이지 않는 자세로 그 음과 진동 속에 용빈은 몇 시간을 흘려보냈는지, 시계를 보려고도 하지 않았고, 어디쯤 왔는지 눈을 떠보려고도 하지 않았다.

"때놈들은 와 그리 드럽는지, 먼지가 앉은 난로 위에 밀가리 반죽한 거를 구워서 둘 말아가지고 미뚝미뚝 비어 묵습디다.

그래도 잘사는 사람들은 또 기가 막히게……."

옆에서 들려오는 승객들의 잡담이다.

"조선 사람은 나뻐요. 인력거를 타면 돈 안 주는 것은 고사하고 뺨까지 때리고 돌려보내니. 온 왜놈들을 등에 업고 하는 짓이라 꼴사나워서……."

"어디 조선 사람이라 다 그런가요. 그런 못된 놈들이 더러 있지요."

아마도 먼 산에는 단풍이 들어 노랗거나 붉을 것이고 농가의 지붕에는 빨간 고추와 박이 굴러 있을 것이고 아이들은 옥수수를 먹을 것이고—용빈은 그쯤으로 가을 정취를 머릿속에 요약해보았다. 복사한 한 장의 그림처럼 눈을 감은 용빈이 머릿속의 가을 풍경의 무감동한 조작이었다. 그러나 그보다 흘러간 그 많은 풍경들이 용빈을 이끌어갔다.

토막극처럼 장면 하나하나가 전개되고 사라진다. 연결이 되기도 하고 비약하기도 하나 비판은 없다. 비판이 없는 관객처럼 그저 그 연극의 장면 장면을 용빈은 바라본다. 그 연극은 어쩌면 초현실적인 가장 새로운 양식의 것이었는지도 모른다. 칙칙한 색채, 끈적끈적한 감각, 어두움, 그리고 더욱 어두운, 현기와 같은 태양, 파도 소리, 얼굴과 얼굴들…… 가장 최근의 연극 장면은 부민관 앞이었다.

"구경 오셨어요?"

"아, 예……."

곤색 양복을 말쑥하게 차려입은 홍섭의 어깨 너머에서 그의 처 마리아가 적의를 가장한 모멸의 눈길을 용빈에게 쏟고 있었다.

"음악회에, 아내하고……."

홍섭은 심약하게 말하며 불안하게 몸을 흔들었다.

"미국엔 여직도 못 가셨군요."

모멸의 눈길을 쏟는 마리아 면상을 치듯 용빈은 화창한 미소를 띠었다. 그러니까 오륙 개월 전이다. 우연히 종로에서 홍섭을 만났을 때—그는 혼자였었다—용빈은 미국 유학에 관해 말하지 않았던 것이다.

"걱정이 많으시군요."

마리아는 노골적으로 상을 찌푸리며 도전하듯 말하였다.

"지나가는 말이죠."

용빈은 가볍게 받아넘기고 나서,

"그럼 실례하겠어요."

포도를 또각또각 밟았다. 얼마간 걷다가 돌아보았다. 마리아는 성난 듯 극장 안으로 혼자 들어가고, 홍섭은 고개를 약간 떨어뜨린 듯한 자세로 마리아보다 훨씬 뒤떨어져 들어간다.

'나를 생각하는군.'

용빈은 포도를 내려다보면서 웃었다. 창백한 웃음이었다.

속도를 늦춘 기차가 덜커덕하고 멈추었다. 웅성웅성하며 사람들이 일어서는 소리, 짐을 끌어 내리는 소리, 용빈은 눈을 떴다. 불그레한 전등이 켜지고 차창 밖은 어둑어둑하였다. 대구였다. 많은 승객들을 토해낸 기차 안의 좌석은 듬성듬성 비어 있었다. 밖에서는 대구 사과를 사라고 아우성이건만 거무칙칙하고 불그레한 색채에 잠긴 차 속은 쓸쓸하다.

보스턴 백을 든 사나이 두 사람이 코트의 깃을 세우고 뚜벅뚜벅 들어온다. 한 사나이는 키가 크고 한 사나이는 중키에 안경을 쓰고 있었다. 그들은 용빈과 마주 보이는 빈 좌석에 보스턴백을 놓으며,

"에이, 그놈의 새끼들 추근추근하게도 군다."

귀에 익은 목소리에 용빈은 얼굴을 들었다.

"어머!"

"오오, 용빈이 아니가!"

태윤이도 어지간히 놀란다.

"추석이라고 내려가나?"

당황한 감정을 감추며 묻는다.

"아니에요. 어머니 상을 벗으러 가는 거예요."

"뭐, 뭣?"

"어머니는 돌아가셨어요."

"어, 언제?"

"작년 이맘때……."

용빈은 눈길을 돌린다.

"그, 그래? 몰랐다."

408

"모르시겠죠. 오빠 오랫동안 소식 없이 계셨으니까."

"그랬었나…… 정말 그랬었구나!"

태윤은 고개를 푹 숙인다.

"고생만 하시고…… 도, 돌아가셨구나."

그때 비로소 용빈의 얼굴에는 표정이 일었다. 살을 잡아 찢는 듯한 고통이 그의 얼굴에 스쳤다.

동행의 사나이가 그것을 조용히 바라보고 있었다.

"순자는 잘 있어요?"

"음? 아……."

태윤은 한숨을 푹 내쉬었다.

"큰어머니가 알고 계시더군요."

"……."

침묵이 흐른다. 이윽고 태윤은,

"참, 소개하지."

옆에 앉은 사나이에게 시선을 돌렸다.

"자네 알지."

그는 대강 짐작이 가는 모양이다. 눈이 움직인다.

"내 누이동생 용빈이다. 그리고 우리의 동지 강극 군. 용빈이도 앞으로 인사하고 지내라."

용빈은 무표정하게 고개를 숙인다.

"이군한테서 말씀 많이 들었습니다."

부드럽고 낮은 음성이다. 그 음성에 용빈은 강극康極이란 사나이를 주시했다. 강극은 용빈의 눈을 피하지 않고 똑바로 받았다. 눈빛은 한없이 맑다. 그러나 차갑고 차가운 속에 고뇌가 감추어져 있었다. 용빈은 이상한 충격을 받으며 눈을 돌렸다.

"오빠는 지금 토영으로 가세요?"

"아니."

"그럼 어디로?"

"부산까지……."

"부산까지? 거기까지 가시면서 집에는?"

"……."

"그동안 어디 계셨어요?"

"떠돌아다녔지."

"큰어머니가 상심하세요."

"……."

"한번 들르시는 게 어떨까요?"

"그, 그럴 겨를이 없어."

태윤이 얼굴을 찌푸렸다.

"그렇게 바쁘세요? 위대한 것도 좋지만……."

용빈은 조심스럽게, 그러나 힐난하는 투로 말하였다. 태윤은 얼굴이 벌게졌다. 태윤은 여러 가지로 용빈에게 설명을 하고 싶으나, 그럴 장소가 못 되므로 억지로 입을 다물었다.

강극은 근육 하나 움직이지 않고 호주머니 속에서 담배를 꺼내어 물었다. 용빈은 드문드문 태윤이 묻는 말에 대답하면서 차츰 강극으로부터 이상한 압력을 느끼기 시작한다. 강극은 심심하지도 않고 어색하지도 않은 모양이다. 지극히 무심한 표정으로 앉아 있었다. 그러나 그의 존재는 뚜렷하고 무시해버릴 수 없는 묘한 분위기를 지니고 있었다. 태윤에 비하여 선도 굵었고 싸늘하면서도 잔잔히 흐르는 물결이 있다.

부산역에서 내렸을 때 제법 밤은 깊었다.

"밤 배로 갈려나?"

군중들 속에서 빠져나오며 태윤이가 묻는다.

"글쎄요, 저…… 오빠한테 못다 한 얘기가 많아요. 말하는 것도 괴로운 일이지만."

용빈은 모자를 깊숙이 눌러쓰고 있는 강극에게 일별一瞥을 던졌다.

"나 역시 할 이야기가 있는 것 같다. 그럼 우리들 숙소로 동행할까? 내일 아침 배를 타기로 하고."

"글쎄……."

용빈을 한참 궁리를 하다가,

"그러죠. 숙소는 어디예요?"

"지금 나가서 찾을 판이지."

"해운대로 가지."

강극이 처음으로 입을 열었다.

"그러자."

태윤은 즉석에서 동의한다. 해운대에 도착한 그들은 방을 두 개 얻었다. 간단히 저녁을 끝낸 뒤 태윤은 벌떡 일어섰다.

"바람 쏘이러 안 갈란가?"

용빈을 보고 말하는 게 아니고 강극을 보고 말한다.

"그러지."

강극은 슬그머니 일어섰다. 용빈은 의아했다. 태윤은 용빈과 할 얘기가 있었기 때문이다.

"나가자."

이번에는 용빈을 보고 태윤이 고갯짓을 하였다. 용빈은 따라 나섰다. 바닷가에 나왔을 때 강극은,

"한 바퀴 돌고 올 테니 이야기하게."

용빈한테 가볍게 고개를 숙이고 강극은 모래를 사북사북 밟으며 간다. 용빈과 태윤은 모래 위에 앉았다. 파도 소리는 스산하였다.

"이상한 분이군요."

"이상하다기보다 신비스럽지."

"사람이 신비스러울 수 있어요?"

용빈은 웃는다.

"아니, 확실히 강극은 신비스런 사내야."

"그럼 혁명투사는 아니군요. 예술간가요?"

용빈은 또 웃었다.

"정치는 최고의 예술이야."

"그럴까요."

"그거는 그거고, 이야기 좀 해. 토영 이야기."

"토영 이야기…… 그렇군요. 그 많은 이야기를 조리 있게 말할 수 있을는지요……."

용빈의 눈에 눈물이 번뜩였다. 그러나 그는 조용히 이야기를 시작하였다. 용빈의 이야기는 태윤을 계속적으로 놀라게 하였다. 그래도 용빈은 남의 집 이야기처럼 침착하게 마지막까지 말을 끊지 않았다.

"음……."

"제 얘긴 다 한 것 같군요."

용빈은 모래를 쓸어 쥐었다. 주먹을 꼭 쥐어본다. 손바닥이 뜨거웠다.

"못할 짓을 겪었구나. 그래 용란이는 어디 있나?"

"집에요. 용혜가 봐주지요. 그 애는 학교를 중퇴했어요."

"그렇게 가혹할 수 있을까?"

그들은 한참 침묵에 잠긴다.

"아버지, 아버지만 돌아가심 전 멀리 떠나버릴래요."

"멀리?"

"예. 멀리, 아주 멀리, 조선 땅이 싫어요."

"작은아버지도 참 딱하군. 그 깐깐한 분이."

"아버진 얼마 못 사세요. 정윤이 오빠한테서 편지가 왔는데 이번에 내려가면 진주 도립병원에 한번 모시고 가야겠어요."

"참 뭐라고 말할 수 없다. 네가 대범하니 마음은 좀 놓인

다만⋯⋯."

"인제 오빠 이야기 해주세요."

"순자는 잘 있다."

"그것뿐?"

"내일을 예측할 수 없는 불안과⋯⋯ 그리고 투지는 죽지 않았다."

"왜 집안일 묻지 않으세요?"

"뻔히 알고 있는 일이지."

"정윤이 오빠 결혼하신 것도 아세요?"

"그동안 세월이 흘렀으니 했겠지."

광녀狂女

"아버지."

용빈은 절을 하고 불러보았다. 김약국은 딸을 멀거니 바라본다.

"많이 여위셨군요."

김약국은 눈을 끔벅거리며 슬며시 외면을 한다.

"그럼 나가보겠습니다."

용빈은 사랑에서 물러 나왔다.

추석이 내일이요, 한실댁의 제삿날이 추석 이틀날이건만 집

안에는 그런 기적조차 없었다. 용혜가 기둥을 잡고 멍하니 서 있었다. 달맞이꽃처럼 가련한 모습이다. 오래 데리고 있던 여문이는 그의 부모가 데리고 가서 시집을 보냈기 때문에 넓은 집에는 용혜와 김약국 그리고 용란이만 살고 있었다.

용빈은 잠자코 뒤뜰로 돌아갔다. 용혜가 따라왔다. 잡풀이 우거진 뜰 안에는 들쥐들이 판을 치고 사람을 업신여기듯 도망도 치지 않았다. 용혜는 걸어놓은 문고리를 벗겨주었다. 방 안으로 들어섰다. 하얀 얼굴이 문 있는 쪽으로 돌아왔다. 그 얼굴이 빙긋이 웃는다. 용빈은 그 얼굴을 가만히 응시한다.

"한돌이가?"

"음."

"니 용빈이 가시나한테 안 들켰나?"

"살짝 빠져나왔다."

"얼매나 니를 기다렸다고, 니가 오믄 도망갈라꼬. 이거 엄니한테서 훔쳐냈단다. 에구! 어디 갔노, 여기 있었는데……."

용란은 두리번두리번하며 방 안을 헤맨다. 용빈은 용란 앞으로 다가가서 그의 등을 어루만져주며,

"그런 것 없어도 된다."

"그라믄 우리가 우찌 살 기고."

용혜가 점심을 가지고 들어왔다.

"누고? 한돌이가?"

"음."

용혜 역시 용빈과 마찬가지로 한돌이가 된다.

"와 인자 오노?"

"늦었지."

용혜는 밥그릇과 김치 보시기를 용란 앞에 놓아준다. 용란은 의아하게 동생과 형을 번갈아 보다가 빙긋이 웃는다. 그리고 밥그릇을 와락 잡아당기더니 허기진 사람처럼 밥을 입 속에 쓸어 넣는다.

"이 개기 참 맛나더라! 도미찜인가? 어장에서 개기 가지고 왔나?"

김치를 우둑우둑 씹으면서 용란은 도미찜이라 한다. 용빈의 움직이지 않는 눈에 눈물이 괴었다.

"용혜가 욕을 보는구나."

용혜를 돌아보는 용빈의 목소리는 차분하다.

"옥이 언니가 못할 짓이지. 나는 뭐 밥이나 끓여주고……."

용혜는 어른처럼 조용했다.

"용옥이가 자주 오나, 요새도?"

"어제도 왔어. 와가지고 이 미치광이 머리 감겨주고 옷을 말짱 갈아입혀 주고 그리고 갔어."

한실댁이 죽은 원인이 된 용란을 미치광이라고 부르고 턱으로 가리키며 용혜는 말하였다.

"먼저보다 좀 얌전해진 것 같은데."

"이러다가 지랄이 나믄 가만 안 있어요. 저번에도 옷을 발가

벗고 새터장에까지 갔는데 뭐. 그리고 오는 사람 가는 사람 붙잡고 한돌이가 어디 갔느냐고 묻지 않겠어요? 형부가 겨우 끌고 왔어. 형부 말은 또 이상하게 잘 듣거든요."

"밥은 잘 먹니?"

"어떤 때는 사흘 나흘 굶어요."

"서 서방은 부산으로 갔다면?"

"부산 어업조합에 취직했어요."

이튿날 추석, 김약국은 어디로 갔는지 낮부터 사랑이 비어 있었다. 해가 어스름히 지려고 했을 때, 중구 영감과 윤씨가 음식을 차려가지고 찾아왔다.

"아버지는 어디 갔노?"

중구 영감은 용빈의 절을 받고 넌지시 묻는다.

"나가셨는가 본데요."

용빈은 대답하며 용혜를 바라본다.

"뒷산에 가싰을 깁니다."

용혜는 어둡게 대답한다.

"뒷산에? 그럼 모시러 가자."

용빈은 불안해서 서둔다.

"화를 내요. 저번 때도 막 소릴 치며 내려가라고."

용혜는 침을 삼키며 얼굴을 쳐들고 글썽거리는 눈물을 감당 못한다.

"그만두어라. 울화가 치밀어 그렇겠지."

"그래 제사나 모시고 벌초는 했나?"

윤씨가 묻는 말에,

"예, 어제저녁 때 장 봐 와서…… 용옥이도 오고…… 성묘는 못했습니다."

"쯧쯧, 어이구, 애타는 세상도 있다. 어느 누가 선영에 물을 떠놓으며. 적막강산이구나! 용빈이 너라도 있으니 망정이지. 그 어질고 착한 양반이 무슨 액운인고! 하나님도 애닯구나!"

"쓸데없는 소리."

중구 영감은 푸념하는 마누라를 나무란다.

"세상에 그런 만고에 망할 년이 어디 있단 말고, 니 큰성 말이다. 집안 꼴이 이 모양이 돼도 한 번 찾아볼까, 독사 같은 년! 지가 하늘에서 떨어졌나, 땅에서 솟았나? 부모 없는 자식이 어디 있단 말고? 아바이가 굶으니 아나, 묵으니 아나? 지만 주산이 비단에다 여시같이 꾸며가지구. 어매 상중인데 금비녀는 웬말이며, 무색옷은 웬말고! 남이 얼굴에 침 뱉는 줄 모르고, 괘씸한 년 같으니!"

윤씨는 분이 나서 견디지를 못한다.

"허허 참, 쓸데없는 소리 그만하오."

"영감, 말하라고 입이 있는데 할 말을 못하겠소? 그래 내가 거짓말을 하요?"

곰방대에 담배를 넣던 중구 영감은 심히 마땅찮은 표정으로 윤씨를 쳐다본다.

"당신이 말 안 한다고 그 애들이 모르오? 왜 소용없는 말을 가슴 아프게 하는 거요?"

"하도 기가 차서 하는 말이지요."

윤씨는 목소리를 늦추었다.

"큰어머니, 너무 화내지 마시이소. 그래도 큰생이가 추석 쇠라고 아버지 몰래 돈을 보냈다 합디다. 아무래도 남보담은 낫지 않을까요?"

두 늙은이는 거기에 대하여 아무 대꾸도 하지 않는다. 한참 만에,

"그거는 그거구 그래 용빈이 니는 어쩔 생각고."

"……."

"참 너 일이 말이 아니구나. 평생 선생 노릇만 해서 늙어 죽을라나?"

"결혼할 생각은 아직 없습니다."

"그런 생각도 들 기다. 하 험한 꼴을 봤으니……."

"아버지 건강만 허용된다면 서울로 모셔 갔음 싶습니다만……."

용빈은 고민에 찬 얼굴로 푸듯이 뇐다.

"김약국은 서울 안 갈 기다."

중구 영감도 푸듯이 뇌었다.

"그래서 말을 꺼내지 못했습니다. 이번에 온 김에 진주로 모시고 가서 진단이나 받아봤음 생각합니다."

"그렇잖아도 내가 몇 번이나 권해봤다. 정윤이 말도 있고 해서, 그런데 영 들어야지."

"정윤이 오빠한테서 저도 편지를 받았습니다."

"허 참, 이 집안이 이렇게 망할 줄이야, 재물처럼 허망한 건 없네. 살림이 나가거든 곱게나 나갔음. 사람 잃고 돈 잃고, 어찌 병이 안 나며 환장 안 할 것인가."

과묵한 중구 영감도 무심코 뇐다.

"와 영감은 그런 얘기를 합네까, 가슴 아프게."

윽박지르는 마누라 말에 쓰게 웃는다. 중구 영감이 입을 다물자,

"그래도 용옥이가 그게 사람이니라. 시상에 지도 시집살인데 병신 형 구정물 나는 옷 안 입히고, 아바이 수발까지 다 해내니, 소자다 소자."

윤씨는 용옥의 이야기로부터 기두의 이야기, 불쌍한 용혜를 어쩔까 보냐는 둥 한참 동안 넋두리를 하였다. 용빈은 그동안 망설이고 있었다. 부산에서 헤어진 태윤의 소식을 전할까 말까 하는 생각에서였다.

"저, 작은오빠는……."

얼핏 말이 나오지 않아 말꼬리를 흐려버렸다.

"죽었는지 살았는지 에미 간장에 인병을 들여놓고."

그러잖아도 어젯밤부터 작은아들을 생각해서 울었던 윤씨는 또다시 손수건을 내어 눈물을 닦는다.

"그놈이 남의 수절하는 과부까지 끌고 가서, 우리 생전에는 안 돌아올 작정을 하고 간 놈이제."

순자의 말이 나오자 용빈은 양미간을 모았다.

"쓸데없는 소리, 그놈의 말 내 앞에서 하지 마오!"

중구 영감은 발칵 화를 낸다.

"서울서, 오빠 만났어요."

"뭐?"

말도 말자던 중구 영감이 먼저 다잡는다. 용빈은 차마 부산서 헤어졌노라고 말을 하지 못했다.

"우연히 서울 거리에서 만났는데 어디 가신다고…… 신색은 퍽 좋으셨어요."

"그 죽일 놈이 멀쩡하게 살아 있으면서, 그래 까막눈이라 편지 한 장 못하는가?"

평소부터 버린 자식이라고 체념한 듯하던 중구 영감이 부지중에 본심을 드러내고 말았다.

"그래, 뭐, 뭘 한다 카더노?"

윤씨는 영감의 눈치를 힐끔힐끔 살피며 용빈의 옆으로 바싹 다가앉는다.

"오빠는 여자 때문에 그러는 건 아닙니다. 저도 잘 모르지만 아마 큰일을 하나 봐요."

그렇게 표현할 수밖에 없었다. 두 늙은이가 갑자기 긴장한다.

"또 고생을 할라꼬."

"중국에는 우리 정부도 있고⋯⋯."

"그라믄 그 자식 중국으로 간단 말가?"

"아마도⋯⋯ 걱정하지 마시이소."

어느덧 사방은 어두웠고, 마주 보이는 뚝지에 달이 둥그렇게 떠 있었다. 김약국은 대문을 밀고 들어섰다. 빛나는 눈동자, 유령 같았다.

감이 소담스럽게

한실댁의 일년상을 벗는 날 용숙은 상복을 입고 나타났다. 장만한 음식과 돈을 미리 보내왔고 옛날처럼 일을 보고 살살 피하지 않았다. 맏형으로 제법 이것저것 참섭하기도 하였다.

그는 차츰 나이가 들어가니 마음이 변하는 모양이지만 그 청산유수 같은 사설만은 변하지 않았다. 그러나 그 변설을 받아 주는 사람은 기두의 부친 서 영감뿐으로 모든 사람들은 침묵을 지켰다.

알 만한 모습은 다 나타났으나 단 한 사람의 사위인 서기두의 모습은 보이지 않았다. 아무리 객지에 가 있다 하여도 장모의 탈상에는 참석할 줄 알았던 만큼 중구 영감 내외와 용빈에게 실망을 주었다. 서 영감은 구구히 변명을 하였으나 용옥은 아이를 들쳐업고 아무 말 없이 일만 하고 있었다.

탈상한 이튿날 용빈은 김약국과 함께 진주로 떠났다. 추석날 저녁 중구 영감과 용빈의 간청으로 김약국은 겨우 진주행을 응낙하였던 것이다.

김약국은 버스에 흔들리면서 감이 익은 농가를 바라보고 있었다. 들깨 단을 안고 뒤란으로 들어가던 계집아이의 뒷모습이 어슴푸레 기억 속에 되살아난다. 그러나 어슴푸레하였던 기억은 차츰 선명한 색채를 띠기 시작하였다. 봉제 영감과 나귀를 타고 들길을 가던 일, 늙은 농부의 얼굴, 숭늉을 들여오던 계집아이의 얼굴, 근 사십 년이 되는 옛일이 마치 어제 있었던 일만 같다.

김약국은 눈길을 돌리고 자기도 모르게 한숨을 내쉬었다. 몰래 김약국을 바라보고 있던 용빈은 한숨 소리를 듣자 눈길을 떼었다.

"아버지?"

"……."

"무슨 생각을 하구 계세요?"

"음…… 감이 소담스럽게 열렸구나."

"아버지!"

"……."

"이번 진단 받아보시구 서울로 가시지 않겠어요?"

"……."

"용혜도 공부를 계속해야 할 거예요. 서울 바닥은 넓구……
모든 것 잊으시구…… 아버지가 너무 외로우세요."

"서울이라구 사람이 살지 않는 곳인가?"

외롭다는 말과 사람이 살지 않는 곳이냐고 되묻는 말은 상반
된 대화다. 그러나 용빈은 김약국의 심정을 충분히 이해할 수
있었다.

'사람이 사는 곳에 외로움이 있다.'

용빈은 더 이상 말하지 않았다.

진주에서 내린 용빈은 김약국이 피로해하므로 자동차 차부
근방에 있는 여관에 들어가서 김약국을 쉬게 한 뒤 그는 도립
병원으로 갔다. 붉은 벽돌로 된 병원의 건물을 보았을 때 용빈
은, 형용할 수 없는 위압감을 느꼈다. 건너편 잔디밭에서 간호
부와 조수 비슷한 남자가 상쾌한 웃음을 웃으며 탁구를 치고
있었다. 용빈이 미처 수부까지 다다르기 전에 간호부 한 사람
이 옆으로 지나치려고 한다.

"아, 여보세요."

간호부는 잠자코 걸음을 멈춘다. 눈 밑에 검은 사마귀가 하
나 있는 얼굴은 쓸쓸한 인상을 준다.

"저, 여기 이정윤이란 의사가 계시죠?"

그는 한참 말을 못하고 용빈의 얼굴을 바라보았다.

"예, 계십니다."

"통영에서 왔다고 좀 전해주실 수 없을까요?"

간호부는 돌아서서 오던 길을 되돌아간다. 벨트가 꼭 낀 허리의 선이 아름다웠다.

얼마 후 정윤은 머리를 쓸어 올리며 나왔다. 용빈은 목련나무 옆에 서서 그를 기다렸다. 창백하도록 희고 넓은 이마, 테가 굵은 안경, 용빈은 새삼스럽게 수려한 얼굴이라 생각하였다.

"아버지는?"

가라앉은 듯한 눈과 목소리였다.

"여관에요."

"여관에?"

"피곤하신 것 같아서……."

"집으로 모셔야지."

"주소도 모르고…… 그렇지만 아버진 여관에 계시려 하실 거예요."

정윤은 팔을 들고 시계를 본다. 그리고 잠자코 앞서 간다. 사람들이 뜸한 잔디 위에 가서 앉으며 담배를 꺼내 물었다.

"이번 탈상에는 바빠서 못 가보았다. 미안해."

앞을 바라본 채 불쑥 뇌었다.

"오시면 뭘 해요, 이미 가신 분인데요."

용빈은 정윤이 옆에 앉으며 그런 화제가 달갑지 않은 듯 대답한다.

"용란이는 지금도 그 모양인가?"

"여전하죠."

425

"어떻게 작은아버지는 여기 오실 생각을 했을까?"

"제가 간청했어요."

"전에 비해서 좀 어때?"

"더욱더 쇠약해지셨어요."

정윤은 연달아 담배만 피우고 있었다. 흰 가운가에 닿은 면도 자국이 파아란 목덜미는 몹시 매력적이다. 용빈은 그 목덜미를 바라보면서 이성에 대한 묘한 향수를 느끼다가 스스로 얼굴을 붉힌다.

"아까 오빠한테 기별을 해준 간호부 참 아름다웠어요."

용빈은 엉뚱한 화제를 꺼냈다.

"뭐?"

정윤은 용빈을 돌아다보며 어리둥절한다.

"아까 그 간호부 말예요. 우수가 있어요, 그 눈에……."

정윤은 쓰게 웃는다.

"환자들 그 여자 눈을 보구 '하쿠로노 도모시비[白蠟の燈]'라 하지."

"참 로맨틱한 표현이군요."

"시인 족속들이 즐겨 쓰는 문구지."

"언니는?"

"……."

"언니는 안녕하세요?"

"그럭저럭……."

"애기는요?"

"아직……."

"쓸쓸하겠네."

"마찬가지지. 참 용빈이는 그 사람 만났던가?"

"언제 만났겠어요, 오빠도 몇 해 만에 처음 만나는데요."

"그랬던가?"

"언니 미인이세요?"

"관심이 많군. 용빈이도 역시 여자인 모양이지."

"호호호, 그럼 여자 아닌 줄 아셨어요? 오빠 얼굴을 보니까 너무 쌀쌀해서 그런 말 물어보고 싶었어요."

"용빈은 고통을 가장하고 있군."

"그럴까요?"

정윤은 얼굴을 돌려서 용빈의 깊숙한 눈을 주시하였다. 실로 많은 그늘이 용빈의 눈에 드리워져 있었다.

"오빠는 태윤 오빠의 소식을 아세요?"

"……."

"이번에 전 오빠를 만났어요."

용빈은 정윤이에게는 사실대로 말을 하였다. 그러나 정윤은 거기 대하여 아무 말도 하지 않았다. 완강한 침묵을 지키는 것이다.

"태윤 오빠를 미워하세요?"

"관심을 안 가지려고 해."

정윤은 담배를 비벼 껐다.

"그보다 용빈에게 할 말이 있어. 작은아버지 병에 관하여."

용빈은 그 말이 현실 속에 자기를 와락 끌어당기는 것을 느꼈다.

"아직 진단을 받지 않았으니 물론 확실한 것은 모르겠다. 하지만 내가 통영에 갔을 때 작은아버지를 뵙고 또 증세에 대하여 얘기도 들었는데 혹시 암이 아닌가 싶어."

"암요?"

용빈의 얼굴이 파아래진다.

"속단하지는 말어. 내 짐작이 그렇다는 것뿐이야. 엑스레이를 찍어보면 알 일이지만, 아니면 다행이고. 우선 용빈이 그쯤 알아두는 게 좋을 것 같다."

"만일 그렇다면 절망이군요."

용빈은 중얼거렸다. 정윤은 훌쩍 일어서며,

"그럼 저녁때 그 사람하고 여관에 찾아가겠어. 여관은 어디지?"

"망월여관이에요. 자동차 차부 옆의……."

"음, 알았어."

용빈은 병원에서 나왔다. 피비린내와 같은 공기가 갑자기 사방에서 용빈에게 압축되어오는 것 같았다.

'어차피 오래 사시지는 못해.'

용빈은 크게 발을 떼어놓았다. 멍하니 여관방에 혼자 앉아 있을 김약국, 눈물보다 더 진하고 독한 것이 용빈의 목구멍을 메웠다. 그는 낯선 진주땅을 몇 바퀴나 헤매다가 여관으로 돌아왔다. 김약국은 단정하게 앉아 있었다.

"만났나?"

"예, 아버지."

용빈은 말을 끊었다가 다시,

"오빠가 언니하고 저녁에 오신대요. 왜 여관에 계시냐구 하셨지만 여관이 편하실 거라고 했어요."

"음, 여관이 편하지."

"진단은 내일 받으세요, 예?"

"너거 좋을 대로……."

"좀 주무셨어요?"

"잠이 와야지."

여관에서 해 내온 점심을 먹고 아버지와 딸이 할 일 없이 우두커니 마주 보고 앉아 있었다. 밖에서는 상냥스러운 하녀들이 손님을 안내하며 웃는 소리가 들려오고 슬리퍼를 조심스럽게 끌고 가는 소리도 들려온다.

"시내 구경이라도?"

"사람 사는 데는 다 마찬가지겠지."

"영화라도 그럼 보실까요?"

"생각이 없다. 넌 심심하나?"

"아, 아뇨."

"그럼 정윤이가 온다니까⋯⋯."

무료히 시간을 보내고 있는데 저녁때가 미처 못 되어 내외가 찾아왔다. 정윤의 처는 김약국에게 인사를 드리고 용빈에게 미소하며 손을 내밀었다. 용빈은 윤희의 얼굴을 가만히 바라보며 그의 손을 잡았다.

'묘한 미소로구나.'

높은 교양과 가혹한 체험에서 우러나오는 용빈의 침착하고 세련된 태도는 윤희보다 훨씬 연상의 인상을 준다.

"서로 멀리 떨어져 있으니 만나볼 기회가 없었습니다."

윤희는 손아래인데도 용빈에게 경어를 썼다. 용빈은 상냥하게 웃으며 자리에 앉기를 권하였다. 그리고,

"진주 마음에 드세요?"

윤희는 아까와 같은 병적인 미소를 띨 뿐이다. 정윤은 김약국과 말을 주고받고 있었다. 초대면의 시누이와 올케는 덤덤히 마주 보고 있다. 그러나 어느 쪽도 어색함을 느끼지는 않았다. 속된 인사치레를 하기에는 용빈의 교양이 너무나 높았고 또한 윤희는 천성적인 무관심이다.

용빈은 윤희를 일별하는 순간, 그리고 그 병적인 미소를 보는 순간 정윤이라는 인간성과 태윤이라는 인간성에 어떤 깊은 관련이 있는 것을 느꼈다. 두 형제가 다 같이 쓴 안경, 그리고 차가운 눈빛 속에 감추어진 어떤 인간에 대한, 인생 자체에 대한 오뇌를 보는 듯하였다.

병적인 미소—실상 윤희는 TB 환자였지만—를 지닌 여자를 사랑하는 정윤이와 지식의 수준이 얕은, 그리고 과부인 순자를 사랑한 태윤이, 그 비정상적인 연애 속에서 그들은 일종의 자학을 맛보고 있는 것이나 아닐까? 맹목적인 사랑에 빠지기에는 너무나 그들 형제는 지성이 승勝했다.

"서울엔 안 오세요?"

"서울?"

"한번 여행 오시죠."

"전에 가본 일이 있지만, 몹시 피곤했어요."

"지금도 언닌 피곤한 웃음을 웃으시는군요."

그 말에 김약국과 이야기를 하던 정윤이가 돌아보았다. 그리고 아내의 얼굴을 지그시 쳐다본다.

"조금도 피곤하지 않은데요."

윤희는 흩어진 머리를 쓸어 올린다. 용빈은 그런 뜻으로 말한 것은 아니었지만 자기 한 말에 수정을 가하지는 않았다. 윤희는 한동안 창밖을 멍하니 바라보고 있다가 새삼스럽게 생각난 듯,

"우리 집에 가세요."

"내일 한번 찾아가겠어요."

"아니, 우리 집에서 유하셔야지."

"아버님이 여관에 계시길 원하세요."

"아, 그래요?"

나직한 정윤이와 김약국의 대화가 계속된다. 두 여자는 그들의 대화를 듣는다.

"아까 지가 아버지보고 영화관에 가시자고 했는데 갔었음 언니가 기다릴 뻔했군요. 이렇게 일찍 오실 줄은 몰랐거든요."

용빈은 그들의 끊어진 대화를 잇는다.

"영활 좋아하시는군요."

"가끔 가죠."

"일전에 나도 〈가리소메노 행복〉을 봤어요."

〈가리소메노 행복[仮初の幸福]〉, '헛된 행복', 혹은 '일시적 행복'은 불란서 영화다.

"저도 서울서 봤죠. 갸비 모르레가 참 좋았어요."

그들은 영화 이야기로 화제를 메웠다. 아홉 시가 지났을 때 정윤은 내일 병원에서 다시 만나기로 하고 자리에서 일어났다. 용빈은 여관 문 앞까지 그들을 바래다주고 멀어져가는 두 사람의 뒷모습을 언제까지나 바라보고 있었다.

'암인지도 모른다고?'

용빈은 천천이 돌아서서 가로등이 비친 희뿌연 땅을 내려다보았다.

선고

진찰을 받고 엑스레이를 찍은 이튿날 오후 용빈은 아침부터 시내 구경을 하자고 김약국에게 졸랐으나 여관에 앉아 있는 것이 편하다고 하면서 응하지 않았다.

"너나 구경하고 오너라."

"혼자서 무슨 재미로요."

"정윤이 댁네하고 가지."

사실 용빈은 구경하고 있을 심정이 아니었다. 진단의 결과를 기다리고 있는 그의 마음은 초조하고 고통스러운 것이었다.

창문 앞에서 앉아서 용빈은 여관의 정원을 내려다보고 있었다. 곱게 다듬어놓은 정원수와 기묘하게 쌓아올린 이끼 낀 돌들, 용빈은 조작한 그 풍경에 염증을 느꼈다. 동시에 자기 자신 속에 이는 형용할 수 없는 불안에 혐오를 느꼈다.

'모든 일은 기정사실이다. 더욱이 죽음은……'

용빈은 언제부터 자기가 운명론자가 되었는가 싶었다. 그러나 그는 운명론자가 아닌 자기를 발견코자 한 것이 어느 노력에 지나지 못했었다고 깨닫는다.

'똑바로 받아들이자! 기정이건 우연이건 나는 지금까지 능히 감당할 수 있는 훈련을 받았었다.'

마루를 조용히 밟는 발소리가 들려왔다.

"칠 호 손님께 전화 왔습니다."

하녀가 방문도 열지 않고 밖에서 일러준다. 용빈은 벌떡 일어섰다.

"오빠한테선가 봐요."

용빈은 아무렇지 않게 꾸미려 노력하였으나 저절로 그의 안면 근육은 수축하였다. 순간 용빈을 쳐다보는 김약국의 눈에 절망에 가까운 표정이 서렸다.

용빈은 수화기를 들었다. 가슴이 두근거리고 손발이 저려왔다.

"오빠!"

"용빈이냐?"

"예."

한동안 말이 끊어졌다. 용빈은 그 시간이 무척 길다고 생각되었다.

"사진이 나왔는데 역시……."

"역시……."

"위암이야. 도리가 없군. 세포가 상당히 퍼져 있어."

"……."

"용빈아."

"예."

"앞으로 오래가야 삼사 개월, 듣고 있나?"

"듣고 있어요."

"아버지보곤 위궤양이라 말해두는 게 좋겠다."

"알았어요."

"그보다 더한 일도 당했는데, 체념해라."

"……."

"울지 않겠지?"

"안 울어요."

"그럼 그 얘기는 이것으로 아주 끝내버리자. 그리고 널 만나고 싶은데."

"여관으로 오세요."

"거긴 안 가겠다. 다섯 시에 남강 옆에 있는 신사에 오너라."

전화는 끊어졌다. 끊어진 전화를 용빈은 한참 들고 있었다. 방으로 들어온 용빈은 화려하게 웃었다.

"아버지, 오빠한테서 전화 왔는데요, 위궤양이라 합니다. 약 잡숫고 마음을 쓰지 않으면 곧 좋아진다고 해요. 오빠도 안심했다고 합니다."

"그래?"

흰 벽을 바라보고 있는 김약국의 눈은 전혀 움직이지 않았다.

"왜 그러구 계세요, 아버지."

"음? 내가 어쩌나?"

"모든 것 잊어버리세요. 그리구 몸이 좋아지시면 용혜하고 모두 서울 가시는 거예요."

김약국은 쓸쓸하게 웃었다.

"설마 우리에게, 그만큼 했음 좋은 일이 없겠어요? 이제부턴 좋아질 거예요. 그렇죠? 아버지."

"좋은 일? 내 생전에 너 출가하는 것을 보겠나?"

"왜 그런 말씀을 하세요?"

용빈의 눈에서 뜨거운 것이 화끈 솟았다.

"저도 결혼하구, 용혜도 결혼하구, 그것을 아버지는 보셔야 해요. 기운을 내세요."

눈에 눈물이 가득 괸 채 용빈은 웃는다.

저녁때 용빈은 김약국에게 자리를 깔아주고 바람을 좀 쐬고 오겠다 하며 여관을 나섰다. 행인들에게 신사(神社)가 어디냐고 물어서 찾아갔다. 높은 돌층계를 밟아 올라가면서 용빈은 끝없이 먼 여정을 느꼈다. 신사의 넓은 뜰에는 벚나무 잎이 빨갛게 물들고 있었고 온 시가가 눈 밑에 펼쳐져 있었다. 사닥다리 같은 남강 다리 위로 자동차가 달리고 강변 기슭에는 뿌연 대기가 서려 있었다. 그리고 그 기슭의 대숲이 사각사각 흔들리는 소리가 들려오는 것 같기도 했다.

"먼저 왔구나."

곤색 싱글을 입은 정윤이 한 손을 바지 주머니 속에 찌르고 서 있었다. 용빈은 시계를 보았다. 정각 다섯 시다.

"시계처럼 정확하군요."

"시계를 보면서 왔으니까."

"피곤한 일이군요. 항상 그렇게 시간을 의식하세요?"

시가를 내려다본 채 묻는다.

"공간보담 낫지. 시간의 노예가 되는 것은 자유보다 훨씬 덜 피곤하지."

"오빠는 건실한 것 같지만 태윤 오빠보다 더 허무를 강하게 느끼는군요."

"모르겠다."

"왜 사람은 죽을까요?"

"자신에게 물어봐. 해답이 나오는가."

용빈은 여전히 시가지를 내려다보고 있었다.

"앉을 데 없어요?"

"촉석루 쪽으로 내려가자."

정윤은 주머니에 손을 찌른 채 천천히 걸어간다. 낡아빠진 촉석루 옆을 지나서 양편에 수목이 우거진 길을 따라 올라간다. 꼭대기에 있는 서장대 자그마한 누각에 다다르자 전망은 더욱 넓어지고, 유유히 흐르는 남강 강물은 서장대 절벽 아래 아득히 보인다. 용빈은 난간에 걸터앉았다. 정윤은 기둥에 기대어 서서 담배를 꺼냈다.

"오빠, 저 같은 여자도 결혼할 수 있을까요?"

정윤은 성냥을 긋다 말고 한쪽 눈을 치뜨며 용빈을 본다.

"오빠를 보았을 때, 그리고 언니를 보았을 때, 전 무척 외로웠어요. 애정이 아니라도 저 자신의 벅찬 짐을 나누어 가질 사람이 있었음 생각했어요."

정윤이는 성냥을 버리고 담배를 한 모금 빨아들인 뒤,

"용빈이가 이렇게 여자다웠던가?"

하며 슬그머니 웃는다.

"실망이군요."

용빈의 얼굴에 서글픔이 번졌다.

"용빈이, 용빈이 생각은 과민해. 자기의 애정을 주지 못하면서 상대방에게 벅찬 짐을 나누어 가져달라니 말이야."

"호호호……"

용빈의 웃음소리는 허공을 울렸다.

"참 그렇군요. 주제넘군요."

"무리도 아니지. 오빠니까 가엾게 여겨도 상관없겠지."

"상관없고말고요. 저는 현재 동정심에도 주리고 있는 걸요. 지쳤어요."

그러나 정윤의 표정은 동정이 아니었다. 용빈의 얼굴에도 동정을 바라는 기색은 없었다. 조용하고 냉정하다.

"용빈은 인간의 운명이 다 다르다고 생각하나?"

"다르겠지요."

"다르다는 것은 운명이 아니야. 나는 내 직업상 수없는 인간의 죽음을 보았어. 인간의 운명은 그 죽음이다. 늦거나 빠르거나 인간은 그 공동운명체 속에 있다. 죽음을 바라보는 꼭 같은 눈동자가 있다. 우리는 그것을 생각하지 말자."

"다르다는 것은 개인의 능력이라구요? 그러면 저의 능력 때문에 저는 이런 현실 속에 서 있는가요?"

"상황이 다르다 뿐이지 사람은 대부분 자기가 눈을 감을 동안 여러 사람의 죽음을 체험한다. 지금 용빈의 현실은 그 죽음에서 온 것이 아닌가 말이다."

"그것뿐일까요."

"다른 일까지 운명으로 밀어버린다면 우리는 못 살 거 아닌가."

정윤은 웃었다.

"아아, 참 전망이 좋네요. 바다보다 불안하지 않군요."

용빈은 난간 밑으로 몸을 내밀면서 먼 강기슭을 바라본다. 정윤은 용빈의 옆에 걸터앉는다. 덤덤한 표정이다.

"오빠는 절 위로하려고 이런 곳에 나오라 하셨어요?"

태윤이와 달라 말수가 적은 정윤이 앞이라 자연 용빈은 필요 이상으로 다변해진다. 그리고 일면 김약국에게 내려진 사형선고와 같은 진단의 사실을 잊어버리고 싶은 때문이기도 했다.

"위로가 될 수 있을까? 위로가 있을 수 없지. 하여간 좀 상의하고 싶었기 때문이다."

"무슨 일로요?"

정윤은 한동안 말이 없다가,

"용혜는 학교를 그만두었다지?"

"별안간 용혜는 왜요?"

"용혜를 내가 데려올까 싶어서. 하던 공부는 끝마쳐야잖아?"

"안 돼요."

"왜?"

"그 애 공부시킬 만한 능력은 저에게도 있어요. 하지만 그 애는 아버질 두고 서울 안 가겠다고 한 걸요."

"그러니까 작은아버지가 별세한 후의 얘기지."

"야박하군요. 지금 그런 계획을 세우고 싶지 않아요."

"감정이야 그렇지. 그러나 그것은 어리석은 짓이다."

"고마워요, 오빠의 성의는. 그렇지만 그런 경우 용혜는 제가 데리고 가겠어요."

"너는 그렇게 생각하겠지. 그러나 너도 짐을 풀고 너를 위한 길을 찾아야지. 이런 말 하면 아주 속되게 들릴지 모르겠다만, 용혜 한 사람쯤 내가 공부시켜줄 의무가 있지 않을까."

"오빠를 도와드린 아버지에 대한 보상으로?"

"말하자면 그렇지."

"오빠답지도 않군요."

"배은망덕배로 알았나."

"의리나 의무 같은 것은 무시하실 줄 알았어요."

"시간의 노예가 되듯이 나는 의무의 노예도 된다."

"언니한테 그런 말씀하셨어요?"

"아니. 아직, 그 사람은 살림꾼이 아니야. 따뜻하게는 못 해주는 성미지만 차갑게 대할 성미도 아냐. 누가 있어도 좋고, 없어도 좋고, 부담을 주지 않는 사람이니까."

"토영의 큰아버지나 모셔 오죠, 그럼."

"아버지가 여기 오실 분인가? 평생 똑딱거리다 돌아가시지. 그분은 당신의 생활을 버리지 못할 거야. 행복한 노인네지."

"오빠, 그 이야기 그만두세요. 비참해져요. 병들었어도 역시 용혜를 위해 아버지가 계셔주었음 얼마나 좋겠어요. 가엾은 용혜⋯⋯."

정윤은 더 이상 말하지 않았다. 그들이 서장대에서 내려왔을 때 사방은 어둑어둑하였다.

이튿날 아침 정윤과 윤희의 전송을 받으며 김약국과 용빈은 진주를 떠났다. 통영에 온 이튿날 용빈은 서울로 향했다.

늙은 짐승

"그놈 남의 이목을 봐서라도 와야 하지 않나? 어느 아들이 있단 말가! 다른 사위가 있단 말가!"

며칠째 계속되는 서 영감의 푸념이다. 아들을 비방함으로써 용옥의 환심을 사려는 심사가 역력하였다.

"추석 명절이 오니 부모 처자를 찾아본다 말가? 역마살이 들었는지 도무지 집에 붙어 있질 않으니, 어디 이게 사람 사는 것가!"

앞뒤를 설치고 다니며 중얼중얼 시부렁거린다. 며느리의 환심을 사기 위해 한 말이나 용옥의 표정은 더욱 굳어질 뿐이다. 그는 아이를 둘러업고 빨래니 바느질이니 간단없이 일을 찾았다. 일을 함으로써 고통을 잊으려는 것이다.

저녁상을 들여놓고 나서 용옥은 조그마한 단지에다 알맞게 익은 열무김치를 담는다. 그리고 지어놓은 김약국의 명주 바지 저고리를 챙겨서 보자기에 싸가지고 나섰다.

"아부니, 저 간창골에 좀 다녀오겠심더."

예배당에 가는 것은 아주 싫어하지만 친정에 가는 일에는 관용했던 서 영감이 오늘따라 상을 찌푸린다.

"기수도 없고 한데 내일 낮에 가제."

둘째 아들 기수는 소학교 졸업반으로서 경주에 수학여행을 떠나고 없었다.

"어서 다녀오겠십니더."

용옥은 고집스럽게 우긴다.

"그럼 일찍 돌아오니라."

서 영감은 할 수 없이 달래듯 말한다. 용옥은 용빈이 떠난 뒤 집안 꼴이 어찌 되었나 싶어 마음이 바빴다. 그러나 아이를 둘러업은 데다가 한 손에는 보자기를 들고, 한 손에는 김치가 든 단지를 들고 있어 마음에 비하여 걸음은 빠르지 못하였다.

간창골에 갔을 때 용혜는 두 다리를 쭉 뻗고 얼굴 위에 책을 덮은 채 누워 있었다. 용옥은 보따리를 마루에 놓고 김치단지는 부엌에 들여놓고 나와서,

"애가 감기 들라고 여기서 자나?"

용혜를 흔들었다. 용혜는 옴짝하지 않았다. 용옥은 용혜 얼굴 위의 책을 벗겼다. 얼굴 위에 눈물이 흥건히 괴어 있었다. 그는 울고 있었던 것이다.

"용혜야!"

"언니, 언제 왔어?"

용혜는 부스스 일어났다.

"울기는 와 우노?"

그 말 대답은 하지 않고,

"집이나 좀 작았음 좋겠어. 이렇게 넓어서……."

용옥은 아이를 내려서 젖을 물린다.

"그만 용혜는 서울로 갔음 좋겠다."

"그럼 누가 이 집에 있죠? 아버진요?"

"사람 하나 두지."

"누가 와 있겠어요? 미치광이 시중들 사람이 어디 있겠어요?"

"없음, 내라도 와 있제."

용옥은 그 말을 하면서 스스로를 의심하였다.

"왜 그런 소릴 해요?"

흐느껴지도록 말이 목구멍에 꽉 찼으나 용옥은 말을 못한다.

"이거 아버지 옷이다. 그리고 저기 열무김치 갖다 놨다. 뭐 빨래할 것 있거든 내놔라. 어서 가봐야제."

"심심해서 낮에 내가 다 했어. 천천히 놀다 가요."

"아니, 가야제. 기수 대련님도 수학여행 가고 아부니가 어서 오라 하드라. 용란이 생이 밥 묵더나."

"어제부터 굶는가 봐."

"성내지 말고 돌봐주어라. 불쌍 안 하나."

용옥은 젖을 빨다가 잠이 든 아이를 둘러업고 나오면서 사랑을 기웃이 들여다보고,

"아부니, 지 왔다 갑니더."

하고 말을 걸었다. 알았다는 듯 기침 소리가 한두 번 들려왔다.

돌아가는 길은 가뿐했다. 아무것도 들지 않은 두 손을 뒤로 돌려 업은 아이의 무게를 받치면서 용옥은 서문고개를 넘어간다. 별빛이 아련하다. 길 가는 사람도 없다.

'주여! 이 인간의 약한 믿음을 꾸짖어주시옵소서. 당신의 크나큰 사랑 속에서 언제까지나 있게 하옵소서.'

고개를 넘었다. 문 앞에 와서 섰다. 대문은 열려 있었다. 용옥은 발소리를 죽이고 대문을 닫아건 뒤 자기 방문 앞으로 갔다. 돌아오지 않는 남편, 방 안은 깜깜하고 인기척이 없다. 밖에서 돌아오면 언제나 가져보는 서글픈 기대. 용옥은 살며시 방문을 열었다. 마치 남편이 방 안에서 잠들고 있기나 한 듯이.

"이제 왔나?"

윗방에서 서 영감의 목구멍에 걸린 듯한 목소리가 건너왔다.

"예."

용옥은 방에 들어가 전등을 켰다. 네모난 방 안이 횡하니 넓기만 하다. 아이를 내려서 자리에 눕힌 뒤 용옥은 거울에 앉았다. 기미가 벗겨지지 않은 까칠하게 메마른 얼굴이다. 막일꾼과 맞먹는 몸집이다. 볼을 만져보는 손은 크고 뼈마디가 굵었다.

"음⋯⋯."

술집에서 자고 나오더라는 동네 아낙의 말이 선뜻 머리에 떠오른다. 용옥은 깊이 잠든 아이의 얼굴을 한 번 쓸어보고 나서 시집을 올 때 가지고 온 화장품을 꺼냈다. 크림을 발랐다. 그 위에 분을 발랐다. 그리고 짙게 연지를 찍고 눈썹도 그리고 입술에도 연지를 발랐다. 빳빳한 앞머리를 이마 위에 내려본다. 그래가지고는 우두커니 거울 속의 그 얼굴, 자기 같지 않은 그 얼굴을 바라본다. 그는 두 손을 들어 얼굴을 가렸다. 뼈마디가 굵은 손가락 사이에 눈물방울이 떨어진다. 그는 꿇어앉은 채 어느새 기도를 올리고 있었다.

눈물에 얼룩진 얼굴을 수건으로 닦아내고 용옥은 장지문을 열었다. 겨울이 닥쳐오니 시아버지의 옷도 꾸며야 했고, 어린것의 옷도 마련해야만 했다. 친정에 가기 전에 갈비 불을 묻어둔 화로에 인두를 꽂고 풀그릇을 챙겨놓은 뒤 용옥은 다듬잇살에 곱게 오른 시아버지의 노방주 저고리를 펴들었다. 그는 어느덧 일에 열중하고 있었다. 피곤을 모르는 듯 바느질하는 손, 인두를 잡는 손은 재빠르다.

마루의 낡아빠진 괘종이 덜거덕거리며 땡! 하고 한 번을 쳤다. 시계 소리에 놀란 듯 용옥은 일손을 놓았다. 그리고 주섬주섬 반짇그릇 속에 넣고 일어서서 자리를 깐 뒤 문고리를 건다. 불을 끄고 자리에 들었다. 이내 그는 곤히 잠이 들었다. 얼마 동안을 잤는지 부스럭거리는 소리에 잠이 깨었다. 아침인 줄 알고 이불을 젖혔으나 장지문에 비친 그림자를 보았을 때 날이 아직 새지 않았다는 생각과 동시 도둑이 들었다는 것을 깨달았다.

용옥은 숨을 죽였다. 반만 찢어진 장지문 사이로 손이 쑥 들어왔다. 용옥은 머리끝이 하늘로 올라가는 것을 느꼈다. 그러나 목구멍이 개글개글 하였을 뿐 소리가 나지 않았다. 그 손은 문고리를 잡아 벗긴다. 찬 바람이 희미한 광선과 더불어 방문이 스르르 열렸다.

"누, 누구요!"

그림자가 주춤했다. 용옥은 벌떡 일어나서 방구석에 몸을 사렸다.

"누, 누구요!"

울음소리에 가깝다. 그림자가 들어섰다. 그림자는 용옥에게 달려들면서 그의 입을 막았다.

"아, 아부……."

윗방에 있는 시아버지를 부르려고 하였으나 그림자의 손은 용옥의 숨통을 꽉 틀어막았다. 용옥이 몸부림쳤다.

'다, 다 가지고 가요!'

말소리가 돼 나오지 않았다. 용옥은 다시 몸부림쳤다. 그림자의 손은 용옥의 입을 틀어쥔 채 그를 쓰러뜨렸다. 그리고 한 손으로 용옥의 가슴을 더듬었다.

"아, 악!"

용옥은 솟구쳐 올라갔다. 그 순간 휘젓는 용옥의 손끝에 닿는 것, 그것은 담배 쌈지였다. 용옥은 순간 전신의 피가 거꾸로 도는 것을 느꼈다. 그는 주먹으로 그림자의 가슴을 쳤다. 막혀진 입은 개방되었으나 그는 소리를 치지 않았다. 그림자는 시아버지 서 영감이었기 때문이다.

용옥은 밀착해오는 늙은 짐승의 팔을 물어뜯었다. 늙은 짐승은 웅얼거렸다.

"누, 누가 보나. 아, 아무도 모른다. 가만 가만……."

암여우와 늙은 늑대의 격렬한 투쟁은 밤 속에, 밤의 장막 속에 치열하였다. 용옥은 뒹굴면서 손에 잡히는 화로 속의 재를 서 영감 얼굴에 뿌렸다. 그 재는 나자빠진 자기 자신의 눈에도 떨어졌다.

"엇!"

용옥은 방문을 차고 나왔다. 대문을 열려고 했을 때 서 영감은 어느새 용옥의 목덜미를 잡았다. 용옥은 대문간에 있는 절구통 속의 주걱을 들고 서 영감의 얼굴을 쳤다. 서 영감은 쓰러졌다. 용옥은 대문을 열고 뛰었다.

충렬사의 동백나무 밑까지 온 용옥은 이슬에 젖은 땅바닥에 주저앉았다. 멀리서 개 짖는 소리가 들려온다. 충렬사 사당이 반쯤 난 달빛에 흠씬 젖어 있었다. 꿈같이, 거짓말같이 밤이 적막 속에 묻혀 있었다. 나뭇잎 하나 까딱하지 않는다. 풀벌레가 울어도 그 소리는 적막을 더할 뿐이다.

달이 희미해지고 서문고개에 가려진 남쪽 하늘이 희뿌예졌을 때 물동이 소리와 발소리가 적막을 깨친다. 명정골 우물에 물 길러오는 소리다.

용옥은 소스라쳐 놀라며 그 발소리를 피하여 걸음을 떼어놓았다. 풀어진 고름을 여몄을 때 유방이 아팠다. 젖이 분 것이다. 용옥은 비로소 아이 생각을 했다. 그는 미친 듯 쫓아왔다. 대문 앞에까지 와서 귀를 기울였다. 아무 소리도 나지 않았다. 그 난리통에 아이를 죽였을지도 모른다는 생각이 들었다. 그는 문을 밀었다. 방으로 들어가니 아이는 그냥 잠들어 있었다.

자는 아이를 둘러업었다. 떨리는 손으로 옷가지와 기저귀를 챙겼으나 보따리 속에 무엇이 들어갔는지 알 수 없었다. 돈을 품에 넣고 방에서 나왔다.

"형수, 어디 가요?"

막내시동생이 뒷간에 갔다 나오면서 의아하게 바라보며 묻는다.

"어디 가요? 나 밥은 어짜고? 아부지! 아부지!"

소란스럽게 소리를 지른다. 용옥은 도망치듯 대문을 나섰다.

대밭골에 이르렀을 때 안산을 넘어온 장꾼들이 지나갔다. 용옥의 걸음은 자꾸만 뒤진다. 시간도 모르겠거니와 부산행 윤선이 언제 가는지도 모른다. 장꾼들이 이고 지고 용옥 옆을 스쳐서 뿌연 아침 안개 속에 사라진다.

누가 용옥의 덜미를 잡았다. 용옥은 들었던 보자기를 떨어뜨렸다.

"어디 가는 것고?"

용옥의 얼굴은 공포에 가득 찼다.

"며느리 년이 야밤중에 시애비 방에 들어왔다고 소문을 낼 기다."

용옥의 양어깨가 생선처럼 뛰놀았다. 돌아선 것이다. 시뻘건 눈, 이글이글 타고 있는 눈, 살인자와 같고 마귀와도 같은 무서운 눈.

"니 말만 내지 않음 나도 입을 씻고 있겄다. 아무도 본 사람은 없다."

무서운 눈은 타협적인 애원으로 변하였다. 시아버지를 쳐다보고 있는 용옥의 얼굴에는 간밤에 화장한 얼룩이 남아 있었다.

"내만 우사를 하는 기 아니고 니도 우사를 할 기다. 부산의 그놈이 부자간의 인연을 끊을 기다마는 니도 데꼬 살지는 안 할 기다. 아무도 본 사람은 없다."

용옥은 떨어진 보따리를 주워 들었다. 그러고는 걷기 시작하였다.

"알아들었나? 니 마음묵기 탓이다."

뒤쫓아오는 서 영감의 목소리는 절망에 떨리고 있었다.

부산행 윤선

연지와 분이 얼룩진 얼굴을 하고서 용옥은 윤선회사 대합실의 딱딱한 나무 의자에 앉아 있었다. 아침 배가 있다 하기에 선표를 사려 했으나 누군가가 그 배는 마산 가는 배라 했다. 대합실 창문에서 내려다보니 배도 작고 초라하여 용옥은 그런가 보다 하고 멍청히 앉아 있었다. 그러나 배가 떠나고 나서야 그 배는 마산을 돌아서 부산으로 가는 배였다는 것을 알았다. 그 배는 소소한 항구마다 기항하며 장승포를 빙 돌아서 가기 때문에 또 속력이 느리기 때문에 아주 시간이 걸린다.

"똥통입니다. 좀 기다렸다가 낮배를 타고 가는 기이 좋을 깁네다. 부산에 닿는 시간에는 별 차가 없지요."

남해 가는 배를 기다리고 있다는 장사꾼 차림의 엽초 냄새가 독하게 풍겨오는 사나이는 배를 놓쳐 실망하고 있는 용옥을 힐끗힐끗 쳐다보며 친절을 베풀었다. 그 친절심이 용옥의 연지와 분의 얼룩이 진 얼굴에 있었던 것을 용옥 자신은 알 리 없었다.

"날씨 참 좋우시다. 이런 날에 배 타기란 신선놀음이지요. 부산에는 누가 있십니꺼?"

용옥은 사나이를 멍하니 바라보다가,

"아이아부지."

하고는 눈길을 돌려버린다.

"서방님 만나러 가누만요."

사나이는 야비하게 웃었다.

"아저씨, 엿 좀 사이소, 야?"

사나이는 동전 두 닢을 던져주고 땟물이 조르르 흐르는 엿 두 가래를 골라잡는다. 그리고 한 가래를 용옥에게 쑥 내밀며,

"잡사보이소."

용옥은 심하게 몸을 흔들며 거절의 뜻을 표시한다. 사나이는 안고 있는 아이 손에 엿을 쥐여주면서 자기는 엿을 뚝 분질러 입 속에 넣고 우물거린다. 아이는 엿을 핥는다. 그리고 엿이 녹은 누우런 물을 질질 흘린다. 용옥은 엿을 빼앗아 처리할 바를 몰라 망설이다가 손수건에 싸고 그 손수건 끝으로 아이의 얼굴을 닦아준다. 엿을 빼앗긴 아이는 울음을 터뜨렸다. 그 우는 얼굴이 서 영감을 닮은 것 같아 용옥은 등골이 오싹했다. 그는 반사적으로 아이의 뺨을 때렸다. 아이는 더욱더 크게 울었다.

"온 저런, 아이를 때리믄 어짜요."

옆에서 추근추근하게 굴던 사나이는 배 시간이 되자 지극히 친근감을 나타내며 작별인사를 하고 개찰구로 들어갔다.

'아아, 나는 지금 지옥에 살고 있는 것일까.'

미칠 것만 같은, 구역질이 날 것만 같은 마음이 용옥을 짓눌렀다.

'대체 부산에 가서 어쩌자는 것일까? 그이가 나를 만나줄까?'

바닥을 측정할 수 없는 절망으로 떨어져 내려가는 것을 용옥은 느낀다.

'그이가, 그이가 나를 모른 체한다믄 죽어버리지, 죽어버리지.'

몇 시간 웅크리고 앉아 있었는지 둔중한 정오 사이렌이 울렸다. 선표를 사는 사람이 한둘씩 모여들었다. 용옥도 그들처럼 선표를 샀다.

"어무이, 어서 오시이소이."

"아이구 야야, 가놓믄 어디 그리되나."

귀에 익은 목소리에 용옥은 고개를 들었다. 정국주의 마누라였다. 구족九族을 거느린 듯 많은 전송객에 둘러싸인 삐삐 마른 정국주의 마누라는 후광이라도 비친 듯 거드럭거린다. 드나드는 윤선회사 직원들도 허리를 굽실거렸다. 배를 타러 나온 사람들 중에도 쥐꼬리만 한 안면만으로도 연방 굽실거리며 그를 안다는 것을 과시한다. 용옥은 고개를 푹 수그렸다. 의기양양해 가는 정국주 일가의 번영 밑에 깔려 쓰러진 자기 집안, 그리고 용빈에게 준 타격, 적의와 반목은 결국 회피와 열등으로 떨어져 내려간 것이다.

윤선이 고동을 울리며 입항한다. 부둣가는 갑자기 활기를 띠기 시작하고 대합실에서 기다리고 서 있던 사람들은 각기 짐을 챙기고 일어섰다. 정국주 마누라는 전송객까지 합하여 개찰이 시작되기 전에 부두로 나갔다. 웃으며 나가는 그들을 대합실에 남은 사람들은 당연한 일이라는 듯 바라보고 있었다. 바가지를 조롱조롱 보따리에 꿰 단 노파가 그들을 따라 나가려다가 윤선 회사 사무원들에게 호통을 당한다.

용옥은 힘겨운 듯 아이를 둘러업고 줄을 따라 섰다. 왼편 개찰구에선 윤선에서 내린 손님들이 꾸역꾸역 밀려 나왔다. 마치 인간들의 전시장처럼 각양각색의 사람들이 손에 손에 짐을 들고 나온다. 선객들이 다 내린 뒤 개찰이 시작되었다. 용옥은 징징거리는 아이를 추스르며 개찰구로 나와 좁다란 삼판을 밟았다. 삼판 밑에는 기름을 띄운 거무죽죽한 바닷물이 출렁이고 있었다. 용옥은 삼판에 바짝 다가세운 거대한 윤선으로 건너뛰어 선실로 들어갔다. 정국주의 마누라는 갑판에 서서 가족들과 환담하고 있었다.

난생 통영 밖으로 나간 일이 없는 용옥은 따라서 배도 처음 타본다. 배가 떠나지도 않았는데 중유의 냄새가 메스꺼웠다. 빈속이라 더욱 그랬는지도 모른다. 용옥은 일찍부터 자리를 잡고 드러누웠다. 여수서부터 온 선객들은 더러 자리에 누워 있었다. 배는 닻을 올리고 선체를 흔들 듯 요란스럽게 기관이 울리더니 삼판에서 밀려 나왔다. 놀란 장사치들은 허겁지겁 뛰어내린다.

"오늘은 와 이렇게 배줍노."

선객들이 선실로 들어오는데 정국주 마누라가 혀를 찼다.

"아이고 성님요, 부산 가십니꺼?"

"아아 옥자네가, 나는 누라꼬."

누워 있는 용옥의 귀에 그들 대화가 흘러들어왔다. 옥자네라면 택진의 처동생이다. 연순의 후실로 들어온 여자의 동생이니 용옥에게는 의리의 고모뻘이다. 그들은 전혀 오고 가지 않게 지냈으나 그래도 거리에서 만나면 한실댁과 인사를 하고 지내는 터이므로 용옥도 안면이 없는 처지는 아니었다.

"동행이 없어 심심할까 싶었는데 니 잘 만났다."

"나도 그렇심더, 자 여기 앉으이소."

옥자네는 자리를 만들어준다.

"생님은 부산에 머리러 가십니꺼?"

"나아? 나 부산에 안 간다. 서울 간다, 아들네 집에."

"그렇십니꺼? 서울 구경 잘하겠십니더."

"뭐 초행인가, 서울이사 벌써 다 구경했지."

대견스럽게 말한다.

"며느리를 잘 봤담서요."

"하모, 우리 며느리사 빠질 기이 있나. 친정이 부자겠다, 인물 잘났겠다, 학식이 많겠다. 조선 천지 다 댕기도 그런 며느릿감이사 드물지."

내심으로는 며느리와 맞지 않지만 남에게 자랑거리는 충분히 되는 며느리다.

"신랑이 좋으니께."

"참 내 자식 자랑 말이 아니라, 자식이 심성이 곱지. 얼굴도 관옥 같고, 해천에 용 났지. 그러니께 처니 집에서 싸가지고 안 갔나. 호호호…….."

"해천에 용 나다니요, 부모들이 범연하건데."

"그러니께 내 아들은 더 잘났다, 이 말이지."

안중에 사람이 없다.

"하나 아들 잘 두기가 어려운데 성님은 복도 많소. 범의 눈썹도 기를 것 없이…… 운이 텄어요, 운. 아 그 김약국의 딸하고 혼사했음 어쩔 뻔했십니꺼."

용옥은 돌아누웠다.

"그러게 말이다. 만 번이나 잘 안 했나. 우리 가아는 날 때부터 복을 찌고 나온갑더라. 사주도 좋고, 가아 나고서부터는 불티처럼 살림이 일고, 아 김약국 딸하고의 혼인도 무단히 지가 안 할라꼬 안 하나. 우리도 그 집구석 되어가는 꼴이 안 되겠기에 가아 마음을 돌리볼라꼬 마음묵고 있는데, 지가 먼저 마다카고 서울 처니로 골라잡았으니, 우리사 가아 땜에 속을 썩인 일이 없다."

그들은 한참 지껄이다가 보이를 불러 점심을 청한다. 배에서 내놓은 점심을 먹으면서도 그들의 대화는 여전히 계속되었다.

"말이 났으니 말이지, 망한다 망한다 해도 어짜믄 그렇게도 망하는지. 김약국 말입니더. 일패도지가 아닙니꺼."

"그 옛날부터 집터가 나쁘지. 우리 어릴 때만 해도 무서서 그 집 옆엘 못갔지. 아 그 김약국 어매가 비상 묵고 죽은 집 앙이가, 아바이는 객사하고, 그 뒤 타간에서 온 사내가 또 김약국 아바이 칼에 맞아 죽었지. 그 집에서는 잡귀가 덕실덕실 끓는다. 처음 그 집하고 혼삿말을 우리 영감이 했을 때도 어쩐지 섬쩍지근하더라니, 아니나 다를까."

"정말 만 번이나 혼사 잘 안 했심더."

"하모, 잘 안 하고말고. 만일 했다면 그 속에서 빠진 자식 어디다가 써묵겠노?"

"비상 묵고 죽은 자손은 안 지린다더니 정말 그런갑습니더. 그 집 딸을 보이소, 하나나 쓰겄는가. 큰딸이 그렇지요, 둘째는 시집도 못 가고, 셋째는 어마이까지 그리 잡아묵고 미쳤으니, 넷째는 또 어떻고요? 없는 살림에 고생이 막심한갑습디더."

"그러기, 김약국인가 그 양반도 엔간히 도도하더라마는 음지가 양지 되고, 양지가 음지 되고……."

정국주 마누라는 밥을 다 먹고 나서 손가락을 빤다. 아까부터 정국주 마누라 손에 낀 반지가 궁금하던 옥자네는,

"성님, 그거 다이아 앙입니꺼."

하고 묻는다.

"하모, 다이아몬드란다."

"참 크네요. 조심하시이소, 서울엔 깍쟁이도 많다 카던데."

"아따, 손가락 끊어 갈까 봐."

용옥은 그들의 대화를 듣는 것조차 귀찮아졌다. 한 밤을 지내고, 아침을 굶고, 아이가 젖을 파니 온몸이 나락에 빠진 듯 피곤했다. 그는 기관 소리에 가슴이 울렁거렸으나, 어느새 잠이 들고 말았다.

"보소, 여보소!"

누가 용옥을 흔들었다. 용옥은 소스라쳐 일어났다.

"선표 봅시다."

윤선의 사무장이 가위를 들고 용옥을 내려다보았다. 용옥은 품에서 지갑을 꺼내 표를 내놓았다.

"아니 이거 삼등 표 아니오? 이건 이등실인데."

용옥의 얼굴이 홍당무가 된다. 그는 전혀 알지 못한 일이었다.

"어서 나가소, 삼등실로 가소."

사무장은 못마땅하게 용옥을 노려보았다. 용옥은 도망치듯이 이등실에서 나왔다.

"아니, 저어기…… 김약국 딸 앙이가?"

"와 아니래요. 넷째 딸이구마."

"꼴이 와 그 모양고?"

뒤통수를 치는 말이다. 용옥은 아이를 안고 한 손에는 보따리를 들고 휘청거렸다. 배 밑에서 부서지는 물결, 배가 가는 것이 아니고 물이 가는 것만 같았다. 용옥은 가는 그 물에 뛰어들고 싶은 충동을 느꼈다. 너무나 피곤하였던 것이다. 온통 빙빙 돌아가는 듯한 시야를 더듬으며 그는 배 밑에 있는 삼등선실로 내려왔다. 뭉뭉하니 코를 찌르는 냄새— 용옥은 비틀거리며 겨우 자리를 찾아 그냥 쓰러지고 말았다.

부산항에 들어갔을 때, 해는 천마산 꼭대기에 한 뼘가량 남아 있었다.

부둣가에 내려선 용옥은 부산항에 정박한 많은 상선을 보았다. 바나나 껍질, 배 껍질이 걸죽거리는 부두가 길 위에 널려 있고, 입을 벌린 창고 속에 많은 짐짝이 들어가고 있었고, 시꺼먼 연기가 하늘을 뒤덮고 있는 것을 보았다. 그리고 사람이 몰려가는 건너편 길 위로 자동차, 전차가 으르렁거리며 달리고 있는 것도 보았다. 용옥은 주소를 적은 봉투를 한번 펼쳐 보고 행인에게,

"어업조합이 어딥니꺼?"

하고 물었다. 행인은 덤덤한 얼굴로 어업조합을 가리켜주었다. 어업조합은 부두에서 그다지 멀지 않은 곳에 있었다.

용옥은 조합 앞에 서가지고 망설였다. 그리고 자기의 옷매무새를 돌아보았다. 말이 아니다. 어찌 이 꼴을 하고 나섰을까, 스스로 의심스러웠다. 그리고 보니 세수를 하지 않고 나선 것도 깨달아진다. 손수건을 찾았으나 보따리 속에 끼워둔 손수건은 녹은 엿이 칠범벅이 되어 쓸 수가 없었다. 용옥은 주변을 살피며 치맛자락을 걷어서 얼굴을 문질렀다. 그리고 나서 문을

밀고 들어섰다. 조합 안은 텅 비어 있었다. 급사인 듯한 소년이 소제를 하고 있었다.

"저, 말 좀 묻겄십니더."

급사는 동그란 눈을 들었다.

"여기 저, 서기두라고, 토영 사람인데…….."

"아, 서기두 씨요?"

"예, 토영서 왔는데 어디 있는지 좀 가르쳐주시이소."

"모르겄심더. 어디 있는지 오늘은 안 나왔소."

"안 나왔어요?"

용옥은 울상이 된다. 용옥이 실망이 큰 것을 본 급사는 잠시 고개를 기우뚱하다가,

"토영이지요?"

"예."

"가만히 있으시소. 숙직하는 김씨가 토영 사람인데 물어보고 올 기요."

용옥은 보따리를 든 팔과 들지 않은 팔을 축 늘이고 등에서는 아이가 울거나 말거나 멍청히 서 있었다.

"어, 아지마씨가 웬일입니꺼!"

얼굴을 돌려보니 안면이 있는 기두의 친구 김씨다. 하기는 김씨의 연줄로 부산의 어업조합에 기두가 취직이 되었다는 말도 듣고 있었다. 용옥은 반갑기도 하고 가슴이 벅차기도 하여 미처 말도 못하는데,

"어디서 오십니꺼?"

"토영서 배 타고."

"아이, 그것 참, 서군이 낮 배로 토영 갔는데 엇갈렸네요."

"야? 토영으로요?"

"예. 토영으로 갔십니더. 추석에도 못 갔다 함서……."

긴장이 풀어진다. 아무고 간에 붙잡고 울고만 싶은 심정이다.

"그라믄, 그라믄 도로 가야겄십더."

"쉬었다 내일 가시이소. 아이 데리고 저녁 배로 어찌 가실랍니꺼?"

"저녁 배는 있십니꺼?"

"있기는 합니다만 배도 작고 뱅뱅 돌아서 가기 때문에 고생이 됩니더. 하로 쉬고 아침에 큰 배 타고 가시이소."

"안 됩니더, 가야 합니더."

용옥은 미처 인사도 하지 않고 도망치듯 나온다.

"아지마씨! 아지마씨!"

김씨가 쫓아 나왔다. 그리고 용옥 옆에 다가서며,

"밤 배는 아직 시간이 있십니더. 지가 선표는 사드릴 기니 어디 요기나 하시지요."

"괜찮십니더."

밤 배 시간이 있다는 말에 용옥은 걸음을 늦추었다.

"점심은 하셨십니꺼?"

"배에서⋯⋯."

"저녁 하시고 배를 타시이소."

"안 할랍니더."

김씨도 유부녀인 용옥과 음식점에 들어가는 것도 거북하여 그 이상은 권하지 않고 따라왔다. 부둣가에 온 김씨는 용옥을 기다리게 하고 기선회사에 들어가서 이내 선표를 끊어서 가지고 나왔다.

"이등 표입니더."

하고 내밀었다.

"돈은, 돈 여 있십니더."

용옥이 품에서 지갑을 꺼내려고 하자 김씨는 손을 저으며,

"무슨 말씀을, 그만두이소. 자 그럼, 나는 가보겠심더."

김씨는 용옥이 한사코 돈을 꺼내는 바람에 달아나듯 가버린다. 상처투성이인 용옥의 마음에 한 가닥 따스함이 지나갔다.

용옥은 지저분한 대합실에 앉아서 기다리다가 도저히 이대로 갈 수 없다는 생각이 들었다. 아이도 젖이 나오지 않는다고 유방을 할퀴며 울부짖었다. 용옥은 부둣가에 떡장수랑, 죽장수랑, 국수장수가 즐비하게 앉아 있던 생각이 나서 보따리를 들고 하느작하느작 걸어갔다. 국수 한 그릇을 사가지고 땅바닥에 쭈그리고 앉아서 먹는데 국수 그릇에 눈물이 한 방울 떨어진다. 너무나 처량했던 것이다. 국수 국물을 훌쩍훌쩍 마시고 있던 부두 노동자가 자꾸만 곁눈질을 한다.

개찰을 하고 배에 올랐다. 손님들이 다 오른 모양인데 배는 떠나지 않고 짐만 싣는다. 아침에 통영에서 떠난 그 똥똥이란 작은 배다. 이등실이건만 선객들은 모두 장사치들이요, 낮 배에 비하여 한층 떨어지는 싸구려 판이다. 실상 이 배는 사람보다 화물을 많이 싣고, 따라서 장사꾼들이 많이 이용하는 배였던 것이다.

"어쩔라꼬 거먼거먼 짐만 실을꼬, 어서 떠나지 않고."

"오늘 밤 한 나올 할래? 바람이 이는걸."

선실을 자기 집 안방쯤으로 알고 있는지 몇 명의 사나이들은 화투를 가르기 시작했다. 여자들은 부산의 시세가 어떻느니, 통영하고 맞먹느니, 손해를 봤느니 하며 마치 조개전처럼 와직와직 지껄이고 있었다.

섬처럼 큰 상선의 휘황한 불빛이 바다에 던져지고, 부두에 가로등이 일제히 불을 켰을 때, 배는 엔진을 걸었다.

침몰

호주머니에 돈만 넣고 훌쩍 떠나온 기두는 배에서 내리자 간창골 처가를 향하여 뚜벅뚜벅 걸어 올라간다. 배에서 일단 뭍에 발을 디디고 나면 먼저 향하는 곳은 부둣가의 술집이 아니면 간창골의 처갓집이다. 옛날에는 어장 일 때문에 그랬다 치

고, 지금은 부친과 처자를 두고 왜 발이 간창골로 먼저 향하는
지, 구겨진 기성복을 너풀거리며 간창골로 올라가는 기두의 마
음은 끝없이 방황하는 것이다.

"추석날에는 못 왔습니더."

기두는 초췌한 김약국 앞에 절을 올리고 나서 다리를 오그
렸다.

"바빴던가?"

"예."

그 말이면 그만이다. 한참 서로 마주 보다가 기두는 사랑에
서 물러나왔다.

"형부, 저 미치광이 또 지랄해요. 문을 발기발기 찢고 밥도
안 묵고, 좀 가봐요."

사랑에서 기두가 나오는 것을 기다리고 있던 용혜가 말을 내
뱉었다. 기두의 얼굴에는 어떤 희열이 감돌았다. 문고리를 벗
기는 기두의 굵은 손이 떨린다. 웅크리고 앉았던 용란이 그 하
얀 얼굴을 비스듬히 들었다. 어둑어둑한 방 안이라 얼굴은 더
욱 희었다.

"왜 야단이오."

부드러운 목소리다. 용란은 방그레 웃는다.

"이 자식 오누만, 어디 갔더노. 얼매나 얼매나 니를 기다렸다
고. 그래 선표는 사가지고 왔나?"

"사가지고 왔다."

"그라믄 우리 소리도 매도 모르게 가재이."

용란은 기두의 손을 꼭 잡는다. 기두는 스스로 한돌이가 되어버린 듯한 환각에 사로잡힌다.

'불쌍한 것…….'

기두는 선표를 사 오마 하고 그를 달래놓고 나왔다. 사 왔다 하거나 사러 간다고 하거나 착란한 용란에게 있어서는 상관이 없다. 기두는 마루에 나와서 한참 동안 담배를 태웠다.

"용옥 언닌 어젯밤에 왔었어요."

"……."

"형부는 왜 추석에도 안 오셨어요?"

"……."

"용빈 언니하고 동문 밖 큰어머니가 참 섭섭해하시던데……."

"서울 생이는 이내 갔소?"

"진주 갔다가."

"진주? 진주는 왜요?"

"아버지 진찰 받으러 도립병원에 갔었어요."

"그래 뭐라던가요?"

"위궤양이라나요? 대수롭지 않은 병이래요."

"아주 상하셨던데."

"말씀 안 하셔도 마음병이죠, 뭐."

간창골 처가에서 나온 기두는 대밭골의 집으로 갔다. 기두가 집에 들어서자 축돌 위에 걸터앉아 담뱃대를 물고 있던 서 영감이 벌떡 일어섰다. 어둠 속이라 보이지는 않았으나, 그의 얼굴에선 핏기가 가셔졌다.

"어두운데 와 그라고 계십니꺼?"

온건한 기두의 목소리를 듣자 서 영감은 긴장을 풀었다. 그러나 힐끗힐끗 아들의 눈치를 살피며 마루로 올라가서 전등을 켰다.

"어디 갔십니꺼?"

용옥이 어디 갔느냐는 것이다.

"몰라아!"

서 영감은 돌아선 채 대답을 한다.

"성, 보따리 싸가지고 아침에 형수가 나갔심더."

방 안에서 막내둥이가 고개를 쑥 내밀며 보고를 한다.

"아침에? 보따리를?"

기두는 그 말을 음미하듯 되뇌었다.

"니는 공부나 해라!"

서 영감은 눈을 무섭게 부라리며 고개를 내놓고 있는 방문을 탁 닫는다.

"시이! 아부지는 뭐……."

방 안에서 불평이다.

"아침에 나가서 안 들어왔십니꺼?"

"……."

"처가에도 어제저녁에 왔다 카던데…… 무슨 일이 있었십니꺼?"

"아, 무슨 일이 있겠노? 밤낮 친정 살림만 살아주니 내가 말을 하나, 예배당엘 가니 내가 말을 하나."

서 영감은 아들의 얼굴을 정시하지 못하고 그저 시선이 이리 뛰고 저리 뛴다. 기두는 원인이 자기에게 있었던 것을 생각하였다.

'그럼 어디 갔을까? 간다 온단 말도 없이, 혹? ……'

"아, 아무래도 바, 바람이 좀 났는갑더라. 젊은기이 혼자 있으니께."

서 영감은 미리 복선을 친다.

"그런 애멘 소리 마이소!"

기두는 바락 화를 낸다. 서 영감이 움찔한다.

"하늘이 무너져보이소. 그 사람이 바람날 사람인가."

씹어뱉듯 말을 뇌까리고 훌쩍 일어섰다. 호주머니 속에서 구겨진 지폐를 몇 장 꺼내 마루에 팽개치듯 놓고 기두는 나가버린다.

서 영감 눈에는 형용할 수 없는 공포가 지나간다.

집을 나선 기두는 비 오는 날의 강아지처럼 밤의 부둣가를 헤매다가 술집을 찾았다. 언제나 저미는 듯한 연민의 정이 솟건만 대하고 보면 미워지고 정이 멀어져만 가는 용옥, 결국 집을 떠나서 방황할 수밖에 없는 기두였다.

말없이 술을 퍼마시고 있던 기두는 차츰 술집 계집에게 징그러운 욕설을 퍼붓고 뺨을 때리고, 그리고 술집 문이 닫혀지면 치사스러운 방법으로 여자를 괴롭히며 한밤을 지새우는 것이었다.

날이 훤해졌다. 잠시 눈을 붙인 것 같기도 했다. 기두는 머리맡에 있는 담배를 끌어당겨 붙여 물었다. 풋감을 잔뜩 머금은 듯 입 안이 뻑뻑하였다.

'어디 갔을까? 집에, 설마 집에 들어왔겠지.'

베개를 가슴 밑에 받친 채 기두는 담배 연기를 바라본다. 여자는 벌써 일어나 해장국을 끓이고 있는 모양이다.

'혹시, 부산에 내 찾으러 간 거 아닐까?'

어젯밤 서 영감에게 말을 들었을 때도 문득 그 생각이 들기는 했었다.

"보소, 야? 일어나소. 가게 문 열랍니더."

여자의 말 때문이 아니다. 기두는 갑자기 불안한 생각이 들었다. 그래서 벌떡 일어나 옷을 주워 입고 가겟방으로 나갔다.

"속이 씨리지요? 어짤라고 술을 그리 마시는교."

여자는 다정스레 웃으며 따근따근한 해장국 한 그릇을 술상에 떠놓았다. 막걸리 한 잔도 내놓았다. 여자는 머리를 매만지며 가게 문을 딴다.

"아이구, 늦었네. 날이 다 샜구마."

연옥색 아침이 술상 위에 스며들었다. 장꾼들이 바쁘게 거리를 지나간다. 막상 일어나서 해장국을 대하고 보니 서둘러지던 기두의 마음은 다시 무겁게 가라앉는다. 집에 들어가기가 싫은 것이다. 해장국 손님이 한 사람 두 사람 찾아들어 왔다. 시끄럽게 떠들며 한 잔씩 기분 좋게 들이켠다.

"어, 이거 대구 어장도 하기 전에 사람 어장인가? 큰일 났어, 큰일 나아."

텁석부리 사나이가 들어오며 외친다.

"뭐가 큰일 났소?"

여자는 방금 들어온 텁석부리 사나이에게 젓가락과 숟가락을 골라놓으며 묻는다.

"어젯밤 산강호가 가덕도 바다에 가라앉았다네."

"억!"

해장국을 퍼먹고 있던 덩치가 큰 사나이가 펄쩍 뛰었다.

"뭐, 뭣!"

그러더니 그는 쏜살같이 뛰어 나간다.

"허 그 참, 딱하게 됐구마. 참 그자 여편네가 쌀장수를 하지."

텁석부리 사나이는 목을 길게 빼며 뛰어가는 사나이의 뒷모습을 쳐다본다.

"정말입니꺼?"

얼굴이 파래졌던 여자가 묻는다.

"누가 공밥 묵고 댕기나? 헛말을 하게."

다른 술꾼들은 텁석부리 입매만 쳐다본다.

"제기랄 것, 꼭 거기서 사고가 생기거든. 야밤중이니 어디 산 사람이나 있겠나."

술꾼의 한 사람이 입맛을 쩍쩍 다신다.

"바람도 안 불었는데 와 그랬을까요?"

"보나 마나 짐을 잔뜩 실었겠지. 게다가 그 배 신통치 않아. 에이, 느글느글하다, 술이나 어서 내놔."

여자는 마음이 울렁울렁한지 해장국도 떠놓지 않고 술만 떠놓는다.

"국은!"

여자는 당황하여 국을 뜬다.

"또 몇 사람 망하겠구마."

"해삼, 문어 떼들이 수가 터졌지."

"모구리들이 한판 치겠는데……."

"재작년에도 그 자리서 사고가 났지. 시체를 건졌는데 그, 형편없더만, 썩은 고기 떼 같더만. 눈깔이 있는 시체가 하나도 없어."

"갈치가 빼 묵었겠지."

"사람 죽으면 맨 먼저 덤비는 놈이 문어하고 해삼이지. 해삼은 똥구멍을 빼 묵고 문어는 눈깔을 빼 묵고, 갈치는 살을 뜯어 묵고, 아 산 사람이 물속에 들어가도 문어란 놈은 그 다리로 사람 콧구멍을 막고서 뜯어 묵는대."

"아이구! 맙소사! 식전부터 속 뒤집히는 말 하지도 마소."

"그런데 사람 뜯어 묵는 그놈의 개기가 맛이 나거든."

여자는 몸부림친다.

"아이구 얼매나 살라고 나부당거렸겠노! 차라리 한숨에 죽는 기이 낫제. 아이구 불쌍해라!"

"에이, 저런 것 보믄 사는 대로 살 긴데 어디 사람의 마음이 그런가? 조석변동이지."

사내들도 징그러운 말들을 지껄이기는 했으나 역시 기분이 좋지 않은 모양으로 옷을 툭툭 털면서 일어났다. 한마디 말도 없이 술상 위에 한 팔을 걸치고 담배만 뻐끔뻐끔 피우고 있던 기두는 사내들이 나가자 술잔을 내밀었다.

"술!"

"아이구, 그만하소. 식전부터……."

"엔간히 성기는고나. 잔말 말고 어서 부어."

"어젯밤에 그렇게 마시고, 밤새도록 사람 못 자게 하더니 식전부터 또 술타령!"

여자는 눈을 흘긴다.

"니가 내 조강지처가! 와 잔소리고. 내가 술 묵으믄 니가 돈 벌고. 그래 어쨌다는 것고."

기두는 벌겋게 술이 오른 얼굴로 집에 돌아갔다.

"왔십니꺼?"

핏발 선 눈으로 서 영감을 노려본다.

"안, 안 왔다."

"어디 가서 뒈졌나?"

기두는 빈방에 들어가서 벌렁 나자빠졌다. 그리고 잠이 들어버렸다. 문을 두들기는 소리에 눈을 뜨니 한낮이 지나 있었다.

"전보요!"

서 영감이 신발을 끌고 나간다.

"기두야, 이거 부산서 전보가 왔다."

기두는 부스스 일어나 전보를 뜯는다.

연희 엄마 산강호에 탔음 생사 궁금.

김

기두의 얼굴이 초지장처럼 하얗게 된다.

"와, 와 그러노?"

서 영감의 얼굴도 초지장처럼 변하였다.

"주, 죽었소!"

기두는 자리에 쓰러졌다. 방바닥을 두들기며 포효한다.

전보를 재빨리 주워 읽은 서 영감은 순간 안도에 가까운 표정이 되었다. 용옥의 죽음은 그의 수치를 영원히 매장해놓고 만 것이다. 그러나 다음 순간 그의 이마빼기에 핏줄이 부풀었다. 그것은 어쩔 수 없는 가책의 무서움 때문이었다.

며칠 후, 가덕도 앞바다에 가라앉은 산강호는 인양되었다. 용옥의 시체는 말짱하였다. 이상하게도 말짱하였다. 다만 아이를 껴안고 있는 손이 떨어지지 않아서 시체를 모래밭에다 나르

471

는 인부들이 애를 먹었다. 겨우 아이와 용옥의 시체를 떼어냈을 때 십자가 하나가 모래 위에 떨어졌다.

두 번째 대면

"김 선생님, 면회 왔어요."

수업을 끝내고 석양이 비치는 긴 복도를 걸어 나왔을 때 소사가 용빈에게 말하였다.

"나한테?"

"예, 남자 분인데요."

"그래요? 어디?"

"현관에 서 계십니더."

용빈은 순간 홍섭이라 생각하였다. 그러나 현관으로 나갔을 때 거기에는 태윤이가 서 있었다.

"아, 오빠!"

태윤은 싱그레 웃었다.

"수업 끝났나?"

"예. 웬일이세요."

"놀랐나?"

"뜻밖이군요."

"제법 훈장티가 나누만."

용빈은 검정 투피스를 입은 자신의 모습을 내려다보고 고소한다.

"나가지."

"예. 여기 기다리세요."

용빈은 교무실에 들어갔다가 핸드백을 들고 이내 나타났다.

돈화문 앞에까지 나온 용빈은,

"정말 웬일이세요? 갑자기……."

"참말 갑자기다. 아침까지 나는 용빈이 생각을 안 했는데, 누굴 만나러 나섰다가 별안간 생각이 났지."

"그럼 지금부터 누굴 만나는군요?"

"음."

"전 군식구군요? 그럼 전 사양하겠어요."

"용빈이도 아는 사람이야."

"순자?"

"아니, 강군."

"예에? 그분."

"왜? 만나기 싫은가?"

"그렇지는 않지만…… 오빠의 의도가 알고 싶군요."

"하하핫, 내 의도? 하하핫……."

태윤은 한바탕 웃고 나더니,

"실은 두 사람이 가까워졌음 좋겠다."

"한가하군요."

"동중정動中靜이지. 우린 기계가 아니거든."

"그분이 절 만나기를 원하시던가요?"

"강군은 아무것도 모르고 지금 창경원에 있지."

"불청객이군요."

용빈은 픽 웃으며 그러나 따라가긴 한다.

동물원 앞에 서서 담배를 태우고 있던 강극은 태윤과 동행한 용빈을 보자 좀 놀라는 표정이었다. 그러나 그는 모자를 벗고 인사를 하였다.

"좀 기다렸지?"

"음."

"용빈인 여기서 원숭이 구경이나 하고 있지. 우리 잠깐 용담을 끝내고."

태윤은 강극과 같이 인적이 없는 곳으로 간다. 그들은 서로 머리를 맞대고 무슨 말인지 한참 수군거리더니 긴장한 낯빛으로 이내 돌아왔다.

"실례했습니다."

강극은 긴장했던 얼굴을 풀면서 부드러운 미소를 띠었다.

'여유가 만만하구나.'

용빈은 은근히 그를 관찰한다.

"어디 가서 식사나 할까요?"

강극이 용빈에겐지 태윤에겐지 모르게 말하였다. 부산에서와 달리 이번엔 강극이 태윤이 대신 리드하는 기색이다.

"그러지."

용빈은 다소 어색함이 없지 않았으나, 잠자코 그들을 따랐다. 창경원을 나선 그들은 구석진 골목을 꼬불꼬불 돌아서 어느 중국요릿집으로 들어간다. 이 방면의 지리에 밝은 것 같았고, 그 요릿집도 초행은 아닌 모양이다. 그들은 테이블에 둘러앉았다. 음식이 들어오기까지 침묵이 흐른다. 여느 때 같으면 태윤이 떠들썩하게 지껄일 터인데 이상하게 잠잠하다. 이따금 눈 밑의 근육이 경련을 일으키곤 한다. 아마도 그들은 중대한 이야기를 한 모양이다.

요리가 들어왔다. 강극은 담배를 버리고 물수건으로 손을 닦으며,

"김 선생님께선 혁명이라는 걸 어떻게 생각하시죠?"

너무나 명확한 질문이었다. 용빈의 눈에 일순간 신비스러운 것이 지나갔다. 그러나 그는 이내 미소를 하였다.

"제가 참여하지 못한 꿈이라 생각해요."

"맞았습니다, 꿈입니다. 더 적절히 말한다면 신비죠."

"의외군요. 강 선생님이 어떻게 그런 생각을 하실까."

용빈은 급속도로 가까워지는 어떤 체온을 느끼며 반문하였다.

"혁명은 로맨티시스트가 이룩하는 겁니다. 그러면 그다음은 실리자가 장악하는 거죠. 로맨티시스트는 종국에 가서 패자가 됩니다. 그러나 로맨티시스트는 또 일어나죠. 어떤 세대의 가

름길에서."

"그러면서도 일을 하세요?"

"물론입니다. 본질이 실리로 변하지 않는 다음에야."

그들은 가만가만히 라조기를 뜯어 먹었다.

"그렇지만 혁명가들이 화나시겠어요. 로맨티시스트라니요."

"천만에 말씀입니다. 로맨티시즘은 혁명의 원동력입니다. 이 군한테서 들었습니다만, 김 선생께서도 학생사건 때 들어가셨다구요."

"뭘요, 남을 따라 했죠."

"그때 몰려가던 학생들의 감정 속에 낭만이 없었다고 생각하십니까? 바꿔 말하면 애국심이죠. 그것이 아름답게 학생들 가슴에 부푸는 겁니다. 일종의 영웅주의, 그런 거라고나 할까요. 따지고 보면 모호하고 그러나 신비스런 것에 들뜨지 않고서는 군중이 몰려가진 않습니다. 일종의 비장미 말입니다."

태윤은 한마디의 말도 없다. 그는 혼자서 무엇을 골똘히 생각하고 있었다. 용빈은 강극의 혁명 감정의 분석을 재미나다고 생각하였다. 언젠가 태윤이 말한, 냄새가 나지 않는 사람이라는 말도 생각이 났다.

'이 혁명가께서는 비분강개가 없구나.'

"어떻습니까, 심 선생님도 로맨티시스트가 되어보시지 않겠습니까?"

직접적이다.

"타율적으로?"

"아니, 자율적으로. 지금 김 선생은 타율적인 것의 장해를 받고 있어요."

"어떻게 그걸 강 선생님이 아세요?"

"알지요. 김 선생은 저의 정신생리와 같은 분입니다."

그 말은 어쩌면 직접적인 애정의 고백이라고 받을 수도 있다. 용빈은 자기도 모르게 얼굴을 붉혔다. 얼굴을 붉히고 보니 당황해지는 것이다.

"한두 번 보고 어떻게 사람을 알아요?"

강극은 빙그레 웃으며 보이를 불러 맥주를 청한다.

"사실 저 친구가 김 선생을 과대평가하는 줄 알았어요."

태윤이 힐끗 얼굴을 쳐들었다.

"사실이에요. 오빠의 말은 절반 에누리하고 들으셔야 합니다."

"둘이서 사람 병신 만들지 마라."

태윤이 처음으로 씩 웃는다.

"낭만이 잉여상태라 좀 곤란하지요. 제발 그 문학 같은 것하고 손이나 끊었음 좋겠는데."

"이거 자꾸 이러기야?"

강극의 말은 농담 같았으나 충분히 충고가 숨어 있었다.

"전 강 선생님이 이렇게 말씀 잘하는 분인 줄 미처 몰랐어요."

"하하핫, 부산서의 인상이 무척 나빴군요."

"목석 같은 분이라 생각했는데 오빠가 어찌나 치켜올리는지 도리어 반발이 생기더군요."

"또 내 탓이야?"

"미안합니다."

"용빈이는 모르는 소리를 하고 있어. 강군은 교묘한 배우야. 액면대로 받았다간 큰코다친다. 오만 가지 변덕을 부리는 데는 두 손 바짝 들게 될걸."

"결국엔 칭찬인 모양인데, 칭찬의 품앗이로 끝나겠군요."

"호호호……."

강극은 맥주를 부어 용빈에게도 권했다.

"중국에 가보실 생각 없으세요?"

"중국……?"

용빈이 눈을 크게 뜬다. 태윤의 얼굴에도 아까처럼 긴장이 떠돌았다.

"일이 일단락지면 생각해보겠어요."

"무슨 일입니까?"

"몇 달, 그렇군요. 길어야 다섯 달……."

여태 밝았던 용빈의 눈은 완연하게 어두워졌다.

그들은 여러 가지 이야기 끝에 중국요릿집을 나왔다. 골목은 어두웠다.

"팔을 잡아드리죠."

"아니, 괜찮아요."

용빈은 강극의 손길을 느끼자 당황하며 팔을 움츠렸다. 강극은 상당히 능란했다. 태윤이 교묘한 배우라 하였는데, 과연 부산서 만났을 때 그 무거웠던 표정과는 백팔십 도의 차가 아닐 수 없었다.

"하숙하고 계신가요?"

"예, 기숙사에 있다가 피곤해서요."

"어디죠?"

"혜화동이에요."

"주소는?"

강극은 가로등 밑에 멈춰 서며 수첩과 만년필을 꺼냈다. 용빈은 다소 난처함을 느꼈다.

"혹 편지 연락이라도 하게 되면 이군의 소식도 아셔야잖습니까?"

강극은 용빈의 망설임을 보고 말을 덧붙였다.

"이백칠십오 번지예요."

수첩에다 주소를 적어 넣고 나서 강극은 태윤의 어깨를 탁 쳤다.

"그럼 잘 다녀오게. 나는 저리로 가겠네. 김 선생, 훗날에 또 뵙죠."

강극은 그야말로 바람처럼 길모퉁이를 돌아갔다.

안녕히 주무세요

산강호 침몰사건이 있은 후 열흘이 지나고 용옥의 장례식을 치른 뒤, 용빈은 그 소식을 받았다. 마침 학교에 나가려던 참이었다. 그는 도로 방으로 들어갔다. 한참을 멍하니 앉았다가 그는 드디어 울음을 터뜨렸다.

종일 용빈은 누웠다 앉았다 하며 마음의 안정을 이루지 못하였다. 김약국의 죽음을 기다리고 있는 용빈에게 용옥의 죽음을 알리는 편지는 괴로움에 다시 타격을 던졌다. 용옥은 생전에 자기 자신에 관한 말을 한 일이 없다. 그러나 용빈은 용옥이 행복하지 못한 것을 알고 있었다. 그것은 용옥이 결혼한 후 더욱 광신적으로 기독교에 기울어지는 것으로도 능히 알 수 있는 일이었다. 메마른 얼굴, 빛을 잃은 눈동자, 용빈은 가엾은 동생을 위하여 남몰래 간혹 근심을 하기는 했으나, 여러 가지 격심한 사건의 연속 속에 용옥의 존재는 그다지 큰 자리를 차지하지 못하였다. 용빈은 그것을 생각하니 더욱 가슴이 아팠다. 그야말로 용빈의 마음은 억만 군졸이 짓밟고 지나간 형상이었다.

"선생, 누가 찾아왔구려."

하루해가 다 떨어졌을 때 하숙집 노파가 밖에서 용빈을 불렀다.

"몸이 괴로워서 누워 있는데요."

아무도 만나고 싶지 않았다. 노파는 나가는 모양이었다. 그러나 이내 발소리가 들렸다.

"김 선생!"

"어머나!"

강극의 목소리였던 것이다.

"들어가도 좋습니까?"

용빈은 후딱 일어나서 이불을 젖혔다.

"잠시 뵙고 싶습니다."

한참 만에,

"들어오세요."

용빈은 몸을 가누며 방문을 열었다. 강극은 방으로 들어서면서 핏발이 선 용빈의 눈을 지그시 쳐다본다.

"열이 있습니까?"

코트를 벗어 옆에 놓고 앉는다.

"아뇨."

"눈에 핏발이 섰는데요."

강극은 눈살을 찌푸렸다.

"울었어요."

"왜?"

전신이 무너져가는 것을 느꼈다.

"동생이 죽었어요."

"……."

"천사같이 착한 애였는데……."

용빈은 두 손으로 얼굴을 가리며 흑흑 흐느껴 운다. 그 우는 모습은 몹시 앳되게 보였다. 강극은 안됐다는 마음보다 우는 여자의 모습을 신기하게 바라본다. 고뇌에 찌그러진 듯한 어두운 낯빛이었다. 처음 만났을 때, 그리고 두 번째 만났을 때도, 그러나 그 눈에서 눈물이 흐르리라고는 생각지 않았던 것이다.

"강 선생님은 오빠한테서 우리 집의 역사를 들으셨어요?"

용빈은 눈물을 닦으며 물었다.

"아니……."

"지금 저는 또 한 사람의 죽음을 지키고 있어요."

용빈은 강극의 눈을 응시하였다.

"아버지예요. 오래 사셔야 다섯 달? 아니 한 달 전에 진단을 받았을 때의 얘기죠. 위암이에요. 다른 가족도, 아버지 자신도 모르세요."

"……."

"저의 아버지는 고아로 자라셨어요. 할머니는 자살을 하고 할아버지는 살인을 하고, 그리고 어디서 돌아갔는지 아무도 몰라요. 아버지는 딸을 다섯 두셨어요. 큰딸은 과부, 그리고 영아 살해혐의로 경찰서까지 다녀왔어요. 저는 노처녀구요. 다음 동생이 발광했어요. 집에서 키운 머슴을 사랑했죠. 그것은 허용되지 못했습니다. 저 자신부터가 반대했으니까요. 그는 처녀가 아니라는 험 때문에 아편쟁이 부자 아들에게 시집을 갔어요. 결국 그 아편쟁이 남편은 어머니와 그 머슴을 도끼로 찍었습니다. 그 가엾은 동생은 미치광이가 됐죠. 다음 동생이 이번에 죽은 거예요. 오늘 아침에 그 편지를 받았습니다."

용빈은 맞은편 벽을 바라보며 한숨에 말을 뇌까린다. 강극은 규격을 잃은 듯 산란한 용빈의 얼굴을 가만히 바라만 보고 있었다.

"밖에 좀 안 나가시겠어요?"

"밖으로요?"

"밤길을 걸어보십시다. 피곤해지면 잠을 잘 수가 있어요."

"고통을 회피해야 하나요?"

"……."

"비참하게 죽은 동생의 고통을 저도 얼마간 받아야 할 거예요. 저는 그 애를 한번도 위로해주지 못했어요."

"김 선생의 탓은 아니잖아요?"

강극은 이를 데 없이 냉정하였다.

"너무하시는군요."

"너무합니까?"

강극은 깊숙이 용빈을 쳐다본다.

"너무 쳐다보지 마세요. 강 선생님의 눈은 무섭군요."

"자, 나가보십시다. 술을 마시고 싶은 기분이 나지 않습니까? 마당에 서 있지요. 옷을 갈아입고 나오십시오."

강극은 코트를 슬쩍 집어 들고 방에서 나갔다.

"술을 마시고 싶은 기분은 나지 않습니까? 호우……."

용빈은 후닥닥 일어났다. 코트를 걸쳤다.

'따질 건 없어, 그냥 나가보는 거야.'

밖으로 나왔다. 가로수의 낙엽을 밟으며 곧장 내려갔다. 경성제대 앞을 지났다.

"우리 오빠 어디 갔죠?"

바깥 공기는 역시 용빈을 침착하게 했다.

"어떻습니까, 밖에 나오시니 역시 기분이 가라앉죠?"

강극은 딴전을 피운다.

"왜 제가 묻는 말에 대답을 안 해주세요?"

"……."

"좋지 못한 일이 있었어요?"

"불안해할 필요 없습니다. 이군은 무사하니까요."

그들은 대학 앞을 지나 창경원으로 가는 길을 꺾어 잡았다. 엉성한 가로수, 바람은 차다.

"김 선생, 제가 얘기 하나 할까요?"

용빈은 어둠 속의 그를 보았다. 소프트의 챙을 앞으로 쑥 내린 강극의 눈은 보이지 않았다.

"그러니까 퍽 오래된 얘기군요. 그것을 본 기억은 희미하지만 후일에 그 얘기를 몇 번, 아니 수백 번이나 들었어요. 저의 아버지는 혁명가도 아니었고 우국지사도 아니었어요. 다만 부자였지요. 그 아버지가 왜놈들에게 타살된 거예요. 머슴이 시체를 말에 태워가지고 왔더군요. 지금은 아슴푸레한 기억입니다. 그리고 또 한 가지, 제게 누이가 있었습니다. 그 누이가 지금 왜놈하고 살고 있단 말입니다. 어떻습니까, 용빈 씨 혼자만이 비극을 짊어지고 있는 건 아니죠."

강극은 용빈 씨라 하며 이름을 불렀다.

"그래서 강 선생님은……?"

"아아니, 그것 때문에 일본제국주의자들을 적대시하는 건 아닙니다. 그야 어릴 때는 그 감정이 심했죠. 하지만 그것 다 유치한 일입니다. 민족의식이라는 것도 때론 우습게 느껴지는 걸요."

"그럼 로맨티시스트가 아니군요."

용빈은 쓰게 웃는다.

"아마 그런가 봐요. 이군은 과잉상태구 저는 결핍상탠가 보죠."

강극은 껄껄 웃었다.

"여성이 아니라면, 여학교의 선생님이 아니라면 술을 같이 마시고 싶군요."

강극은 또 화제 전환을 했다. 그들은 창경원 담벽을 따라 안국동을 지나서 그리고 삼청공원을 돌았다.

"피곤하군요."

용빈은 나무 밑에 주저앉는다. 강극은 용빈을 마주 본 채 명하니 서 있었다. 용빈은 턱을 약간 쳐들듯 하며,

"결혼은?"

하고 묻는다.

"했느냐구요?"

용빈이 고개를 끄덕였다.

"연애는 이렇게 했습니다."

"이렇게라뇨?"

"이렇게 마주 보고 섰는 것처럼."

"우습군요."

용빈의 눈앞에 다시 용옥의 모습이 떠올랐다.

"내가 버렸습니다. 영혼이 없었어요. 자아, 이제 적당히 피로했으니 돌아갈까요?"

용빈은 자꾸만 떠오르는 메마른 용옥의 얼굴을 피하려고 눈을 감았다. 강극은 택시를 잡아서 용빈을 태워가지고 혜화동 하숙까지 데려다주었다. 집 앞에서 자동차를 내릴 때 용빈의 양어깨는 으스스 떨었다. 종일 고통 속에 몸을 뒤척이던 하숙집은 용빈에게 고통을 다시 불러일으키게 한 것이다.

"안녕히 주무세요."

강극은 코트 자락을 날리며 어둠 속을 간다.

출발

새까맣게 탄 얼굴로 김약국은 임종을 앞두고 있었다. 맑은 눈이다. 의식도 분명한 듯하였다. 그의 눈은 흐느끼고 있는 용혜로 향하고 있었다. 노오란 머리칼이 물결친다. 김약국은 오래오래 용혜를 보고 있었다. 그의 눈은 천천히 이동한다. 시원하게 트인 이마만 보이는 고개 숙인 용빈에게 옮겨 간 것이다. 용빈은 김약국의 시선을 느끼자 얼굴을 들었다. 오열과 같은 심한 떨림이 그 눈 속에서 타고 있었다.

"아부지!"

김약국은 눈을 돌렸다. 천장을 응시한다.

"임종입니다."

의사가 용빈을 돌아보았다. 용혜가 몸을 던졌다. 용빈은 두 손으로 입을 막았다. 용숙은 손수건을 꺼낸다. 중구 영감은 목석같이 꼿꼿이 앉아 있다.

"어이구우! 으흐흐……."

윤씨가 흐느껴 운다. 김약국은 눈을 번히 뜨고 천장을 노려본 채 임종하였다. 중구 영감은 일어서서 김약국 옆으로 다가갔다.

"눈을 감게, 눈을……."

떨리는 목소리로 뇌며 뜨고 있던 눈을 쓸어준다.

장례식 때 소청이도 오고 정국주도 왔다. 정국주는 무엇이 그렇게 바쁜지 숨차게 왔다 갔다 하면서,

"시운을 못 만나서, 시운이 나빠서 아까운 사람을 그만, 화병 이제 화병."

전혀 허튼 말은 아닌 듯싶다. 정국주에 맞장구를 치는 사람은 때 묻은 옥양목 두루마기에 모양이 찌그러진 갈색 모자를 쓴 서 영감이다. 그는 수시로 눈이 이리 뛰고 저리 뛴다. 옛날에도 시선이 분주한 사람이기는 했으나 용옥이 죽은 후론 그 버릇이 한층 심해진 것이다.

"아암, 그렇고말고요! 아까운 선비였지. 남 못할 짓 한 번 안 허고 꼬장꼬장하게 살았는데 하늘도 무심하셨지……."

사돈 김약국을 치켜야만 속죄라도 되는 듯이, 그리고 슬픔에 잠겨야만 자기가 지닌 비밀이 보장되는 듯, 그러면서도 시선은 산란하게 오가기만 하고 아들과 마주치기를 극력 피하기만 한다.

장대 너머 공동묘지에 김약국을 매장한 뒤 용빈은 집안을 정리하기 시작하였다. 정리라 해야 묵은 집 한 채와, 살림 부스러기뿐이다. 빚은 토지와 어장으로 상쇄된 모양으로 빚을 받으러 오는 사람은 없었다. 용빈이 마음을 달래어가며 정리를 하고 있는데, 성경책이 하나 굴러 나왔다. 양피¥皮로 싼 성경책은 손때가 묻어 있었다. 용빈은 그것을 우두커니 내려다보았다. 미스 케이트가 영국으로 돌아갈 때 용빈에게 전해달라 하면서 편지와 같이 한실댁에게 주고 간 것이다.

용빈이, 믿음을 잃지 말아요!

단지 한 줄만 써내린 편지였다.

"흐흠……."

용빈은 크게 한숨을 쉬며 성경을 책상 위에 올려놓고 다시 짐을 정리하기 시작한다. 기두는 집 안을 빙빙 돌며 담배만 피우고 있었다. 그의 눈은 말할 수 없이 어두웠다.

"아무래도 살림이사 묵은 기이 좋지. 요새는 어디 눈 닦고 볼라 캐도 이런 물건이 있어야제."

친정처럼 찾아와서 진심으로 일을 거들어주는 여문이를 상대로 용숙이 지껄이고 있었다. 벌써 용숙이네 계집아이가 와서 몇 번이나 살림을 여다 날랐건만 용숙은 집 안팎을 뒤지며 눈이 가는 것을 골라낸다. 용빈은 용숙이 살림을 들어내거나 말거나 전혀 무관심이다. 싫다고 펄펄 뛰는 것을 이 년이라는 기한부로 용란을 떠맡겼으니, 용숙이 남은 살림을 좌우하는 것은 당연하였던 것이다.

뱃고동이 어두운 하늘에 울렸다. 노점의 가스등이 비가 내리는 듯 뿌옇게 젖어 보였다. 전송객은 윤씨와 기두였다. 윤씨는 과자를 사가지고 용혜에게 건네주며 몇 번이나 손수건을 꺼내어 찡찡한 코를 풀었다.

"이거 용란이에게 전해주세요. 모르겠지만……."

용빈은 기두에게, 깨끗하게 포장한 것을 내밀었다.

"뭡니까?"

"성경이에요. 그 애를…… 용란일 도와주세요. 가끔 찾아봐주세요."

"걱정 마이소."

기두는 땅을 내려다보며 나직이 대답하였다. 윤선회사 사람이 밧줄을 끌러 윤선에 던졌다.

"아가, 어서 타라."

배 안에서 장사꾼들이 콩알처럼 튀어나왔다.

"큰어머니, 안녕히, 안녕히 계시이소."

용빈과 용혜는 손을 흔들었다.

배는 서서히 부두에서 밀려 나갔다. 배 허리에서 하얀 물이 쏟아졌다.

"부우웅."

윤선은 출항을 고한다. 멀어져가는 얼굴들, 가스등, 고함 소리.

통영 항구에 장막은 천천히 내려진다.

갑판 난간에 달맞이꽃처럼 하얀 용혜의 얼굴이 있고, 물기 찬 공기 속에 용빈의 소리 없는 통곡이 있었다.

봄이 멀지 않았는데, 바람은 살을 에일 듯 차다.

어휘 풀이

- 가이방: '비슷하다'는 뜻의 경상도 방언.

- 간지: 장에 넣고 남은 혼수를 따로 싼 것.

- 거리선: 돛을 단 작은 나무배.

- 기들이: 기도리 혹은 기드리. '구더기'의 경남 방언.

- 까꾸막: '가풀막'의 경상도 방언. 몹시 가파르게 비탈진 곳.

- 낫파후쿠[菜っ葉服]: 일본의 공장 노동자가 주로 입는 푸른빛의 작업복.

- 뇌점병: 뇌짐. 폐결핵을 일상적으로 이르는 말.

- 다이코보리[太閤堀リ]: 충무운하(통영운하)를 뜻하는 말. '다이코보리'는 도요토미 히데요시의 관명인 '태각(太閤)'에서 따왔다.

- 단물: '감주'의 경상도 방언.

- 덴마: 노를 젓는 작은 배.

- 디건이: '두견새'를 뜻하는 경상도 방언.

- 모구리[潛リ]: 잠수(부)를 뜻하는 말.

- 베민/베멘: '어련히'라는 뜻의 경남 방언. 반어적인 의미로도 쓰인다.

- 사쿠라보시[さくらぼし]: 새우, 학꽁치, 달강어, 붉은메기(나막스) 같은 생선의 머리와 뼈를 제거한 후 꼬리가 붙어 있는 상태로 조미하여 건조한 어포.

- 새보: '애꾸'를 뜻하는 경남 방언.

- 새터: 산을 무너뜨려 바다를 메운 곳.

- 생이: 동성의 손위를 부르는 말.

- 선수(船手): 어장을 지휘하는 사람.

- 악문: 보복. 못된 짓.

- 어무신: 상중에 있는 사람이 신는 신발.

- 엄첩다: '대단하다' '대견하다'라는 뜻의 경남 방언.

- 오복점(吳腹店): 포목점.

- 울미: 상중인 사람이 쓰는 갓에 달린 끈.

- 이타바[板場]: 요릿집의 조리사.

- 젓꾼: 어부. 어장의 일꾼을 뜻한다.

- 제모 젓다/짓다: 모자나 갓을 짜는 일.

- 짓덕: 시집가는 딸에게 친정에서 주는 땅.

- 지카타비[地下足袋]: 엄지발가락과 둘째 발가락 사이가 갈라진 일본 신발.

- 쭈석방[朱錫房]: 주석방. 놋쇠를 만드는 곳.

- 찌거미: 지킴. '터줏대감'을 뜻하는 경남 방언.

- 통구멩이: 곤돌라처럼 한두 사람이 타는 작은 배.

- 통대/통때: 엽전에 묻은 때를 뜻하는 말로, 재화를 탐내는 마음을 비유적으로 이르기도 한다.

- 패지[貝柱]: 패주. 조개껍데기를 닫기 위한 한 쌍의 근육. 조개관자라고도 한다.

- 하도[はと]: '비둘기'를 뜻하는 일본어로, 일제강점기 고급 담배 상표명.

등장인물 소개

김약국(김성수金成洙): 살인을 하고 달아난 봉룡과 비상을 먹고 자결한 숙정의 아들. 부모를 잃고 큰아버지 봉제 영감과 부인 송씨의 손에 자란다. 봉제영감의 약국을 물려받아 '김약국'으로 불리나, 약국은 접고 어장 사업에 몰두한다. 가문의 이름을 잇기 위해 자신의 삶을 내려놓아서인지 세상사에 큰관심이 없다.

한실댁(탁분시卓粉施): 김약국의 처. 부농의 딸로 수더분한 외모에 어진 마음씨를 갖고 있다. 남편 김약국과는 사이가 소원해, 방향을 잃은 애정을 다섯딸들에게 쏟고 있다.

용숙(容淑): 김약국의 첫째 딸. 남편을 일찍 잃고 과부가 되었다. 슬하에 아들 동훈이가 있으나, 모정보다 재물을 우선한다. 병치레가 잦은 동훈 때문에 자애병원 의사와 가까운 사이가 되고, 통영을 발칵 뒤집어놓은 추문의주인공이 된다.

용빈(容斌): 김약국의 둘째 딸. 영민하고 대담하여 김약국도 믿고 집안의 대소사를 의논한다. 서울에서 S여자전문학교를 마치고 교사로 일하게 된다.연이어 닥치는 집안의 불운 속에서도 의연하게 자신의 운명을 개척한다.

용란(容蘭): 김약국의 셋째 딸. 아름다운 외모에 어린아이처럼 낙천적인 성격으로, 자신의 욕망에 매우 충실하다. 머슴 한돌이와의 관계로 불명예스러운 낙인이 찍혀 아편쟁이 연학에게 시집을 가게 된다.

용옥(容玉): 김약국의 넷째 딸. 인물이 뛰어나지는 않지만 손끝이 야물고 심성이 고운 살림꾼이다. 서기두와 맺어지지만 애정 없는 결혼 생활을 한다.

용혜(容惠): 김약국의 막내딸. 언니들과 달리 밤색 머리칼을 지녔다. 김약국이 '노랭이'라 부르며 아낀다.

중구 영감(이중구李重九): 봉룡과 봉제 영감의 누이인 봉희의 외아들. 글공부를 했으나 어려운 집안 형편 때문에 소목장 일을 하게 된다. 뛰어난 솜씨를 인정받고 있으나, 그만큼 고집이 세다.

윤씨: 중구 영감의 처. 남편과 사이가 좋아 한실댁의 부러움을 산다. 김약국집 대소사에 자주 손을 보탠다.

서기두(徐基斗): 용옥의 남편. 김약국의 어장 사업을 맡고 있다. 용란과 혼담이 오갔으나 어긋났고, 후에 용옥과 혼인하지만 영 마음을 붙이지 못한다.

한돌이: 봉룡의 머슴 지석원이 무당과 낳은 아들. 김약국집 머슴으로 컸으나 용란과 사랑에 빠진다. 용란과는 이루어지지 못하고 통영을 떠난다.

작품 해설

운명의 초극과
'존재의 용기'

김승종(수필가, 전 전주대학교 교수)

1. 박경리 장편소설의 원형, 『김약국의 딸들』

『김약국의 딸들』(1962)은 신문·잡지 연재 과정을 거치지 않고 곧바로 단행본으로 출간되었다. 매체의 간섭이나 제한 없이 작가가 자유롭게 창작한 이 작품은 발매 당시부터 좋은 반응을 얻었고 1963년에는 유현목 감독에 의해 영화로 제작되어 널리 알려졌다. 박경리는 이 작품을 통해 전업 작가로서의 기반을 탄탄하게 마련하였고 1994년에 5부 16권의 방대한 분량을 자랑하는 『토지』를 완간할 수 있는 작가로서의 역량을 키워 나갈 수 있었다.

박경리 초기 작품 중 상당수에는 억압적 식민 통치, 해방기 혼란, 전쟁의 참혹상 등을 모두 겪은 작가 자신의 삶이 투영되어 있다. 이와는 달리 『김약국의 딸들』은 통영 지역에 떠도는 설화들을 기반으로 창작되었다. 작가는 상상력을 동원하여 다양한 인물을 창조하고 그들이 운명에 순응하거나 도전하는 양상을 그리고 있다. 등장인물들은 살인, 겁탈 미수, 자살, 실성, 어선의 조난 등과 같은 충격적인 사건을 경험하며, 이 과정에서 고통을 겪으면서도 성장과 변화를 거듭한다.

『김약국의 딸들』은 선하고 악한 것이나 옳고 그른 것에 대한 성급한 판단을 경계하고 있으며 독자가 사회적 편견이나 관습에서 벗어날 것을 요구한다. 용숙은 물욕이 강한 이기적 인물이지만 부모 사후에 실성한 동생을 돌본다. 용란은 머슴인 한돌과 혼전 관계를 맺었지만, 그렇다고 그녀를 두고 음란하다할 수 없다. 오히려 문제가 되는 것은 신분 차별이다. 홍섭은 독실한 기독교인으로 행세하지만 오래 사귄 용빈을 배신하고 부유한 집안의 여성과 결혼한다. 김성수는 무기력해 보이지만 늘 새로운 것에 도전하는 진취적인 측면을 지니고 있다.

작가의 인물과 사건에 대한 이러한 양가적(兩價的) 태도는 박경리 작품에 일반적으로 적용된다. 박경리의 『토지』에서 귀녀는 최치수 살해를 주도하지만 죽음을 앞두고 진정으로 뉘우치는 모습을 보인다. 임이네는 말년에 이를수록 욕망에 눈이 머는 모습을 보이지만 젊은 시절의 그녀는 누구보다 생기 넘치고 아름다운 여성이었다. 최서희는 가문의 재산과 권위를 되찾는 데 성공하지만, 그 과정에서 친일 협력을 하거나 부당한 방법으로 이익을 취하는 모습을 보인다.

『김약국의 딸들』과『시장과 전장』,『토지』등에 등장하는 인물들은 모두 작가 박경리의 '생명 사상'의 산물이다. 박경리에 의하면 생명은 늘 변화하며 모순을 수용하고 다양한 관계 속에서 존재하며 능동적인 성격을 지닌다. 선하고 아름다운 것도 언제든지 악하고 추한 것이 될 수 있고 그 반대도 가능하다. 생명의 요구에 충실한 인간은 자유의지에 따라 매 순간 선택하며 그 선택에 따른 책임을 감당해야 한다.『김약국의 딸들』에서 시작된 생명 사상의 씨앗은『토지』에 이르러 만개하였다.

2. 통영의 바다와『김약국의 딸들』

『김약국의 딸들』에서 전개되는 사건은 대부분 통영을 무대로 전개된다. 통영은 작가 박경리가 태어나서 성장한 곳이며 현재 영면하고 있는 곳이기도 하다. 이 작품의 시작 부분에는 작가의 고향에 대한 깊은 애정과 자부심이 배어 있다.

대부분의 남자들이 바다에 나가서 생선 배나 찔러 먹고 사는 이 고장의 조야하고 거친 풍토 속에서 그처럼 섬세하고 탐미적인 수공업이 발달되었다는 것은 좀 이상한 일이다. 바다 빛이 고운 탓이었는지도 모른다. 노오란 유자가 무르익고 타는 듯 붉은 동

백꽃이 피는 청명한 기후 탓이었는지도 모른다. (11쪽)

통영은 부산과 여수 사이를 내왕하는 항로의 중간 지점으로서 '조선의 나폴리'라고 할 정도로 아름답고 활기 넘치는 항구 도시이다. 북쪽의 "두루미 목만큼 좁은 육로"를 빼면 섬과 별다름이 없이 바다에 둘러싸여 있다. 김성수나 정국주와 같은 부자는 통영 외곽 지역에 토지를 소유하고 있었지만, 통영 주민 대부분은 바다와 관련 있는 직종에 종사하였다. 약국 운영과 농지 소유만으로도 안정된 삶을 영위할 수 있었던 김성수 또한 어장 운영에 뛰어든다.

일본인의 등쌀에 연안어업이 타격을 받자 김성수는 큰 배 두 척을 구해 먼바다로 진출한다. 통영에서 제주도로 향하던 배 중 한 척은 급류에 휩쓸려 실종되고 나머지 한 척의 수익도 기대에 못 미친다. 배를 잃은 데다가 실종된 선원 유족들에게 보상액을 지급하느라 김성수는 재정적으로 어려움을 겪는다. 그는 한때 기생 소청과 정분을 나누기도 하지만 그녀에게 빠져들지는 않는다. 위암에 걸려 쇠약해진 그는 담담하게 죽음을 맞이한다.

『김약국의 딸들』에 등장하는 인물들은 김성수뿐만 아니라 모두 바다와 관계 맺으며 살아간다. 용숙은 생대구를 가공하여 큰 이익을 남기며, 용빈은 배편을 이용해 통영에서 부산으로 향한다. 김성수의 어장 일을 진두지휘하던 기두는 원래 용란과 맺어질 예정이었다. 김성수가 기두를 신임하고 기두 역시 용란을 좋아하였기 때문이다. 용란이 연학에게 시집가자 기두는 용옥과 결혼한다. 신앙심 깊고 살림이 야무졌던 용옥은 바다에서 목숨을 잃는다.

> 며칠 후, 가덕도 앞바다에 가라앉은 산강호는 인양되었다. 용옥의 시체는 말짱하였다. 이상하게도 말짱하였다. 다만 아이를 껴안고 있는 손이 떨어지지 않아서 시체를 모래밭에다 나르는 인부들이 애를 먹었다. 겨우 아이와 용옥의 시체를 떼어냈을 때 십자가 하나가 모래 위에 떨어졌다. (471~472쪽)

용옥은 시아버지인 서 영감을 피해 집을 나왔다가 변을 당한다. 서 영감은 인면수심을 지닌 자로서 며느리인 용옥을 겁탈하고자 했고 용옥은 이를 피해 부산에 갔다 오는 길에 사고를 당한 것이다. 생전에 용옥은 시집과 친정을 오가면서 양쪽 식구들을 챙겼다. 한실댁은 어려운 일을 겪을 때마다 넷째인 용옥에게 도움을 청하며 그녀에게 의지하였다. 용숙에게 돈을 빌리러 가는 어려운 자리에도 한실댁은 어김없이 용옥과 동행하였다.

남편의 동료는 다음 날 출발하는 큰 배를 타라고 권유했지만, 마음이 급했던 용옥은 밤배를 탔다가 침몰 사고를 당한다. 아이를 꼭 껴안은 그녀의 시신은 깨끗하였고 그녀에게 꼭 안긴

아기를 떼어내기가 몹시 어려웠다. 겨우 떼어낸 자리에는 십자가 하나가 떨어졌다. 그녀의 깨끗한 시신, 서로 꽉 껴안은 모자(母子), 모래에 떨어진 십자가 등은 생전에 그녀가 보였던 이타적 삶에 대한 초월적 차원에서의 보상이라 할 수 있다.

3. 운명의 힘에 맞서는 자기 초극의 의지

김성수와 한실댁은 첫아들을 잃은 후 다섯 딸을 얻었다. 한실댁은 아들이 없는 허전함을 딸들에 대한 자랑과 기대를 통해 메우고자 하였다. 큰딸 용숙은 샘이 많고 만사가 칠칠하여 대갓집 며느리가 될 것으로 기대했으나 청상과부가 되었다. 남편을 잃고 병약한 아들을 둔 용숙은 돈에 집착한다. 친정에만 오면 그릇 하나라도 더 챙겨서 가져가고 이잣돈을 챙겨 부를 증식하며 남다른 투자 수완도 발휘한다. 모친인 한실댁이 경제적 도움을 요청해도 용숙은 매몰차게 거절한다. 그녀는 아들의 주치의와 불륜 관계를 맺다가 영아 살해 혐의로 경찰 조사를 받는다.

남편을 잃고 병약한 아들을 혼자 키우며 영아 살해 혐의까지 받았던 큰딸 용숙을 불행한 여인으로 볼 수도 있다. 그러나 용숙은 자신의 운명과 환경, 주위의 시선 등에 개의치 않고 자신의 의지에 따라 행동한다. 그녀는 확실한 근거가 없음에도 불구하고 마을 사람들에 의해 악녀로 지목된다. 용숙은 고립무원의 처지에 빠지고 가족조차 믿지 못하면서도 치부(致富)에 힘쓴다. 그녀는 돈만이 자신을 지킬 수 있는 유일한 수단이라 여긴다.

뛰어난 미모를 지닌 셋째 용란은 사랑 때문에 모든 것을 잃는다. 용란이 집안의 머슴인 한돌과 사랑을 나눈 사실이 소문나자 한실댁은 제대로 알아보지도 않고 마약중독자이자 성불구자인 연학에게 그녀를 시집보낸다. 용란이 남편의 폭행 때문에 친정을 찾는 일이 잦아지자 한실댁은 연학과 결혼시킨 것을 후회한다. 용란은 한돌이 다시 찾아오자 곧바로 그와 뜨거운 사랑을 나눈다. 제도와 관습은 그녀의 사랑을 막지 못한다. 그러나 연학에 의해 한돌과 어머니가 살해당하자 용란은 정신적으로 무너진다.

용란은 자신의 본능에 충실했다는 이유만으로 불행한 결혼을 강요당한다. 한돌이 사생아나 머슴이 아니었더라면 그들의 교제는 순탄했을 것이다. 연학은 부잣집 아들이지만 심신이 피폐한 자로서 애초에 결혼하지 말았어야 하는 인물이다. 과부인 용숙이 유부남과 정을 통했다는 이유로 영아 살해 혐의까지 뒤집어썼듯이 용란 역시 집안의 머슴을 사랑했다는 이유로 혹독한 대가를 치른다. 두 인물은 자신의 욕망에 충실했지만 사회적 차별과 편견이라는 장벽에 가로막혀 악녀로 낙인찍히거나 광녀가 된다.

한실댁과 용옥, 김성수가 차례로 세상을 하직하고 용빈이 용혜를 데리고 서울로 가자 용숙은 제정신이 아닌 용란을 돌본다. 잇속 빠른 용숙이 가장 곤란한 일을 떠맡은 것이다. 작가는 이기적으로 살아온 용숙에게도 따뜻한 마음이 남아 있음을 보여 준다. 정혼자였던 홍섭에게 배신당한 용빈에게는 강극이라는 청년이 새롭게 다가온다. 강극은 육촌 오빠인 태윤과 더불어 독립운동을 전개하는 인물이다. 용빈은 강극과 사귀며 자기자신을 극복해 감과 동시에 새로운 삶을 살게 될 것으로 전망된다.

4. 『김약국의 딸들』의 비극성

흔히 『김약국의 딸들』은 비극적 내용을 담은 소설로 알려져 있다. 김성수의 모친은 비상을 먹고 자살했고 살인을 저지른 부친은 행방불명되었다. 그들이 살던 집은 폐가가 되었고 마을 사람들에게는 흉가로 인식되었다.

마을 사람들은 봉룡의 집을 '도깨비집'이라 부른다. 비가 부슬부슬 내리는 밤이면 비상을 먹고 죽은 숙정과 숲속에서 봉룡의 칼에 맞아 죽은 나그네의 혼령이 나타난다는 것이다. 해가 미처 지기도 전에 마을 사람들은 도깨비 집 앞의 길을 피한다.

봉룡의 집은 완전히 폐가(廢家)가 되어버렸다. 잡풀이 우거진 뜰은 쑥대밭이 되었고, 담은 허물어져 뱀과 두꺼비가 드나들 뿐이다. 지난날의 피비린내 나는 사건이 없었다 하더라도 그 집은 마을과 외떨어져 있었고, 문전에 백 년을 묵은 느티나무가 있는 데다, 솔바람 소리가 그치지 않는 안뒤산의 짙은 숲이 있다. 으스스 떨리는 곳이다. 구름이라도 끼는 날이면 더욱 그렇다. (25~26쪽)

"비상 묵은 자손은 지리지 않는다."라는 송 씨의 반복되는 말과 함께 '도깨비 집'을 둘러싼 소문과 저주는 작품 전체 분위기를 지배하고 있다. 송 씨는 미모가 뛰어나고 자신에게 냉랭하게 굴던 숙정에게 반감을 지니고 있었고 그녀의 음독자살을 불길하게 생각하였다. 송 씨는 숙정의 방황하는 혼백이 늘 자기 집안을 감돌고 있다고 느끼며 심지어 "저놈이 우리 연순이를 잡아먹을 기다."라며 성수에 대해서도 경계하는 마음을 늦추지 않았다.

성수의 첫아들이 죽음으로써 가문의 씨가 마를 것이라는 예언은 실현된 것처럼 보인다. 그러나 이는 가부장적 편견의 소산이다. 성수의 유전자는 다섯 딸과 또 그들의 후손에게 계속 이어질 것이다. 고대 그리스 비극에서 비롯된 것으로 알려진 '비극성'은 숙명론이나 허무주의와 다르다. '비극성'은 주인공이 끊임없이 자신을 극복하고자 노력하는 가운데 운명에 정면으로 맞섬으로써 '자기 자신을 초극하는' 성격을 지닌다.

507

성수는 사람들이 근접하기조차 꺼리는 폐가를 "비상 묵구 죽은 사람을 한번 만나볼라고요."라고 말하며 자주 찾는다. 그는 부모의 불행한 죽음, 주변의 편견과 저주, 재정적 파산, 자녀들의 불행과 같은 숱한 고난에 굴복하지 않고 현실과 타협하지 않으며 자신의 운명을 직시하고 인간으로서의 존엄을 지킨다. 그는 정국주처럼 친일하거나 야비한 방법으로 재산을 늘리지 않으며 자신의 선택이 초래한 결과를 회피하지 않는다.

사촌 형인 이중구가 장인으로서 높은 자존감을 보이는 것처럼 성수 역시 사돈이 될 수도 있었던 속물 정국주와 일정한 거리를 둔다. 김성수는 약국 운영과 근거리 어장 운영에 안주하지 않고 원거리 어장 운영에 도전한다. 비록 조난과 어획량 부족으로 고전을 면치 못하지만, 주위의 권고에도 불구하고 사업을 접지 않는다. 그의 둘째 딸 용빈 역시 운명에 순응하지 않고 그것에 맞서는 모습을 보인다. 성수가 중요한 집안일을 첫째 딸이 아닌 용빈과 늘 의논하는 것은 우연이 아니다. 노랑머리가 직계가 아닌 봉룡, 연순, 용혜에게로 이어지듯이 아들도 아니고 맏딸도 아닌 용빈이 아버지의 역할과 정신을 이어받는다.

김성수는 얼굴조차 떠오르지 않는 부모에 대한 그리움과 송 씨의 정신적 핍박 때문에 한때 멀리 떠날 생각까지 한다. 그러나 사촌 누이이면서 그 이상의 존재인 연순이 떠나지 말 것을 간곡히 부탁하고 송 씨마저 강하게 그를 붙잡자 김성수는 발길을 돌린다. 결혼 후에 김성수는 친부모가 살던 폐가를 수리하여 정착하고 그곳에서 종신(終身)한다. 그는 통영에 머물면서도 늘 새로운 일에 도전한다. 비록 경제적으로 몰락하지만, 그렇다고 해서 그의 도전 자체가 무의미하다 할 수 없다.

5. 운명론의 극복과 '존재의 용기'

『김약국의 딸들』은 운명론적 세계관과 사회적 편견이 빚어내는 폐해를 그리는 한편, 담대하게 그것에 저항하는 행위가 지닌 고귀한 가치를 그리고 있는 작품이다. 김성수는 어려서 고아가 되었고 자살한 모친 때문에 손이 끊어질 것이라는 저주를 짊어지고 살아간다. 실제로 성수는 첫아들을 잃고 딸만 키우게 된다. 하지만 성수는 실망하지 않고 아들을 얻기 위하여 축첩과 같은 다른 수단을 구하지도 않는다.

첫째 딸 용숙은 과부가 되고 영아 살해 혐의로 구속되기도 하였다. 셋째 딸 용란은 한돌과 사랑을 나누다가 발각되고 마약중독자이자 성불구자인 남편에게 학대받다가 미치광이가 되며 아내 한실댁은 사위에게 살해당한다. 넷째 용옥은 남편을 만나러 부산에 갔다가 돌아오는 길에 배가 침몰하여 죽는다. 정국주에게 돈을 빌려 구입한 배 한 척은 실종되고 나머지 한 척의 어획량도 시원치 않아 성수는 마침내 파산하고 위암에 걸려 건강까지 잃는다.

성수는 이처럼 어려운 일을 많이 겪지만, 자신의 이익을 위하여 남에게 해악을 끼치거나 자신의 존엄을 허물지 않는다. 그는 폐가가 된 부모의 집을 소년 시절부터 자주 찾았으며 결혼 후에는 그 집을 수리하여 정착한다. 아들이 죽었어도 딸들을 잘 키워내며, 딸들이 불행한 일을 겪어도 흔들리지 않는다. 배가 난파된 이후에도 유가족들을 최선을 다해 지원하며 죽음을 앞두고도 의연한 태도를 유지한다.

딸들 역시 운명에 희생이 되면서도 자존감을 굽히지 않는다. 용숙은 영아 살해 혐의까지 받지만 부를 축적하며 당당하게 살아간다. 용란은 실성하기 전까지 자신의 사랑을 지키기 위하여 몸을 던진다. 용옥은 일관되게 이타적 삶을 살다가 죽는 순간까지 아이에게 지극한 사랑을 베푼다. 용빈은 둘째 딸이지만 부친으로부터 절대적인 신뢰를 받으며 실질적으로 가문을 계승한다. 그녀는 오래 사귄 홍섭에게 배신당하지만 강극과 새로운 만남을 이어 간다. 강극이 어려운 환경을 극복하고 독립 운동에도 관여하는 만큼 용빈의 시야는 더욱 넓어질 것으로 보인다.

독일의 신학자이자 루터교 신부였던 폴 틸리히는 인간은 칭찬받을 일을 행하며 멸시당할 일은 거부하는 '존재의 용기'를 지녀야 한다고 주장하였다. 용기는 자신만의 참된 본성과 생명력을 긍정하는 것이다. 용기의 행위 속에서 우리 존재의 가장 본질적인 부분이 가장 본질적이지 못한 것을 이기고 극복할 수 있다. 결국 용기는 최고의 선에 도달하는 것을 위협하는 어떤 세력이든 정복할 수 있는 '마음의 능력'이라 할 수 있다.

『김약국의 딸들』에서 김성수와 용빈은 멸시당할 일을 거부한다는 점에서 모두 '존재의 용기'를 지녔다 할 수 있다. 그들은 집안에서 벌어졌거나 벌어지는 일들을 회피하지 않고 직시하며 자신의 참된 본성과 생명력을 긍정하고 지켜 나간다. 아버지로부터 '존재의 용기'를 그대로 물려받은 용빈은 자매인 용숙, 용란, 용옥이 차례로 불행한 일을 당하고 부모를 잃은 데다가 정혼자 홍섭에게 배신당하는 어려움을 겪으면서도 자신의 운명을 회피하지 않고 직시하며, 자신을 초극하여 더 나은 자아를 만들어 가고자 노력한다.

김약국의 딸들

초판 1쇄 발행 2023년 4월 27일
초판 3쇄 발행 2024년 6월 1일

지은이 박경리
펴낸이 김선식

부사장 김은영
콘텐츠사업2본부장 박현미
디자인 정명희 **책임마케터** 최혜령
콘텐츠사업6팀장 임경섭 **콘텐츠사업6팀** 정지혜, 곽수빈, 정명희
마케팅본부장 권장규 **마케팅1팀** 최혜령, 오서영, 문서희 **채널1팀** 박태준
미디어홍보본부장 정명찬 **브랜드관리팀** 안지혜, 오수미, 김은지, 이소영
뉴미디어팀 김민정, 이지은, 홍수경, 서가을, 문윤정, 이예주
크리에이티브팀 임유나, 박지수, 변승주, 김화정, 장세진, 박장미, 박주현
지식교양팀 이수인, 염아라, 석찬미, 김혜원, 백지은
편집관리팀 조세현, 김호주, 백설희 **저작권팀** 한승빈, 이슬, 윤제희
재무관리팀 하미선, 윤이경, 김재경, 이보람, 임혜정
인사총무팀 강미숙, 지석배, 김혜진, 황종원
제작관리팀 이소현, 김소영, 김진경, 최완규, 이지우, 박예찬
물류관리팀 김형기, 김선민, 주정훈, 김선진, 한유현, 전태연, 양문현, 이민운

펴낸곳 다산북스 **출판등록** 2005년 12월 23일 제313-2005-00277호
주소 경기도 파주시 회동길 490
전화 02-704-1724 **팩스** 02-703-2219
이메일 dasanbooks@dasanbooks.com
홈페이지 www.dasan.group **블로그** blog.naver.com/dasan_books
용지 신승지류유통 **인쇄** 민언프린텍 **코팅 및 후가공** 제이오엘엔피 **제본** 국일문화사

ISBN 979-11-306-9916-5 (03810)